历朝通俗演义（插图版）——民国演义Ⅲ

# 军阀混战

蔡东藩 著

北方联合出版传媒(集团)股份有限公司
万卷出版公司

图书在版编目（CIP）数据

民国演义. 3, 军阀混战 / 蔡东藩著. — 沈阳：万
卷出版公司, 2015.1（2017.5重印）
　　（历朝通俗演义）
　　ISBN 978-7-5470-3120-9

　　Ⅰ . ①民… Ⅱ . ①蔡… Ⅲ . ①章回小说 – 中国 – 现代
Ⅳ . ①I246.4

中国版本图书馆CIP数据核字（2014）第154325号

出版发行：北方联合出版传媒（集团）股份有限公司
　　　　　万卷出版公司
　　　　　（地址：沈阳市和平区十一纬路29号　邮编：110003）
印　刷　者：北京航天伟业印刷有限公司
经　销　者：全国新华书店
幅面尺寸：168mm×233mm
字　　　数：290千字
印　　　张：17.5
出版时间：2015年1月第1版
印刷时间：2017年5月第2次印刷
责任编辑：周莉莉　杨博鹏
封面设计：向阳文化　吕智超
版式设计：范思越
ISBN 978-7-5470-3120-9
定　　　价：42.00元

联系电话：024-23284090/010-57262361
传　　　真：010-88332248
E-mail：200514509@qq.com
网　　　址：http://e.weibo.com/zhipinshuye

# 目 录

1

# 第一回

## 绝邦交却回德使
## 攻督署大闹蜀城

　　却说国务总理段祺瑞，主张绝德，黎总统不肯照允，他遂负气退出，竟往天津，且遣人赍呈辞职书。黎总统未免惊惶，当即派员挽留。不意教育总长兼署内务总长范源濂，也居然送入辞职书来。显见是段氏嫡派。黎总统益加忧虑，乃函延冯副总统入府，商议挽回的法子。应前回冯氏入京。冯国璋道："总统若要挽留段总理，除非与德绝交，否则国璋亦想不出甚么良法。"黎总统尚沉吟未决，可巧派遣留段的委员，回府复命，报称段总理已决计南归，不愿再来任事。国璋听了，不禁微笑。旁观者清。黎总统向国璋道："他不肯再来，奈何？"国璋道："总统若依他计策，管叫他即日来京。"黎总统徐徐道："恐怕未必。"国璋道："国璋愿赴津一行，劝他回来，但请总统决意绝德便了。"黎总统尚是默然。国璋道："依愚见想来，我国尽可与德绝交，非但无害，且有大利。"黎总统道："利从何来？"国璋道："德犯众怒，已成公敌，就是与他联盟的意大利，亦加入协约国，对德宣战。古人说得好：'寡不敌众'。看来德国总不能持久的。这可见中国与他绝交，将来决不致有害。若从利益上起见，是现在协约各国，已允我修改各种条约，岂非是一种大利么？"黎总统道："改约的事情，果真靠得住吗？"国璋道："且待段总理回京，再去探询协约各国政府，如果实行承认，始提出照会，与德绝交。"黎总统道："既这般说，请台驾一

1

行，留回段总理便了。"国璋当即退出，即乘专车赴津。

到了晚间，果然两人同回，相偕至总统府，投刺进见。黎总统也即出迎，免不得与段总理周旋一番，段亦谦逊数语，当下发电各国，令各使探问明白。寻得各使复电，略言："驻在国政府，大致承认，如果我国实行绝德，将来各种条约，可望修改"云云。于是黎、段两人，才表同情。冯国璋即日回宁。唯当时内外士绅，尚多异议，国会议员，如曹振懋、唐宝锷、丁世峰等，有对德抗议的质问书，马君武等，且通电各省，反对绝德，外如张勋、倪嗣冲、王占元诸督军，统电请政府维持中立。还有孙文、唐绍仪、康有为、姚文栋、温宗尧等，也迭电政府国会，不应与德绝交。他如顺直省议会，奉天、上海、天津、山东、广东等各商会，暨他种商学团体，均电请仍守中立。段总理绝不为动，一意向前进行，特于三月九日，在迎宾馆开宴，延请议员，疏通意见。议员等多半聪明，乐得见风使帆，隐表同意。这是三酉儿好处。

到了翌午，参众两院各开秘密会，段总理及财政总长陈锦涛，教育总长兼内务总长范源濂，司法总长谷钟秀，外交部参事伍朝枢等，先至众议院，报告外交经过情形，并述对德绝交的宗旨，请议员表示赞助。众议员经讨论后，投票表决，同意票得三百三十一张，不同意票只八十七张，得大多数赞成，表示通过。段总理复至参议院，登堂报告，仍如前说。适值夕阳西下，不及投票，乃约于次日表决。越宿参议院投票，有一百五十票是同意，只三十五票不同意，也算大多数通过。绝德案已经决定，正拟草定照会，提交德使，凑巧德使辛慈，着人赍送照会至外交部，但见上面写着，本公使于本日即三月十日。午后七时，接奉帝国政府训令，着以下列复文，传达中华民国政府。文曰：

中华民国抗议德国新近宣告之封锁政策，而附以威吓，帝国政府，曷胜骇异。盖其他各国，仅仅提出抗议，中德邦交，素号亲睦，且中国于封锁区域以内，并无航业利益，则德之政策，于中国毫无影响，乃今于抗议之外，独附威吓之辞，以增抗议之力量，是尤不能不令人惊诧也。民国政府之抗议书中，谓："华人因战事而丧失生命者，已属不少"云云，然须知民国政府，绝未尝以关于此种损失之事实及申诉通知帝国政府，而就帝国政府所得报告，则知华人之丧失生命者，仅受人雇用，于前敌开掘战壕，及充当其他军役之辈，盖若辈已不啻为战斗员，因以冒此危险也。帝国政府尝一再抗议运送华工赴欧，充当军役，是德国即在此次战事中，亦未尝不示中国以友谊，而帝国政府，即因顾全此友谊故，以此种威吓为非出自正轨，因望民国政府，改正其见解。帝国政府，愿于中国之航业利益，力加注意。以此之故，德国今虽不能于敌人宣告封锁之后，取消其政策，而禁制实行无限制之潜艇战争，然已准备磋商民国政府关于保护华人生命财产之特别愿望。帝国政府以如此对待友邦者，盖谨依其平日见解，以如中国若与德断绝友谊，则将失却一真挚之友，而陷于纠结不解之局也。

末后，复附列一行道，本公使既将帝国政府的通牒，传达贵国政府，倘贵国欲提出保护航业的问题，本公使已由帝国政府授权，得与磋商一切云云。当由外交部递呈段总理。段以德国照会，虽有保护航业的示意，但封锁战略，仍然不肯取消，是我国提出抗议，终归无效，只好与他绝交，不必迟疑。黎总统此时，已将全权授与段总理，当然不再阻挠。段乃令外交部缮定照会，请黎总统盖过了印，并附发德使护照，送他出境。照会中的内容，大略说是：

关于德国施行潜水艇新计划一事，本国政府，本注重世界和平，及尊重国际公法之宗旨，曾于二月九日，照达贵公使提出抗议，并经声明，万一出于中国愿望之外，抗议无效，迫于必不得已，将与贵国断绝现有之外交关系等语在案。乃自一月以来，贵国潜艇行动，置中国政府之抗议于不顾，且因而致多丧中国人民之生命。至三月十日，始准贵公使照复，虽据称贵政府仍愿议商保护中国人民生命财产办法，唯既声明碍难取消封锁战略，即与本国政府抗议之宗旨不符，本国政府视为抗议无效，深为可惜。兹不得已，与贵国政府断绝现有之外交关系，因此备具贵公使并贵馆馆员暨各眷属离去中国领土所需之护照一件，照送贵公使，请烦查收为荷。至贵国驻中国各领事，已由本部令知各交涉员一律发给出境护照矣。须至照会者。

照会去后，再电令驻德公使颜惠庆，向德政府索取护照，克日归国，并由黎总统布告全国道：

此次欧战发生，我国严守中立，不意接本年二月二日德国政府照会，德国新定之封锁计划，使中立国商船，从是日起，在限定禁线内行驶，诸多危险等语。当以德国前此所行攻击商船之方法，损害我国人民生命财产，已属不少，今兹潜艇作战之计划，危害必更剧烈。我国因尊崇公法，保护人民生命财产起见，遂向德国提出严重抗议，并声明如德国不撤销其政策，我国迫不得已，将与德国断绝现有之外交关系。在我国深望德国或不至坚持其政策，仍保持向来之睦谊，不幸抗议已逾一月，德国之潜艇攻击政策，并未撤销，各国商船，多被击沉，我国人民因此致死者，已有数起，昨十一日据德国正式答复，碍难取销其封锁战略，实出我国愿望之外。兹为尊崇公法保护人民财产计，自今日始，与德国断绝现有之外交关系，特此布告。

同日复下一通令道：

现在我国已与德国断绝现有之外交关系，所有保护德国侨民及其他应办事宜，着各该管官署查照现行国际公法惯例，迅筹办法，颁布施行。此令。

为这一令，国务院中遂组织国际政务评议会，研究外交关系事项。正会长就是国务总理段祺瑞，副会长乃是外交总长伍廷芳，并函聘王士珍、陆徵祥、熊希龄、孙宝琦、汪兆铭、汪大燮、曹汝霖、周善培、魏宸组、陆宗舆、张嘉森、夏贻霆、刘崇杰、丁士源、伍朝枢、张国淦等，为会中评议员。所应研究事件，共分七则：（一）处置国内德侨；（二）对于协约国应提条件；（三）华工招募；（四）物料供给；（五）关税改正；六巴黎经济同盟条文；七议和大会中各问题。各会员方共同讨论，逐条采行。

德使辛慈，已卸旗回国，各埠领事，亦相继出境，于是天津、汉口德租界，即令地方官收回。还有津浦北段铁路管理权，及在上海、厦门、广州等处德国商船，均先后归华官收管；就是供职路矿的德国工程师，亦一体解职。唯普通侨民，暂许仍旧侨居。德华银行，暂听照常营业。独上海法租界中，有一德人所办的同济医工大学，教育部拟收回自办。哪知法人先行逞强，由法租界工部局，勒令解散，把德人驱遣出境。看官可知租界的规例吗？租借权虽归外人，土地权仍属我国，所有德校处置，应由我国办理。经外交部援据法例，向法使抗议，法使不肯照允，只论强弱，不问公法。乃由教育部派员到沪,与该校董事协商善后办法,当将该校迁入吴淞中国公学旧址,由部另任校长,仍留德人为教员,照常开学。既已绝交,还要留住教员,也可不必。既而财政部复发出通告,停付欠德各款,将应解款项,暂存中国银行,俟欧战了结,再行定夺。偏英法各国,复出来反对,主张此款应存外国银行,又惹起一番交涉。而且驻京的荷兰公使,来一照会,自言受德使委托,所有在华利益,暂由本使代管。且中德虽已绝交,尚未宣战,不能适用待遇敌人的法例,遽将德国所有利益没收。那时段总理迭遭刺激,转滋懊恼,索性提出宣战问题,欲加入英法各国协约团,实行抗德,一来可满协约国的希望,二来可免荷兰公使的牵掣,倒也是个贯彻始终的主张。唯黎总统以与德绝交,已属太甚,再拟宣战,更觉不情,因此决计缓进,不从段请。自是府院的意见,复致相左,免不得又生冲突,激成嫌隙。**这是黎菩萨过柔之误。**

　　正在双方龃龉的时候,忽来了四川警电,报称川、滇两军,寻衅鏖斗的事情,当由黎总统下令,着四川督军罗佩金,及川军第二师长刘存厚,一律来京。看官!你道川乱何故发生?原来罗佩金署督四川,威望不及蔡锷,且所部滇军,驻扎川境,尝与川军有嫌。政府因川事平靖,电饬罗佩金裁撤各军。罗即拟将川、滇兵队,酌量裁遣。师长刘存厚、周道刚、钟体道、陈泽霈、熊克武等,暗地不服,意欲乘此逐罗,免不得反客为主。刘更跋扈异常,居然率领所部,径入成都,只说罗督军意分厚薄,遣派不均,来与罗督评理。罗佩金亦不甘坐让,饬阻刘军入城。刘军哪肯从命,一哄进去,竟向督军署扑来。说时迟,那时快,督军署内,竟发出大炮,轰击刘军。刘军开枪还击,遂闹成一片兵祸,把省城作为战场。可怜成都居民,茫无头绪,骤闻各种枪炮声,已吓得魂飞天外,突然间一弹飞来,将墙壁间击成窟窿,又突然间飞入数弹,碰着人体,顿时血肉模糊,昏晕倒地。既而东坍西倒,南毁北焚,爆裂声、倾塌声,与男女哀号声,并作一片,**何罪至此!**那两边的丘八老爷,还是兴高采烈,拚命相争。**百姓都死,丘八老爷恐也难独生。**嗣经商民举出代表,吁请休战,方才停了一两天。罗、刘各电致中央,争辩曲直。黎总统尚欲笼络两人,特任罗佩金为超威将军,刘存厚为崇威将军,叫他即日来京,另命省长戴戡暂行兼代四川督军,刘云峰为暂编陆军第二师长,更派王人文为四川查办使,张习为查办副使,赴川查办。一面下令申告道:

四川自军兴以来，兵队增多，饷需支绌。上年叠经电商暂署督军罗佩金，酌定裁遣各军办法去后，本年三月，据川军师长刘存厚、周道刚、钟体道、陈泽霈、熊克武等电称，罗署督编遣军队，支配饷械，主客各军，显分厚薄等情。续据罗署督电称，刘存厚、陈泽霈收束军队，有意迟延。正拟派员查办间，即据罗署督电称刘存厚围攻督署，刘存厚则谓罗署督开炮攻击所部。并据各方电告，省城连日枪炮猛烈，人民生命财产，损伤甚巨，着派王人文、张习驰往彻查。川民叠经兵祸，疮痍未复，又遭此次重变，本大总统实痛于心，该查办使务须秉公据实查复，勿得稍存偏徇。在未经查复以前，责成戴兼督严饬在省川、滇各军官长，约束所部，勿论如何，不准再滋事端。其省外各军，各有维持地方之责，不准擅离防守，倘敢故违，军律具在，政府无所偏倚，即决无所姑息。所有此次被难商民，并着该省长迅即查明，妥为抚辑，勿任失所！此令。

王人文、张习两人，奉命登途，尚未到川，罗佩金已遵令交卸，将印信交与戴戡。可见罗直刘曲。戴戡即日就职，函商刘存厚，请他退兵出城。刘存厚仍然不睬，还是拥兵图逞，蟠踞城中，戴乃不得已电达政府，据实报告。小子有诗叹道：

　　尽说军人贵服从，如何同境不相容？
　　武夫跋扈从兹始，肇祸原来是滥封。

政府接得戴电，应该如何办理，且至下回说明。

与德绝交一事，自日后观之，似为段祺瑞之先见，然我国亦未尝得沾大利，徒令府院冲突，酿成他日之各种战衅，是岂不可以已乎？段失之太刚，黎又失之太柔，当断不断，反受其乱，吾不能不为黎氏咎焉。若夫川省之兵祸，曲在刘而不在罗，黎乃欲调停了事，至欲笼以虚名，无分彼此，试思刘之目的何在？乃欲以将军二字，敛彼野心得乎？况无罪者加赏，有罪者亦赏，是徒亵名器，益启武夫玩视之渐。尾大不掉，适滋国忧，虽曰观过知仁，而总统失权之弊，盖自此始矣。

# 第二回

## 托公民捣乱众议院
## 请改制哗聚督军团

却说黎政府接到川电，才知刘存厚拥兵自逞，不服命令，只好变软为刚，将他免职示惩，随即下令云：

前因川、滇两军在成都省城冲突，叠由院部电饬双方停止争斗，兹据戴兼督电称，刘存厚于中央停止争斗之命，置若罔闻，仍攻督署等语。崇威将军刘存厚，着即免职，听候查办。所有在省川、滇各军，责成该兼督严饬各该管官长，即日开拔出城，分别驻扎，恪遵前令，不得再滋事端。倘仍延抗，军法具在，定唯该管官长等是问。此令。

此令下后，才闻刘存厚有退兵消息。王、张两查办使，得安抵川境，实行调查，报告川民被难情形，由黎总统拨款赈济，且不必细表。唯外部兵祸，似觉少纾，内部纠葛，又闻迭起。财政总长陈锦涛，入陈总统，讦发次长殷汝骊，因炼铜厂事，有代人请托情弊。黎总统方拟核办，忽由炼铜厂商人柴瑞周等，具禀国务院，声言陈总长令渠借垫股款，并勒写字据等情。当派夏寿康、张志潭查办。复称事涉嫌疑，不无可议，因将陈锦涛、殷汝骊一并免职，交法庭依法审办。殷汝骊已逃匿无踪，只陈锦涛到案候质，留置看守所。接连又是交通总长被控案，交通部直辖津浦铁路管理局，曾向华美公司，购办机车，局长王家俭，总务处长童益临，纳贿舞弊，哄动京中，经交通部查明，将他撤差。总长许世英，自请失察处分，情愿免职。黎总统尚欲挽留，嗣经国务院派员查复，该局确有弊混等情，且与许总长亦涉嫌疑，因呈报黎总统。黎乃准许辞职，先将局长王家俭，及前副局长盛文颐，并交法庭审理。总检察厅且传讯许世英，亦将他羁住看守所。陈、许同时被押，可谓无独有偶。司法总长张耀曾，动了兔死狐悲的观念，竟劾检察长杨荫杭，及检察官张汝霖，未得完全证据，遽传讯许世英等，实属违背职务，污损官绅，于是许世英遂得释放，连陈锦涛也保释出来。究竟官官相护。唯财政交通两席，暂由财政次长李思浩，及交通次长权量代理。嗣复提出李经羲，拟任为财政总长，经国会投票通过，老大的云南故督，又俨然出台来了。为后文伏笔。

国务总理段祺瑞，把阁务视若轻闲，唯一心一意的对付外交，定要与德宣战。当下电召各省督军，及各特别区域都统，赴京会议，解决宣战问题。山西督军阎锡山，河南督军赵倜，山东督军张怀芝，江西督军李纯，湖北督军王占元，福建督军李厚基，吉林督军孟恩远，直隶督军曹锟，安徽省长倪嗣冲，察哈尔都统田中玉，绥远都统蒋雁行，晋北镇守使孔庚等，奉召亲行，陆续晋京。此外各省，亦均派代表到会。四月二十五日，特开军事会议，由段总理主席，极言对德问题，非战不可。各督军都统等，统是雄赳赳的武夫，素奉段为领袖，段要绝德，大家均已赞成，段要战德，何人再来反对？孟恩远首先起座，呼出"赞成"二字，随后便大家附和，赞成赞成的声音，震动全院。推孟出头，为废国会张本。段祺瑞自然欢慰，俟散会后，即去报知黎总统。黎很是不乐，但又不便当面驳斥，只好淡淡的答道："宣战不宣战，总须由国会议决，若但凭军人主张，何必虚设此国会呢？"段祺瑞道："提交国会，是应当的手续，总统宜即日咨行。"黎总统呆了半晌，才道："请总理代拟咨文便了。"满腹牢骚。段也不复再言，竟退出总统府，直至国务院，嘱秘书拟定咨文，赍送府中盖印。黎总统约略一瞧，文中有"本大总统为促进和平，维持公法，保护人民生命财产起见，认为与德国政府，有宣战必要"等语，不禁自笑道："什么叫作必要？我国的内哄，尚是未平，难道还想与外人构衅么？"话原不错，但受人胁制奈何？说至此，愤愤的检取印信，向纸上盖讫，掷付来人。那来人接手后，便赍送众议院去了。

众议院接到咨文，免不得议论纷纷，有一大半是不主战的。次日由议员秘密讨论，无非是主战的少，不主战的多，结果是由议长宣言，俟两日后，开全院委员会，审查这种宣战案情。哪知这风声传将出去，顿有许多请愿书，似雪花柳絮一般，飘飘的飞入院中，有的是署着陆海军人请愿书，有的是署着五族公民请愿团，有的是署着政学商界请愿团，还有北京学界请愿团，军界请愿团，商界请愿团，市民请愿团，迷离惝恍，阅不胜阅，当由院中役夫，收拾拢来，一古脑儿掷入败字簏中。请愿团化作纸团儿，中国各种团体，也应如此处置。到了五月十日，众议院开会审查，甫经召集，门外忽啸聚数千人，各持一小旗帜，写着各种请愿团字样，每团有数十代表，手持传单，一拥入院，见了议员，便将传单分给。议员见他无理取闹，不愿接收；或接单稍迟，他们即伸出如梃的手臂，似钵的拳头，向议员面前，猛击过来。议员急忙躲闪，身上已被捶数下。人必自侮，然后人侮之，试看上文集议宪法时，同是议员，尚且彼此互殴，何怪他人乘间侮弄。霎时间院中秩序，被他捣乱。还是议长汤化龙，有些胆量，索性向前语众道："诸位都是爱国的志士，既已有志请愿，应该公同研究，如何动起蛮来？况我等为了宣战一案，方在审查，并未倡议反对，奈何便得罪列位呢！"言未已，只听一片哗声道："但将宣战案通过，我等自然罢休。"汤化龙又朗声道："诸君是来请愿，并不是来决斗，就使今日是决斗问题，也应守着秩序，举出代表，何必劳动许多人员。"这数语理直气壮，说得大众无可辩驳，乃当场选出六人，作为全体代表，进见议长。汤化龙接入后，六人各呈名片，一是赵鹏图，一是吴光宪，一是刘坚，一是白亮，一是张尧卿，一是刘世钧。化龙一一瞧毕，便问道："诸君有何见教？"赵鹏图应声道："闻贵院今日开会，是解决宣战问题，目下与德宣战，乃是万不得已的情形，要战便战，何待审查？今日如通过宣战案，是贵院俯顺舆情，我辈无不悦服，否则恐多不便。"白亮、吴光宪复接入道："如不通过此案，应请议长声明，不许议员出院。"这种要挟，还是袁世凯一人教他。汤化龙不觉微哂道："我却没有这般权力，唯列位既已到此，请入旁听席，少安毋躁，静待我等解决。"六人方才无言，退至旁听席坐下。

化龙即命将全院委员会，改作大会，自己退入后室，凭着电话，传入国务院，请国务总理、内务总长、司法总长，速即莅院弹压，国务院中复词照允。好容易挨过两小时，才见兼署内务总长范源濂，乘舆到来，又阅两小时，国务总理段祺瑞，始偕巡警总监吴炳湘，率领警察百名，荷枪至院。是何濡滞也？是时天已薄暮，夜色凄其，门首各种请愿团，尚是喧扰不休，声声口口的讥骂议员。段祺瑞看不过去，当令吴炳湘婉言晓谕，仍然无效，乃借院中电话，招集马队，仗了马上威风，将各请愿团陆续赶散。赵鹏图等六代表，也坐不安稳，溜了出去。待院内安静如初，差不多将二三更天了。议员有数人受伤，先行返寓，还有日本新闻记者，亦被误殴致伤，由警察总监吴炳湘，派警送回。段总理，范总长，也相继归去，议长议员等一并散归，翌日奉黎总统令云：

据内务部呈称："本月十日，众议院开全院委员会，有多数请愿团，麇集院门，发布印刷品，致有议员被殴情事。当即严令警察厅驰往解散，并将滋事之人查究"等语。着司法部交该管法庭从速检察，依法究办，并责成内务部随时饬警，妥为保护，毋得稍涉疏懈！此令。

司法总长张耀曾，接到此令，眼见得办理为难，竟上呈辞职。又有外交总长伍廷芳，及农商总长谷钟秀，海军总长程璧光，均提出辞职书，陆续送呈总统府中。看官听着！这几位总长，乃是国民党中要人，与段总理感情，本不甚融洽，当时得入阁任事，亦由段氏自欲罗才，特地化除畛域，采用几个异派的人物。但黎总统亦曾加入国民党，党同道合，自然沆瀣相投；就是众议院的议员，一半入国民党籍，他的党旨，不愿与德宣战，所以反对段氏，隐表同情。此次各种请愿团，胁迫议院，明明由主战派指使，无拳无勇的司法部，如何办理？且因党见未会，不能不辞职求去。伍、谷、程三总长，无非因同党关系，致有连带辞职的举动，偏黎总统并不批答，镇日里延宕过去。那提出辞职的总长，也不到国务院，乐得自由数天。统是心心相印。

只有这位段总理，自信甚深，硬要达到宣战目的，今朝催众议院开议，明朝催众议院议决。众议院寂然不动，挨过了七八天，始由议员褚辅成倡议，略谓："国务员已多数辞职，此案且从缓议，俟内阁全体改组，再行讨论未迟。"当经多数表决，咨复国务院。看官！你想段总理望眼将穿，恨不得即日宣战。偏经国会牵掣，不能由他作主，他如何不忿？如何不恼？当下与督军团密商，设法泄恨。三个缝皮匠，比个诸葛亮，况有二十余人，会议此事，应该想出一个绝妙的法儿，他不从宣战上着想，偏从宪法上索瘢，因即拟定一篇改制宪法的呈文，由吉林督军孟恩远领衔，赍交总统府，其文云：

　　窃维国家赖法律以生存，法律以宪法为根本，故宪法良否，实即国家存亡之枢。恩远等到京以来，转瞬月余，目睹政象之危，匪言可喻，然犹无难变计图善。唯日前宪法会议二读会通过之宪法数条，内有众议院有不信任国务员之决议时，大总统可免国务员之职或解散众议院，唯解散时须得参议院之同意；又大总统任免国务总理，不必经国务员之副署；又两院议决案与法律有同等效力等语，实属震悚异常。查责任内阁之制，内阁对于国会负责，若政策不得国会同意，或国会提案弹劾，则或令内阁去职，或解散国会，诉之国民，本为相对之权责，乃得持平之维系。今竟限于有不信任之决议时，始可解散。夫政策不同意，尚有政策可凭，提案弹劾，尚须罪状可指，所谓不信任云者，本属空渺无当，在宪政各国，虽有其例，究无明文。内阁相对之权，应为无限制之解散，今更限以参议院之同意，我国参众两院，性质本无区别，回护自在意中，欲以参议院之同意，解散众议院，宁有能行之一日？是既陷内阁于时时颠危之地，更侵国民裁制之权，宪政精神，澌灭已尽。且内阁对于国会负责，故所有国家法令，虽以大总统名义颁行，而无一不由阁员副署，所以举责任之实际者在此，所以坚阁员之保障者亦在此。任免总理，为国家何等大政，乃云不必经国务员副署，是任命总理时，虽先有两院之同意为限制，而罢免时则毫无牵碍，一唯大总统个人意旨，便可去总理如逐厮役。试问为总理者，何以尽其忠国之谋，为民宣力乎？且以两院郑重之同意，不惜牺牲于命令之下，将处法律于何等，又将自处于何等乎？至议决案与法律有同等效力一层，议会专制口吻，尤属显彰悖逆，肆无忌惮。夫议员议事之权，本法律所赋予，果令议决之案，与法律有同等效力，则议员之于法律，无不可起灭自由，与"朕开口即为法律"之口吻，更何以异？国家所有行政司法之权，将同归消灭，而一切官吏之去留，又不容不仰议员之鼻息，如此而欲求国家治理，能乎不能？况宪法会议近日开会情形，尤属鬼蜮，每一条文出，既恒阻止讨论，群以即付表决相哗请，又每不循四分之三表决定例，而辄以反证表决为能事。以神圣之会议，与儿戏相终始，将来宣布后谓能有效，直欺天耳。此等宪法，破坏责任内阁精神，扫地无余，势非举内外行政各官吏，尽数变为议员仆隶，事事听彼操纵，以畅遂其暴民专制之私欲不止。我国本以专制弊政，秕害百端，故人民将士，不惜掷头颅，捐血肉，惨淡经营，以构成此共和局面。而彼等乃舞文弄墨，显攫专制之权，归其掌握，更复何有国家？以上所举，犹不过其荦荦大者。其他钳束行政，播弄私权，纰缪尚多，不胜枚举。如认此宪法为有效，则国家直已沦胥于少数暴民之手。如宪法布而群不认为有效，则祸变相寻，何堪逆计？恩远等触目惊心，实不忍坐视艰辛缔造之局，任令少数之人，倚法为奸，重召巨祸，欲作未雨之绸缪，应权利害之轻重，以常事与国会较，固国会重，以国会与国家较，则国家重。今日之国会，既不为国家计，是已自绝于人民，代表资格，当然不能存在。犹忆天坛草案初成，举国惶骇时，我大总统在鄂督任内，挈衔通电，力辟其非，至理名言，今犹颂声盈耳。议宪各员，具有天良，当能记忆，何竟变本加厉，一至于此。唯有仰恳大总统权宜轻重，毅然独断，如其不能改正，即将参众两院，即日解散，另行组织。俾议宪之局，得以早日改图，庶几共和政体，永得保障，奕世人民，重拜厚赐。恩远等忝膺疆寄，与国家休戚相关，兴亡之责，宁忍自后于匹夫？垂涕之言，伏祈鉴察！无任激切屏营之至！

呈文上的署名，除领衔的孟恩远外，就是王占元、张怀芝、李厚基、赵倜、倪嗣冲、李纯、阎锡山及田中玉、蒋雁行等。又有浙江代表赵禅，奉天代表杨宇霆，黑龙江代表张宣、张发宸，陕西代表翟寿禔，甘肃代表吴中英，热河代表冯梦云，湖南代表张翼鹏，新疆代表钱桐，江苏代表师景云，贵州代表王文华，云南代表叶荃，共得二十二人。一面递呈国务总理，及通电各省，这一场有分教：

苍狗白云多变幻，红羊浩劫又侵寻。

欲知黎总统曾否照准，且待下回分解。

有袁世凯之胁迫议会，勾结军阀，而段祺瑞乃欲踵而效之，彼请愿团之捣乱议会，果谁使之乎？督军团之纠劾议会，果谁使之乎？夫议会之一切举动，固不足尽满人意，然武夫专制之为祸，较甚于议会之专制。兵犹火也，不戢将自焚也。袁氏且毒人自毒，段智不袁若，乃亦起而效尤，宁非大误，国家多难，杌陧不安，顾尚堪一误再误耶？吾观段氏之所为，吾尤不能无憾于袁氏矣。

# 第三回

## 应电召辫帅作调人
## 撤国会军官甘副署

却说督军团递入呈文，待了两日，未见批答下来，料知黎总统不肯照允，遂向总理处告辞，陆续出京。行到天津，复在督军曹锟署内，开了一次秘密会议。适徐州张勋，亦有密电到津，邀各军长等同赴徐州，各军长又复南下，与张辫帅晤谈竟夕，彼此订定密约，方才散归，静听中央消息。葫芦里卖什么药？才隔两天，即闻黎总统下令，免国务总理兼陆军总长段祺瑞职，着外交总长伍廷芳，暂行代理国务总理，陆军次长张士钰，代理陆军部务。一个霹雳，响彻中原，各军长正防这一着，准备与中央翻脸，方拟传电质问，忽由总统府发出通电，略云：

段总理任事以来，劳苦功高，深资倚畀，前因办事困难，历请辞职，叠经慰留，原冀宏济艰难，同支危局。乃日来阁员相继引退，政治莫由进行，该总理独力支持，贤劳可念。当国步阽危之日，未便令久任其难，本大总统特依约法第三十四条免去该总理本职，由外交总长暂行代署，俾息仔肩，徐图大用，一面敦劝东海出山，共膺重寄。其陆军总长一职，拟令王聘卿继任。执事等公忠体国，伟略匡时，仍冀内外一心，共图国是，本大总统有厚望焉！

这道电文，颁发出来，各军长统皆愕然。看到电文的署名，除黎总统外，就是代理国务总理伍廷芳副署，大众更觉惊哗。未几即接到段祺瑞通电，略言："卸职出京，暂寓天津，唯调换总理命令，未经祺瑞副署，将来地方及国家，因此生何影响，祺瑞概不负责"云云。看官阅此，应知他言中寓意，明明是教外省督军，质问中央，诘他违法。于是长江巡阅使张勋，首先拍电，谓："此令由伍廷芳副署，不合法律。"此外各省军长，亦如张勋所言，陆续电话。*张非段派，乃首驳黎氏，无非欲收渔人之利。*就是国会议员，亦不得不提出质问。*聊复尔尔。*当经伍廷芳依据约法，兼引民国以来任免总理的先例，通电解释，并向议会答复。议会中原是虚与委蛇，不再穷诘，唯各军长怎肯罢休，自然坚持到底，还要龃龉，申请黎总统收回成命。黎总统如何肯从，但将各军长电文置诸高阁，特派王士珍为京津一带临时警备总司令，江朝宗、陈光远为副司令，戒备非常。

正在内外争持的时候，突接宁夏护军使马福祥来电，报称："擒获伪皇帝吴生彦，即日正法"等语。原来吴生彦为甘肃匪首，也艳羡皇帝二字的美称，因即纠众千余，骚扰甘蒙边境，诈称为清室后裔达儿六吉，自号统绪皇帝，*把光绪宣统二年号，凑合成名，可发一噱。*封党徒卢占魁为大元帅，兴兵恢复。幸由马福祥所部军队，闻风剿捕，斩获百人，贼众究系乌合，纷纷骇散。伪皇帝与伪大元帅，一筹莫展，只有乱窜一法，结果是无处奔避，被官军四面兜拿，擒至护军使辕门，讯明情实，赏给几个卫生丸，送他归阴。*袁氏想做皇帝，尚难成事，何况吴生彦。但亦袁氏引带出来，故特叙及。*黎总统接得捷电，自然放心。唯伍廷芳系由黎氏任命，作为临时总理，未经国会通过同意，自未得继续下去；再加各军长交相诘难，廷芳也觉不安，屡向黎总统处告辞。黎总统焦思苦虑，想出一个老成重望的人物，请令上台。欲知他姓甚名谁，就是新命财政总长李经羲。

经羲系清傅相李鸿章从子，年已老朽，不堪大用。黎独追溯从前，谓祺瑞父尝从故军门周盛传麾下，周本淮军将领，隶属李氏，李氏为北洋系军阀旧家，借他余威，或可弹压北洋军人，免他滋扰。*婚媾尚且反噬，遑论旧谊？*适值李经羲奉命至津，正好畀他重任，维持危局。当下转咨国会，拟任李经羲为国务总理，请求同意。国会议员与黎氏通同一气，自然不致两歧，不过手续上总须投票，方可表决。等到开瓯检票，自得多数同意，复告政府。黎总统便即下令，特任李经羲为国务总理，一面派员赴津，迎李入京。李经羲未肯遽允，复书辞谢，再经黎总统手书敦勉，经羲仍然模糊作答，不即启行。惹得黎总统望眼将穿，非常焦灼。

不意督军团的手段，煞是厉害，一声爆裂，首发淮上，安徽省长倪嗣冲，居然通电各省，宣告独立。略言："群小怙权，扰乱政局，国会议员，乘机构煽，政府几乎一空。宪法又系议院专制，自本日始，与中央脱离关系"云云。这电为民国六年五月二十九日拍发，越日，即扣留津浦铁路火车，运兵赴津，颇有晋阳兴甲的气象。嗣是奉天督军兼省长张作霖，陕西督军陈树藩，河南督军赵倜、省长田文烈，浙江督军杨善德、省长齐耀珊，山东督军兼署省长张怀芝，黑龙江督军兼署省长毕桂芳、帮办军务许兰洲，直隶督军曹锟、省长朱家宝，福建督军李厚基，山西督军阎锡山，第二十师师长范国璋，绥远旅长王丕焕，第七师师长张敬尧，第八师师长李长泰等，依次哗噪，与那倪嗣冲异口同声，倡言独立。那时苦口婆心的黎菩萨，真弄到魔障重重，没法摆布了。代理国务总理伍廷芳等，又统是无拳无勇，不能救急，没奈何再使秘书劳神，撰了数千百言，电发出去，劝告督军团，并派员分往宣慰。看官！你想这班督军团，手拥强兵，气焰极盛，岂是区区笔舌，所得挽回？当下独立各省，均派干员至天津，设立各省军务总参谋处，即用雷震春为总参谋，将设临时政府，临时议会，风声日紧一日，黎总统寝食不安，孤危得很。适安徽督军张勋，递入呈文，历陈时局危险，劝黎总统勿再固执，危及国家，言下并有自出斡旋的意思，黎总统还道他是个好人，巴不得他出来调停，急来抱佛脚，哪知他是个牛魔王。再电问李经羲，经羲亦主张召勋，因决计下令道：

据安徽督军张勋来电，历陈时局，情词恳挚，本大总统德薄能鲜，诚信未孚，致为国家御侮之官，竟有藩镇联兵之祸，事与心左，慨歉交深。安徽督军张勋功高望重，公诚爱国，盼即迅速来京，共商国是，必能匡济时艰，挽回大局，跂予望之！此令。

张勋接到此令，喜如所望，即复电到京，克日启程。别有肺肠，明眼人当能窥测。众议院议长汤化龙，蒿目时艰，料知前途必有大变，不如见机远祸，乃向院中陈请辞职。各议员表决许可，因即改选，另举吴景濂为议长。副议长陈国祥亦情愿去职，偏不得大众允许，只好仍然留任。外此如参众两院议员，有心趋避，联翩告辞，乐得离开烦恼场，回去享福。最惊人耳目的事情，乃是副总统冯国璋，亦电达参众两院，请辞中华民国副总统一职，并派员将原受证书，具文送缴两院，且通电中央及各省，声明时局险巇，无术救济，不能腼颜尸位等情。黎总统越觉焦急，慌忙复电慰留，一面敦促安徽督军张勋，及国务总理李经羲入都，挽救危局。江西督军李纯，却是有些热诚，意欲出为调停，特由赣省入京，窥探两造意见，竭力周旋。偏黎总统的心目中，专望那辫子大帅，天津的各省总参谋处，又是倚势作威，不容进言，李督军徒讨了一回没趣，只好扫兴自归。那辫帅张勋，于六月七日起行，随身带着精兵五千，乘车就道，越宿即至天津，与李经羲晤商。彼此密谈多时，定了密计，遂先派兵入京，作为先声，又电陈调停条件，第一项宜解散国会，第二项是撤消京津警备。意欲何为？黎总统接电后，明知这两项是都不可行，但事在燃眉，不得不依他一条，把王士珍、江朝宗、陈光远的警备总副司令，先行撤消，然后再复电张勋，商榷解散国会一事，似乎有不便依议的情形。偏张勋坚执己见，谓："国会若不解散，断无调停余地，自己亦未便晋京，拟即回任去了。"黎总统接到此电，又大吃了一惊。可巧驻京美公使，复来了一角公文，由伍廷芳亲自赍入。黎总统急忙启阅，但见上面写着：

美国政府，闻中国内讧，极为忧虑，笃望即复归于和好，政治统一。中国对德宣战，抑或仍守与德绝交之现状，乃次要之事件。在中国最为必要者，乃维持继续其政治之实验，沿已得进步之途径，进求国家之发展。美国所以关心于中国政体及行政人物者，仅以中美友谊之关系，美国不得不助中国。但美国尤深切关心者，在中国之维持中央统一与单独负责之政府。是以美国今表示极诚恳之希望，愿中国为自己利益及世界利益计，立息党争。并愿所有党派与一切人民，共谋统一政府之再建，共保中国在世界各国中所应有之地位。但若内讧不息，而欲占其以应得之地位，则必不可能也。

黎总统览到此处，见下文只有寥寥数字，料不过是起结套话，因此不暇细瞧，便将来文置诸案上，顾语伍廷芳道："这原是友邦的好意，但目前危状，几乎朝不保暮，公可别有良策否？"廷芳踌躇多时，竟想不出什么法子，只得当面敷衍道："总统高见，究应如何办法？"黎总统答道："张勋所要求的二大条件，京津警备，已经撤消，只解散国会，事关重大，未便照行，偏他定要照办，如何是好？"廷芳道："民国约法，并无解散国会的条件，此事如何行得？就是前日段总理免职，廷芳面奉钧命，勉强副署，那还有约法可援，已遭各军长反对，痛责廷芳，倘或解散国会，是要被全国唾骂了。"黎总统道："这便怎么处？"廷芳这："且再派一干员，赴津与张勋婉商，宁可改行别种条件罢。"黎总统点首无言。廷芳便即退出。当由黎总统派员往津，才阅一宵，便见该员返报。据言："张勋意见，非解散国会，断不可了，现限定三日以内，必须颁发解散国会的命令。否则通电卸责，南下回任，恕不入谒了。"仿佛哀的美敦书。黎总统听着，直似哑子吃黄连，说不出的苦楚。又召伍廷芳等熟商，廷芳托辞有疾，但呈入一篇辞职书，不愿进见。此外有几位国务员，应召进来，也无非面面相觑，支吾了事。

光阴易过，倏忽三天，张辫帅所说的限期，已经到了，黎总统再召集文武各员，咨商国是，大家亦不肯作主，唯推到总统一人身上。就中有一个步军统领江朝宗，甫卸警备副司令的职衔，想乘此出些风头，竟说解散国会，并非今日创行，尚记得老袁时代么？总统为保全大局起见，何妨毅然决计，暂撤国会，再作计较。黎总统捻须道："伍代揆为了副署一事，不便承认，所以称疾辞职，现有何人肯来担负呢？"朝宗道："为国为民，义所难辞，但教总统另简一人，使他副署，便好解决了。"黎总统委实没法，只好商诸各部总长，请他担任此责。各总长同声推辞，黎总统仍顾江朝宗道："看来此事只好属君了。"朝宗道："此事本非朝宗所宜负责，但事已至此，也不能不为总统分忧，朝宗也不遑后顾，就此一干罢。"毕竟武夫胆大。黎总统也明知不妙，唯除此以外，别无救急的良方，没奈何把头微点，待到大众退出，即命秘书代缮命令，逐条颁发。第一道是准外交总长伍廷芳，免代理国务总理职；第二道是特任江朝宗暂行代理国务总理；第三道便是解散国会了。略云：

上年六月，本大总统申令，以宪法之成，专待国会，宪法未定，大本不立，亟应召集国会，速定宪法等因。是本届国会之召集，专以制宪为要义。前据吉林督军孟恩远等呈称："日前宪法会议及审议会通过之宪法数条，内有众议院有不信任国务员之决议时，大总统可免国务员之职，或解散众议院，唯解散时，须得参议院之同意；

又大总统任免国务总理，不必经国务员之副署；又两院议决案，与法律有同等效力等语，实属震悚异常。考之各国制宪成例，不应由国会议定，故我国欲得良妥宪法，非从根本改正，实无以善其后。以常事与国会较，固国会重，以国会与国家较，则国家重。今日之国会，既不为国家计，唯有仰恳权宜轻重，毅然独断，将参众两院即日解散，另行组织，俾议宪之局，得以早日改图，庶几共和政体，永得保障"等语。近日全国军政商学各界，函电络绎，情词亦复相同，查参众两院，组织宪法会议，时将一载，迄未告成。现在时局艰难，千钧一发，两院议员纷纷辞职，以致迭次开会，均不足法定人数，宪法审议之案，欲修正而无从，自非另筹办法，无以慰国人宪法期成之喁望。本大总统俯顺舆情，深维国本，应即准如该督军等所请，将参众两院即日解散，克期另行选举，以维法治。此次改组国会本旨，原以符速定宪法之成议，并非取消民国立法之机关，邦人君子，咸喻此意！此令。

这道解散国会的命令，当然由江朝宗副署了。朝宗虽已副署，也恐为此招尤，特通电自解道：

现在时艰孔亟，险象环生，大局岌岌，不可终日，总统为救国安民计，于是有本日国会改选之命令。朝宗仰承知遇，权代总理，诚不忍全国疑谤，集于主座之一身，特为依法副署，借负完全责任。区区之意，欲以维持大局，保卫京畿，使神州不至分崩，生灵不罹涂炭。一俟正式内阁成立，即行引退。违法之责，所不敢辞。知我罪我，听诸舆论而已。

发令以后，黎总统长吁短叹，总觉愤懑不安，意欲再明心迹，方可对己对人。小子有诗为证云：

文人笔舌武夫刀，扰扰中华气量豪。
一体如何左右袒，枉教元首费忧劳。

欲知黎总统如何自明，试看下回续叙。

段总理免职，首先反抗者为张勋，而后来宣告独立，乃让倪嗣冲、张作霖等出头，岂辫帅之先勇后怯耶？彼盖故落人后，可以出作调人，而自遂其生平之愿望。黎总统急不暇择，便引为臂助，一心召请，菩萨待人，全出厚道，安知伏魔大将军反为魔首也。至解散国会一事，伍廷芳不敢副署，因致辞职，独江朝宗毅然入请，愿为效劳，赳赳武夫，胆量固豪，其亦料将来之变幻否耶？而德不胜才之黎总统，则已不堪胁迫矣。

# 第四回

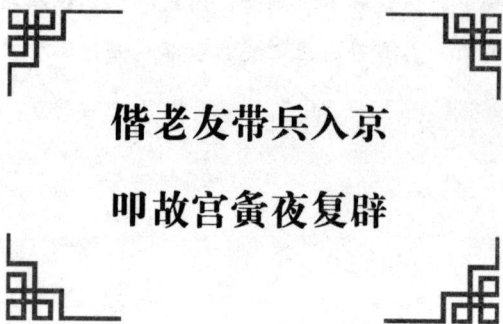

## 偕老友带兵入京
## 叩故宫黉夜复辟

却说黎总统解散国会，心中仍然愤闷，不得不表明心迹，因再嘱秘书草就一令，同日缮发。大略说是：

元洪自就任以来，首以尊重民意，谨守《约法》为职志，虽德薄能鲜，未餍舆情，而守法勿渝之素怀，当为国人所共谅。乃者国会再开，成绩尚鲜，宪政会议，于行政立法两方权力，畸轻畸重，未剂于平，致滋口实。皖、奉发难，海内骚然，众矢所集，皆在国会，请求解散者，呈电络绎，异口同声。元洪以《约法》无解散之明文，未便破坏法律，曲徇众议，而解纷靖难，智勇俱穷，亟思逊位避贤，还我初服，乃各路兵队，逼近京畿，更于天津设立总参谋处，自由号召，并闻有组织临时政府与复辟两说，人心浮动，讹言繁兴。安徽张督军北来，力主调停，首以解散国会为请，迭经派员接洽，据该员复述："如不即发明令，即行通电卸责，各省军队，自由行动，势难约束"等语，际此危疑震撼之时，诚恐觍躬引退，立启兵端，匪独国家政体，根本推翻，抑且攘夺相寻，生灵涂炭。都门首善之地，受害尤烈，外人为自卫计，势必至始于干涉，终以保护，亡国之祸，即在目前。元洪筹思再四，法律事实，势难兼顾，实不忍为一己博守法之虚名，而使兆民受亡国之惨痛。为保存共和国体，保全京畿人民，保持南北统一计，迫不获已，始有本日国会改选之令，忍辱负重，取济一时，吞声茹痛，内疚神明。所望各省长官，其曾经发难者，各有悔祸厌乱之决心，此外各省，亦皆曲谅苦衷，不生异议，庶几一心一德，同济艰难，一俟秩序回复，大局粗安，定当引咎辞职，以谢国人。天日在上，誓不食言。

这令下后，两院议员，无可奈何，相率整装出都。督军团已得如愿，不战屈人，便都电告中央，取消独立。唯黑龙江督军毕桂芳，为帮办军务许兰洲所迫，卸职自去。许兰洲亦不待中央命令，但说由毕桂芳移交，居然就职。力大为王，还管什么高下？政府也不暇过问，由他胡行。唯广东督军陈炳焜，广西督军谭浩明，乃是国民党中的健将，素来扶持黎总统，不入督军团中，此次闻黎氏被迫，解散国会，已经愤不可遏，跃跃欲动，再经议员等出京抵沪，电致湘、粤、桂、滇、黔、川各省，谓："民国《约法》中，总统无解散国会权，江朝宗为步军统领，非国务员，更不能代理国务总理。且总统受迫武人，亦已自认违法，所有解散国会的命令，当然无效。"这电文传到两督军座前，便双方互约，暂归自主，俟恢复旧国会或重组新国会，依法解决时局，再行听命。两督联名传电，理由颇也充足。但两广僻处岭南，距京最远，就使他加倍激烈，亦未足慑服督军团，所以督军团全然不睬，反暗笑他螳斧当车，不自量力。

还有这位张辫帅趾高气扬，竟与李经羲偕行入京，来演一出特别好戏。黎总统派员至车站前，恭迎二人入都，就是都中人士，拭目待着，也总道是两大人物，定有旋天转地的手段，可以易危为安。俟至汽笛鸣鸣，烟尘滚滚，京津火车，辘辘前来，车上悬着花圈，一望便知是伟人座处，不由的瞻仰起来。寻常时候，火车到站，非常忙乱，此时却格外镇静，车站两旁，统有兵队森列，严肃无声，但见辫子大帅，与李老头儿，联翩下车，即由总统府特派员，上前鞠躬，表明总统诚意。张辫帅满面春风，对他一笑，便改乘马车，由随来的一营兵士，拥护出站，偕李经羲同进都门去了。渲染声势，反跌下文。

看官记着！张、李入都的日子，乃是六月十四日，过了数天，尚未有甚么举动，唯见都城内外，遍贴定武将军的告示，大略说是："此行入都，当力筹治安。"余亦没有意外奇语。有几个聪明伶俐的士人，看到定武将军四字，已不禁生疑，暗想定武将军，虽是张辫帅的勋衔，但他究任安徽督军，如何出示都门，敢来越俎？就中必有隐情，不可测度。仔细探听总统府中，但闻张、李二人，与总统晤谈数次，亦无非是福国利民的口头禅，没甚表异。大家无从揣摩，只得丢过一边。到了二十一日，天津总参谋处，由雷震春宣告撤销，倒也是一番佳象。二十四日，国务总理李经羲就职，奉令兼财政总长，亦未尝提出辞呈，不过他通电各省，自称任事期限，只三阅月，过此便要辞职，这是他格外鸣谦，无关轻重。二十五日，复由黎总统下令，任命李经羲兼盐务督办。二十六日，内务部因改选国会，特设办理选举事务局，局长派出杨熊祥。二十九日，准免司法总长张耀曾，及农商总长谷钟秀二人，改任江庸署司法总长，李盛铎署农商总长。这条命令，却是有些蹊跷。张、谷皆国民党，忽然免职，另任他人，想总是削夺国民党的面子，划除黎总统的心腹，此外当无甚关系了。*逐层反跌。*

谁料事起非常，变生不测，六月三十日的夜间，竟演就一场复辟的幻戏出来。*确是奇闻。*复辟二字，本是张辫帅念念不忘的条件，从前徐州会议，第一条即为尊重优待清室的成约，暗中已寓有复辟的意思；至第二次徐州会议，表面上仍筹议治安，其实是为了复辟计划，重复讨论。倪嗣冲素不赞成共和，冯国璋模棱两可，余皆奉张辫帅为盟主，莫敢异言。张辫帅部下，统皆垂辫，原是借辫发为标帜，待时复辟。此次黎、段龃龉，正是绝好机会，所以连番号召，要结同盟。*看得透，写得出。*直隶督军曹锟，本列入督军团内，闻着此议，忙去请教前清元老徐世昌。徐世昌摇首道："这事断不可行，少轩自谓忠清，我恐他反要害清了。"*是极。*锟领教后，方知张勋所议不合。少轩就是张勋表字。唯张勋曾有各守秘密的条约，故锟与徐说明，各不声张，坐观成败。

及勋既北上，阳作调人，暗中实为复辟起见。天下事若要不知，除非莫为，所以张勋到津，前国务总理熊希龄，就有反对复辟的通电，迭称复辟论调，具有五大危险：一关财政，二关外交，三关军政，四关民生，五关清室。说得淋漓痛切，毫无剩词。副总统冯国璋，阅熊电文，亦幡然觉悟，发一通电，与熊共表同情。*实未免首鼠两端。*黎总统览到熊、冯两电，很觉惊心，因此解散国会时，自明心迹，也曾将复辟二字提及，预先示惩。*补前文所未详。*就是张辫帅的好友，亦密电劝阻，略言："时机未熟，民情未孚，兵力未集，不宜轻举妄动。"张颇有所悟，复电谓："俟大局粗定，内阁组成，便当南返徐州，所有复辟一说，自当取消，无庸再议。"于是远近安心，不复担忧了。

偏偏张勋参谋长万绳栻，热心富贵，希旨迎合，日夕在辫帅旁，微词挑拨，怂恿复辟，又去敦促文圣人到京，作一帮手。文圣人姓甚名谁？就是前清工部主事康有为。有为尝到徐州，谒见张勋，勋与他谈论时政，语多投机。**彼此都是保皇派，自然契合**。康尚文，张尚武，两人各诩诩自夸，故时论号为文武两圣人。至此康有为接奉密召，星夜到京，预拟诏书数纸，持入见张，张勋正往江西会馆中夜宴，时尚未归，当由万绳栻接着，与有为密议多时，差不多是二更天气了。绳栻急欲求逞，派人赴江西会馆，探望张勋，好容易才得使人还报，谓："大帅在会馆中听戏，所以迟归。现在戏将演毕，想就可返驾了。"绳栻与有为又眼巴巴的伫候，约过了一二小时，方见辫子大帅，大踏步的进来。有为亟上前请过晚安，由张勋欢颜道谢，引他就座。彼此寒暄数语，绳栻已将左右使开，向有为传示眼色，令他进言。有为即将草拟诏书，从囊中取出一大包，持呈张勋。勋问为何因？有为道："请大帅约略展问，便见分晓。"勋启视一页，便捻须道："这……这事恐不便速行。"有为尚未及答，绳栻便在旁接入道；"大帅志在复辟，已非一日，现在大权在手，一呼百诺，正是千载一时的机会，失此不图，尚待何时？"张勋尚有三分酒意，听了此言，不由的鼓动余兴，奋袂起座道："有理有理，我便干一遭罢。"**由肖莽夫形容**。当下唤入心腹侍从，分头往邀几个著名大员，商量起事。少顷，便有数人到来，一是陆军总长王士珍，一是步军统领江朝宗，一是警察总监吴炳湘，一是第二十师师长陈光远，陆续进见，启问情由。张勋便提出复辟两大字，请他数大员帮忙。王士珍老成持重，颇有难色。江朝宗乃是急性人，当即赞成。士珍嗫嚅道："这……这事还应慢慢妥商。"**回应张勋前语，笔法入神**。张勋瞋目道："要做就做，何必多商。事若不成，由我老张负责，不致累及诸公，否则休怪我不情哩！"士珍见他色厉词狂，不敢再言。张勋复顾吴炳湘道："今夜便当开城，招纳我部下将士，明晨就好复辟了。"炳湘也未敢反对。张勋遂派人据住电报局，不许他人拍电，并放定武军入城。一面召入刘廷琛、沈曾植、劳乃宣、阮忠枢、顾瑗等，审查康有为所拟诏书，有无误点。大家检阅一番，心下各忐忑不定。有几个素主复辟，稍稍注视，但闻是康圣人手笔，当然不能笔削，乐得做个好好先生。

张勋的辫子军

转眼间已是鸡声报晓，天将黎明了，张勋已命厨役办好酒肴，即令搬出，劝大家饱餐一顿。未几，即有侍从入报，定武军统已报到，听候明令。张勋跃起道："我等就同往清宫，去请宣统帝复辟便了。"说着，左右已取过朝衣朝冠，共有数十套。亏他当夜筹备。张勋先自穿戴，并令大众照服，不能如大帅有辫，总觉不像。出门登车，招呼部兵，一齐同行。到了清宫门首，门尚未启，由定武军叩门径入。张勋也即下车，招呼王士珍等，徒步偕进。清宫中的人员，不知何因，统吓得一身冷汗，分头乱跑，里面去报知瑾、瑜两太妃，外面去报知清太保世续。两太妃与世续诸人，并皆惊起，出问缘由。张勋朗声道："今日复辟，请少主即刻登殿。"世续战声道："这是何人主张？"张勋狞笑道："由我老张作主，公怕甚么？"世续道："复辟原是好事，唯中外人情，曾否愿意？"张勋道："愿意不愿意，请君不必多问，但请少主登殿，便没事了。"世续尚不肯依，只眼睁睁的望着两太妃。两太妃徐语张勋道："事须斟酌，三思后行。"张勋不禁动恼道："老臣受先帝厚恩，不敢忘报，所以乘机复辟，再造清室，难道两太妃反不愿重兴吗？"瑜太妃鸣咽道："将军幸勿错怪！万一不成，反恐害我全族。"张勋道："有老臣在，尽请勿忧！"两太妃仍然迟疑，且至泪下。世续亦踌躇不答。俄而定武军哗噪起来，统请宣统帝登殿。张勋亦忍耐不住，厉声问世续道："究竟愿复辟否？"胁主退位，我所习闻，胁主复辟，却是罕见，这未始非张辫帅之孤忠。世续恐不从张勋，反有意外情事，乃与两太妃熟商，只好请宣统帝出来。两太妃乃返身入内，世续亦即随入，领出十三岁的小皇帝，扶他登座。此番却不哭了。张勋便拜倒殿上，高呼万岁。王士珍等也只得跪下，随口欢呼。朝贺已毕，即由康有为赍呈草诏，即刻颁布。诏云：

朕不幸，以四龄继承大业，茕茕在疚，未堪多难。辛亥变起，我孝定景皇后至德深仁，不忍生民涂炭，毅然以祖宗创垂之重，亿兆生灵之命，付托前阁臣袁世凯，设临时政府，推让政权，公诸天下，冀以息争弭乱，民得安居。乃国体自改革共和以来，纷争无已，迭起干戈，强劫暴敛，贿赂公行，岁入增至四万万，而仍患不足，外债增出十余万万，有加无已，海内嚣然，丧其乐生之气，使我孝定景皇后不得已逊政恤民之举，转以重困吾民。此诚我孝定景皇后初衷所不及料，在天之灵，恻痛而难安者。而朕深居宫禁，日夜祷天，彷徨饮泣，不知所出者也。今者复以党争，激成兵

祸，天下汹汹，久莫能定，共和解体，补救已穷。据张勋、冯国璋、陆荣廷等，以
国体动摇，人心思旧，合词奏请复辟，以拯生灵；又据瞿鸿等，为国势贴危，人心
涣散，合词奏请御极听政，以顺天人；又据黎元洪奏请奉还大政，以惠中国而拯生
民各等语，真会捣鬼，大约是康圣人梦中瞧过。览奏情词恳切，实深痛惧。既不敢以天
下存亡之大责，轻任于冲人微眇之躬，又不忍以一姓祸福之謷言，遂置生灵于不顾。
权衡轻重，天人交迫，不得已允如所奏，于宣统九年五月十三日，是从阴历。临朝听
政，收回大权，与民更始。而今以往，以纲常名教，为精神之宪法，以礼义廉耻，收
溃决之人心。上下以至诚相感，不徒恃法守为维系之资，政令以惩惢为心，不得以国
本为尝试之具，况当此万象虚耗，元气垂绝，存亡绝续之交，朕临深履薄，固不敢有
乐为君，稍自纵逸。尔大小臣工，尤当精白乃心，涤除旧染，息息以民瘼为念，为民
生留一分元气，即为国家留一息命脉，庶几危亡可救，感召天麻。所有兴复初政，亟
应兴革诸大端，条举如下：（一）钦遵德宗景皇帝谕旨，大权统于朝廷，庶政公诸舆
论，定为大清帝国，善法列国君主立宪政体。（二）皇室经费，仍照所定每年四百万
数目，按年拨用，不得丝毫增加。（三）懔遵本朝祖制，亲贵不得干预政事。（四）
实行融化满汉畛域，所有以前一切满蒙宫缺，已经裁撤者，概不复设。至通俗易婚等
事，并着所司条议具奏。（五）自宣统九年五月本日以前，凡与东西各国正式签定条
约，及已付债款各合同，一律继续有效。（六）民国所行印花税一事，应即废止，以
纾民困。其余苛细杂捐，并着各省督抚查明，奏请分别裁撤。（七）民国刑律，不适
国情，应即废除，暂以宣统初年颁定现行刑律为准。（八）禁除党派恶习，其从前政
治罪犯，概予赦免，倘有自弃于民而扰乱治安者，朕不敢赦。（九）凡我臣民，无论
已否剪发，应遵照宣统三年九月谕旨，悉听其便。凡此九条，誓共遵守，皇天后土，
实鉴临之！将此通谕知之！

这谕既发，康有为又取出第二三道草诏，谕设内阁议政大臣，并设阁丞二员。余
如京外各缺，均暂照宣统初年官制办理。又封黎元洪为一等公，授张勋、王士珍、陈
宝琛、梁敦彦、刘廷琛、袁大化、张镇芳为内阁议政大臣，万绳栻、胡嗣瑗为内阁阁
丞，梁敦彦为外务部尚书，张镇芳为度支部尚书，王士珍为参谋部大臣，雷震春为陆
军部尚书，朱家宝为民政部尚书，徐世昌为弼德院院长，康有为为副院长，张勋又兼

任直隶总督北洋大臣，留京办事，冯国璋为两江总督南洋大臣，陆荣廷为两广总督。他如直隶督军曹锟以下，统改官巡抚。一时希荣求宠诸徒，无不雀跃，纷纷至热闹市场，购办翎顶蟒服，准备入朝，市侩遂竟搜旧箧，把从前搁落的朝臣服饰，一古脑儿搬取出来，重价出售，倒是一桩绝大利市，得赚了好许多银子。小子也乐得凑趣，胡诌几句歪诗道：

> 轻心一试太粗狂，偌大清宫作戏场。
> 只有数商翻获利，挟奇犹悔不多藏。

复辟已成，兴高采烈的张辫帅，还有若干手续，试看下回便知。

张勋以数年之心志，乘黎菩萨危急之余，冒昧求逞，遽尔复辟，此乃所谓行险侥幸之举，宁能有成？况清室已仆，不过为残喘之苟延，欲再出而号令四方，试问如许军阀家，尚肯低首下心，为彼奴隶乎？但观民国诸当局之各私其私，尚不若张辫师之始终如一，其迹可訾，其心尚堪共谅也。彼康有为亦何为者？前清戊戌之变，操之过激，几陷清德宗于死地，此时仅余一十三龄之遗胤，乃又欲举为孤注，付诸一掷，名为保清，实则害清，是岂不可以已乎？若万绳栻诸人，固不足道焉。

# 第五回

## 梁鼎芬造府为说客
## 黎元洪假馆作寓公

却说张勋主张复辟，仓猝办就，诸事统皆草率，所有手续，概不完备。

就是草诏中所叙各奏，都是凭空捏造，未曾预办，因此又劳那康圣人费心，先将自己奏折草就，补呈进去，再把瞿鸿禨等奏请听政的折子，亦缮定一分，作为备卷。其实冯国璋、陆荣廷、瞿鸿禨等，尚未接洽，全凭文武两圣人，背地告成。这数种奏折原文，小子无暇详录，唯当时张勋有一通电，宣告中外，录述如下：

自顷政象谲奇，中原鼎沸，蒙兵未解，南耗旋惊，政府几等赘旒，疲氓迄无安枕。怵内证之孔亟，虞外务之纷乘，全国漂摇，靡知所届。勋唯治国犹之治病，必先洞其症结，而后攻达易为功；卫国犹之卫身，必先定其心君，而后清宁可长保。既同处厝火积薪之会，当愈励挥戈返日之忠，不敢不掬此血诚，为天下正言以告。溯自辛亥武昌兵变，创改共和，纲纪隳颓，老成绝迹，暴民横恣，宵小把持，奖盗魁为伟人，祀死囚为烈士，议会倚乱民为后盾，阁员恃私党为护符，以剥削民脂为裕课，以压抑善良为自治，以摧折耆宿为开通；或广布谣言，而号为舆论，或密行输款，而托为外交，无非恃卖国为谋国之工，借立法为舞法之具。驯至昌言废孔，立召神恫，悖礼害群，率由兽行，以故道德沦丧，法度凌夷，匪党纵横，饿莩载道。一农

28

之产，既厄于讹诈，复厄于诛求，一商之资，非耗于官捐，即耗于盗劫。凡在位者，略吞贿赂，交济其奸，名为民国，而不知有民，称为国民，而不知有国。至今日民穷财尽，而国本亦不免动摇，莫非国体不良，遂至此极。即此次政争伊始，不过中央略失其平，若在纪纲稍振之时，焉有辐辏不解之虑？乃竟兵连方镇，险象环生，一二日间，弥漫大地。乃公亦局中人，何徒责人而不自责。迄今外蒙独立，尚未取消，西南乱机，时虞窃发，国会虽经解散，政府久听虚悬，总理既为内外所不承认，仍即腼然通告就职，政令所及，不出都门，于是退职议员，公诋总统之言为伪令，推原祸始，实以共和为之厉阶。且国体既号共和，总统必须选举，权利所在，人怀幸心，而选举之期，又仅以五年为限，五年更一总统，则一大乱，一年或数月更一总理，则一小乱，选举无已时，乱亦无已时。此数语颇亦动听。小民何辜，动罹荼毒，以视君主世及，犹得享数年或数十年之幸福者，相距何啻天渊？利病较然，何能曲讳？或有谓国体既改共和，倘轻予更张，恐滋纷扰，不若拥护现任总统，或另举继任总统之为便者。不知总统违法之说，已为天下诟病之资，声誉既隳，威信亦失，强为拥护，终不自安；倘日后迫以陷险之机，易若目前完其全身之术？爱人以德，取害从轻，自不必俦予推崇，转伤忠厚。亏他自圆其说。至若另行推选，克斯继任，讵敢谓海内魁硕，并世绝无其人？还是请辫帅登台何如？然在位者地五德齐，莫能相下，在野者资轻力薄，孰愿率从？纵欲别选元良，一时亦难其选。盖总统之职，位高权重，有其才而无其德，往者既时蓄野心，有其德而无其才，继者乃徒供牵鼻，重以南北趋向，不无异同，选在北则南争，选在南则北争，争端相寻，而国已非其国矣。默察时势人情，与其袭共和之虚名，取灭亡之实祸，何如屏除党见，改建一巩固帝国，以竞存于列强之间，此义近为东西各国所主张，全球几无异议。中国本为数千年君主之制，圣贤继踵，代有留贻，制治之方，较各国为尤顺，然则为时势计，莫如规复君主，为名教计，更莫如推戴旧君，此心此理，八表攸同。伏思大清忠厚开基，救民水火，其得天下之正，远迈汉、唐，二祖七宗，以圣继圣，至我德宗景皇帝，时势多艰，忧勤尤亟，试考史宬载笔，如普免钱粮，叠颁内帑，多为旷古所无，即至辛亥用兵，孝定景皇后宁舍一姓之尊荣，不忍万民之涂炭，仁慈至意，沦浃人心，海内喁喁，讴思不已。前者朝廷逊政，另置临时政府，原谓试行共和之后，足以弭乱绥民，今共和已阅六年，而变乱相寻未已，仍以谕旨收回成柄，实与初旨相符。况我皇上冲龄典学，遵时养晦，国内迭经大难，而深宫匕鬯无惊，近且圣学日昭，德音四被，可知天佑清祚，特畀我皇上以非常睿智，庶应运而施其拨乱反正之功。祖泽灵长，于兹益显。勋等枕戈励志，六载于兹，横览中原，陆沉滋惧，比乃猝逢时变，来会上京。窃以为暂偷一日之安，自不如速定万年之计，业已熟商内外文武，众议佥同，谨于本日合词奏请皇上复辟，以植国本而固人心，庶几上有以仰慰列圣之灵，下有以俯慰群生之望。风声所树，海内景从。凡我同袍，皆属先朝旧臣，受恩深重，即军民人等，亦皆食毛践土，世沐生成，接电后，应即遵用正朔，悬挂龙旗。国难方殷，时乎不再，及今淬厉，尚有可为。本群下尊王爱国之至心，定大清国阜民康之鸿业。凡百君子，当共鉴之。

是时京城里面，俱经张勋传令，凡署廨局厂，及大小商场，一应将龙旗悬起，随风飘扬，仿佛仍是大清世界。总算北京的大清帝国。只总统府中，未曾悬挂龙旗。张勋还顾全黎总统面子，不遽用武力对待，但遣清室旧臣梁鼎芬等，清室旧臣四字，加诸梁鼎芬头上，却合身分。先往总统府中，入作说客。鼎芬见了黎总统，即将复辟情形，略述一番，并把一等公的封章，探囊出示。黎总统皱眉道："我召张定武入都，难道叫他来复辟吗？"鼎芬道："天意如此，人心如此，张大帅亦不过应天顺人，乃有这番举动，况公曾受过清职，食过清禄，辛亥政变，非公本意，天下共知，前次胁公登台，今番又逼公下场，公也可谓受尽折磨了，今何若就此息肩，安享天禄，既不负清室，亦不负民国，岂非一举两善么？"黎总统道："我并非恋栈不去，不过总统的职位，乃出国民委托，不敢不勉任所难，若复辟一事，乃是张少轩一人主张，恐中外未必承认，我奈何敢私自允诺呢？"鼎芬复絮说片时，黎总统只是不答。再经鼎芬出词吓迫道："先朝旧物，理当归还，公若不肯赞成，恐致后悔。"黎总统仍然无语。鼎芬知不可动，悻悻自去。黎总统暗暗着忙，急命秘书拟定数电，由黎总统亲自过目，因闻电报局被定武把守，料难拍发，乃特派亲吏潜出都城，持稿赴沪，方得电布出来：

第一电　本日张巡阅使率兵入城，实行复辟，断绝交通，派梁鼎芬等来府游说，元洪严词拒绝，誓不承认。副总统等拥护共和，当必有善后之策。特闻。

第二电　天不悔祸，复辟实行，闻本日清室上谕，有元洪奏请归政等语，不胜骇异。吾国由专制为共和，实出五族人民之公意，元洪受国民付托之重，自当始终民国，不知其他。特此奉闻，借免误会。

第三电　国家不幸，患难相寻，前因宪法争持，恐启兵端，安徽督军张勋，愿任调停之责，由国务总理李经义，主张招致入都，共商国是。甫至天津，首请解散国会，在京各员，屡次声称保全国家统一起见，委曲相从。刻正组织内阁，期速完成，以图补救。不料昨晚十二点钟，突接报告，张勋主张复辟，先将电报局派兵占领。今日梁鼎芬等入府，面称先朝旧物，应即归还等语。当经痛加责斥，逐出府外。风闻彼等已发出通电数道，何人名义，内容如何，概不得知。元洪负国民付托之重，本拟一俟内阁成立，秩序稍复，即行辞职以谢国人。今既枝节横生，张勋胆敢以一人之野心，破坏群力建造之邦基，即世界各国承认之国体，是果何事，敢卸仔肩？时局至此，诸公夙怀爱国，远过元洪，仁望迅即出师，共图讨贼，以期复我共和而救危亡，无任迫切。临电涕泣，不知所云。如有电复，即希由路透公司转交为盼。

黎总统既派人南下，复与府中心腹商量救急的方法，大众齐声道："现在京中势力，全在张勋一人手中，总统既不允所请，他必用激烈手段，对付总统，不如急图自救，暂避凶威，徐待外援到来，再作后图。"黎总统沉吟道："教我到何处去？"大众道："事已万急，只好求助外人了。"黎总统尚未能决，半晌又问道："我若一走，便不成为总统了，这事将怎么处置？"大众听了，还道黎总统尚恋职位，只得出言劝慰道："这有何虑？外援一到，总统自然复位了。"黎总统慨然道："我已决意辞职，不愿再干此事，唯一时无从交卸，徒为避匿方法，将来维持危局，究靠何人主张？罢！罢！我记得约法中，总统有故障时，副总统得代行职权，看来只好交与冯副总统罢。"大众又道："冯副总统远在江南，如何交去？"黎总统也觉为难。为了这条问题，又劳黎总统想了一宵。大众逐渐散出，各去收拾物件，准备逃生。这原是第一要着。可怜这黎总统食不甘味，寝不安席，几乎一夜未能合眼，稍稍困倦，朦胧半刻，又被鸡声催醒，窗隙间已有曙光透入了。当即披衣起床，盥洗已毕，用过早膳，尚没有甚么急警，唯闻有人传报，清宫内又有任官的上谕，瞿鸿礼、升允并授大学士，冯国璋、陆荣廷并为参预政务大臣，沈曾植为学部尚书，萨镇冰为海军尚书，劳乃宣为法部尚书，李盛铎为农工商部尚书，詹天佑为邮传部尚书，贡桑诺尔布为理藩部尚书。此外尚有许多侍郎、左右丞，及都统、提督、府尹、厅丞诸名目，不胜枚举。随笔带过，较省笔墨。黎总统也无心细听，但安排交卸的手续，尚苦无人担承。

到了晌午，风声已加紧了，午后竟有定武军持械前来，声势汹汹，强令总统府卫队，一律撤换，并即日交出三海，不得迟延。陆军中将唐仲寅，为总统府卫队统领，无法抵推，亟入报黎总统，速请解决。黎总统本疑李经羲与勋同谋，不愿与议，至此急不暇择，便令秘书刘钟秀，往邀经羲，刘奉命欲行，可巧外面递入李经羲辞职呈文，并报称经羲已赴天津。走得好快。黎总统长叹道："我也顾不得许多了，看来只有仍烦老段罢。"便命刘钟秀草定两令，一是准李经羲免职，仍任段祺瑞为国务总理，一是请冯国璋代理职权，所有大总统印信，暂交国务总理段祺瑞摄护，令他设法转呈。两令草就，盖过了印，即将印信封固，派人赍送天津，交给段祺瑞，自己随取了一些银币，带着唐仲寅、刘钟秀二人，及仆从一名，潜出府门，竟往东交民巷，投入法国医院中。

时已天暮，院门虽开，里面只有仆从数人住守，问及院长，答称外出未归，无从见客，那时只好快快退出，折入日本使馆界内。沿途踯躅，穷无所归，好似倦鸟失巢，惶急无主。亏得唐仲寅记起一人，谓与日本公使武随员斋藤少将，尝相往来，不妨向彼求援，并托保护。当下驰入斋藤少将官舍，投刺请见。幸斋藤少将未曾出门，便即迎入，他本是认识黎元洪，总统印信，已经交出，不能再称总统了。又与唐仲寅交好，当然坦怀相待。仲寅即将避难情形，约略告知，并浼他至日本公使前，善为转达，恳请保护身命。斋藤少将一力担承，遂命役从取出茶点，供饷二人。黎元洪稍稍放心，且因夜膳尚无着落，不得已将东洋茶食，略充饥渴。好在斋藤少将，诚心帮忙，叫他两人坐待，自往日使馆中代为请命，少顷即回报道："敝公使已如所请，屈就营房数日，当予以相当保护，尽可无忧。"黎、唐二人，当即称谢。斋藤少将，便令卫兵腾出营房一间，导引两人栖宿，黎菩萨才得离开地狱，避入天堂了。还算不幸中之幸。越宿即由日本公使，通告驻京各国公使馆，并及清室道：

黎大总统带侍卫武官陆军中将唐仲寅、秘书刘钟秀及从者一名，于七月二日午后九时半，不预先通知，突至日本使馆域内之使领武随员斋藤少将官舍，恳其保护身命。日本公使馆认为不得已之事情，并顾及国际通义，决定作相当之保护，即以使馆域内之营房，暂充黎总统居所，特此告知。

　　总统避去，民国垂危，冯国璋远处江南，鞭长莫及，只有段祺瑞留寓天津，闻得京中政变，惹动雄心，即欲出讨张勋。可巧前司法总长梁启超，亦在津门，两下会议，由祺瑞表明已意，启超一力怂恿，决主兴兵。适陈光远在津驻扎，手下兵却有数千，段、梁遂相偕至光远营，商议讨张。光远却也赞同。又值李经羲到津，致书祺瑞，请他挽回大局，就是黎元洪所派遣的亲吏，亦赍送印信到津，交与祺瑞。祺瑞阅过来文，越觉名正言顺，当即嘱托梁启超，草拟通电数道，陆续拍发。梁本当代文豪，先已由自己出名，反对复辟，洋洋洒洒的撰成数千百言，通电全国，不过前时手无寸铁，但凭理想上立论，比张勋为董卓、朱温。好一个正比例。此次由段祺瑞出来兴师，更属理直气壮，乐得借那笔尖儿，横扫千人军。既而冯、段联约，翟、陆辨诬，祺瑞自任共和军总司令，更靠那煌煌大文，鼓吹义旅，笔伐凶豪。小子有诗咏道：

　　　　笔锋也可作兵锋，文武兼优快折冲。
　　　　莫道书生无诣力，一枝斑管足裭凶。

　　欲知文中如何抒写，请看下回录叙。

　　康有为外，又有一梁鼎芬，是皆为清末之老生，脑筋中只含有事君以忠数语，而未知通变达权之大义者也。夫必有夏少康之英武，然后可以光夏物，必有周宣王之明哲，然后可以复周宗。彼宣统帝尚在冲年，宁能及此？况种族革命，已成常调，君主政体，不克再燃，即令英辟重生，亦未能违反民意，侈然自尊，更何论逊清之余裔乎？康有为出佐张勋，已同笨伯，而梁鼎芬复往说黎元洪，其愚尤甚。唯黎元洪引虎自卫，卒为虎噬，仓猝出走，日暮途穷，幸有日本使馆之营房，及斋藤少将之友谊，尚得借庇一枝，自全身命，否则不为所害者，亦几希矣。虽然，知人则哲，尧舜犹难，吾于黎氏何责焉？

# 第六回

## 誓马厂受推总司令
## 战廊房击退辫子军

却说梁启超草缮电文，凭着那生平抱负，随纸抒写，端的万言立就，一鸣惊人。首数电是分致冯国璋及陆荣廷、瞿鸿诸人，不过问明真假，无甚闳议。另有一篇通告讨逆的电文，着笔不多，已觉得感慨淋漓。文云：

天祸中国，变乱相寻，张勋怀抱野心，假调停时局为名，阻兵京国，至七月一日，遂有推翻国体之奇变。窃唯国体者，国之所以与立也，定之匪易。既定后而复图变置，其害之中于国家者，实不可胜言。且以今日民智日开，民权日昌之世，而欲以一姓威严，驯伏亿兆，尤为事理所万不能致。民国肇建，前清明察世界大势，推诚逊让，民怀旧德，优待条件，勒为成宪，使永避政治上之怨府，而长保名义上之尊荣，宗庙享之，子孙保之。历考有史以来廿余性帝王之结局，其安善未有能逮前清者也。今张勋等以个人权利欲望之私，悍然犯大不韪，以倡此逆谋，思欲效法莽、卓，挟幼主以制天下，竟捏黎元洪奏称改建共和，诸多弊害，恳复御大统，以拯生灵等语，擅发伪谕。横逆至此，中外震骇。若曰为国家耶，夫安有君主专制之政，而尚能生存于今之世者？其必酿成四海鼎沸，盖可断言。而各友邦之承认民国，于兹五年，今覆雨翻云，我国人虽不惜以国为戏，在友邦则岂能与吾同戏者？内部纷争之结局，势非召外人干涉不止，国运真从兹斩矣。若曰为清室耶，清帝冲龄高拱，绝无利天下之心，其保傅大臣，方日以居高履危为大戒，今兹之举，出于迫胁，天下共闻，历考史乘，自古安有不亡之朝代？前清得以优待终古，既为旷古所无，岂可更置诸岩墙，使其为再度之倾覆以至于尽？祺瑞罢斥以来，本不敢复与闻国事，唯念辛亥缔造伊始，祺不敏，实从领军诸君子后，共促其成。既已服劳于民国，不能坐视民国之颠覆分裂，而不一援。且亦曾受恩于前朝，更不忍听前朝为匪人所利用，以陷于自灭。情义所在，守死不渝。诸公皆国之干城，各膺重寄，际兹奇变，义愤当同。为国家计，自必矢有死无二之诚，为清室计，当久明爱人以德之义。复望戮力同心，戡兹大难，祺瑞虽衰，亦当执鞭以从其后也。敢布腹心，伏维鉴察。

自数电发出后，冯国璋的讨逆电，陆荣廷的辩证捏名电，及瞿鸿禨的表明心迹电，陆续布闻。还有岑春煊也来凑兴，声请讨逆，并致电与清太保世续，及陈宝琛、梁鼎芬两人，讽劝清室毋堕奸媒。此外如浙江、江西、湖南、湖北等省，一致反对复辟，声讨张勋。段祺瑞见众心愤激，料必有成，遂自称共和军总司令，亲临马厂，慷慨誓师，随即把梁任公第二道草檄，电告天下。任公系启超表字。大致说是：

共和军总司令段祺瑞，谨痛哭流涕，申大义于天下曰：呜呼！天降鞠凶，国生奇变，逆贼张勋，以凶狡之资，乘时盗柄，竟有本月一日之事，颠覆国命，震扰京师，天宇晦霾，神人同愤。该逆出身灶养，行秽性顽，便佞希荣，渐跻显位，自入民国，阻兵要津，显抗国定之服章，娄索法外之饷糈，军焰凶横，行旅裹足，诛求无艺，私囊充盈，凡兹稔恶，天下共闻，值时多艰，久稽显戮。比以世变洊迫，政局小纷，阳托调停之名，阴为篡窃之备，要挟总统，明令敦召，逐率其丑类，直犯京师。自其启行伊始，及驻京以来，屡次驰电宣言，犹以拥护共和为口实，逮国会既散，各军既退，忽背信誓，横造逆谋，据其所发表文件，一切托以上谕，一若出自幼主之本怀，再三胪举奏摺，一若由于群情之拥戴，夷考其实，悉属謷言。当是日夜十二时，该逆张勋，忽集其凶党，勒召都中军警长官二十余人，列载会议。勋叱咤命令，迫众雷同，旋即挈康有为阑入宫禁，强为拥戴。世中堂续，叩头力争，血流灭鼻。瑾、瑜两大妃，痛哭求免，几不欲生。与实情未必全符，但为清室解免，亦不得不如是说法。清帝子身冲龄，岂能御此强暴？竟遭诬胁，实可哀怜。该伪谕中横捏我黎大总统、冯副总统，及陆巡阅使之奏词，尤为可骇。我大总统手创共和，誓与终始，两日以来，虽在樊笼，犹叠以电话手书，密达祺瑞，谓虽见幽，决不从命，责以速图光复，毋庸顾忌。我副总统一见伪谕，即赐驰电，谓为诬捏，有死不承。由此例推，则陆巡阅使联奏之虚构，亦不烦言而决。所谓奏折，所谓上谕，皆张勋及其凶党数人，密室篝灯，构此空中楼阁，而公然腾诸官书，欺罔天下。自昔神奸巨蠹，劝进之表，九锡之文，其优孟儿戏，未有若今日之甚者也。该逆勋以不忘故主，谬托于忠爱，夫我辈今固服劳民国，强半皆曾任先朝，故主之恋，谁则让人？然正唯怀感恩图报之诚，益当守爱人以德之训。昔人有言："长星劝汝一杯酒，世岂有万年天子哉？"旷观史乘，迭兴迭仆者几何代、几何姓矣，帝王之家，岂有一焉能得好结局？前清代有令辟，遗爱在民，天厚其报，使继之者不复家天下而公天下，因得优待条件，勒诸宪章，砺山带河，永永无极。吾辈非臣事他姓，绝无失节之嫌，前清能永享殊荣，即食旧臣之报，仁至义尽，中外共钦，自解处颇费心机。今谓必复辟而始为忠耶？张勋食民国之禄，于兹六年，必今始忠，则前日之不忠孰甚？昔既不忠于先朝，今复不忠于民国，刘牢之一人三反，狗彘将不食矣。谓必复辟而始为爱耶？凡爱人者必不忍陷人于危，以非我族类之嫌，丁一姓不再兴之运，处群治之世，而以一人为众矢之的，危孰甚焉？张勋虽有天魔之力，岂能翻历史成案，建设万劫不亡之朝代？既早晚必出于再亡，及其再亡，欲复求有今日之条件，则安可得？岂唯不得，恐幼主不保首领，而清室子孙，且无噍类矣。清室果何负于张勋，而必欲借手殄灭之而后快？岂唯民国之公敌，亦清室之大罪人也。两项是斩关直入语。张勋伪谕，谓必建帝号，乃可为国家久安长治之计。张勋何人？乃敢妄谈政治。使帝制而可以得良政治，则辛亥之役，何以生焉？博观万国历史，变迁之迹，由帝制变共和而获治安者，既见之矣，由共和返帝制而获治安者，未之前闻。法兰西三复之而三革之，卒至一千八百七十一年，拥立共和，国乃大定，而既扰攘八十年，国之元气，消耗尽矣。国体者，譬犹树之有根也。植树而屡摇其根，小则萎黄，大则枯死。故凡破坏国体者，皆召乱取亡之道也。防乱不给，救亡不赡，而曰吾将借此以改良政治，将谁欺？欺天乎？复辟之贻害清室也如彼，不利于国家也如此，内之不特非清帝自动，而孺妃耆傅，且不胜其疾首痛心。外之不特非群公劝进，而比户编氓，各不相谋而瞋目切齿，逆贼张勋，果何所为何所恃而出此？彼见其辫子军横行徐、兖，亦既数年，国人优容而隐忍之，自谓人莫敢谁何，遂乃忽起野心，挟天子以令诸侯，因以次划除异己，广布腹心爪牙于客省，扫荡有教育有纪律之军队，而使之受支配于彼之土匪军之下。然后设文网以抗贤士，钳天下之口。清帝方今玩于彼股掌之上，及其时则取而代之耳，罪浮于董卓，凶甚于朱温，此而不讨，则中国其为无男子矣。祺瑞罢政旬月，幸获息肩，本思稍事潜修，不复与闻政事，忽遭此变，群情鼎沸，副总统及各督军省长，驰电督责，相属于道，爱国之士夫，望治之商民，好义之军侣，环集责备，义正词严，祺瑞抚躬循省，绕室彷徨，既久奉职于民国，不能视民国之覆亡，且曾筮仕于先朝，亦当救先朝之狼狈。好笔仗。谨于昨日夜分，视师马厂，今晨开军官会议，六师之众，佥然同声，誓与共和并命，不共逆贼戴天。为谋行师指臂之便，谬推祺瑞为总司令，义之所在，不敢或辞，部署略完，克日入卫。查该逆张勋，此次倡逆，既类疯狂，又同儿戏，彼昌言事前与各省各军均已接洽，试问我国同袍僚友，果有曾预逆谋者乎？彼又言已得外交团同意，而使馆中人，见其中风狂走之态，群来相诘。言财政则国库无一钱之蓄，而蛮兵独优其饷，且给现银；言军纪则辫兵横行都门，而国军与之杂居，日受凌轹。数其阁僚，则老朽顽旧，几榻烟霞；问其主谋，则巧语花言，一群鹦鹉。似此而能济大事，天下古今，宁有是理？即微义师，亦当自毙。所不忍者，则京国之民，倒悬待解；所可惧者，则友邦疑骇，将起责言。祺瑞用是剑及屦及，率先勇进，为国民祛此蟊贼，区区愚忠，当蒙共谅。该逆发难，本乘国民之所猝未及防，都中军警各界，突然莫审所由来，在势力无从应付，且当逆焰薰天之际，为保持市面秩序，不能不投鼠忌器，隐忍未讨，理亦宜然。本军伐罪吊民，除逆贼张勋外，一无所问，凡我旧侣，勿用以胁从自疑。其有志切同仇，宜诣本总司令商受方略，事定后酬庸之典，国有成规。若其有意附逆，敢抗义旗，常刑所悬，亦难曲庇。至于清室逊让之德，久而弥彰，今兹构衅，祸由张逆，冲帝既未与闻，师保尤明大义，所有皇帝优待条件，仍当永勒成宪，世世不渝，以著我国民念旧酬功，全始全终之美。祺瑞一俟大难戡定之后，即当选解兵柄，复归田里，敬俟政府重事建设，迅集立法机关，刷新政治现象，则多难兴邦，国家其永赖之。谨此布告天下，咸使闻知。

大文炳炳，振旅阗阗，共和军总司令段祺瑞，已日夜部署，准备出师。会副总统冯国璋，又拍电至津，准与段祺瑞联合讨逆，乃复将两人署名，发一通电，数张勋八大罪状。其电云：

　　国运多屯，张勋造逆，国璋、祺瑞，先后分别通电，声罪致讨，想尘清听。逆勋之罪，罄竹难书，服官民国，已历六年，群力构造之邦基，一人肆行破坏，罪一；置清室于危地，致优待条件，中止效力，辜负先朝，罪二；清室太妃、师傅，誓死不从，勋胁以威，目无故主，罪三；拥幼冲玩诸股掌，袖发中旨，权逾莽、卓，罪四；与同舟坚约，拥护共和，口血未干，卖友自绝，罪五；捏造大总统及国璋等奏折，思以强暴污人，以一手掩天下耳目，罪六；辫兵横行京邑，骚扰闾阎，复广募胡匪游痞，授以枪械，满布四门，陷京师于糜烂，罪七；以列强承认之民国，一旦破碎，致友邦愤怒惊疑，群谋干涉，罪八。凡此八罪，最为昭彰，自余稔恶，擢发难数。国璋忝膺重寄，国存与存，祺瑞虽在林泉，义难袖手。今已整率劲旅，南北策应，肃清畿甸，犁扫贼巢，凡我同袍，谅同义愤。伫盼云会，迅荡霾阴，国命重光，拜嘉何极！冯国璋、段祺瑞同电。

　　冯、段相联，声威孟振，浙江督军杨善德，直隶督军曹锟，第十六混成旅司令冯玉祥等，亦均电告出师，公举段祺瑞为讨逆军总司令。祺瑞乃改称共和军为讨逆军，就在天津造币总厂，设立总司令部，并派段芝贵为东路司令，曹锟为西路司令，分道进攻，一面就国务总理职任，设立国务院办公处，也权借津门地点，作为机关。就是副总统冯国璋，因段祺瑞转达黎电，请他代理总统职权，他因特发布告，略言"黎大总统不能执行职务，国璋依大总统选举法第五条第二项，谨行代理，即于七月六日就职"云云。还有外交总长伍廷芳，亦携带印信至沪，暂寓上海交涉公署办公，即日电告副总统及各省公署，并令驻沪特派交涉员朱兆莘，电致驻洋各埠领事，声明北京伪外务部文电，统作无效，应概置不理为是。

　　于是除京城外，统是不服张勋的命令，张勋已成孤立，还要乱颁上谕，饬各督抚每省推举三人，来京筹议国会，又授徐世昌为太傅，张人骏、周馥为协办大学士，岑春煊、赵尔巽、陈夔龙、吕海寰、邹嘉来、张英麟、铁良、吴郁生、冯煦、朱祖谋、胡建枢、安维峻、王宝田为弼德院顾问大臣，一班陈年角色，统去搜罗出来，叫他帮助清室。可赠他一个美号叫做"张古董"。清太保世续等，忧多喜少，屡遣太监至东安门外，采购新闻纸，携入备览，借觇舆情向背。适伪任太傅徐世昌，电告世续，说是变生不测，前途难料，宜自守镇静态度，幸勿妄动，所以宣统帝复辟数日，世续等噤若寒蝉，不出一语。但听张辫帅规划一切，今日任某官，明日放某缺，夹袋中的人物，一古脑儿开单邀请，其实多半在千里百里外面，就使闻知，也未敢贸然进来。

张勋正在忧闷，蓦接军报，乃是曹锟、段芝贵两军，分东西两路杀入。西路的曹锟军，占去卢沟桥，东路的段芝贵军，占去黄村，当下恼动张辫帅，立令部兵出去抵拒。无如张军只有五千，顾东不能及西，顾西不能及东，此外无兵可派，只好一齐差去，使他冲锋。张军自知不敌，没奈何硬着头皮，前往一试。行至廊房，刚值段芝贵驱兵杀来，两下交锋，段军所发的枪弹，很是厉害，张军勉强抵挡，伤毙甚多。正在招架不住，又听得西路急报，曹锟及陈光远等，统领兵杀到，张军前后受敌，哪里还能支持？霎时间纷纷溃退，段芝贵等遂进占丰台。越日，即由冯代总统发令，褫夺长江巡阅使安徽督军张勋官职，特任安徽省长倪嗣冲兼署安徽督军，所有张勋未经携带的部兵，统归倪嗣冲节制，且命各省军队，静驻原防，不得借端号召，自紊秩序。段祺瑞又促东西两司令，赶紧入京，扫除逆氛。张勋闷坐京城，连接各路警耗，且惊且愤，几乎把他几根黄须儿，一条曲辫子，也向上直竖起来，于是复矫托清帝谕旨，速命徐世昌入都，以太傅大学士辅政，自己开去内阁议政大臣，暨直隶总督兼北洋大臣各差缺，并电告各省，历述前此经过情形，大有恨人反复，不平则鸣的意思。小子有诗咏张辫帅道：

> 莽将无谋想用奇，欺人反致受人欺。
> 须知附和同声日，便是请君入瓮时。

究竟电文如何措词，容待下回再表。

张勋复辟，相传各军阀多半与谋，即冯河间亦不能无嫌，所未曾与闻者，第一段合肥耳。然由府院之冲突，致启督军团之要挟，因督军团之要挟，致召张辫帅之入京，推原祸始，咎有攸归。幸段誓师马厂，决计讨逆，方有以谢我国人，自盖前愆。

梁启超出而助段，磨盾作檄，坊间所行之《盾鼻集》，备载讨逆大文，确是梁公一生得意之笔，阅者读之，固无不击节称赏，叹为观止矣。然梁为康有为之高足，康佐张辫帅而复辟，梁佐段总理而誓师，师弟反对，各挟其术以自鸣，意者其所谓青出于蓝欤？夫民国成立已十余稔，同舟如敌国，婚媾若寇仇，师弟一伦，更下暇问，吾读梁文，吾尤不禁怃然叹，泫然悲也。若张勋以区区五千人，遽欲推倒民国，谈何容易。彼方自谓历届会议，已得多数赞成，可以任所欲为，亦安知覆雨翻云者之固比比耶？张辫帅自作曲辫子，夫复谁尤！

# 第七回

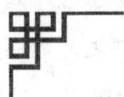

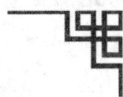

## 张大帅狂奔外使馆
## 段总理重组国务员

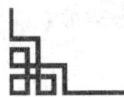

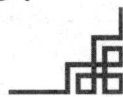

却说张勋辞去议政大臣，及各种兼衔，自思从前徐州会议，诸多赞成，就是一二著名人物，亦无违言，今乃群起反对，集矢一身，不得不自鸣不平，通告全国，电文有云：

我国自辛亥以还，因政体不良之故，六年四变，迭起战争，海内困穷，人民殄瘁，推原祸始，固非共和阶之厉也。勋以悲天悯人之怀，而作拯溺救焚之计，度非君主立宪政体，无以顺民心而回末劫，欲行君主立宪政体，则非复子明辟，无以定民志而息纷争，此心耿耿，天日为昭。所幸气求声应，吾道不孤，凡我同袍各省，多与其谋，东海、河间，尤深赞许，信使往返，俱有可征。特录此电，实是为此数语。前者各省督军聚议徐州，复经商及，列诸计划之一。使他自己直供，令人拍手。嗣以事机牵阻，致有停顿，然根本主义，讵能变更？现以天人会合，幸告成功，民不辍耕，商不易市，龙旗飘漾，遍于都城。单靠都城竖着龙旗，有何用处？万众胪欢，咸歌复旦，使各省本其原议，多数赞同，何难再见太平？不意二三政客，因处地不同，遂生门户之见，于是主张歧异，各趋极端，或故违本心，率以意气相向，或反持私见，而以专擅见规，遽启兵端，集于畿辅，人心惶恐，辇毂动摇。勋为保持地方治安起见，自不能

41

不发兵抵御，战争既起，胜负难言，设竟以此扰及宫廷，祸延闾里，甚且牵惹交涉，丧失利权，则误国之咎，当有任之者矣。惟念此次举义之由，本以救国济民为志，决无丝毫权利之私，搀于其间，既遂初心，亟当奉身引退。况议政大臣之设，原以兴复伊始，国会未成，内阁无从负责，若循常制，仅以委诸总理一人，未免近于专断，不得已而取合议之制，事属权宜。勋以椎鲁武人，滥膺斯选，辞而后任，方切惭惶。何前倨而后恭？爰于本日请旨，以徐太傅辅政，组织完全内阁，召集国会，议定宪法，以符实行立宪之旨。仔肩既卸，负责有人，当即面陈辞职。其在徐太傅未经莅京以前，所有一切阁务，统交王聘老暂行经管，一俟诸事解决之后，即行率队回徐，可不必费心了。但使邦基永定，渐跻富强，勋亦何求？若夫功罪，唯有听诸公论而已。敢布腹心，谨谢天下！

　　话虽如此，但雄心究还未死，因复收集溃兵，屯聚天坛，所有天安门、景山、东西华门，及南河沿等处，各设炮位，严行扼守，将与讨逆军背城一战，赌决雌雄。驻京各国公使团，目睹京城危急，恐未免池鱼遭殃，遂相率照会清室，请劝令张勋解除武装，取消复辟。清宫上下，全无政柄，只得将各使公牒，交给张勋。张辫帅怎肯遽允？定要决一死战，于是京城大震，名为首善要区，简直是要做大战场了。

　　张镇芳、雷震春两人，见时局不稳，情愿弃去度支、陆军两部尚书，出京逃生，行至丰台，被讨逆军截住，把他拿下。还有一个冯德麟，本在奉天任事，他也来赶热闹场，想做个复辟功臣，不幸事机失败，求福得祸，所以潜逃出都，拟返入新民屯，途次亦为讨逆军所阻，截拿去了。当由冯代总统下令，褫去张镇芳、雷震春、冯德麟官职，暨前时所授勋位勋章，分交法庭依法严惩。余如康有为、万绳栻一流人物，统已准备逃走，背勋自去。9早知今日，何必当初？独张勋未肯下台，，自在天坛督兵，决最后的胜负。好容易到了七月十二日，讨逆军分三路进攻，直入各城，旅长冯玉祥、吴佩孚、张纪祥等攻击天坛，张军虽然负隅，究竟寡不敌众，更兼枪弹未曾备足，怎能坚持到底？自从午前开战，两边枪声，陆续不绝。到了午后，讨逆军勇气未衰，张军已不能再支，枪声也中断了。张勋自知不妙，匹马遁入城中，部将失去主帅，除投降外无别策，只好竖起白旗，崩角输诚。讨逆军勒令缴械，方准免死，张军无奈，尽将手中枪交付讨逆军，然后得着生路，一齐出围。

唯张勋私宅，向在南河沿居住，勋妻本不赞成复辟，前时曾痛詈万绳栻道："汝无故掀风作浪，将来使我张氏子孙，没有啖饭的地方，都是汝一人闯祸哩。"万绳栻置诸不睬。张勋且蓄志有年，怎肯听那床头人，幡然早悟？况张勋姬妾甚多，平时本与正室不和，所以留居京第，未尝随从，此次张勋败还，勋妻恨不得向勋诘责，借出胸中恶气，但见勋非常狼狈，气喘吁吁，也不好火上添薪，自寻祸祟，唯问勋如何保身？如何保家？勋不遑答说，招集家中卫士，及留京守卒，尚有五百余人，又领将出去，据住中央公园，还想一战。辫帅到底不弱。讨逆军一拥进攻，就使五百人铜头铁额，也是不能求胜。再加讨逆军内的旅长王承斌，就南河沿附近，择一隙地，摆起机关炮来，对准张勋私宅，开放过去。张勋家内的眷属，统吓得魂不附体，慌忙外走。凑巧张勋亦顾家心切，由中央公园走归，急引妻子乘摩托车，开足汽机，驰往东交民巷，奔入荷兰公使馆中去了。

那南河沿私宅，已被炮火焚毁，张军悉数投降。遂于七月十二日傍晚，由讨逆军收复京城，当即驰电天津，向段祺瑞处告捷。祺瑞便拟乘车入都，适值徐世昌过访，密语祺瑞道："此次复辟，本非清室本心，幸勿借此加罪清室。张勋甘为祸首，原是一个莽夫，但须念同袍旧谊，不为已甚。穷寇莫追，请君注意！"阅此语可知张勋前电，谓东海亦深赞许，并非虚诬。祺瑞答道："优待清室条件，理应尽力保存，若少轩亦未必就逮。即无公言，我也不忍加害哩。"世昌乃拱手与别。越日，祺瑞入都，都中已定，因即到院视事，表面上不得不发一命令，缉拿张勋，一面派步军统领江朝宗，诣日本公使馆营舍中，迎黎元洪回府。这也是未免虚文。黎元洪已受过艰辛，当然不肯再来；唯寓居他人篱下，终非久计，乃谢过日本公使，及斋藤少将，迁回东厂胡同旧宅，即日通电全国，宣告去职。第一电是：

> 天相民国，赖冯总统、段总理，及前敌将士之力，奠定京畿，元洪已于本日移居东厂胡同，拟即赴津宅养疴。此次因故去职，负疚孔多，以后息影家园，不闻政治，恐劳远系，特此事闻。

越日，又发出第二电，详述去职情由。文云：

昨电计达。项闻道路流言，颇有于总统复职之说，穷加揣拟者，惊骇何极！元洪引咎退职，久有成言，皎日悬盟，长河表誓。此次因故去职，付托有人，按法既无复位之文，揆情岂有还辕之理？伏念元洪凤阙裁成，叨逢际会，求治太急，而踬于康庄，用人过宽，而蔽于舆几，追思罪庾，每疚神明。国会内阁，立国兼资，制宪之难，集思尤贵。当穆下高谈之日，正沙中忿语之时，纵殚虑以求平，尚触机而即发。而元洪扬汤弭沸，胶柱调音，既无疏浚之方，竟激横流之祸，一也。解散国会，政出非常，纵谓法无明条，邻有先例，然而谨守绳墨，昭示山河，顾以惧民国之中殇，竟至咈初心而改选，格芦缩水，莫遂微忱，寡草随风，卒隳持操，二也。张勋久蓄野心，自为盟主，屡以国家多故，曲予优客，遂至乘瑕隙以激群藩，结要津以徼明令，元洪虽持异议，卒惑群言，既为城下之盟，复召夺门之变，芈蜂螫指，引虎糜躯，三也。大盗移国，都市震惊，撤侍卫于东堂，屯重兵于北阙，元洪久经骇浪，何惮狞飚？忧大厦之焚，欲择长城之寄，含垢忍辱，贮痛停辛，进不能登台授钺，以珍凶渠，退不能阖室自焚，以殉民国，纵中兴之有托，犹内省而滋惭，四也。轻骑宵征，拟居医院，暂脱身于塞库，欲奋翼于渑池，乃者阍人不通，侦骑交错，遄臻使馆，得免危机，自承复壁之藏，特懔坚冰之惧，亦既宣言公使，早伍平民，虽于国似无锱黍之伤，而此身究受羽毛之庇，五也。凡此愆尤，皆难解免。一人丛脞，万姓流离，睹锋镝而痛伤兵，闻鼓鞞而惭宿将，合九州而莫铸，投四裔以何辞？万一矜其本心，还我初服，唯有杜门思过，扫地焚香，磨濯余生，忏除凤尊，宁有辞条之叶，仍返林柯，堕涸之花，再登茵席？心肝倘在，面目何施？且夫谋国必忠，爱人以德，琴弛则弦改，车覆则轨迁，若必使负疚之身，仍尸高位，腾嘲裨海，播笑编氓，将何以整饬纪纲，折冲樽俎？稀瓜不堪四摘，僵柳不可三眠，亡国败军，又焉用此？抑元洪尚有进者，国定于一，师克在和，当兴亡继绝之交，为排难解纷之计，正宜恪守法律，蠲弃猜嫌。况冯总统江淮坐镇，夙得军心，段总理钟虡不惊，再安国本，果能举左挈右提之实，宁复有南强北胜之虞？至于从前兵谏，各省风从，虽言爱国之诚，究有溃防之虑。此次兴师讨贼，心迹已昭，何忍执越轨之微瑕，掩回天之伟绩，两年护国，八表齐功，公忠既已同孚，法治尤当共勉。若复絜短衡长，党同伐异，员峤可到，而使之返风，宣房欲成，而为之决水，茫茫惨黩，岂有宁期？鼎革以还，政争迭起，凡兹兄弟阋墙之事，皆为奸雄窃国之资。倘诸夏之皆亡，讵一成之能借？殷鉴不远，天命难谌，此尤元洪待罪之躯，所为垂涕而道者也。勉戴河间，莫我民国，惭魂虽化，枯骨犹生。否则荒山穴蠹，纵熏穴以无归，穷海田横，当投荒而不返，摅诚感听，维以告哀。

　　黎元洪虽连电辞职，冯国璋总须带着三分客气，未便骤然登台，当时有一篇通电，谓"现在京师收复，应即迎归黎大总统，入居旧府，照前统理。国璋即将代理职权，奉还黎大总统，方为名正言顺"等语。黎元洪如何再肯接受，仍然固辞。段祺瑞再组织内阁，拟定相当人员，将任汪大燮为外交总长，汤化龙为内务总长，梁启超为财政总长，林长民为司法总长，张国淦为农商总长，曹汝霖为交通总长，范源濂为教育总长，刘冠雄为海军总长，祺瑞自兼陆军总长。只因冯、黎两人，彼此推让，总统尚为虚位，究归何人颁发任命，因此祺瑞未免踌躇。

　　祺瑞有一高足弟子，姓徐名树铮，乃是铜山人氏，曾赴东洋游学，在日本士官学校中毕业，归国以后，仍投段氏门下。洪宪前无甚表见，袁氏称帝，徐劝段极力反对，段乃下野。及蔡锷举义，云南独立，黔、粤等省，依次响应。袁氏派遣曹锟、张敬尧等，出兵南下，特设海陆军统率办事处，调度军机，徐又劝段从旁牵掣，阴嘱逗留。段为北洋军系领袖，如曹锟、张敬尧等，素来倾向祺瑞。祺瑞虽手无寸铁，一封书足敌千军，所以曹、张两人，不肯为袁效死，张敬尧且顿兵泸州，始终不进，任他统率办事处，如何催迫，全然不理。陕西将军陆建章，尽忠袁氏，徐又唆动汉南镇守使陈树藩，兴兵独立，围攻长安，竟将建章逐去，代为陕督。为后文枪毙陆建章伏线。陕西一变，晋、豫动摇，四川将军陈宧，湖南将军汤芗铭，又皆宣告独立，坐令袁皇帝完全失败，活活气死。黎元洪依法继任，起段祺瑞为国务总理，段因徐树铮献策有功，格外亲信，便命他为国务院秘书长，兼领陆军次长，事必与商，乃演出府院冲突，种种变端。当时谓徐树铮势力，不亚徐世昌，世昌以资望见推，树铮以谋略见重，故特称树铮为小徐。成也萧何败也萧何，我为段氏一叹。

　　至此段祺瑞复来组阁，为了元首问题，尚在绝续时候，未得命令为疑。树铮欲解主忧，便至黎元洪私第中，面谒元洪道："张、康谋逆，国体动摇，今幸段合肥在野兴师，入京讨逆，摧枯拉朽，再造民国，未知公将如何相待？"元洪愀然道："我不能事前弭患，乃至变生肘腋，震动京畿，尸位素餐，咎已难辞。今已通电辞职，继任当属冯河间，不日就可入都，信赏必罚，应归河间主张，我已身伍齐民，尚有何权处置国事哩？"树铮方才退出，转告段祺瑞。祺瑞即电告冯国璋，旋得国璋复电，组阁事悉凭裁夺。祺瑞遂将选定阁员，如数提出，好在国会已经解散，不必另费手续，咨求国会同意，因即称冯总统令，特任各部总长，复通缉复辟要犯康有为、刘廷琛、万绳栻、梁敦彦、胡嗣瑗等，着京内外各军警长官，留意侦拿。康有为等早已避至六国饭店，俟军事粗定，溜出都门，鸿飞冥冥，弋人何篡，眼见是无从缉获了。毕竟圣人多智。首犯张勋，安居荷兰使馆中，有人奉令探查，勋左手挟着快枪，右手持着书函一大包，晓晓与语道："徐州会议时，赞成复辟，相率签名，此等笔迹，俱在我掌握中，他好卖友，我将宣示国人，与他同死，休怪我老张无情呢。"于是探查的人员，料知此事难办，乐得退出了事，不愿再闻。

只徐州留驻的定武军，闻报张勋失败，蠢然思动，如四十四营五十五营的兵队，并皆勾结匪徒，突然哗变，四出焚掠。余如当涂、宿迁、南通及沭阳等处所驻张军，亦相继为乱。幸经徐州镇守使张文生、海州镇守使白宝山，率部剿伐，逐渐扫平。转风使舵，两镇守使总算聪明。段总理接报后，便传电宣慰道：

奉大总统令，徐州镇守使张文生、海州镇守使白宝山，当张勋倡乱之始，即经通电声明，未预逆谋，并约束军队，力维秩序，此次土匪新兵，裹胁为变，又复亲督所部，立予歼除，淮、徐一带，得以保持安宁，实属深明大义，克当职守。张文生、白宝山着照旧供职，并责成将所部军队，声明纪律，切实整顿，以卫地方。此令。

还有清宫上下，经此变剧，十三龄的冲人，被张辫帅强迫登台，又做了十一二日的北京皇帝，险些儿把吃饭碗都掷碎了。张勋一逃，段氏入京，急忙由内务府出名，函致段总理，历诉张勋强迫等情，段即命内务部电告冯国璋，主张优待条件，仍然如前。冯国璋自然同意，便托段总理传令道：

据清室内务府函称：本日内务府奉谕，前于宣统三年十二月二十五日，钦奉隆裕皇太后懿旨，因全国人民倾心共和，特率皇帝将统治权公诸全国，定为民主共和，并议定优待皇室条件，永资遵守等因。六载以来，备极优待，本无私政之心，岂有食言之理。不意七月一号，张勋率领军队，入官蟠踞，矫发谕旨，擅更国体，违背先朝懿训，冲人深居宫禁，莫可如何，此中情形，当为天下所共谅。着内务府咨请民国政府，宣布中外，一体闻知等因。查此次张勋叛国，矫挟肇乱，天下本共有见闻，兹据清室咨达各情，合亟明白布告，咸使闻知。此令。

侥幸侥幸，清室的优待条件，总算保住，不致撤销。小子有诗咏道：

> 亡国无如清室安，悲中尚觉有余欢。
> 如何平地风波起，险把遗宗一扫残？

欲知后事如何，且看下回分解。

张勋之妻，尚知复辟之不易成功，而勋独如病狂易，卒至孤军败走，入荷兰使馆以寄身，微特无以对民国，对清室，即对诸床头人，亦应有愧色矣。彼害以为各省军阀，赞成者已居多数，可以任所欲为，曾亦思人心难料，仲由、季布，当今尚有几人耶？勋一走而段氏入京，复为总理，是张勋之一番狂热，不啻代段氏作成位望，勋负大罪，段居大功，蚕丝作茧，自缚其身，何其愚也？而爱新觉罗氏之犹得苟延，抑亦仅矣。

# 第八回

## 代总统启节入都
## 投照会决谋宣战

却说国务总理段祺瑞，勘定乱祸，重造民国，中外已多数赞同，唯国民党中人物，仍拟扶持黎元洪。黎既去职，党人失主，势不能无所触望，于是唐绍仪、汪兆铭等，同诣上海运动海军总司令程璧光、第一舰队司令林葆怿，否认国会解散后的政府，即于七月二十一日，宣告独立，电文如下：

中华民国海军总长程璧光、第一舰队司令林葆怿，谨率各舰队暨各将士，布告天下曰：自倪嗣冲首揭叛旗，毁弃《约法》，蹂躏国会，而中华民国之实亡；自张勋拥兵入京，公然僭窃，而中华民国之名亦亡。今张勋覆灭，中华民国之名，已亡而复存矣。然《约法》毁弃，国会蹂躏，国家纲纪，荡然已尽，岂中华民国仅以存其名为已足，而其实乃可置之于不问耶？夫纲纪陵夷，则奸宄横行，故一切假托名义者，乃得悍然无所顾忌，竟至罪恶贯盈之倪嗣冲，亦复当安徽督军之大任，益以南路司令之特权，颐指气使，叱咤四省，天下皆指为首祸，而顾以首义自居，天下皆指为元凶，而顾以元勋自居，循是以往，中华民国不复为国民之公器，特为权奸之面具而已。应加指摘。长此隐忍，何以为国？鱼烂之兆已见，陆沉之祸安逃？所为中夜斫剑，临流击楫者也。夫我海军将士，既以铁血构造共和，即以铁血拥护之，未免过夸。当丙辰之际，帝制已消，国命未续，我海军将士，以三事自矢，一曰拥护将士，二曰恢复国会，三曰惩办祸首，盖所求者，共和之实际，非共和之虚名，耿耿此心，可质天日。今者以言《约法》，则已灭裂矣，以言国会，则已破散矣，以言祸首，则鸱张者凌厉而无前，蛰伏者呼啸而竞起矣，国基颠簸，人心震撼，愕眙相顾，莫敢谁何！呜呼！我海军将士，岂唯初心之已戾，亦唯责任之未尽也。用是援枹而起，仗义而言，必使已僵之《约法》，回其效力，已散之国会，复其原状，元恶大憝，为国蟊贼者，无所逃罪，然后解甲。自《约法》失效，国会解散之日起，一切命令，无所根据，当然无效，发此命令之政府，当然否认。谨此布告，咸使闻知。

　　自发表电文后，便率同舰队，开往广东，唐绍仪、汪兆铭相偕同行。广东督军陈炳焜，早与中央脱离关系，见八十四回。当然欢迎海军，无庸细表。唯段祺瑞闻海军独立，急电告冯国璋，请褫夺程璧光职。国璋也即允行，免璧光官，另派海军总长刘冠雄，暂行兼领，一面使人慰谕海军第二舰队司令饶怀文，及练习舰队司令曾兆麟，还算笼络得住，由饶、曾通电中外，谓："此次沪上海军宣言，我等绝不与闻，现在海军第二队暨练习队，一切行动，唯有禀承冯大总统意旨，以服从中央，保卫地方为职志。"段祺瑞稍稍放心，暗思海军宣言文中，未尝无理。唯第一条是惩办倪嗣冲等，这项是不便照行的。嗣冲为安徽颍州人，与祺瑞籍隶同省，本来是互通声气。及张勋得势，嗣冲乃与他联络，徐州会议，首表同情，勋既失败，又复向段输情，卖张助段，段意本不甚恨勋，自然不致恨倪，若非他一场复辟，段亦安得重任总理？其无憾也固宜。况系多年的同乡朋友，应该推诚相与，引为臂助。倪既攫得张勋遗缺，格外感激，服从段氏。段正要赖作外援，如何肯加罪示惩？只第二条大意，谓《约法》宜循，国会宜复，这乃是应行条件；但从前国会议员，与段反对，此时若仍然召集，必致照旧牵掣，许多为难，乃特想出一法，说是："国会已经解散，宪法尚未成立，今日仍为适用《约法》时代。《约法》上只有参议院，应该仍召集前时参议院各员，制定宪法，并修正国会组织法等，然后宪法可得施行，国会再当成立。"这番言语，明明是弄乖使巧，别有会心。当下通电各省，征集意见，除岭南反抗外，皆复电赞成。段祺瑞又故示大度，并未责及两粤，但任刘承恩为广东省长，朱庆澜为广西省长，且云："刘承恩未到任时，令陈炳焜暂行兼署。"

独四川兵乱未靖，特派周道刚代理四川督军，率兵平乱。原来戴戡兼署四川督军后，刘存厚暂时退出成都，应八十二回。至复辟事起，戴戡所部黔军，与刘存厚所部川军，复因争议北伐事，大起冲突，连日在成都激战，开放枪炮，焚毁民居。前总统黎元洪，尚主张和平办理，叫他双方息争，静候中央查办，未几元洪去职，京城且闹得一塌糊涂，还有何人去顾四川？戴、刘总相持不下，徒苦生灵，至此段总理已有余暇，所以特派周道刚就近代任，勒令刘存厚撤围成都，又免海军第一舰队司令林葆怿职，命林颂庄署第一舰队司令，升第二舰队饶怀文为海军总司令，另派杜锡珪署海军第二舰队司令，旋复任鲍贵卿为黑龙江督军，暂兼省长。他如陕西督军陈树藩，亦令暂兼省长；回应上文，故特别提叙。撤去讨逆军总司令部，所有未尽事宜，统归陆军部接办。并令张敬尧督办苏、皖、鲁、豫四省剿匪事宜。此外政令，犹难悉举，统由段祺瑞遥商冯国璋，公同议决。

转眼间已是七月将尽了，祺瑞屡促冯国璋入都，冯却迟迟吾行，心下含着许多疑虑。冯为直隶人，段为安徽人，冯有冯派，段有段系，本来是各分门户，自悬一帜。此次携手同登，无非为除去张勋，讨逆有名，一个可代任总统，一个可复任总理，以利相联，并非以诚相与。冯恐段系复盛，一或入都，仍不免蹈黎覆辙，为所牵制，因此欲前又却，备极踌躇。暗思江西督军李纯，前时常从征汉阳，隐相投契，辛亥革命，冯尝受清命攻汉阳，纯为北洋第六镇统制，随冯同行。现不若调令督苏，蹑接后任，庶几长江下游，仍占势力，且可联络沿江诸省，为己后盾。计划已定，乃着心腹将弁，潜往江西，与李纯商量就绪，然后安排启行，随身带着十五师为拱卫军，渡江登车，北行入都。是时已是七月三十一日了，提要钩玄，为下文冯、段交恶张本。越日即已抵京。京中大小官吏，共至车站迎候，由冯下车接见，偕入都门，便至黎元洪寓邸中，面请复职。虚循故事。黎当然辞谢，决意让冯。冯乃至国务院，与段祺瑞商议，言下犹有谦辞。段提出当仁不让四字，敦勉国璋，国璋才入总统府治事，由国务院电告各省，声明冯大总统莅府任职。各省统驰电称贺，唯两粤不肯附和，仍主独立，还有云南督军唐继尧，亦电致各省，拥护《约法》，不愿服从冯政府。略云：

　　民主政治，其运用在总统、国会、内阁，其植基在法律。自段氏免职以来，疆吏称兵，国会解散，元首引退，清帝复辟，数月之间，迭遭奇变，法纪荡然，国已不国。顾念大局阽危，不忍操之过蹙，冀其后悔，犹可徐图补救。乃日复一日，祸首趁势弄权，行动自由，奸邪并进，主器虚悬，民意闭塞，律以共和原则，不唯精神全失，亦已形式都非，来日悠悠，曷其有极？窃谓今欲民国之不亡，宜亟阐明数义：（一）总统有故不能执行职务时，当以副总统代行职权，唯故障既去，总统仍行复职，否则应向国会解职，照大总统选举法第九条第二项办理；（二）国会非法解散，不能认为有效，应即召集国会；（三）国务员非得国会同意，由总统任命，不能认为适法；（四）称兵抗命之祸首，应照内乱罪，按律惩办，以彰国法。凡此四义，一以《约法》为依据，不能意为出入。继尧以为国家不可无法，在宪法未成立以前，《约法》为民国唯一之根本法，本实先拨，则变本加厉，何所不至！自今以往，愿悉索敝赋，勉从诸公之后，以拥护国法者，保持民国之初基于不坠；有非法藐视，横来相干，道不相谋，唯力是视而已。忧危念乱，敢布区区，邦人诸友，实图利之！

　　冯政府甫经成立，大势粗定，也无暇顾及西南，并且滇、粤僻处南偏，与大局无甚关碍，所以暂时搁置，付作缓图。唯冯与李纯，既有密约，一经入京，便提及江苏督军一缺，商诸段祺瑞，要将李纯调任；又因陈光远亦属故交，拟令为江西督军。段祺瑞也知冯有意树援，心下不甚赞成，但因冯方任总统，彼此联为同气，究不便遽与相争，只好勉强承认。独提出一个傅良佐来，请冯任为湖南督军。良佐为段氏弟子，曾任陆军次长，与小徐为刎颈交，互相标榜。段祺瑞既信任小徐，因亦信任良佐，良佐且诩诩自矜，谓："征服南方，当用迅雷飞电的手段，出他不意，然后能制他死命。"小徐击节称赏，尝在段氏面前，夸美良佐，几不绝口。段祺瑞牢记心中，适值冯国璋欲任李、陈，遂引荐良佐，使他督湘，一是好据住长江中权，抵制李、陈，二是好控御岭南一带，抵制滇、粤，这正是双面顾到的良谋。好似弈棋一样，你下一子，我亦下一子。冯亦不好忤段，因将李纯督苏，陈光远督赣，傅良佐督湘，同日任命，颁发出来。段又欲贯彻初衷，定要与德宣战，回应八十二回。因特开国务会议，解决此事。国务员统由段氏组织，自然与段氏融合，段倡议宣战，哪个敢出来反对？当下随声附和，似乎有摩拳擦掌，气吞德意志帝国的形状。可笑。段祺瑞既得国务员同情，便以为众志成城，正可一战，遂即入告冯总统，请即下令。冯总统对着宣战问题，本无甚么成见，前次入京调停，也未尝反对段议，应八十一回。明知中德辽远，彼此不能越境争锋，段要宣战，无非是虚张声势，何妨随口应允，免伤感情。比黎菩萨较为聪明。于是嘱秘书员撰就布告，与德宣战。文云：

我中华民国政府，前以德国施行潜水艇计划，违背国际公法，危害中立国人民生命财产，曾于本年二月九日，向德政府提出抗议，并声明万一抗议无效，不得已将与德国断绝外交关系等语。不意抗议之后，其潜水艇计划，曾不少变，中立国之船只，交战国之商船，横被轰毁，日增其数，我国人民之被害者，亦复甚众。我国政府不能不视抗议之无效，虽欲忍痛偷安，非唯无以对尚义知耻之国人，亦且无以谢当仁不让之与国。中外共愤，询谋佥同，遂于三月十四日，向德政府宣告断绝外交关系，并将经过情形，宣示中外。我中华民国政府，所希冀者和平，所尊重者公法，所保护者我本国人民之生命财产，初非有仇于德国。设令德政府有悔祸之心，怵于公愤，改为战略，实我政府之所祷企，不忍遽视为公敌者也。乃自绝交之后，已历五月，潜艇之攻击如故。非特德国而已，即与德国取同一政策之奥，亦始终未改其度。既背公法，复伤害吾人民，我政府责善之深心，至是实已绝望，爰自中华民国六年八月十四日上午十时起，对德、奥国，宣告立于战争地位，所有以前我国与德、奥两国订立之条约，及其他国际条款，国际协议，属于中德、中奥之关系者，悉依据国际公法及惯例，一律废止。我中华民国政府，仍遵守海牙和平会条约，及其他国际协约，关于战时文明行动之条款，罔敢逾越。宣战主旨，在乎阻遏战祸，促进和局，凡我国民，宜喻此意。当此国变初平，疮痍未复，遭逢不幸，有此衅端，本大总统眷念民生，能无心恻，非当万无苟免之机，决不为是一息争存之举。公法之庄严，不能自我失之，国际之地位，不能自我圮之，世界友邦之平和幸福，更不能自我而迟误之。所愿举国人民，奋发淬厉，同履艰贞，为我中华民国保此悠久无疆之国命而光大之，以立于国际团体之中，共享其乐利也。布告遐迩，咸使闻知！

此令既下，又由外交部照会驻京各国公使，声明对德宣战，及对奥宣战，并令内外各官署，查照现行国际公法惯例，妥速办理宣战事宜。德使已早归国，独奥使尚在都中，因特致照会云：

为照会事。中国政府，前以中欧列强，施行潜水艇计划，违背国际公法，危害中国人民生命财产，曾于本年二月九日，向德政府提出抗议，嗣以抗议无效，于三月十四日向德政府宣告断绝外交关系，并经照达贵公使在案。现因中欧列强此项违背公法伤害人道之计划，毫无变更，中国政府，为尊重公法，保护人民生命财产起见，不能久置不顾。贵国现与德国既为同一之行动，则中国政府，对于德、奥两国，不能有所区分。兹向贵国政府声明，自中华民国六年八月十四日上午十时起，本国与贵国入于战争之状态，所有中奥两国于一八六九年九月二日所订中奥条约，及现在有效之其他条约合同或协约，无论关于何种事项者，均一律废止。至一九〇一年九月七日所订之条款，及其他同类之国际协议，有涉及中奥间之关系者，并从废止。又中国政府对于海牙保和会条约，及其他国际条约，一切关于战时文明行动之条款，仍遵守不渝，合并声明。除电本国驻奥公使转达贵政府，并请发给出境护照外，相应备具贵公使并贵馆馆员，暨各眷属，离去中国领土，所需沿途保护之护照一件，照送贵公使，请烦查收为荷。至贵国驻中国各领事，已由本部令知各交涉员，一律发给出境护照矣。须至照会者。

奥使接到照会，亦有公文照复外交部，语多批驳。略云：

所来照会内容，本公使阅悉，应候本国政府训令。至公文所提宣战之各缘由，姑不具论，唯不得不声明此项宣战，本公使以为违背宪法，当视为无效，盖按前黎大总统之高明意见，此项宣战之举，应由国会两院，同意赞成，方可施行。特此照复。

这照会递到外交部，外交部将原文退回，意谓中、奥已成敌国，还要甚么辩论，因此奥使亦卸旗回国去了。粤省督军省长，虽经宣告独立，但对着国际交涉，却取同一态度。中央与德、奥宣战，粤省亦钞录大总统布告，出示晓喻，并照会驻粤各国领事知照。正是：

虚语终嫌无实力，外强反使笑中干。

宣战以后，尚有一切手续，容至下回表明。

冯、段携手讨逆，甫经成功，即互生意见，暗启猜嫌，是欲其一德一心，保邦致治，宁可得乎？海军独立，与滇、粤反抗，尚非冯、段腹心之疾，所患者在冯、段之貌合神离，仍不免有冲突之祸耳。冯选李纯督苏，陈光远督赣，段选傅良佐督湘，即生出日后许多波折。民国之杌陧不安，何莫非争权夺利之军阀家，有以阶之厉也。至若与德宣战一事，已见八十一回总评中，而此时段之主战，尤有不得不然之势，主战则见好强邻，可作外援，借外债，平内患，自此无阻，段其可踌躇满志乎！然观于后来之专欲难成，而吾更不能不为段氏慨矣！

# 第九回

## 筹军饷借资东国
## 遣师旅出击南湘

却说中国政府，既与德、奥宣战，遂由内务部具呈冯总统，谓前时与德绝交，曾将天津、汉口的德国租界，收回自管，设立特别区临时管理局，后改特别区市政管理局，现既明令宣战，与前情势，又属不同，应将临时二字除去。且管理事务，类属市政范围，可将特别区临时管理局，改名特别区市政管理局。当奉指令照准。又天津奥租界，亦由内务部咨照直隶省长，饬该局一并接收管理。直隶督军兼省长曹锟，即照部咨施行，不在话下。

前总统黎元洪，自日使馆营舍还第，住居东厂胡同，屋旁向有卫队，驻扎花园中。嗣因队兵王德禄，发生疯疾，持刀砍入，斫死护卫马占成、正目王凤鸣、连长宾世礼等三人，并伤伍长李保甲、卫兵张洪品等二人，其余卫士，一拥齐上，方将王德禄戮毙。元洪恐尚有他变，复移居法国医院。至冯、段已组定政府，局势少定，乃偕眷属出京，好在天津尚有私宅，借此栖身，不再与闻国事，这也是逍遥自在的良法。

*后来何故再为冯妇？*

唯岭南各省，总未肯服从中央。再加四川乱事，亦尚未靖，代理督军周道刚，留驻重庆，自奉中央命令后，就在重庆就职，正拟调集兵士，西赴成都，忽闻四川省长戴戡，被川军击毙，当即派人前往，探查确耗。原来刘存厚部下，尽是川军，不愿外兵入境，故前时罗佩金所带的滇军，与刘不协，致生冲突，后来戴戡所部的黔军，亦当然为刘所恨，力加排斥。毕竟黔军势孤，川军力厚，两下里争战多日，黔军卒不能支，退出成都，由刘存厚入城据住。戴戡又联络前督军罗佩金，及云南督军唐继尧，会师进击，复得夺还成都，驱出存厚。存厚怎肯甘休？收拾败兵，再攻戴戡，戡又向滇军乞援，与川军对敌，川军败退，戡拟夹攻川军，自督黔军出城，行抵秦皇寺附近，突与败退的川军相遇，彼此见了仇人，便即开枪相击，也是戴省长命已该绝，竟被流弹射来，伤及要害，连忙返身入城，医治无效，当即毕命。周道刚既悉详情，据实呈报中央，当由冯总统下令，追赠戴戡陆军上将衔，照阵亡例赐恤，着财政部拨银一万元治丧，并命周道刚查明川军统帅，谓"如由刘存厚主使，应该坐罪，不能曲贷"云云。此种命令，亦未免掩耳盗铃。试思川军统帅，除刘外尚有何人？旋复查闻四川财政厅长黄大暹，督军署参谋长张承礼，亦因川、黔两军交哄时，仓猝出走，饮弹身亡，中央政府，又复从优议恤。后来周道刚又与滇军相争，政府再行申令，饬在川军队，无论客主，统归周道刚管辖，且实授周道刚为四川督军，刘存厚会办四川军务，总算暂时维持，敷衍过去。

至若新近解散的国会议员，曾列国民党名籍中，都不赞成段总理。且段复任后，又不肯将议员一律召回，反提起从前组织《约法》的参议员，拟为召集，所以一班解散的议员，陆续赴粤，在粤东自行集会，称为非常会议，特借广州城外的省议会议场，会议时事，否认中央政府，另组出一个军政府来。当下投票公决，选举民国第一任总统孙文为大元帅。孙文闲居无事，就趁那选举的机会，再出就职。就职以后，免不得有一篇通告，无非指斥段祺瑞、倪嗣冲、梁启超、汤化龙等，违法党私，背叛民国，应该兴师北讨，伐罪吊民等语。段祺瑞闻到此信，恐怕别省闻声响应，引入漩涡，将来东一省，西一省，依次发难，岂不是酿成大患，不可收拾么？左思右想，除用武力解决外，苦无良策。但欲用武力，必须先筹军饷，国库早一空如洗，各省赋税，又不能源源进来，就使有些报解，平常尚不够应用，怎能腾挪巨款，接济军需？

当下与小徐等商量，小徐等主张借款，暂救眉急。段祺瑞到了此时，也顾不得国家担负，便邀入财政总长梁启超，密商借债事宜。梁也知借债行军，利少弊多，无如段总理决意用武，自己方依段氏肘下，不好有违，唯将这副借债的担子，卸与财政次长李思浩，叫他出去张罗。李思浩素善筹款，接到密令，即与英、法、俄、日四国

1917年孙中山就任海陆军大元帅后与夫人合影

银行团，商借一千万元，名目上不便提出军需二字，只好仍称善后借款。银行团含糊答应，但英、法、俄三国，与德、奥连年交兵，耗费不可胜计，也未能舍己芸人，独日本远居亚东，虽是列入协约国内，反对德、奥，究不曾出发多少兵船，用过多少兵费，所以四国银行团中，只日本肯认借款。日本正金银行理事小田切万寿，出作日本银行团代表，愿借一千万元，与财政部订定契约。约中要点如下：

（一）名目。垫款。（二）金额。一千万元。（三）利息。七厘。（四）年限。一年。（五）折扣。百分之七。（六）担保。中国盐税余款。（七）用途。行政费。（八）用途稽核。依民国第一次善后借款条目办理。见第二十四回。（九）承借者。日本银行团。

契约既成，一千万元稳稳借到，折扣由两边经手分肥，无庸多说。山东督军张怀芝，因逐年垫付军需，总数颇巨，中央无力归还，乐得乘政府借款的时候，加添一些零头，可以拨充本省的用费，当下商明中央，代向中日实业银行，借到日金一百五十万元，议定年息一分，还期一年，以中央专税为担保，这好似穷民贷钱，但顾目前，不管日后如何清偿呢。段祺瑞既得借款，正要筹办军事，制服南方，不料部署尚未定绪，那湘南又突出一支独立军，与督军傅良佐抗衡，惹得长江中线，也致摇动起来。当良佐赴湘以前，湖南督军，本由省长谭延闿兼任，延闿是国民党中人，段祺瑞恐他联络滇、粤，所以特命良佐为督军，前往监制。良佐到了湖南，谭延闿不便抗拒，就将督军印信，交与良佐，一朝权在手，就把令来行，竟将署理零陵镇守使刘建藩，勒令撤任，这便是迅雷飞电的手段！刘建藩以无辜被斥，心下不甘，遂与湖南第一师第二旅旅长林修梅，暨零陵各区司令等，商定独立，通电中央及各省，宣告自主，脱离现政府关系。一面联络滇、粤，及海军总司令程璧光等，反抗良佐。良佐岂肯坐视，当即电达中央，详陈刘建藩罪状，特派第二师第三旅旅长李右文，率兵往攻零陵。段知戎机一发，势难中止，前次借到日款，只有一千万元，不过数月可持，欲达到平南目的，计非多借款项，不能成事，乃复暗瞩交通银行，令他出面借款，再向日本国的台湾、朝鲜、兴业三银行，商借日金二千万元。又经过许多磋磨，方得三银行允诺，订定契约七条：一为金额。计日金二千万元。二为期限。准定三年。三为利息。按年七厘半。四为折扣。总算免去。五为担保。即把中国国库证券一千五百万元，作为征信。六为用途。系是整理交通银行业务。仍是欺人。七为中国政府保证偿还本利；且在借款期限内向他国借款时，须先向三银行商议。此外并定由交通银行，聘请台湾、朝鲜、兴业三银行各一人为顾问。外人借了债，便着着进逼，段政府反视为得计，难道不可以已么？这番借款复得告成，连前共得三千万元。段总理可以指挥如意，乃请冯总统连下二令，一令是通缉广东军政府大元帅孙文，及非常国会的议长吴景濂，一令是通缉陆军中将蓝天蔚，说他受孙文伪令，勾结刘景双、顾鸿宾、马海龙、金鼎臣等，分途困扰，贻害西北，应即褫夺原官，着各省督军省长，务获严惩等语。复召集各省参议员到京，组织临时参议院，免人訾议。令文有云：

国会组织法，暨两院议员选举法，民国元年，系经参议院议决，咨由袁前大总统公布。历年以来，累经政变，多因立法未善所致，现在亟应修改，着各行省、蒙、藏、青海各长官，仍依法选派参议员，于一个月内到京，组织参议院，将所有应改之组织选举各法，开会议决。此外职权，应俟正式国会成立后，按法执行，以示尊重立法机关之至意。此令。

又有一令同下，系着内务部筹备国会选举，略云：

依约法第五十三条，本有召集国会之规定，此次国体再奠，所有《约法》上机关，亟应完全设立，着内务部按照民国元年筹备国会事务局办理事宜，迅速筹办，预备选举。此令。

以上各种命令，统是段祺瑞一人主张，代任总统冯国璋，无非依言传令，签名盖印罢了。当时冯总统尚有一段悲情，乃是总统夫人周氏，得病甚重，竟于九月十日晚间，在总统府中逝世。周夫人就是周道如女士，前在袁总统府充当女教员，由袁总统作撮合山，配与冯河间为继室。见三十七回。五旬左右的武夫，得了四旬左右的淑女，正是伉俪言欢，非常恩爱。无如昙花命薄，晚菊香消，自从民国三年一月结婚，至民国六年九月病殁，先后只阅三年有奇。老头儿还有这般克星么？看官试想！这一再悼亡的冯河间，能不悲从中来，泣涕涟涟么？当下备极厚仪，为周夫人饰终，总统府中，未便久殡，乃择日发丧，回籍安葬。临丧时所有仪仗，当然繁盛，毋庸细表。周夫人死后有知，也不枉出嫁三年。

　　且说冯总统国璋，自悼亡后，免不得见物怀人，犹留余痛。偏这位好大喜功的段总理，时来絮聒，今日借款，明日调兵，说得天花乱坠，俨然有踏平南方的状态。冯总统本无心主战，不过碍着情面，未便龃龉，所以段说一件，冯依他一件，段说两件，冯依他两件，表面上似乎融洽，其实冯忌段，段亦忌冯，彼此各怀意见，暗地生嫌；再加近畿一带，水灾迭见，永定河决口，南运河又决口，天津、保定低洼等处，尽成泽国；津浦铁路北段，被水冲毁，火车不能通行，还有山东、山西，亦均报水溢，索款赈济。冯总统阅过来电，但委段总理筹办赈给，不复多言。段祺瑞锐意平南，正虑军饷未敷，偏老天不肯做美，又闹出许多灾荒案件，随在需赈。没奈何嘱托财政部，腾出数万元银钱，拨济灾区，某区拨若干，某区畀若干，多约万金，少约数千，可怜灾地甚广，灾民甚众，单靠着数千一万的赈款，济甚么事？段总理也管不得许多，但教噢咻示惠，便算了案，唯一心一意的对待南方。哪知军情万变，不可预料，湖南督军傅良佐，所派遣的李右文一军，本要他去征服零陵，偏右文到了衡山，反全部投入零陵军，与刘建藩串同一气，向傅倒戈。傅良佐气得发昏，亟改派北军第八师师长王汝贤、第二十师师长范国璋，及湘军第二师师长陈复初，会师前进，再攻零陵。段总理接报，暗中运款接济，严促傅良佐即平湘南。复虑谭延闿从中作梗，密嘱良佐讽示延闿，使他退位。延闿明知冯、段猜疑，偏不肯提出辞职，但向政府请假。段准给延闿假期，另派周肇祥暂署湖南省长。周亦段氏心腹，与傅同事，应该沆瀣相投，同心协力，傅良佐且得京款接济，便运往前军，犒师作气，果然军心一奋，踊跃直前。北军旅长王汝勤、朱泽黄等，行至衡山、永丰境内，与零陵军队交锋，连得胜仗，拔衡山，下宝庆，直逼零陵。安徽督军倪嗣冲，又密承段氏意旨，出军援湘，也得攻克攸县。

　　湘、皖更迭报捷，段祺瑞欣慰异常，且拟向日本订购军械借款，可以军械济军，乘胜平南。当时风闻中外，竞起谣传，共谓"我国军械，将归日本主持，所有各省兵工厂，煤铁矿，亦归日本管理"云云。于是江苏督军李纯，江西督军陈光远，交章拍电，请政府声明真伪，免启群疑。冯派亦发作了。就是鄂、皖等省，亦有电向中央质问，要求政府明白宣示。是不过随声附和。旋由段总理复电，略谓："谣传全属子虚，不可妄信，现唯因与德、奥宣战，拟派兵赴助协约国，自制军械，不敷应用，势不得不购自外洋，现在唯西洋英国，东洋日本，尚有余械出售，我国与美迭商，迄无成议，急事不能缓办，始就近向日本购置军械一批，需款若干，购械若干，款未交清以前，量加利息，所订合同，仅限一次为止，纯是自由购办，毫无意外牵涉。中国历来所购外国军械，具有成案可稽，本届照前办理，与主权并不少损"云云。李、陈两督军，接得复电，见他理由充足，也不好再加诘问，只看他所购军械，是否给兵赴欧，再作计较。小子有诗叹道：

> 主战何如且主和，同居一室忍操戈。
> 况经国库中枵甚，借债兴兵祸更多。

段总理驳倒李、陈等电文，乐得放心做去。忽湖南又有急电，传达进来，由段总理取过一阅，又未免出了一惊。究竟为着何事，待小子下回叙明。

多一分外债，即增一分负担，失一分主权，甚矣外债之不可轻借也。袁政府专务借债，图逞私欲，所贷之款，尽付挥霍，而私愿亦终于无成，不意段总理亦尤而效之。财政部借日本款一千万元，交通银行又借款二千万元，名为善后之需，实为图南之用。夫南方各省之宣告独立，原有碍于中央统一之谋，然自来唯无瑕者可以戮人，段总理试抚躬自问，其胡为启南方之龃龉耶？不能推诚相与，徒欲以力服人，军需不足，贷诸强邻，即使南方果得告平，而所失已下赀矣。况平南之师未发，而湘省已起争端，用一傅良佐以控驭岭南，反挑动零陵之恶感，不能怀近，安能图远？徒酿成无谓之兵争而已，可慨孰甚！

# 第十回

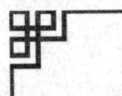

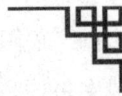

## 傅良佐弃城避敌
## 段祺瑞卸职出都

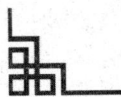

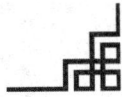

却说刘建藩据住零陵，与北军相持多日，寡不敌众，多败少胜，不得不向西粤乞援。段总理也恐两粤援刘，暗着人运动粤吏，使他反抗省政府，作为牵制。适值粤属惠州清乡总办张天骥，为省政府所黜，改任刘志陆为总办，天骥心怀怨望，遂对省政府宣告独立。已而刘志陆带兵进攻，惠州帮办洪兆麟、统领罗兆昌、帮统刘达庆等，联合陆军，共攻天骥。天骥独力难支，只好窜去。偏潮州镇守使莫擎宇，又复向省政府脱离关系，自言军政当直隶中央，民政仍商承李省长办理。好一个骑墙法子。旋又联结钦廉道冯相荣，及镇守使隆世储，气势颇盛。张天骥亦奔投潮州，与莫相依。莫擎宇遂电达中央，自述情状。段总理乐得请令，褫夺广东督军陈炳焜职衔，特任省长李耀汉兼署督军，即命莫擎宇会办军务。看官试想！民国纪元以来，各省虽号称军民分治，实际上全是军阀专权。自黎政府成立以来，虽改换名目，治军称督军，治民称省长，毕竟省长势力，敌不过督军，督军挟兵自重，对着一省范围，差不多是万能主义。段总理将陈炳焜褫职，即用李耀汉兼职，也是一条反间计。但陈炳焜怎肯依令？仍任督军如故，李耀汉势难代任，依然照前办事。陈炳焜且与广西联兵援湘，与刘建藩等并力作战，所向无前，夺回宝庆、衡山，复拔衡阳、湘潭，累得傅良佐日夕不安，又向段总理请援。段总理未免一惊，因恐远水难救近火，只好责成王汝贤、范国璋两人，令他效力图功，特派汝贤为湘南总司令，国璋为副司令，满望他感激思奋，扫平湘南自主军队，不意两人逗留不进，反通电中外及自主诸省，商请双方停战。略云：

> 天祸中国，同室操戈，政府利用军人，各执己见，互走极端，不惜以百万生灵，为孤注一掷，挑南北之恶感，竞权利之私图，借口为民，何有于民？侈言为国，适以误国。果系爱国有心，为民造福，则牺牲个人主张，俯顺舆论，尚不背共和本旨。汝贤等一介军人，鲜识政治，天良尚在，煮豆同心。自零陵发生事变，力主和平解决，为息事宁人计，此次湘南自主，以护法为名，否认内阁，但现内阁虽非依法成立，实为事实上临时不得已之办法，即有不合，亦未始无磋商之余地。在西南举事诸公，既称爱国，何忍甘为戎首，涂炭生灵？自应双方停战。恳请大总统下令，征求南北各省意见，持平协议，组织立法机关，议决根本大法，以垂永久而免纷争，是所至盼！特此电闻。

自王、范两人宣布此电，当然置身事外，引兵退归。那零陵自主军队，及两粤各军，未肯遽罢，仍旧扬旗击鼓，进逼长沙。湖南督军傅良佐，麾下亲兵，寥寥无几，专靠王、范两师，出去御敌，偏他两人宣告停战，且有倒戈消息，急得傅督军不知所为，只好与代理省长周肇祥，想出一条逃命的上策，趁夜同走，潜登兵舰出省，奔往岳州。*这也好算得迅雷飞电的计策么？*长沙失去主帅，亟由省城各团体，自组湖南军民两政办公处，暂时维持，适值王汝贤领兵回省，乃公推汝贤为主任，担任维持秩序。

傅良佐等退至岳州，不得不电达中央。段祺瑞接到此电，忍不住渐愤交并，慌忙驰入总统府，报明冯国璋，痛责王、范两人叛命的罪状。冯总统却默然不答。段始窥透隐情，料知王、范两人的行为，是由老冯暗中授意，遂作色与语道："总统主和，祺瑞主战，两不相谋，应有此变，祺瑞情愿免职，请总统另任他人。"冯总统才淡淡的答道："傅良佐所任何职，乃弃省潜逃，不为无罪。"祺瑞道："王、范两师，无故倒戈，良佐势成孤立，自然只好出走了。"冯总统又道："我何尝绝对主和，如果能戡定南方，就是我也自愿赴敌，请总理不必误会！"祺瑞起座道："祺瑞已不敢再干了。或战或和，请总统自主便了。"言毕即去，未几，即递入辞职呈文，又未几，复递入国务员辞职呈文。冯总统不便遽允，派人一一挽留，复通电各省云：

国事濒危，人心浮动，一隅生隙，全国动摇。兹将数日经历情形，暨失机可惜之点，通告于下：自复辟打消，共和再造，军人实为功首，此后军人团体，即为全国之中心点，生死存亡，有莫大之关系，此不但本国人所共知，亦外交团所共认。此次政府成立，所行政策，以改良民国根本大法为宗旨，故不急召集新国会，而为先设参议院之举，在法律上虽微有不同，而用心实无私意存于其内。西南二三省，起而反对，无理要求，中央屡为迁就，愈就愈远，不得已而用兵，只为达到宗旨而已，初非有武力压迫之野心也。兵事既起，胜负虽未大分，而川事则中央颇为得手，滇、黔在川之兵，不日可期退出川界。广东方面，陆、陈、谭虽有援湘之兵，因龙、李、莫倾向中央，暗中牵制，以是不能大举。是时也，湘南战事，我北军将士，稍为振奋，保持固有之势力，中央即可达完善之结果。不意我北军九死一生，最有名誉之健儿，误听人言，壮志消沮，虽系一部分之自弃，而掣动新胜，暨相持未败之众，于是合谋罢战，要求长官，通电乞和，不顾羞耻，虽曰其中有不得已之苦衷，而中央完全将成之计划，尽行打消矣。诸君闻之，能不惜哉！能不痛哉！特是通电求和，主持人道，欲达宗旨，亦必能战而后能和。假如占住势力，战胜一步，宣布调停，再进一程，征求同意，为中央留余地，保政府之威严，吾辈军人之名誉大张，国家人民之幸福是赖，乐何如之？乃不出此而为摇尾乞求，纵能达到和平目的，我军人面皮丧尽矣。国璋亦军人之一分子也，如此行为，万无下场余地，不为羞死，亦将气死。诸君皆爱国丈夫，有何高见，如何挽救，能否贾勇救国，振奋部下士卒精神，筹兵筹饷，以谋胜利，则大错虽已铸成，尚可同心补救。国璋代行权位，惶愧奚如！国将不存，身将焉附？如有同心，国璋愿自督一旅之师，亲身督战，先我士卒，以雪此羞。宣布事实，渴望答复！

这篇通电，辞旨隐闪，又主和，又主战，看似斥责王、范两人，却未曾提出姓名，不过含糊影响，但为段总理顾全面子，所以有此电文。湘军第二师师长陈复初，方改编为陆军第十七师，驻扎常德，他闻王汝贤入主长沙，居然代行督军职务，心下很是不服，竟在常德宣布独立，要来攻夺长沙，就是两粤援湘各军，也不肯听命汝贤，纷纷入扰。长沙很是危急。到了十月十七日夜间，城中忽然火起，烟雾漫天，秩序大乱。汝贤也只好弃城出走，潜赴岳州。是时傅良佐、周肇祥两人，已由京中召入，传令免官候惩，令云：

湖南督军傅良佐，代理省长周肇祥，擅离职守，着先行免职，听候查办！此令。

同时又有一令云：

据王汝贤等电称：傅督军于十四日夜，携印乘轮，不知去向，省长亦去，省城震动，人心惶恐。汝贤等为保护地方安全起见，会同在城文武，极力维持，现在秩序，幸保安宁等语，并据自请处分前来。傅良佐、周肇祥擅离职守，本日另有明令免职查办，长沙地方重要，不可主持无人，即派王汝贤以总司令代行督军职务，所有长沙地方治安，均由王汝贤督同范国璋完全负责。查王汝贤等，身任司令重寄，统驭无方，以致前敌败退，并擅发通电，妄言议和，本属咎有应得，姑念悔悟尚早，自请处分，心迹不无可原。此次维持长沙省城，尚能顾全大局，暂免置议。王汝贤等当深体中央弃瑕录用之意，严申约束，激励将士，将在湘逆军，迅予驱除，以赎前愆。倘再退缩畏葸，贻误戎机，军法俱在，懔之慎之！此令。

这令颁发，乃是十月十八日，与王汝贤弃城出走的时候，只隔一宵。京、湘相隔太远，汝贤又仓皇出奔，无暇拍电至京。所以京中尚未闻知，还令汝贤及范国璋，担任长沙治安职务。那段祺瑞自有意辞职后，虽非极端决裂，但对着湖南问题，不再入商，冯总统因得自由下令，轻轻将王、范二人罪状，豁免了事。唯段祺瑞览此令文，愈加不悦，自思老冯前电，已是态度不明，此次又仅罪及傅、周，不及王、范，明明是阿私所好，党同伐异的行为，因复决计辞去，不愿与冯共事。正拟二次递呈，复接得直、鄂、苏、赣四省通电，并请撤兵停战，这又是冯派联络，推倒段内阁的先锋。电文署名，一是直隶督军曹锟，一是湖北督军王占元，一是江苏督军李纯，一是江西督军陈光远，文中说是：

慨自政变发生，共和复活，当百政待理之际，忽起操戈同室之争，溯厥原因，固由各方政见参差，情形隔阂，以致初生龃龉，继积猜嫌，亦由二三私利之徒，意在窃社凭城，遂乃乘机构衅，而党派争树，因得以利用之术，为挑拨之谋，逞攘夺之野心，泄报复之私忿。名为政见，实为意见，名为救国，实为祸国，于是阋墙煮豆，一发难收。锟等数月以来，中夜彷徨，焦思达旦，窃虑复亡无日，破卵同悲，热血填膺，忧痛并集。盖我国外交地位，无可讳言，欧战将终，我祸方始，及今补救，尚恐后时。至财政困难，尤达极点，鸩酒止渴，漏脯疗饥，比于自戕，奚堪终日？东北灾椟，西南兵争，人民流离，商业停滞，凡诸险状，更仆难志。大厦将倾，而内哄不已，亡在眉睫，而罔肯牺牲，每一思维，不寒而栗，中心愤激，无泪可挥。夫兵犹火也，不戢自焚矣，如项城覆辙可鉴，刿同种相残，宁足为勇？鹬蚌相持，庸足为智？即使累战克捷，已足腾笑邻邦，若复两败俱伤，势且同归于尽。令者北倚湘而湘不可倚，南图蜀而蜀未可图，仁人君子，忍复驱父老兄弟于冰天雪地枪林弹雨之中？且战局延长一日，即多伤一日元气，展伸一处，即多贻一处痛苦。公等诚心卫国，伟略匡时，其于利害祸福所关，固已洞若观火。况争点起于政治，知悲悯本有同情。锟等不才，抱宁人息事之心，存排难解纷之志，奔走啼泣，惨切叫号，而诚信未孚，终鲜寸效，俯仰愧怍，无地自容，唯希望之殷，始终未懈。故自政争以来，默察真正之民意，仰体元首不忍人之心，委曲求全，千回百折，必求达于和平目的，以拯国家之危难，而固统一之宏基。区区愚忱，当邀共谅。现在时势危迫，万难再缓，不得不重申前说，为四百兆人民，请命于公等之前。伏愿念亡国之惨哀，生灵之痛苦，即日先行停战，各守区域，毋再冲突，俾得熟商大计，迅释纠纷。鲁仲连之职，锟等愿担任之。更祈开诚布公，披示一切，既属家人骨肉，但以国家为前提，无事不可相商，无事不能解决。若彼此之隐，未克尽宣，则和平之局，讵复可冀？公等位望，中外具瞻，舆论一时，信史万世，是非功过，自有专归，而旋乾转坤，亦唯公等是赖，反手之间，利害立判，举足之际，轻重攸分，救国救民，千钧一发。临电迫切，不知所云。

停战停战，这种声浪，与段总理的心理，绝对是不能两容。偏长江三督军，一气贯穿，又推那直隶督军曹三爷为首，曹锟排行第三，时人号为曹三爷。同来反对段总理，叫老段如何不烦？如何不恼？当下递入二次辞呈，不但辞去总理，且把陆军总长的兼职，一并辞去。冯总统还阳为挽留，但准他辞去兼职，仍为总理如初。看官！你想这位段合肥，还肯留着么？段为国务总理，又兼陆军总长，所以有权有势，莫与比伦，若军权一卸，还要这国务总理衔头，有何用处？自然一概不受，出都下野去了。**恐未必真肯下野。**冯总统乐得准他免职，另任王士珍为陆军总长，所有国务总理一缺，且命外交总长汪大燮暂代。汪大燮是段内阁中人物，本有连带辞职的故例，怎好代任总理？因此决意不为，一再告辞。冯乃商诸王士珍，邀他组阁。士珍系直系正定人，资格最老，出段氏上，情性素来和平，没有甚么党派，不过时人因他籍属直隶，共推为直派领袖，前时袁、黎两总统时，亦尝邀他为过渡总理，见前文。旋进旋退，无刺无非，老年人血气已衰，不堪再任烦剧，独冯意以为籍贯从同，派系无别，正好引为己助，抵制皖系，调和南方。王士珍固辞不获，乃承认暂署，于是段内阁遂倒，要改组王内阁了。小子有诗叹道：

> 携手登台谊似深，同袍何故忽离心？
> 堪嗟宦海漂摇甚，得失升沉两不禁。

王士珍既代署总理，旧有国务员，一并辞职，另换他人入阁。欲知所易何人，待至下回发表。

观于冯、段之倾轧，表面上似为和战之龃龉，实际上即为直、皖两派之纷争。傅良佐之督湘，冯意固未尝赞同，不过为李、陈两督军之交换条件而已。王汝贤、范国璋，与良佐相反对，其阴承冯意可知，拒良佐，即所以拒段氏也。良佐自命不凡，而实无干略，楚歌四逼，仓猝夜逃，名为党段，实则负段，段犹欲袒护之，得毋亦自信过深，而未知其用人之失当欤？迨直、鄂、苏、赣四督军，通电停战，而段氏之平南政策，复遭一大打击，势不能不辞职出都，此冯、段倾轧之第一幕也。而直、皖两派之恶，遂自是日深矣。

# 第十一回

## 会津门哗传主战声
## 阻蚌埠折回总统驾

却说王士珍既代署总理，当然要改组内阁，所有从前阁员，多半换去，另任陆徵祥为外交总长，钱能训为内务总长，王克敏为财政总长，江庸为司法总长，田文烈为农商总长，曹汝霖为交通总长，傅增湘为教育总长，海军总长仍用刘冠雄，士珍自兼陆军总长，已见前文。冯代总统撤去段总理，改用王士珍，明明是无意主战，特借王士珍为调人，笼络南方，使得和平统一。无如南军未肯退步，趁着王汝贤退出长沙，即乘隙直入，竟将长沙占住。汝贤退走岳州，见前回。俄而荆州有石星川，随县有王安澜，黄州有谢超，纷纷宣告自主，又与冯政府脱离关系。看官试想！前时段总理主战，南方各军阀，不服段总理，乃起冲突，明明反对段氏，无庸疑议，此次冯总统主和，南方各军阀，应该体谅冯总统苦心，休兵息战，为甚么反加出石、王、谢三人，来与冯氏作对呢？说将起来，南方军阀家所主张，并不是专拒段合肥，实是并抗冯河间，冯总统的谋算和政策，岂不是暗遭打击么？

还有一个前陆军次长徐树铮，为段氏暗中设法，奔走南北，仆仆道途。看官道为何因？原来他先至蚌埠，与安徽督军倪嗣冲，晤商机密。嗣冲方竭力助段，对着小徐的谋划，很表赞成，小徐既邀得一个帮手，还嫌未足，再向东北出山海关，竟去联络奉天张作霖。张作霖字雨亭，系辽阳人，向系绿林豪客，投入清故督张锡銮麾下，

68

历年捕盗，积功至师长，袁氏欲引为羽翼，特擢为奉天督军。他本独立塞外，自张一帜，与冯、段不生关系，无甚好恶，小徐以为东南健将，莫如老倪，东北健将，莫如老张，能将两健将融成一片，为段帮忙，还怕甚么冯河间？计策诚佳。于是间关跋涉，趋往奉天，凭着那三寸舌，说动那张雨帅。张本豪健绝俗，勇敢有为，不论谁曲谁直，但教片辞合意，臭味相投，便即慨然许诺，愿为护符；且留小徐在幕府中，参决军务，贯彻军谋。

会安徽督军倪嗣冲，邀同山东督军张怀芝等，共至天津，与直隶督军曹锟，会议时局，恢复段氏政策，对着西南，仍用武力解决。怀芝前为北洋武备学生，原是北洋系中一分子，与段祺瑞素来莫逆，且平时最嫉国民党，当然欲荡平西南，为段后盾。且曹锟镇守直隶，曾与长江三督军，即李纯、陈光远、王占元。联名通电，主张停战。见前回。此次倪、张两督至津，距前时电请停战的日期，不过旬月，为甚么反复无常，忽然主和，忽然主战呢？就中也有一段情由，当时清室元老徐世昌，久驻天津，各军阀素相契重，遇有大策大疑，必向徐氏咨询。曹锟驻节天津，更与徐氏常相往来，情谊款洽。徐闻冯、段龃龉，政局未定，免不得从旁扼腕。一夕，与曹锟会叙，密语锟道："芝泉祺瑞字。原太觉自信，华甫国璋字。亦不应阴嗾范、王，倒戈失湘，两人并皆失策，不知将闹到如何地步，方能结束呢？"曹锟无词可答，只应了一个"是"字。徐世昌复掀髯笑道："君等若迎若拒，不为冯、段两人调和政见，恐从此以后，北洋团体，越致分裂，眼见是民党得势，将乘隙篡入了。"锟不禁失色道："这也可虑，公意以为何如？"世昌复进逼一句道："君为北洋弁冕，若听令北洋团体，四分五裂，君亦不能辞责呢！"徐也是为段帮忙。锟随口应声道："得公指教，锟似梦初醒了。"两人一笑而别。

嗣是锟变易初心，背了长江三督军的盟约，又欲联段，可巧倪、张两督，前来相邀，乐得敲着顺风锣，翕然同声。倪、张两督，复致书张作霖，请求同意。作霖正与小徐静待机缘，一经得书，立即答复，无不如命。吉林督军孟恩远，黑龙江督军鲍贵卿，本奉张作霖为领袖，作霖愿加入天津会议，孟、鲍自无异言，亦皆参入。再加山西督军阎锡山，陕西督军陈树藩，河南督军赵倜，福建督军李厚基，浙江督军杨善德，上海护军使卢永祥，及苏、皖、鲁、豫四省剿匪督办张敬尧等，均系段氏支派，各遣代表至天津，共同会议。就是热河、察哈尔、绥远三区，也各派代表来，到津列席。济济群英，会集一堂，曹锟为东道主，与倪、张两督表明意见，无非是"并力平南，反对和议"八字。各代表联袂入会，早已禀承各主帅命令，与结同盟，曹锟等一声倡起，各代表等齐声附和，接连是劈劈拍拍的手掌声，陆续相应。当下议决开战，誓绝调停，且分派同盟各省出师数目，由曹锟、张怀芝、倪嗣冲首先认定，次由各代表一一承认，复缮就一篇呈文，要求中央明令征南，然后散席。当时有人嘲讽曹锟，说他大人虎变，因他凤领虎威军，又善变动，所以引援古典，赠他一个佳号。其实那时将帅，原与墙头草相似，忽东忽西，没有定向呢。言不必信。也是大人行径。

　　唯冯总统本欲主和，竭力笼络南方，偏偏事不从心，迭遭冲突。石星川等擅谋自主，还是下级军官的瞎闹，无甚关碍，最恼人的是南倪北张，无端牵动诸军阀，会议天津，联名请战，明知个中主动，仍由老段授意，欲将他来呈批驳，又恐倪、张等与己翻脸，又似前黎总统在任时，纷纷宣告独立，与中央脱离关系，转害得不可收拾。左思右想，无术自全，不得不邀入国务总理王士珍，商决国是。王士珍全是暮气，不肯担任一些肩仔，遇着艰险时候，但知牺牲官职，浩然思归，所以叙议多时，并没有甚么救急的良方，只有自称老杇，不堪胜任，情愿将国务总理及陆军总长的兼衔，让与贤能。自知干不下去，尚能牺牲禄位，还算自好之士。冯总统付诸一叹，俟士珍退出后，又与几个心腹人商量，大家说是段派势力，尚难骤削，压制过急，反恐生变，不如再请老段出山，畀他一个闲散位置，稍平彼愤，免得种种作梗，牵制中央。冯总统又复为难起来，暗思段非常人可比，除国务总理外，还有何职可授？如或授他别职，段亦断不肯受，反致弄巧成拙，越觉不佳。乃再经数人讨论，毕竟人多智众，想出一个新名目，叫做参战督办。参战是对外国立名，不是对着本国的南军，从前与德、奥宣战，全是段氏一人主张，此次叫他参入协约国，督办战务，也是一个无上的头衔；且与段氏本意不悖，当不至有推让情形。商议既定，因特派员至津门，先与段氏说明原委。段先辞后受，愿当此任。独言下表明微意，乃是"做了参战督办，总须陆军总长联合，方可调度一切，若彼此不协，如何督率，如何办理"云云。这番言论，明是不悦王士珍，要他离开陆军总长的位置，然后受命登台。特派员依言复报，再由冯总统着人询段，段又谓请总统自酌。

　　可巧合肥嫡派段芝贵，自助段覆张后，但博了一个勋位，未列要职，在京闲居，他是有名的揣摩能手，雅善逢迎，不但与段祺瑞有关乡谊，情好密切，就是冯国璋入任总统，府中亦常见有段芝贵名刺，往来周旋。冯、段交恶，芝贵又曾为调停，只因双方各尚意气，不能从旁调洽，所以中止。此次冯意中忽想着了他，乃召入与商，并有委任陆军总长的表示。芝贵喜出望外，就自愿邀段入都，即日启行，往谒老段，见面时谈及冯意，段亦当然心慰，即与芝贵同车至京，复入见冯总统。两人虽未能尽去夙嫌，表面上似尚欢洽，再加段芝贵在旁凑趣，便各喜笑颜开，尽欢而散。越日，即有参战督办的特任，及陆军总长的改任，一并颁发。唯国务总理一职，仍归属王士珍，不过免去陆军总长兼衔罢了。**王聘老可以去矣，何必为此赘疣？** 段既入京，仍然坚持一平南政策，不肯少改。**却是个硬头子。** 段芝贵原是皖派，不能不与表同情。两下里朝夕叙谈，无非商议平南事宜，拟派曹锟为第一军总司令，张怀芝为第二军总司令，统兵入湘。当由参陆办公处，密电二督，赶先部署，克期出发。于是主战宣战的声浪，复传达中外，时有所闻。独冯总统尚未肯下令，不是说军饷无着，就是说阳历已将残年，容俟开年办理。段派亦无可如何，只好展缓兵期，俟至开正以后，再行催逼，光阴易过，转眼间已是民国七年了，岁阳肇始，总有一番俗例，彼此拜贺，忙碌数天。各机关统休假一星期，停止办公。至假期已过，又有许多隔年案件，须要办清。一日过一日，又是二十多天，主战派迫不及待，跃跃欲试，遂竟向总统府质问，请冯总统即日发兵。偏府中发出二十五日的布告，尚饬各省保境安民，共维大局。顿时主战派大哗，才阅一宵，冯总统带着卫队百名，突出正阳门外，乘着专车，竟往天津去了。段祺瑞等俱未预闻，就是各部总长，亦有一半儿在睡梦中，不知他为着何事，匆匆启行？但由国务院颁发一谕，通电中外道：

奉大总统谕：近年以来，军事屡兴，灾患叠告，士卒暴露于外，商民流离失业，本大总统悯焉心伤，不敢宁处，兹于本月二十六日，亲往各处检阅军队，以振士气。车行所至，视民疾苦，数日以内，即可还京。所有京外各官署日行文电，仍呈由国务院照常办理。其机要军情，电呈行次核办，并分报所管部长处接洽。凡百有位，其各靖共乃职，慎重将事，毋急毋忽等因！特此转达。

奇哉！怪哉！是何主因，乃有此举？事前毫无表白，直至登程以后，方令国务院传达略情，难道总统出巡，不宜明目张胆，只好作此鬼鬼祟祟的举动么？**句中有刺。**

当时中外人士，纷纷推测，各执一词，直到后来冯氏还京，方知他潜自出京，却有一种特别政策，如国务院代达论调，不过粉饰耳目，自炫美名，其实他何曾劳民？何曾阅兵呢？原来段主战，冯主和，主战是谋武力统一，主和是谋和平统一，似乎段好黩武，冯尚怀仁，实际上乃冯、段两派，互相抵抗，段要主战，冯定要主和，冯要主和，段越要主战，武夫得志，管甚么海内苍生，但教折倒反对派，便算是扬眉吐气，予智自雄。怎奈两派势力，相持不下，段派去而复来，气焰膨胀。冯不得不虚与周旋，且又想出别法，欲去羁縻段派，合直、皖两系为一气，使他共卫自身，巩固权位，然后好不致受制，免得许多防备。就使段派不肯为所羁勒，也不如借出巡为名，亲赴长江流域，与李、陈、王三督军面商良法，抵制段派，可以维持势力。为此两种计策，急欲一行，又恐风声一泄，老段必来阻挠，所以除二三心胸外，俱未通知，竟出人不意，乘车南下。*想法亦奇，但强中更有强中手，奈何？*

　　一月二十六日启行，当晚即至天津，会晤那虎变将军曹锟，谈了半夜的机密。曹锟虽已与段派联络，合谋宣战，但究竟是个直系，对冯未免留情，他的主张，是欲要主和，必先主战，能将湘省收复，使南军稍惮声威，方可再申和议，冯也点头称善。*不愧为虎变将军。*就在天津督署中借寓一宵。越宿起床，食过早膳，复与曹锟申定密约，*为后文征湘伏案。*便即启程再往济南。他想山东督军张怀芝，与倪嗣冲互为党援，不如直趋蚌埠，说服嗣冲，不怕怀芝不为我用，所以济南未曾下车，竟直抵徐州，转赴蚌埠。

　　火车原甚快便，但尚不如电报的迅速，自从冯氏出都，段祺瑞诧为怪事，料知冯必有隐情，便即电达张、倪两督，叫他阻住冯踪，不使他再行南下。*这叫狼防虎，虎防狼。*张怀芝得电后，忙派员至车站伫候，适冯已至济南，不肯停车，竟尔过去，独倪嗣冲接到段电，距冯至蚌埠时，尚有数小时间，他好从容布置，带着卫兵，赴车站迎接老冯。待至火车到站，由冯下车相见，倪即指挥卫队，拥冯入署。彼此寒暄未毕，倪嗣冲即掀髯笑语道："总统为何微行至此？"冯总统道："我也并不是微行，无非因公等为国宣劳，军队亦服役有年，所以特来慰问呢。"嗣冲道："总统出巡，理应预先布告，为何内外各员，多未闻知，想总统必有高见，敢请明示。"冯答道："我若预示出巡，沿途必多供张，反多烦扰，故不如潜行是。"嗣冲冷笑道："总统轸念民瘼，原是仁至义尽，但突然出京，反骇听闻，倘中途遇有不测，岂非大误？"冯总统道："这且不必说了。唯我在京都，闻见有限，究竟各省军队，是否可用？若再如傅良佐辈贻误戎机，岂不是多添笑话么？"嗣冲作色道："总统也不要徒咎良佐，试想王、范两人，何故倒戈？又复平白地让去长沙，两相比较，王、范罪恶，且过良佐，为什么不革职治罪呢？"冯总统被他一诘，好似寒天吃煨姜，热辣辣的引上脸来，勉强按定了神，再与他论及和战利害。嗣冲道："南方猖獗至此，怎可再与言和？今日只有一战罢。"冯总统还想虚词笼络，偏倪坚执己意，随你口吐莲花，始终不肯承受。

　　既而山东督军张怀芝，四省剿匪督办张敬尧，亦皆到来，想是由嗣冲邀来。两人论调，与倪嗣冲一致从同，累得冯总统无词可答，即欲辞行，再往江南。倪嗣冲阻住道："总统何必亲往，但教致一电信，叫李秀山来此会议，便好了。"秀山即李纯字。冯至此也觉没法，只好由倪拍电，去召李纯，隔了一宿，来了一个李纯的代表，苒席会议。李秀山却也乖巧，故不愿亲至。看官！你想一代表有何能力？只得随众同声。倪嗣冲且拍案道："欲要与南方谋和，除非将总统位置，让与了他，若总统不欲去位，只有主战一法，主战必须仍用段合肥。如段合肥出为总理，军心一致，西南自可荡平，何论湘省？否则嗣冲愿牺牲身命，与南方一决雌雄。"说至此，声色俱厉，张怀芝、张敬尧两人，更鼓掌不已。冯总统乃随口敷衍道："诸君同心，战必有功，我就回京下令罢。"倪嗣冲也不再挽留，便送冯上车。张怀芝偕冯同至济南，中途告别。冯总统乘兴而来，败兴而返，自回北京去了。正是：

　　　　不如意事常八九，可与言人无二三。

　　欲知冯总统回京后，如何举动，且看下回再表。


　　观当时之军阀家，好似博弈一般，列席之时，见甲顺手，则与甲合股，而与乙为仇，见乙顺手，又与乙合股，而与甲为仇，不论曲直，但争利益，虎变将军，即其明证也。冯河间欲并合甲乙两派，尽为己用，谈何容易。甲自甲，乙自乙，彼此立于反对地位，就使暂时允洽，亦必决裂而后已。况如蚌埠之跋扈将军乎？潜行出京，索然而返，冯亦自悔多事哉！

# 第十二回

## 遣军队冯河间宣战
## 劫兵械徐树铮逞谋

却说冯总统国璋，白费了一番心思，空劳了一回跋涉，没情没趣的折回北京，趋入总统府中，闷闷坐着。有几个心腹人士，进来探问消息，他唯有相对唏嘘，长叹数声罢了。旋由陆军部呈入军报，多半是湖南不靖消息，到了二月初旬，复接到湖北督军王占元急电，报称"湘、粤、桂三省南军，攻陷岳州，驻岳总司令王金镜退保临湘，南军据岳州后，连扰郧阳、通城、蒲圻等处，声势甚盛，亟待援师"等语。冯看了此电，也不禁奋髯动怒道："真正了不得，看来只好决裂了。"乃实授曹锟、张怀芝、张敬尧为各军总司令，陆续出兵，由鄂赴湘，同日发出二令道：

上月二十五日布告，原期保境安民，共维大局，故不惮谆谆劝谕，曲予优容。中央爱护和平之苦衷，宜为全国所共谅。乃叠据王占元等电称："谭浩明、程潜所部军队，乘此时机，节节进逼。"石星川、黎天才等，复以现役军官，倡言自主，勾结土匪，扰害商民，而谭浩明等竟引为友军，借援助为名，四出滋扰；甚且枪击外舰，牵及交涉，兹复进逼岳州，窥伺武汉，拥众恣横，残民以逞。是前此布告，期弭战祸，为民请命者，反令吾民益陷于水深火热。本大总统抚衷内疚，隐痛实深。各督军、都统等，叠电沥陈，佥以衅自彼开，应即视为公敌，忠勇奋发，不可遏抑。本大总统深唯立国之道，纲纪为先，若皆行动自由，弁髦法令，将致纷纷效尤，何以率下？何以立国？用特明令申讨，着总司令曹锟、张怀芝、张敬尧等，即行统率所部，分路进兵，痛予惩办。师行所至，务须严申纪律，无犯秋毫，用副除暴安良，拯民水火之至意！此令。

自军兴以来，在湘各路军队，动辄托故溃逃，长官督率无方，以致有治军守土之责者，效尤叛国，军纪久焉不张。本大总统殊深内疚，若再因循宽纵，必致酿成无政府之现象，其何以饬纲纪而奠民生？嗣后各路统兵长官，于所属官兵，遇有不遵节制，无故退却等情，着即以军法便宜从事，毋稍姑息，其各凛遵！此令。

两令既下，又特派曹锟为两湖宣抚使，张敬尧为攻岳前敌总司令，所有防鄂各项军队，统归节制调遣。于是虎变将军曹锟，首先出发，即于二月七日由津启程，张敬尧亦于十二日出发徐州，浩浩荡荡，率军赴鄂去了。未几，复由总统府发出数令，褫夺各军长官职，由小子汇述如下：

查湖北襄、郧镇守使兼陆军第九师师长黎天才，暨湖北陆军第一师师长石星川，分膺重寄，久领师干，宜如何激发忠诚，服从命令，乃石星川于上年十二月宣布独立，黎天才自称靖国联军总司令，相继宣告自主，迭次抗拒国军，勾结土匪，攻陷城镇，并经各路派出军队，奋力痛剿，将荆、襄一带地方，次第克复，而该两逆甘心叛国，扰害闾阎，实属罪无可逭。黎天才、石星川，所有官职勋位勋章，应即一并褫夺，仍着各路派出军队，严密追缉。务获惩办，以肃军纪而彰国法！此令。

谭浩明等，拥众恣横，甘为戎首，前已有令声罪致讨。谭浩明以现任督，不思绥辑封圻，恪尽军寄之责，乃竟自称联军总司令，率领所部，侵扰邻疆若再滥厕军职，何以申明纪律，警戒来兹？署广西督军陆军中将谭浩明，着即行褫夺官职暨勋位勋章，由前路总司令一体拿办。其他附乱军官，并着陆军部查明惩处，以彰国法而警效尤！此令。

这两令是声明挞伐，罪及自主军长，有讨叛惩逆的意思。还有二令，乃是惩办失律的长官，令云：

75

前因湖南督军傅良佐，代理省长周肇祥，擅离职守，曾令免职查办，两月以来，荆、襄叛变，岳州失守，士卒伤亡之众，人民流离之惨，深怵予怀，追论前愆，该前督等实难辞失律偾事之咎。傅良佐一案，着即组织军法会审，严行审办。周肇祥职司守土，遇变轻逃，并着交文官高等惩戒委员会依法惩戒，以肃纲纪而儆方来！此令。

陆军第八师师长王汝贤，前令以总司令代行湘督职权，督同第二十师师长范国璋，保守长沙，立功自赎，乃竟相继挫败，省垣不守。此次岳州防务，范国璋所部，又复先行溃退，总司令王金镜，身任军寄，调度乖方，以致岳城失陷，均属咎有应得。王汝贤、范国璋，均着褫夺军官勋位勋章，交曹锟严行察看，留营效力赎罪。王金镜着褫夺勋位勋章，撤销上将衔总司令，以示惩儆！此令。

看官阅此两令，便可窥透冯总统的本心，傅良佐与周肇祥，乃是段派中人，所以主张严办，王汝贤与范国璋，乃是自己叫他倒戈，所以让长沙，失岳州，失律偾事，不加重惩。但恐段派啧有烦言，乃不得不褫夺官阶，叫他留营效力，图功赎罪。后来傅良佐终不到案，且与冯氏反唇相讥，这明明是由段氏袒护，说他罪轻罚重，不服冯氏裁判。老冯的掩耳盗铃计策，终被段派看穿，仍归没效。还有江西督军陈光远，是密承冯氏意旨，主和不主战，赣、湘密迩，他却拥兵坐视，不去援湘，总统府中，虽已有令促援，光远料非冯总统本意，所以始终不动，此次由段派弹劾，至再至三，冯总统不得已下令道：

江西督军陈光远，于湖南战役，叠有电令进援，乃该督军托故延缓，致误湘局，殊难辞咎。陈光远着褫上将衔陆军中将，仍留督军本职，俾其奋勉图功，以策后效！此令。

投袂请缨的张怀芝，已受任第二军总司令，应该率军速发，不让人先，偏他徘徊观望，甘听曹锟、张敬尧二军，接连就道，自己故落人后，实尚欲要求一席，方肯前驱。都是利己主义。既而湘、赣检阅使的任命，果然颁下，怀芝乃欣然受任，带兵进行，先命第一师师长施从滨，取道九江，径往湖北，自乘津浦铁路火车南下，经过南京，会晤江苏督军李纯，谈了一番战策，然后西趋南昌，检阅赣省军队，援应曹、张两军去了。迁道苏、赣，无非自出风头。唯冯总统此次主战，纯然为段派所迫，没奈何出此一着，心中总不免芥蒂，且自觉和战反复，无以对人，因复仿古时罪己文，颁发布告一通，略云：

立国之道，纲纪为先，果顽梗不易强驯，则征讨自非得已。上年湖南事起，阁议主张用兵，国璋独轸念时艰，欲民小息，虽于内阁政策，亦复一致赞同，但冀以武装促进和平，而未尝以力征誓于有众，坚冰之渐，固有由来。迨前湖南督军傅良佐弃职轻逃，前援湘总司令王汝贤，副司令范国璋，接踵溃退，长江陷落，大损国威。前国务总理段祺瑞暨各国务员等，以军事失败，政策挠屈，引为己责，先后呈准辞职。国璋于此，正宜申明纪律，激励戎行，奋一鼓之威，作三军之气，乃因湘有停止进兵之电，粤有取消自主之言，信让步为输诚，认甘言为悔祸。大约是片面思想。方谓干戈浩劫，犹可万一挽回，固料其非尽真诚，而终思要一信义，于是布告息争，以冀共维大局。孰意谭浩明等反复恣肆，攻破岳州，今则攘夺权利之私，实已昭然若揭，不得不大张挞伐，一蒉凶残。然苦我商民，劳我师旅，追溯既往，咎果谁归？傅良佐等偾事失机，固各有应得之罪，而举措之柄，操之中央，循省藐躬，殊多惭德。兵先论将，往哲有言，泛驾之材，讵可轻敌。国璋不审傅良佐之躁率而轻用之，是无知人之明也。念念不忘傅良佐。叛军幸胜，反议弭兵，内讧始凶，言之成理。国璋欲慰大多数人之希望而轻许之，是无料事之智也。思拯生灵于涂炭，而结果乃扰闾阎，思措大局于安全，而现状乃愈趋棼乱，委曲迁就，事与愿违，是国璋之小信，未能感孚，而薄德不堪负荷也。耳目争属，责备难宽。既丛罪戾于一身。敢辱高位以速谤？惟摄职本属约法，讵容轻卸仔肩？鄂疆再起兵端，尤应勉纾筹策。所望临敌之将领军队，取鉴前车，各行省区域长官，共图后盾，总期大勋用集，我武维扬，俾秩序渐复旧观，苍赤稍苏喘息，国璋即当返我初服，以谢国人。耿耿寸心，愿盟息壤，凡百君子，其敬听之！特此布告。

看官听说，这种罪己布告，乃是说出不得已的苦衷，暗中仍有归咎段祺瑞的伏笔。段派虽已达到主战目的，但必欲拥段复位，使他战胜南方，得雪前耻，方不致贻老冯口实，各享荣名。当时段氏第一功臣，要算徐树铮，他既奔走南北，运动倪、张，能使失败的段祺瑞，仆而复兴，主战政策，又得复活，真是段幕中首出人物，巧为斡旋。唯见那老师段祺瑞，只出任参战督办，尚未复国务总理要职，总不免余恨未平。况目前宣战，乃是冯氏出头，将来若得顺手，收复湘省，再平两粤，岂不是统一威名，全归老冯？反显得从前段氏，实无能力，一战致败，马上倒阁，可羞不可羞呢？将小徐心事揭出，明若观火。想来想去，只有再怂恿那张雨帅，演出一出拿手戏，威吓冯河间，叫他不能不起用段氏，方得规复那老师威名，贯彻那平南政策。好在张雨帅已经信任，言听计从，乐得再献秘谋，从速进行。果然片言上达，既蒙雨帅首肯，决计照办，当下颁动员令，调遣军队，东入山海关，声言为援湘起见，派兵南下。前队到了秦皇岛，却逗留不行，镇日里逍遥海上，伺察往来各舰，几不知他探何秘密。

　　会由日本运到大批军械，经过秦皇岛，奉军从旁觑着，问明舟子，乃是中国政府向日本购办，装运东来。奉军哗然道："我军正少军械，今适凑巧，有这批枪弹运来，何妨借我一用呢。"说着，便一齐登舰，七手八脚，把军械搬运岸上。舟子如何阻挠？只好眼睁睁的由他劫取，约莫有一两小时，已将全船枪弹，悉数搬空。奉军也不称谢，竟将军械携至京奉铁路间，载上火车，派了弁目数名，运往奉天去了。这是民国七年二月二十五日间事。越日，即由张作霖电告中央，略谓"奉省派往南下各军，已开往滦州，唯枪械缺乏，事机紧迫，不得不变通办理，现已将中央所购军械运奉，除将军械开单呈请备案外，谨先奉电请领"云云。犹是绿林故智。冯总统得了此电，简直是莫明其妙，欲向张雨帅问罪，又恐他倔强不服，只得暂时容忍，且看他如何做作，再作计较。哪知这位张雨帅，真是敢作敢为，既将军械截取，遂分给部下各军，陆续遣入山海关，分驻京奉铁路沿线一带。就是秦皇岛、滦州、丰台、独流、廊房等处，统皆分扎军队，布置得层层密密。且在军粮城设起总司令部，张雨帅自任总司令，唯因京奉隔省，呼应尚恐未灵，特派徐树铮为副司令，代行总司令职权。所有军粮城旧存军粮三千石，本属陆军部掌管，小徐也未曾电请中央，竟拨充军食，居然有士饱马腾，踊跃待命的情状。

　　冯总统本忌老段，尤忌小徐，前次府院冲突，多半为小徐骄横，靠着那推倒张勋的功劳，拥护合肥的威力，凌轹政府，睥睨一切，为冯总统所难堪，所以用釜底抽薪的计策，撤销段内阁，改易王内阁。偏偏小徐寻出一条捷径，竟会邀请东北的张大帅，做了护身符，来与中央作难。冯总统当然忧烦，不得不派人婉问，他却口口声声的是要援湘，是要平南。及问他屯兵各隘，不遽南下的原因，他竟张目厉声道："我只知有段总理，但教段总理令我南下，我立即南下了。"俗语说得好："欲知言外意，尽在不言中。"小徐此语，明明是要段祺瑞复职，特地用着武装，胁迫冯河间。冯得报后，不由的满腹踌躇，欲再任段为总理，未免自失面子，欲不任段为总理，奈背后伏着小徐，仗那雨帅威风，前来胁迫，满怀抑郁，不堪言状。国务员虽有数人，大都庸庸碌碌，莫展一筹。王士珍屡次称疾，给假休养，寻常国务，还要内务总长钱能训代理。钱又是个圆通人物，与他商议，无非敬谢不敏，自愿去职，累得冯总统仓皇四顾，自觉孤危，没奈何再令秘书员，缮就一篇通电，咨询各省，筹商办法，解决种种困难问题，小子有诗叹道：

> 一波未了一波生，肘腋危机又暗呈。
> 莫怪人心多险诈，须知元首少推诚。

究竟通电中如何措词，容至下回录叙。

本回为段派复盛，冯派复挫之时期。主战固段派之本志也，冯之主战，原为段派所迫而成，但主战之初，尚未肯使段氏复职，是其心仍不欲用段氏，战而胜，则坐自张威，可收统一之效，战而不胜，仍可归咎段派，而再与南军谋和可耳。罪己布告，所以作军人壮往之气，而期达战胜之目的也。何物小徐，偏窥透冯氏之心腹，运动张大帅以扼其背，是真冯氏所不料，骤遭此意外之一击，而不得不声声叫苦者也。但冯、段之争点，实自南北纷裂而起，北派固自起纷争，南军亦何为不顾生灵，徒贻人民以战祸乎哉？

# 第十三回

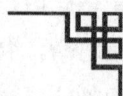

## 下岳州前军克敌
## 复长沙迭次奏功

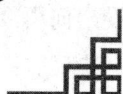

却说徐树铮挟兵称雄，胁迫冯总统。冯总统无法自解，只好通电各省，咨询办法。电文不下一二千言，由小子录述如下：

各省督军、省长，武鸣陆上将军，广东龙巡阅使，汉口曹宣抚使、张总司令，九江张检阅使，承德、归化、张家口各都统，龙华、宁夏护军使，暨各省镇守使鉴：国步屯遭，日甚一日，内则蜩螗羹沸，干戈之劫难回，外则渗澹风云，边境之防日亟。剥肤可痛，措手无从。国璋代行职权，已逾半载，凡所设施，力与愿违，清夜扪心，能无愧汗？然国璋受国民付托，使国家竟至于此，负罪引慝，亦何必哓哓申诉，求谅国人。但揆其所以致此之由，与夫平日之用心，为事实所扞格，屡投而不得一当者，缘因复杂，困难万端。欲避贤求去，苦无法律之可循，欲忍辱求全，又乏津梁之可济。长此悠忽，必召沦胥。诸君子为国干城，同负责任，用特披肝沥胆，为一言之：溯自京畿变生，国祚半斩，元首播越，举国骚然，于是黄陂委托于前，段总理敦促于后，皆援副总统代职之规定，强国璋以北来。明知祸乱方殷，菲材绝难负荷，唯冀黄陂复职，主持有人，则不佞捍卫南疆，尚可分担艰巨。乃商请无效，各省区督军、省长，及文武官吏，分驰电牍，敦促入都。猥以藐躬，过承督责，汤火之蹈，且

80

不容辞，矧安危不仅系个人，匡助可取资群力乎？惊涛共济，全恃同舟，初不料玺绶方承，而内部转愈趋纷扰也。国璋抵京，首先奉政黄陂，不获许可，而后受职。其时国会，早经解散，政府尚在权舆，继绝布新，有同草创。段前总理投艰遗大，独任贤劳，正宜共济时艰，中外一致，而西南诸省，忘再奠共和之绩，以非法内阁相攻，别挑衅端，遂开战祸。迨内阁改组，宜可息争，国会问题，又生枝节。对于中央之任命官吏，则啧有烦言，对于石、黎之扰乱荆、襄，则引为同志。是非乖忤，真相莫明。譬解百端，欲促返省，初不料唇舌俱敝，而结果仍诉诸兵戎也。民国元二之交，风雨飘摇，几毁家室，项城运其雄才大略，曾不数月，而七省同时戡定，大权集于中央。国璋能力，固不逮项城，然事前之师，不妨相袭，徒以观念所在，元气之凋残，民生之疾痛，实过元二年。佳兵不祥，古有明训，内讧宜息，人具同情。本无厉行专制之心，何取经营力征之举？以故军事初起，第望促进和平，不因败绩而求伸，反示包容而停战，无非欲融洽南北，尽释猜嫌。耿耿寸衷，可质天日。乃北则疑其寡断，兵气几为之不扬，南则信其易欺，骄蹇益难于就范。湘省各军，乘机陷岳，意在示威，予政府以难堪，激同胞之宿愤。中央纵无统驭，亦何至听命于地方，必背公德而矜强权，不留余地，以相让步，则最后解决，唯战乃成。因事制宜，绝非矛盾。更不料干城之寄，心膂之司，或竟观望不前而损声威，行动自由而滋谣诼也。凡此种种，皆事实上随时发生之障碍，足使国璋维持大局之希望，悉消灭而无余，而逆计未来应付之难，事变之巨，则更有甚于此者。国会机关，虚悬日久，颇闻旧议员麇集粤省，有自行开会之说。姑无论前此解散，是否合法，既经命令公布，已不能行使其职权，即各省区人民，亦断无承认之理。至于正式选举总统之期，转瞬即届，根本无着，国何以存？此大可忧者一。财政艰窘，年复一年，曩者政府每值难关，亦尝恃外债以为生活，然能合全国之财力，通盘筹划，犹得设法挹注，勉强撑持。乃者萧墙哄争，外省内解之款，大半截留，来源渐绝，而军政费之支出，复倍蓰于平时。罗掘久穷，诛求鲜应，主藏作仰屋之叹，乞邻有破产之虞，桑孔再生，亦将束手，此大可忧者二。内阁负责，取法最善，段前总理为国戮力，横被口语，托词政策挠屈，与各国务员相率引退，而总理一职，后来者遂视为畏途。聘卿王士珍字。暨今诸阁员，皆国璋平昔至契，迫于大义，碍于感情，暂允勷勤，初非本愿，满拟时局渐臻纯一，再行组织以符法治，心力相左，激刺尤深。今聘卿业已殷忧成疾而在假矣，钱代总理诸人，复谓事不可为，褰裳而去。强留则妨友谊，觅替则恨才难，推测其终，将陷于无政府之地位，此大可忧者三。至目前外交之情形，尤应发起吾人之警觉，个中利害，另电详闻。国璋一武夫耳，因缘时会，谬握政权，德不足以感人，智不足以烛物，抱救民之念，而民之入水火也益深，邕爱国之忧，而国之不颠覆者亦仅。澄清无术，空挥三舍之戈，和平误人，错铸六州之铁。驯至四郊多垒，群盗如毛，秦、豫之匪警频闻，畿辅之流言不息，虽名义同于守府，而号令不出国门。瞻望前途，莫知所届，何敢久居高位，自误以误国家？自应求卸仔肩，归还政柄。唯民国既无国会，而总理现属暂摄，又不能援约法条例，交其代行。追原入京受职所由来，实出诸君子之公意。国璋既备尝艰阻，竟不获补救于万一，坐视既有所不能，辞职又无从取决，只有向各省区督军、省长暨文武官吏，详述危殆情形，应请筹商办法，为国璋释重负，为民国求安全，宁使国璋负误国之咎于一身，而不使民国纪年，随国璋以俱去，不胜至愿。特此飞电布达，务希于旬日内见复。至统治权所寄，国璋在职一日，仍当引为己责，决不肯萌怠弛之心而自丛罪戾也。敢布诚悃，伫盼嗣音！

这种通电，实不过是纸上具文，世无诸葛，国少鲁连，何人能出奇斗智，排难解纷？那段派却同声鼓噪，坚请段祺瑞再为总理，冯总统到了此时，也只好虚心忍辱，重用段氏了。当时曹锟、张敬尧两军，先后到鄂，还有张怀芝亦拨军相助，差不多有数万雄师，一心对敌。王汝贤、范国璋等，由曹锟密授意旨，也觉得勇气勃勃，与从前退缩情形，大不相同。更有第三师旅长吴佩孚，由曹锟荐为师长，做前敌总司令，感激驰驱，身先士卒。任他湘、粤、桂三省联军，如何果敢，也唯有退避三舍，不敢争锋。因此湘、鄂各处，激战了好几次，自主军队，统皆败溃。再加海军第二舰队司令杜锡珪，亦来助战，水陆夹攻，节节进逼，如月塘嘴、羊楼市、通城、临湘、古米山、九岭、白葛岭、天岳关等处，并得胜仗，扫清南军。乃由曹、张两大帅，下总攻击令，规取岳州。岳州乃湖南要隘，南方联军，得据此地，不啻管领全湘的门户，怎肯得而复失，骤然退去？于是彼攻此守，你来我拒，相持了两三日，枪林弹雨，血肉纷飞，城内外的百姓，早已逃避一空，单剩得两军角逐，互相残杀。何苦何苦。结果是北胜南败，南军不能再支，纷纷出城，奔往长沙去了。北军得进踞岳州，便向中央报捷，当由冯政府下令道：

据第一路总司令两湖宣抚使曹锟，攻岳总司令张敬尧，海军第二舰队司令杜锡珪，迭次电呈，分路规复岳州，水陆兼进，所向有功，先后于月塘嘴、羊楼市、通城、临湘、古米山、九岭、白葛岭、天岳关等处，连次激战，迭获胜利，节节进逼。三月十七日，攻破岳州。逆军顽强抗拒，相持不退，经我军奋力攻击，并由舰队掩护，业于十八日将岳州克复各等语，此次出师攻岳，自开始攻击以来，为期不过旬日，屡夺要隘，遂克名城，实由该总司令等调度有方，各将士勇忠用命，用能迅奏肤功，拯民水火，览电殊深嘉慰。仍着该总司令等，遵照电令计划，督率所部，奋勇进取，并先查明此次在事出力各将士，分别等差，呈请优奖。其阵亡被伤官兵，并准优予议恤，以昭激劝而慰英魂。第念岳州、临湘一带，人民重罹兵燹，流离颠沛，弗安厥居，损失赀财，危及身命。哀我湘民，叠被荼毒，兴言及此，惨怛良深！应由宣抚使曹锟，迅派妥员，各路查明，加意抚恤，安集劳徕，各安生业，用副吊民伐罪之至意。此令。

岳州既下，主战派当然得势，无不兴高采烈，得意扬扬。独徐树铮在军粮城，电迫政府，速起用段祺瑞为总理，调度军事，一致平南，否则将引兵入京，仿佛有兴甲晋阳，入清君侧的气象。署国务总理王士珍，已早呈请辞职，此时复为环境所迫，苦口坚辞。冯总统乃准他辞去，再用段祺瑞为国务总理。段方组织参战事务处，就将军府特设机关，派靳云鹏为参谋处处长，张志潭为机要处处长，罗开榜为军备处处长，陈篆为外交处处长，并聘定各部总长为参赞，各部次长为参议，于三月一日始告成立，实任那督办事务。醉翁之意不在酒，故不妨迟迟办理。到了三月二十五日，国务总理的任命，又复发表，他亦并不多辞，便即受任。凡王内阁中的人员，多半仍旧，唯换去财政总长王克敏，由交通总长曹汝霖兼代，江庸亦已辞去，改任朱深为司法总长，这是段祺瑞第三次组阁了。

段氏前两次组阁，均自兼陆军总长，至此因段芝贵方长陆军，既属同乡，又且同系，乐得令他原任。芝贵亦遇事禀承，不敢擅断，所以段祺瑞虽不兼陆军，也与兼职无异。内总百揆，外对列强，段合肥不惮烦剧，躬自指挥，真所谓能人多劳，一时无两了。

徐树铮闻段任总理，志愿已遂，乃将滦州、丰台、独流、廊房等处所扎的奉军，

陆续开拔，由津浦铁路南下，运往湘、鄂一带，协助曹、张各军，进攻南军。隐示
解围微意。曹、张等军势益盛，遂复自岳州出发，分道进兵，连下平江、湘阴各城。
湘、粤、桂三省联军，逐路分堵，总敌不过北军的厉害，只好步步退让。北军乘胜进
逼，到了同山口，与南军鏖战一次，南军又败，都奔往长沙，婴城拒守。曹锟、张敬
尧见前军得利，便饬后队，一齐向前，并攻长沙。南军连遭败衄，统不免胆战心惊，
蓦闻北军大至，已觉得未战先慌，待至强敌压境，勉强出拒，哪里还能坚持到底？你
也走，我也逃，大家弃枪抛械，向南窜去，好好一座长沙城，弄得空空洞洞，毫无人
影。得之易，失之亦易。北军自然放胆入城，打起得胜鼓，鸣起行军乐，喜气洋洋，不
消细说。冯政府已任张敬尧为湖南督军，至此敬尧驰入长沙，不待犒兵安民，即会同
宣抚使曹锟，露布告捷。因复由中央下令道：

据第一路总司令两湖宣抚使曹锟，总司令湖南督军张敬尧等，迭次电称："各
军自三月十八日克复岳州后，节节进攻，分途收复平江、湘阴两城。二十五日，由同
山口进规长沙，逆军处处死抗，经我军协力痛击，星夜追逐，逆势不支，遂于二十六
日将长沙省城完全克复"等语。此次各军激于义愤，忠勇奋发，由岳川取长沙，曾不
数日，力下坚城。该总司令等督率有方，各将士忍饥转战，嘉慰之余，尤深轸念。所
有在事出力官兵，着先行呈明，分别呈请优奖，仍即督饬各军，乘胜收复县邑，以奠
全湘。所有地方被难人民，流离荡析，并着查明，妥为抚恤，用副国家绥辑劳徕之至
意。此令。

古诗有云："一将功成万骨枯。"这次下岳州，克长沙，总算由曹、张两大帅的
功劳，其实这样的劳绩，统是由腥血制成，脂膏造就。

看官试想，民国肇基，公定《约法》，称为五族共和，彼满、蒙、回、藏，从
前统当作外夷看待，说他是甚么犬种，甚么羊种，及共和政体宣告成立，居然翻去老
调，视若同胞，这原是大同的雏形，不比那专制时代，贱人贵己，为什么迁延数年，
战云扰扰，连汉族与汉族，还弄得一塌糊涂，不可收拾呢？大约开战一次，总要费
若干饷糈，伤若干军士，还有一大班可怜的人民，走投无路，流离死亡，好好的田
庐，做了炮灰，好好的妻女，供他淫掠，害到求生不得，求死不能，即如此次岳州

一役，据宣抚使曹锟查报"岳州自罹兵劫，十室九空，逆军败退时，复焚掠残杀，搜劫靡遗，近城一带地方，人烟阒寂，现虽设法招集流亡，商民渐聚，而啼号之惨，实不忍闻"云云。至长沙一役，又由曹锟报称"逆军在湘，勒捐敲诈，搜索一空，败退后复纵兵焚杀，惨无人道，土匪又乘间劫夺，以致民舍荡然"等语。在曹锟主见，当然归罪南军，不及北军，试问北军果能纪律严明，秋毫无犯吗？就使秋毫无犯，确似虎变将军的口吻，湘民已经痛苦得够了。*慨乎言之。*政府施行小惠，先着财政部拨银洋四万元，赈济岳州难民，继拨银洋六万元，赈济长沙难民。实则湘民被难，何止十万？果以十万计算，每人只得银洋一元，济甚么事？又况放赈的人员，未必能自矢清廉，一介不取，暗中克扣，饱入私囊，小民百姓，所得有几？徒落得倾家荡产，财尽人空罢了。

国务总理兼参战督办段祺瑞，连接捷电，喜溢眉宇，以为湘省得手，先声已播，此后可迎刃而解，就好把平南政策，达到最终目的。唯尚有数种可虑的事情，一是恐前敌将士，既有朝气，必有暮气；二是恐国库空虚，只能暂济，不能久持；三是恐河间牵掣，乍虽宣战，终复言和，积此三因，尚未遽决。小徐等竭力撺掇，把段总理的三虑，一一疏解，俱说有策可使，不烦焦劳。再加安徽督军倪嗣冲，接得小徐等书报，立从蚌埠启行，驰入京都，谒见段总理，申请再接再厉，期在速成。约住了一个星期，把政治军事诸问题，统皆商决，然后辞行返皖。过了三五日，国务总理段祺瑞，即带了交通次长叶恭绰、财政次长吴鼎昌等，出都南行，竟驰往鄂省去了。正是：

> 人生胡事竞奔波，百岁光阴一刹那。
> 堪叹武夫终不悟，劳劳战役效如何？

毕竟段总理何故赴鄂，试看下回说明。

自曹、张两军至鄂后，但阅旬月，即下岳州，复长沙，似乎主战政策，确有效益，以此平南，宜绰有余裕，不烦踌躇者也。然观于后来之事变，则又出人意料，盖徒挟一时之锐气，以博旦夕之功，未始不足快意，患在可暂不可久耳。本回最后一段，历叙人民之痛苦，见得民国战事，俱属无谓之举动。军阀求逞于一朝，小民受苦于毕世，民也何辜，遭此荼毒乎？子舆氏有言，春秋无义战。又曰：我善为陈，我善为战，大罪也。彼时列强争雄，先贤犹有疾首痛心之语，今何时乎？今非称为民国共和时代乎？而奈何一战再战，且连战不已也。

# 第十四回

## 为虎作伥再借外债
## 困龙失势自乞内援

却说段祺瑞南行赴鄂，借着犒师为名，到了武昌，与第一路总司令两湖宣抚使曹锟，湖北督军王占元，会商军务，共策进行。又召集河南督军赵倜，及奉、苏、赣、鲁、皖、湘、陕、晋各省代表等，同至汉口，列席聚议，大致以"长沙已下，正好乘胜平南，企图统一，但必须取资群力，方可观成，所以特地南来，当面商决，还望诸君一致图功，毋亏一篑"等语。大众虽各执己见，有再主战的，有不再主战的，但表面上只好唯唯从命，独曹锟捻须微笑道："欲平南方，亦并非真是难事，但用兵必先筹饷，总教兵饷有了着落，将士不致枵腹，才能效命戎行，不虑艰阻了。"已有寓意。段祺瑞答道："这原是必要的条件。如果军士用命，怎可无饷？我回京后，便去设法筹备，源源接济。总之外面督兵，责在诸公，里面筹饷，责在祺瑞，得能征服南方，同过太平日子，岂不是一劳永逸么？"难矣哉！曹锟不便再言，淡淡的答了一个"是"字。

会议既毕，一住数日，段乃偕豫督赵倜，由汉口启行，乘着兵轮，沿江东下。到了九江，会晤江西督军陈光远，又谈了许多兵机，光远也没有甚么对付，只敷衍了一两天。段再由九江至江宁，与江苏督军李纯，安徽督军倪嗣冲，上海护军使卢永祥，叙谈半日。倪与段心心相印，何庸多嘱。卢亦段派中的一分子，当然唯命是从。李纯是冯氏心腹，到此亦虚与周旋，未尝抗议。段即北旋，与赵偶乘车至豫，偶下车自去，段顺道回京，不复他往。

看官可知段氏南下，无非欲固结军阀，指挥大计，一心一力，与南军决一最后的胜负，大有不平南军，不肯罢休的意思。既已回京，即日夕筹划军饷，怎奈司农仰屋，无术点金，不得已只好告贷邻邦，饮鸩止渴。东邻日本，素怀大志，专用老氏欲取姑与的政策，慷慨解囊，贷助中国。徐树铮等又为段氏划策，总教南北统一，区区借款，自可取偿诸百姓身上，无足深忧。就中尚有交通部长曹汝霖，乃是亲日派首领，与小徐为刎颈交，他却一口担承，愿为乞贷东邻的媒介。看官欲知他生平履历，及所以亲日的原因，待小子约略叙来：

曹系上海人氏，前清时游学东洋，肄业日本帝国大学，与日人日夕交游，免不得习俗移人，脑筋里面常含着东瀛色采，其时前司法总长章宗祥，**段氏第一次组阁时，章曾为司法总长。**亦在日本留学，与曹最相契合。清贝子载振，奉命出洋，考察法政，道经日本，曹、章极诚欢迎，载振尝面许道："尔二人学成归国，有我在内，不怕不腾达飞黄，愿努力自爱！"二人闻言，非常感谢。已而曹先毕业归来，赴京运动，得受清相奕劻、那桐等知遇，厕职部僚。或谓他曾暗瞩闺中人，结欢那桐，因得通显，这语出自谣传，未可尽信。但不到数年，即由外务部额外司员，超任至右侍郎，可见他是个做官能手，干禄专家。中日间岛交涉，尝由曹出为调停，虽得将间岛索还，终把安奉**安东至奉天。**巡警权，吉长**吉林至长春。**铁路权，让给日本，人言啧啧，已说他为虎作伥，讨好东邻。革命以后，复迎合袁项城，得蒙信任，所有五月九日的密约，二十一条的酷律，曹亦预谋。**五·九条约，俱见前文。**不料段氏三番组阁，那曹汝霖又得两长交通部，处段门下，简直与段氏子弟相似，往来甚密，事必与商。他见段氏筹备军饷，急需巨款，遂出向日商中华汇业银行，贷洋二千万元，约款上不便说明充饷，但说是扩充西北电信，及修理旧有电台，与添设无线电的应用，议定利息八厘，偿还期计五个月，即将旧设电信收入金，作为担保，并预许特来关系电信事业，或需借款，该银行得有优先权。两下认定，彼此签约，段总理又得了二千万金，好酌量挪移，暂充军费了。

只是电信收入，前已作为丹、法两国的借款担保品，乃此番一物两押，岂不是失信外人？于是驻京丹麦公使，及法兰西公使，查悉情形，即提出抗议，并投照会，质问中国政府。政府不能不分别答复，但言"电信收入金，除抵偿丹、法两国外，饶有余裕，况现在是短期借款，五阅月即当还清，更与两国原约，不相抵触"等语。总有抵完的日子。两公使接到复文，见所言尚属有理，乃暂作罢议，且待他至五个月后，是否中日践约，再作计较。唯段氏得了借款二千万元，究不能全数移作军费，只好随时酌拨，接济各军。偏各路军电，纷纷索饷，第一路军总司令曹锟，催索尤迫，比讨债还要厉害，今朝拨去若干，尚嫌不足，明朝拨去若干，仍云未敷。有限金钱，填不满无穷欲壑，段总理无可如何，只得再要曹总长费心，续向日本政府借款二千万元。日政府问作何用？曹汝霖设词答复，谓："将建筑顺济铁路，所以需款。"顺济铁路，是由直隶前顺德府，至山东前济南府的路线，前已勘定，无资筑造，故久成为悬案。曹遂借此立说，不管他践言与否，且贷了二千万元，救济眉急，徐作后图。唯日政府的贷与条约，格外苛严，不比那日商汇业银行，尚是贸易性质，但顾普通利息，不致例外苛求。曹汝霖要想借款，不能不暗吃大亏。商议了好几日，才得双方订约，年息七厘，实收只有八七扣，还要分四期交付，就以该路为抵押品，折扣虽巨，经手人总有好处。段总理也明知契约过苛，受损不少，但除此没有他法，一听汝霖所为。曹总长借债功劳，又好从优录叙了。

　　无如筹饷人员，办得十分吃力，前敌军官，却不肯十分起劲。自从长沙克复以后，曹锟、张敬尧等，俱按兵不动，变成一不和不战的局面。段总理致书催促，曹锟动以饷绌为辞，未几即引兵北归，坐索饷需。段总理方思诘责，不意冯总统反下一特命，加任曹锟为四川、广东、湖南、江西四省经略使，使镇保定，相机进止，惹得段总理气愤填胸，入问冯总统。冯却振振有词，谓："川、粤、湘、赣四省，叛党未靖，因特任曹锟为经略，俾专责成。古人说的重赏之下，必有勇夫，我意正要他感激思奋，扫清南方呢！"段总理也无词可驳，愤然退出。从此冯、段两人的恶感，日积日深了。

　　看官阅此，应记得曹锟前言，原拟收复湘省，再申和议，见九十一回中。南下攻湘，外似为段氏帮忙，内仍为冯氏效命。既将长沙收复，是已得了湖南省会，后事但付张敬尧处置，自己乐得北返，安闲过日了。冯河间喜他践约，因擢他为四省经略。看似仍为平南起见，实叫他坐镇保定，拥卫京畿。独段总理奔走指挥，还道是元首受制，三军听命，得能借款有着，饷源不绝，总可廓清南服，如愿以偿，谁知又堕入冯河间的计中，叫他如何不怒？如何不恼？但段氏素性坚忍，终不肯为些须拂意，交易初心。暗想两广巡阅使龙济光，现在琼州，可扼粤背，福建督军李厚基，与粤毗连，可掎粤右，南军以粤省为尾闾，能将粤东占住，滇、桂等省，自无能为力。所以前此登台，已早致电龙、李，嘱令出兵，此次重复电促，允拨巨饷，托令攻粤，不再迟延。再令署浙江督军杨善德，发兵助闽，合力攻粤。

龙济光本与南军有嫌，袁氏失败，龙被撵逐，寓居琼州，段祺瑞执政，授龙为矿务督办。龙素乏矿学，如何办矿，况僻处琼崖，更难任事。至南北交讧，龙在南海特树一帜，依附段氏，断绝南军交通，段因撤去两广巡阅使陆荣廷职衔，转给济光。但济光部下，统皆疲兵羸卒，不能耐战，济光虽志在助段，终嫌力不从心，嗣因段氏一再催促，没奈何带领旧部，渡过琼州海峡，往攻阳江。阳江驻守的粤军，蓦见龙军攻入，未免慌张失措，仓卒抵敌，各无固志，更兼寡不抵众，情现势绌，没奈何弃去阳江，各自逃生。济光得入阳江城，又命司令李嘉白，分略高、雷二州境内。粤军方四处分防，一时不能召集，控御龙军，所以龙军得东冲西突，侵扰粤边。旋由粤军司令李烈钧，引众堵截，麾下都是锐卒，骁勇善战，非龙军所能与敌。龙军司令李嘉白，连战连败，逃得不知去向。或谓已被李军捕去，虚实未明。嗣经龙济光自往抵敌，至雷州境内，与李烈钧鏖战两次，毕竟李军厉害，龙军败衄。济光尚抵死不退，竟为所围。

龙军势成孤立，并没有甚么外援，眼见是受困垓心，无从脱险。济光也焦急万状，苦守数日，尚望闽、浙联军，攻入粤境，或可牵掣李烈钧，使他分兵往堵。偏偏闽督李厚基，也是个庸碌无能的人物，部下皆淮、徐人，为厚基故乡子弟，但知剽掠，不守纪律。厚基虽然附段，满口主战，但平时无甚机谋，调度又未合法，徒借主战二字为口头禅，反致南军嫉视，预先动手。（虚骄者辄犯此病。）闽军尚未入粤，粤军先已入闽，闽右泉、汀、漳三州属邑，多遭蹂躏，经厚基发兵出御，多败少胜，不得已致书浙江，大声呼救。幸亏浙江派兵赴援，才将粤军驱出，保全境土。厚基尚欲进攻，粤军亦未肯甘休，两下里各添将士，再行角逐，汀、潮交界，彼来此往，激战多日。潮州本是粤属，汀州乃是闽属，粤军守潮攻汀，与闽、浙联军相持，闽、浙联军，攻潮甚烈，粤军兀自守住，那汀州一方面，却被粤军侵入，又失去了好几县。累得闽、浙两军，奔走不遑，哪里能越境西行，去救龙王。（袁氏欲为帝时，曾封龙济光为郡王。）老龙陷入涸辙，展不出甚么伎俩，没奈何硬着头皮，激励亲卒数千人，冒险突围，总算天不绝命，得钻出一条生路，向南急奔。余众尚有数千，留驻雷州，叫他苦守待援，自己驰向广州湾，检点随兵，或死或逃，只剩了千余人。

唯广州湾在雷州南面，地濒南海，前清光绪二十四年间，被法人据作租借地，地方政治，全归法人主持。龙军如欲过境，必须先向法领事假道，待他允准，方可通过。当下备了文书，咨商法领事。法领事还算有情，允他假道，唯应照国际公法通例，外人入境，不能携带武装，须将军械先行缴出，然后放行。龙济光进退两难，只得俯首依令，嘱咐部下，悉数缴械，由法领事查明属实，乃许通过。蛟龙失水遭虾戏。龙军虽得生路，奔还琼州，但欲卷土重来，再出攻粤，实已乏此能力。济光无法可施，因欲亲自入京，向段总理面议军情，请他拨兵给械，为恢复计，乃将所有残军，交弟裕光管领，守着琼崖，自乘海道轮船，径往北京去了。

济光一走，雷州所留的孤军，镇日待援，杳无影响。粤军极力围攻，叫他如何支持？终落得援尽力竭，出降粤军。粤军遂逾海进攻琼州。龙裕光方安排守备，鼓众效力，哪知琼州警卫军第三十七营营长杨锦堂，忽然反变，竟对龙裕光宣告独立，且与粤军联络，引敌入境，先据琼东乐会县城，继占万宁、陵水各县，并分攻文昌、安定，直逼琼山。龙裕光虽尽力抵拒，怎奈粤军势大，实难招架，琼州只一孤岛，守兵又属寥寥，五日失一县，十日失两县，能经得几多失陷？乃兄济光，北去无音，地角天涯，望援不至，老龙的巢穴，要从此覆没了。虾兵蟹将已皆离散，龙王如何得安？

究竟龙济光赴京乞援，难道段总理坐视不救，竟听他巢穴化离，欲归无路么？说来亦有许多难处。段总理只有一身，既要做国务总理，又要做参战督办，对内对外，日无暇晷，济光入京相见，非不当面许援，但琼崖是在极南，距北京路逾万里，鞭长莫及，一时如何达到？并且曹锟回京以后，前敌将士，统已观望不前。湘省扼长江中坚，比琼州加倍紧要，省会虽然收复，湘南一带，尚多南军踪迹，无人肯出去扫除，何况区区琼崖。所以济光一再催逼，段总理只好逐日敷衍，等到延宕日久，难以为情，乃檄令山东督军张怀芝，为援粤总司令，克日出发。怀芝自长沙已下，曹锟返京，也引兵退还山东，仍守督军本任，待至援粤总司令的任命，自京发表，免不得要部署将士，运集兵械，方好起程，临行时已是阳历六月下旬了。

当时参战督办事务处，又有一种军事协定条件，为中日两国双方密订，内有密约十二条，中国政府并不宣示，就是日本政府，亦守秘密。约文上载有中日两国，均不公布，按照军事上秘密事项办理等语，偏日本新闻纸上，漏泄内容，公然将此项条件，揭载出来。于是北京大学校学生，与高等师范学校，工业专门学校，法政专门学校诸学生，全体至总统府中，请愿废约，并求宣布条文，俾众共知。冯总统无可推诿，乃令学生举出代表，始准传见，当面与他解释。谓此系对外条约，并非对内事件。众学生方才无言，散归各校。旋由天津、上海、福州各处学生，亦各联结团体，谒见地方长官，请求代向政府，力争废约。正是：

> 屡向东邻求臂助，应教内部起疑猜。

究竟密约中有何关系，俟至下回发表。

外债有可借者，有不可借者。所借之债，用于实业上之经营，则将来可收巨效，足以偿人而有余，此则固尚可借也。若无后来之收入，但顾目前之急需，是与饮鸩止渴，漏脯救饥，亦何以异？一利百害，如何可借？况段合肥之借外债，全为平南起见，南方未必可平，而债台百级，何物清偿？徒受债权之压迫，增国民之担负，是岂真不可已乎？可已不已，而亲日派之曹汝霖，适承其乏，谓为虎伥，谁曰不宜？龙济光本非段系，乃以仇视民党之故，迫而赴段，高雷败绩，琼崖孤危，数年巢穴，覆于一旦，龙王龙王，其亦事后知悔否耶？

# 第十五回

## 闻俄乱筹备国防
## 集日员会商军约

  却说中日互订约章，为了军事协定，各守秘密，嗣经日报揭露，方俾国人知晓，内容底细，却是为对外问题，说将起来，实受外界刺激，因发生这种条约。自从欧战开始，连年不休，俄皇尼古拉二世，本与英、法诸国，订就协约，反抗德、奥，起初兵锋颇锐，突入普鲁士境内，略地甚广，后来屡战屡败，不但将占有普地，悉数失去，甚至属部波兰，亦为德所夺，就是对奥战争，胜败不一，也没有甚么得手。就中更有一位俄国皇后，乃是德国非都西邦的王女，<small>德系联邦组成，故非都西邦为德国之一部分。</small>名叫亚尼都古司，颇有雌威，干预政治，德人侨寓俄都，往往恃后为援，愿入俄籍，得辗转充列贵官。俄、德两国，素来专制，合两派人士，掌握政柄，百姓还有何幸？众怒难犯，酝酿已深。会欧战事起，俄皇主战，俄后怀念祖国，未表同情，所以一切军机，暗遭牵掣；再加士心不一，民志益离，所以转战数年，迭遭败挫。俄后又屡次怂恿俄皇，停战言和。俄皇受英、法诸国的束缚，不能独宣和议，因此踌躇未决。唯议会人员，完全主战，免不得訾议俄皇。俄皇怎肯受责，勒令停会，舆论大哗。议员乘势号召，奋起革命。

  时俄皇身兼总司令，方出次京南的朴次可地方，筹划军事，突闻京内暴变，急召前敌将士，返戈勤王。偏革命党气焰嚣张，云集影从，差不多有二十万众，一夕发难，全局推翻，凡俄京里面的各部院，各机关，所有重要人员，一古脑儿被他拘禁。他如邮局、电局，及铁路要塞等处，悉被占领。就是俄后亚尼都古司，**立后后，曾改名亚历山大扶约多罗妮娜。**亦坐致幽囚，禁居兹亚鲁司古鸦西罗离宫。都城统为革命党蟠踞，遂蜂拥至俄皇行次，把他围住，迫令逊位。从古到今，最难做的就是皇帝，做得好时，人人尊敬，做得不好时，个个叛离，所以皇帝二字的反面，叫作独夫。**想做皇帝者其听之。**俄皇到了此时，已与独夫相似，没人听他号令，不得已宣布诏旨，让位于皇弟米哈尔大公。米氏尝恋一女优，私下结婚，同奔奥都维也纳，嗣复徙往伦敦，甘作田舍生涯。及闻俄、德宣战，却激起一腔忠愤，归国请缨，自陈悔过。俄皇也不念旧恶，擢任陆军最高等官，即令赴敌。果然骁勇无前，屡得战绩，威名大振，遐迩倾心，故一经俄皇诏下，全国兵民，欢声雷动。独米氏自知皇位难居，不愿就任，愿将国体问题，听从民意解决。于是下议院议决，**下议院即中国之众议院。**组织临时政府，建设新内阁，力反旧制。凡从前政治宗教各人犯，一概赦免，人民集会结社，均准自由办理。普及选举，削除一切阶级。旧有宪兵，统改为通常陆军，调赴战地。警察改为民团，团长由国民选举，隶属自治会。不到旬日，居然造成了一个共和政府，厘定秩序；不但前敌将士，连电赞成，即如英、法、美、意、日等国，亦皆投与公文，正式承认。唯俄皇尼古拉二世，与俄后俱被驱出，徙至西伯利亚，幽锢穷荒，不得自由行动。余若亲德派大臣，或杀或逐，扫尽无遗，比诸中国革命时，难易相去，几判天渊。新政府且发表政见，声言作战方针，举国一致，决不与德奥单独讲和，似乎俄国人士，一德一心，可以从此大定了。

哪知国家革命，断没有这种容易的事情，试看我国辛亥革命，各省人民，哪一个不欢欣舞蹈，极力鼓吹，统说是革命告成。大家可享共和幸福，就是内外官吏，无论文武，亦皆翊赞共和，推倒君主。为甚么清室逊位，民国成立，扰扰多年，反害得七乱八糟，不可究诘。难道俄国人民，果皆高尚，绝无争权夺利，党同伐异的思想么？向来俄国分二党派，除旧政府外，一为下层阶级的急进派，系劳兵团、农民团所组成；一为中等阶级的保守派，乃立宪党系，及武人军官所组就。此次俄国革命，全是急进派倡起，保守派不过随势附和，略表同情。首任内阁总理尔伏夫，视事不过数旬，即受各界激刺，辞职自去。继任为克伦斯基，是急进派翘楚，当革命时，被举为司法总长，曾决议废止死刑，嗣改任陆军总长，进掌首揆，所有设施，纯主急进。陆军总长萨微柯甫，及将军柯尼洛甫，与彼不合，萨氏辞去，柯尼洛甫独与克氏竞争，致用武力解决，俄京复起战事。后虽柯氏失败，党争终未消灭，就中又有一派过激党，比克氏还要维新，竟将克氏推翻，另组新政府、新国会。所以俄京大乱，迭起争端。

内部不靖，外部当然懈体，德军得乘隙深入，步步进逼，俄国原是吃紧，还有我国的中央政府，更禁不住慌张起来。如此怯弱，奈何参战？中国西北一带，与俄接壤，万一俄人不能制德，被德人穿过俄境，由欧入亚，必且仇恨中国，乘势报复。中国加入参战团，本是徒慕虚名，怎可弄巧成拙，反遭实祸？参战督办段总理，为主战的发起人，并且亲操政柄，内外处置，丛集一身，哪得不暗暗着急，加添了一桩心事？亏得小徐等代为设法，想出了借助他山的政策，预备不虞。环顾列强，只有东邻日本，地处同洲，依为唇齿，况迭蒙贷款，情好正深，乐得援共同防敌的美名，与他结约。好在驻日公使章宗祥，素来亲日，必能出与协商，不致无效。当下电告章氏，令他速办。章公使不敢怠慢，即致书日本外务大臣，请他共同防敌。公文有云：

敬启者：中国政府鉴于目下时局，依下列纲领，与贵国政府协同处置，为贵我两国之必要。兹依本国政府之训令，特向贵国提议，本使深为荣幸。

（一）中国政府，及日本政府，因敌国实力之日见蔓延于俄国境内，其结果将使远东之平和安宁，受侵迫之危险。为适应此项情势，及实行两国参加此次战争之义务，不能不及早协同考量应行之处置。

（二）依前项所述，经两国政府合意后，因实行决定之事，凡两国陆海军，对于此次共同防敌战略之范围，应行协力之方法及其条件，由两国当局官宪协定之。该当局官宪，对于互相利害问题，互相慎重诚实，随时协议。并由两国政府核定，俟时机实行以上提议。相应函达，敬请见复为荷！兹本使对于阁下，特表敬意。敬具。

中华民国七年三月二十五日

中华民国特命全权公使章宗祥　印

外务大臣法学博士子爵本野一郎阁下

公文去后，即日接复，愿同办理。何其亲善乃尔？除公文外，又由日本外务大臣本野一郎，另附一函云：

敬启者：三月二十五日，贵我两国政府，因共同防敌，业经互换公文。帝国政府以为该公文之有效期间，应由两国军事当局商定。再因共同防敌，日本军队在中国境内者，俟战事终了后，应一律由中国境内撤退。帝国政府，特此声明，相应函达。本大臣对于阁下，特表敬意。敬具。真好交情。

章宗祥得了这种文牒，不胜喜慰，便即电达政府，备述梗概。段总理即咨照驻京日使，彼此各派委员，在北京组织委员会，协议共同防敌的条件。日使自然照允，即日互派委员会议。所有两国派定的委员，姓名列下：

中国委员

长上将衔参谋处处长　靳云鹏

中国委员

陆军中将　曲同丰　司长　丁锦　海军中将　沈寿堃　陆军少将　田书年　陆军少将　刘嗣荣　陆军少将　江寿祺　陆军少将　童焕文　奉天督军代表　秦华　吉林督军代表　陈鸿达　黑龙江督军代表　张济光　海军少将　吴振南　海军少将　陈恩焘　外交部参事　刘崇杰

日本委员长

陆军少　将斋藤

日本委员

陆军少将　宇桓　海军少将　增田　海军大佐　伊集院　海军大佐　桦山　陆军中佐　本庄

各委员到了会场，列席公议，议出了十二条约章，约文如下：

第一条　中、日两国陆军，因敌国势力之日见蔓延于俄国境内，其结果将使远东全局之和平及安宁，受侵迫之危险，为适应此项情势，及实行两国参加此次战争之义务起见，取共同防敌之行动。

第二条　关于协同军事行动，彼此两国所处之地位与利害，互相尊重其平等。

第三条　中、日两国，基属于本协定开始行动之时，对于各自本国军队及官民，在军事行动区域之内，当命令或训告，使彼此推诚亲善，同心协力，以期达到共同防敌之目的。凡在军事行动区域之内，中国地方官吏，对于该区域内之日本军队，须尽力协助，使不生军事上之窒碍。日本军队，须尊重中国主权及地方习惯，使人民不感受不便。

第四条　为共同防敌，在中国境内之日本军队，俟战事终了时，即由中国境内，一律撤退。

第五条　中国境外派遣军队时，若有必要，两国协同派遣之。

第六条　作战区域及作战上之任务，适应于共同防敌之目的，由两国军事当局，量各自本国之兵力，另协定之。

第七条　中、日两国军事当局，在协同作战期间，为图谋协同动作之便利起见，应行下列事项：

（一）关于直隶作战上之机关，彼此互相派遣职员，充当往来联络之任。

（二）为图谋军事运动，及运输补充敏活确实起见，陆海运输通信事宜，须彼此共谋便利。

（三）关于作战上必要之建设，例如行军铁路电信电话等项，应如何设备，由两国总司令官临时协定之。俟战事终了，凡临时之建设工程，均撤废之。

（四）关于共同防敌所需之兵器，及军需品，并其原料，两国应互相供给。其数量应各自不害本国所需要之范围为限。

（五）在作战区域之内，关于军事卫生事项，应互相辅助，使无遗憾。

（六）关于直接作战上之军事技术人员，如有辅助之必要时，经一方之请求，应由他方辅助之，以供任使。

（七）军事行动区域之内，设置谍报机关，并互相交换军事所要之地图及情报。关于谍报机关之通情联络，彼此互相辅助，图其便利。

（八）协定共用之军事暗号。

第八条　为军事输送使用东清铁路之时，关于该铁路之指挥管理保护等，应尊重原来之条约。其输送方法，临时协定之。

第九条　本协定实行上所要详细事项，由中、日两国军事当局，指定各当事者协定之。

第十条　本协定及附属协定之详细事项，中、日两国，均不公布，按照军事之秘密事项办理。

第十一条　本协定由中、日两国陆军代表者签名盖印，经各自本国政府之承认，发生效力。其作战行动适当之时机，经两国最高统率部商定开始之。

第十二条　本协定以汉文及日文各缮二份，彼此对照，签名盖印，各保有一份为证据。

上列各条，但关系陆军部分，再就海军一方面，议定条文，大约与陆军部分相同。两国委员，俱表明满意，因即散席。日本委员长斋藤，自去递交日使，由日使电达本国政府，请示办理。中国委员长靳云鹏，亦将约文入呈国务院，国务总理段祺瑞，提出草约，交国务员会议可否。国务员当然赞许，再报明冯总统，即交参战督办处签字。那日本政府电复中国驻京日使，允准签定，彼此各守秘密。乃经日本报揭露以后，遂由中国京内外学生，纷纷异议。其实德军尚在俄国西境，距中国约千万里，所订中日军事协定条约，始终不闻履行，杯弓蛇影，徒添出一段疑论呢。小子有诗叹道：

预定边防费协商，焦思熟虑亦周详。
如何中外多疑议，只为条文太秘藏。

还有南方独立军队，亦由数首领署名，电致冯总统，诘问中日军事协定的约章。欲知详细，待至下回表明。

革命二字，传播全球。于是彼国革命，此国亦革命。经一次变革，即增一次危乱、愈革命而其国愈危。此系近今之一种传染症，不得医国手，鲜有能治安者也。俄国革命，亦蹈此病。唯此为外史上之事实，于本书尚无暇详叙。本回但因俄之内乱，叙及中日军事协定之原因，中国之加入参战团，全为环境所迫而成，有名无实，无庸讳言。段总理恐敌军入境，乃欲借助东邻，此尤不得已之苦衷，应为国人所共谅。而议者蜂起，互相诘责，盖由他事未满人意，无惑乎举一例百，疑议纷滋也。然观诸十二条约章，尚无损权之举，而必互守秘密，果属何意？明眼人其必有所鉴别乎？

# 第十六回

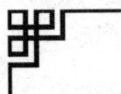

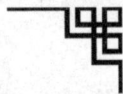

## 任大使专工取媚
## 订合同屡次贷金

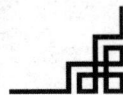

却说南方独立军队，本推伍廷芳、陆荣廷、唐继尧、林葆怿、刘显世、谭浩明等为领袖，与北方争论不休，至用武力相待。及闻中日有军事协定的密约，唯恐段祺瑞借口边防，借着日本军人，来图南方，所以电致中央，详叩约章内容。政府置诸不答，因复严电诘问。电文有云：

北京冯代总统鉴：闻段祺瑞与其左右二三武人，有与日本订立密约之说，中外喧腾，举国惊疑，奔走呼号，一致反对。廷芳等前已电请钧座，如有其事，应请严行拒绝，如确无之，则请明白宣布，以祛群疑。区区息事御侮之苦衷，谅邀洞鉴。窃以西南义旅，志在护法，但求有裨于国，断非意气之争。今段祺瑞及其私人，因坏法而用兵，因用兵而借款购械，因借款购械而有亡国条约，务求逞于国内，宁屈伏于外人。无论双方胜负若何，而国家主权，已陷于外人掌握之中。叱咤鞭笞，唯命是听，奴隶牛马，万劫不复。虽卖国之罪，责有攸归，而覆巢之下，宁冀完卵？国且将亡，法乎何有？皮之不存，毛将焉附？今与中央约：中央果开诚布公，声明不签亡国之约，而对于南北争持之法律政治诸问题，组织和平会议，解决一切，则我即当停战息兵，听我国人最后之裁判。倘忠言不纳，务逞其穷兵黩武之心，而甘以国家为孤注，则我国民宁与偕亡，断不忍为人鱼肉也。迫切陈词，伫候明教！

　　这种电文，本为段氏所不愿入目，冯总统一经阅过，偏把电文移送国务院，显示老段，激动段氏怒意，恨不得将南方军队，立即扫平。他想一不做，二不休，索性大借外债，筹足饷械，派遣十万雄师，与南方猛斗一场，如能就此荡平，方出胸中恶气。主见已定，遂授意曹、陆两人，再行借款。曹氏就是汝霖，现任交通总长兼财政总长。陆氏名叫宗舆，为浙江海宁人，前清尝领乡荐，游学日本，速成法政学校，归国后纳赀为郎中，辗转迁擢，累居显要。民国成立，更得美差，历任国务院秘书，及驻日公使，币制局总裁等职，宦囊充裕，多财善贾，遂与日商品设中华汇业银行，做了该行中总理先生。这两人同是亲日派，为段帮忙。不曾为日本帮忙。在外又有驻日公使章宗祥，与曹总长一鼻孔出气，小子于九十四回中，已约略叙及，唯未曾表明详情。他既是个皇华专使，法学大家，应该把他详述履历，方不抹煞这民国通材。数语耐人寻味。他家住吴兴获港镇，乃兄叫作章宗元，也曾向美国游学，归参政务，寻为唐山路矿学校校长，注重实业教育，与宗祥性情行迹，迥不相同，所以西洋毕业的兄长，反不及东洋毕业的阿弟较为阔绰。当宗祥学成归国时，曹汝霖已通显籍，为宗祥所垂涎，特上时务条陈万余言，作为进阶。偏清政府留中不报，急得宗祥抚髀兴嗟，非常侘傺。继思前时载振嘱语，允为援引，见九十四回。何勿就此营谋，寻条进路？当下浼一知友，先向振贝子处，代为先容，然后执刺往谒，好容易才得进见。振贝子虽与晤谈，却淡淡的问了数声，并未提及前言，推诚相示。毕竟贵人善忘。章宗祥不便相诘，只好说了几句套话，怅然回寓。

　　可巧有个床头人，见乃夫潦倒情状，询明大略，遂即放出手段，为夫求荣。又是一个曹夫人。相传章妻陈氏，芳名彦安，曾在沪上女学校肄业，籍隶姑苏，彼时宗祥亦为南洋公学学生，邂逅相遇，一见倾心，遂成为儿女交。后来陈氏亦游历日本，与宗祥订定婚约。至宗祥归国，就借沪上旅舍为青庐，行合婚礼。卿卿我我，相得益欢。未几相偕北上，满抱一夫荣妻贵的希望，挚艳同行，乃寓京多日，未遂雄飞，倒不如牝鸡振翼，还望高升。于是打通内线，入谒振贝子夫人，凭着那莺声百啭，博得贝子夫人的欢心，时常召入，青眼相待。陈氏知情识趣，竟拜见子夫人为干娘。未知年纪相差几何？贝子夫人越加宠爱，遂向振贝子说项，邀同振贝子至乃翁前，极言陈氏夫妇的才能。乃翁便是庆亲王奕劻，便延陈氏入邸，教授孙儿孙女，并调宗祥入民政部当差。远大鹏程，从此发轫。巧值民政部尚书肃亲王善耆，自负知人，收揽名士，宗祥遂屡上条陈，大蒙鉴赏，当由肃王专折力保，得赐进士。俄而派至参丞上行走，俄而充任宪政编查馆委员，俄而超补右丞，俄而调授内城巡警总厅厅丞。武汉兴兵，南北议和，宗祥亦列入清室议和代表，赴沪参议。至袁项城任民国总统，令宗祥为大理院院长，嗣且改长司法，兼署农商。袁氏筹办帝制，宗祥亦奔走效劳，寻见帝制无成，改投段氏门下。段二次组阁，仍使他为司法总长。旋即遣赴东洋，继陆宗舆为驻日公使。**真是官运亨通。**看官试想！他的法政学问，是从日本国造成的，大使头衔，是从段总理派与的，所以他心目中，只知日本国，只知段总理，所以段氏有命，无不遵从。此次曹、陆两人，奉命借债，当然电告宗祥，与同协力，内外张罗，多多益善。东邻日本，却是慷慨得很，但教曹、陆、章与他筹商，无不允诺，惟抵押品须要稳固，借贷契须要严密，两事办就，便一千万二千万三千万的银元，源源接济，如水沃流。究竟扶桑三岛，能有若干铜山金穴，可以取用不尽，挹注中国？大约也是效微生高的故智，乞邻而与。试问日本人的用意，果为何事，肯这般替我腾挪，苦心经营呢？**不烦明言。**总计民国七年六月为始，到了九月，共借日本款五次，由小子一一叙出，分作甲乙丙丁戊五项，胪列如下：

甲订借吉、黑林矿三千万元。财政总长曹汝霖，农商总长田文烈，商同中华汇业银行经理陆宗舆，向日本兴业、朝鲜、台湾三银行，借定此款，以吉林、黑龙江两省全境森林矿产为抵押。订定约文共十条：（一）借款为日金三千万元。（二）限期十年，期满后，得由双方协议续借。（三）经过五年后，无论如何，得于六个月前，预先知照偿还本借款金之一部分。（四）年息七厘五毫。若实行第二条续借时，利率当按时协定。（五）每届付息，须每个月前先付，限定每年一月十五日及七月十五日。但第一次及最末次，不满六个月，可按日计算，先行付清。（六）十足交款，并无回扣。（七）本借款之交付偿还付息，及其他一切授受，均在日本东京办理。（八）吉、黑两省金矿与国有森林，以及林矿所生之政府收入，作为担保品。（九）本合同有效期内，关于前条林矿及其收入，拟向他人借款，须先与本债权人商议，俟本债权人认可，方得另借。（十）俟本利偿清时，本合同作废。十条以外，尚有附约四条：

（一）中国设立吉、黑两省采木开矿股份公司时，此次承受借款各银行，得投资达资本总额之半。（二）中日合资办法，由两国委员协定。（三）中国政府，如届时不能还款时，该借款即作为日本出借各银行在中国设立之林矿公司内股份。四中国政府，因募集该股份公司之股份券时，日本出借各银行，得代理发行该券全部或一部。

乙订借善后垫款一千万元。民国六年八月间，财政部曾向日本银行团借第二次善后借款垫款日金一千万元，以盐税余款为抵押。兹复由财政部总长曹汝霖，向日本正金银行代表武内金平氏商恳，由武内金平氏介绍日本银行团，再借日金一千万元，仍作为该借款垫款，为整理中国、交通两银行纸币之用，利息七厘，一年为限，仍以盐税余款为抵押，条约与前次相同。见八十九回。又因上年所借三千万元，期限将满，由财政部商妥日本银行团，展期一年，内容悉如前约办理。

丙订借吉会铁路款一千万元。自吉林达延吉南境及图们江以至会宁一带，勘定路线，前曾与日本约定，中国政府开办时，款项不敷，应向日本协同筹办。交通总长兼财政总长曹汝霖，乘隙入手，因与日本兴业银行及台湾银行、朝鲜银行，商订吉会铁路借款预备合同，共十四条：（一）由中国政府速拟定本铁路建筑费，及其他必需费用，征求该三银行同意，由三银行议定金额，代为发行中国政府五厘金币公债。（二）本公债期限为四十年，自公债发行日起算，第十一年开始还本，依分年摊还方法办理。（三）中国政府，俟吉会铁路正式借款合同成立，即着手建造铁路，期在速成。（四）中国政府，应与日本帝国朝鲜总督府铁路局，共同建造图们江铁桥，负担建造费半额。（五）中国政府，为本公债付还本息之担保，即为现在及将来本铁路所属之一切财产及其收入。（六）本公债之实收额，按照从前中、日所订之铁路借款合同，折衷规定。（七）以上各条所未规定之条项，准照清光绪三十三年订定之津浦铁路合同，双方协议决定之。（八）吉会铁路正式借款合同，以本预备合同为基础，限期六个月内，订定正式合同。（九）预备合同成立，即由日本三银行垫借日金一千万元，十足交款，并无回扣。（十）本垫款应交利息，为年息七厘半。（十一）本垫款依中国所发行国库证券贴现之方法交付。（十二）前项国库证券，每六个月换给一次，每次以六个月份之息金，支付该三银行。（十三）中国政府，于吉会铁路正式借款合同成立后，当以本公债募得之资金，优先付还本垫款。（十四）本垫款交付偿还付息，及其他一切授受，均在日本东京履行。

丁订借满蒙四铁路款二千万元。中华民国驻日公使章宗祥，与日本兴业银行副总裁并代表台湾、朝鲜二银行小野英二郎，订定满蒙四铁路借款预备合同，拟定四路路线：（一）由洮南至热河。（二）由长春至洮南。（三）由吉林经海龙至开原。（四）由洮南热河间，通至海港。俟双方勘定路线后，标明地点，作为起讫。共长一千余里，借款二千万元，预定合同十四条，即以四铁路所属之财产及其收入为担保品，年息八厘。余如吉会铁路借款预备合同，约略相同。

戊订借顺徐铁路款二千万元。由山东济南至直隶顺德间，及由山东高密至江苏徐州间之铁路，应需建筑各款，向日本兴业银行、台湾银行、朝鲜银行商借垫款二千万元，亦由驻日公使章宗祥一手经理。日本三银行代表，就是兴业银行副总裁小野英二郎，订定预备合同十四条，与满蒙四铁路借款条约相似。唯首条中有该路路线，倘于铁路经营上，认为不利益时，得由双方协议，酌量变更是为该合同中特别声明的条文。一说与顺济铁路借款条约，同时协定。顺济铁路见九十四回。

以上各种借款契约，各备中、日文各二份，政府银行互执各一份。若至将来双方解释，发生疑义时，应取准日文条约，不适用中文条约。还称什么中日合同。曹、章、陆三人，但教借款到手，不管他后来隐患，所以日人如何说，他便如何依。此外闻尚有制铁借款，参战借款等，大约数十万至一二百万，或向日本借就，或向英、美诸国借来，还有少数借款，无从查明。实际开支，无非供给武人及所有政党的需索。什么森林，什么金矿，什么铁路，简直是搁过一边，毫不提起。指东话西，影戏过去，难道外人果肯受绐么？总教土地奉献，亦可了局。段总理急不暇择，且把那借款移用，自逞那平南政策。偏南军坚持到底，誓与北方抗拒，一班军阀议员，联合拢来，先由议员择定会所，组织非常国会，与军阀沟通意见，订定军政府组织纲目，即按大纲第三条云：军政府应由非常国会中选出政务总裁七人，组织军政会议，行使职权。于是实行选举，投票取决，便有七人当选，姓名列后：

**唐绍仪　唐继尧　孙文　伍廷芳　林葆怿　陆荣廷　岑春煊**

自经政务总裁，选出七人，孙文辞去大元帅职任，办理交代，即离去粤东，自赴日本，不愿为政务总裁。唐绍仪亦有事他往，未曾就职，当由岑春煊、伍廷芳等，规定政务会议条例，及政务会议内部附属机关条例，免不得有一番手续。自民国七年五月二十日选出政务总裁，直至七月五日，始宣告军政府成立。从此南北两方，势成对峙，段总理越想统一，越致决裂了。小子有诗叹道：

> 欲求统一在开诚，但恃权威终不平。
> 我欲制人人制我，纷争忍尔苦苍生。

欲知南北冲突情形，且至下回再叙。

曹、章、陆三人，同为唯一之亲日派，即同为唯一之借债家，而章为驻日公使、其通信也尤便，故其效力也尤甚，特详履历，所以表其行迹之由来也。作者本无仇于曹、章、陆，但据报章之揭载，撮叙大略而已。然观五项借款合同，无一非授权日人之渐，即果为林矿铁路，及中国、交通两银行整理纸币之需，而日人垄断其间，已不足振兴实业，清理财政，况其为供给武人、政党之需要耶？大书而特书之，孰得孰失，固自有能辨之者。著书者应不忍下笔，阅书者亦不忍寓目矣。

# 第十七回

## 逞辣手擅毙陆建章
## 颁电文隐斥段祺瑞

却说广东军政府已经组成，即借广东城外的士敏土厂，作为暂住机关，当由政务总裁唐继尧、伍廷芳、林葆怿、陆荣廷、岑春煊联名，发出通电云：

查本军政府组织大纲，以由国会非常会议选出之政务总裁七人，组织政务会议，行使其职权。现除唐少川、孙中山两总裁，因交通阻碍，未接有就职通告，经派员敦促外，计就职总裁，已居过半数。当此北庭狡谋愈肆，暴力横施，大局贴危，民命无托，护法进行，刻不容缓，谨于本月五日，宣布中华民国军政府依法成立，即开政务会议，特此通知。

自军政府成立后，更促将士进行，或攻闽，或攻湘，或攻琼崖，相继不绝。北方援粤总司令张怀芝，方统率炮步兵二十营，由鲁入鄂，由鄂赴赣，驻扎江西樟树镇，力图攻粤。粤军先发制人，进攻赣边，占去虔南县城。嗣被赣军克复，怀芝即拟鼓众入粤，偏偏二竖为灾，日相缠扰，没奈何停止进兵，自还汉口养病。当时有个炳威将军陆建章，就是前镇陕西，被陈树藩赶走的逃将军，他恨段派左袒树藩，将己撵出，以致地盘失据，随俗浮沉，及见冯、段交恶，乐得联冯拒段，奔走赣、鄂，运动和议，隐为冯氏效劳，牵制段派。冯总统也喜得一助，故特任他为炳威将军。但段派亦嫉视建章，积不相容。徐树铮挟嫌尤甚，屡思扑灭此獠。是时树铮尚为奉军副司令，往来京、津，闻得建章寓驻津门，唆动奉军驻津司令部，停战言和，遂即往津调查。果属事出有因，越觉怒冲牛斗，无名火高起三丈。当下缮就一书，饬投建章寓内，只说是候谈军情，诱令到来，暗中却埋伏武弁，秘密布置，专待建章入阱，好结果他的性命。忍心辣手。建章虽亦知树铮恨己，但想他总不敢擅自杀人，就昂然径往，趋入奉军司令部内。树铮还欢颜出迎，邀入营中，开筵相待。座中陪客，统是奉军军官，以及树铮左右私人，席间也未曾提及时事，只是猜拳行令，备极欢娱。至酒酣席撤，树铮乃起语建章道："此间内有花园，风景颇佳，请入内游玩一番，聊快胸襟。"建章尚不知有诈，随他进去。既入内园，树铮即目顾左右，掩住园门，当即翻过了脸，厉声语建章道："汝可知罪否？"建章失色道："我有何罪？"树铮道："汝为南方作走狗，东奔西跑，运动和议，破坏内阁政策，还得说是无罪么？"建章道："海内苦战，主和亦非失计，且今日主和，亦不止我一人，怎得归罪于我？"却还倔强。树铮怒目道："汝不必多说了。"说着，即令左右拿下建章，绑住园中树上。建章始软口乞免，愿为小徐帮忙。小徐置诸不理，自从囊中取出手枪，扳动机簧，扑通一响，已把这位陆将军送到冥府去了。当下草就电文，设词架罪，拍致国务院及陆军部道：

迭据本军各将领先后面陈，屡有自称陆将军名建章者，诡秘勾结，出言煽惑等情，历经树铮剀切指示，勿为所动，昨前两日，该员又复面访本军驻津司令部各处人员，肆意簧鼓，摇惑军心。经各员即向树铮陈明一切，树铮犹以为或系不肖党徒，蓄意勾煽之所为，陆将军未必谬妄至此。讵该员又函致树铮，谓树铮，曾有电话约到彼寓握谈。查其函中所指时限，树铮尚未出京，深堪诧异。今午姑复函请其来晤，坐甫定，满口痛骂，皆破坏大局之言。树铮婉转劝告，并晓以国家危难，务敦同胞气谊，不可自操同室之戈。彼则云我已抱定宗旨，国家存亡，在所不顾，非联合军队，推倒现在内阁，不足消胸中之气。树铮即又厉声正告，以彼在军资格，正应为国家出力，何故倒行逆施如此？纵不为国家计，宁不为自身子孙计乎？彼见树铮变颜相戒，又言："若然，即请台端听信鄙计，联合军队，拥段推冯，鄙人当为效力奔走。鄙人不敏，现在鲁、皖、陕、豫境内，尚有部众两万余人，即令受公节制如何"云云。树铮窃念该员勾煽军队，联结土匪，扰害鲁、皖、陕、豫诸省秩序，久有所闻，今竟公然大言，颠倒播弄，宁倾覆国家而不悟，殊属军中蟊贼，不早消除，必贻后戚，当令就地枪决，冀为国家去一害群之马，免滋隐患。除将该员尸身验明棺殓，妥予掩埋，听候该家属领葬外，谨此陈报，请予褫夺该员军职，用昭法典。伏候鉴核施行。

咄咄小徐，放胆横行，擅将陆建章枪毙，且并未自请处分，但声明建章情罪，一若杀了建章，尚有余功，真是权焰熏天，为民国时代所仅见。国务总理段祺瑞，陆军总长段芝贵，得着小徐报闻，且惊且喜，便替他设法回护，检查从前文牍，如张怀芝、倪嗣冲、陈树藩、卢永祥等，俱有弹劾陆建章的成案，遂汇成档册，并将徐树铮电陈详情，一并缴入总统府，请令办理。冯总统长叹数声，暗思建章已死，不可复生，欲责小徐擅杀，又恐得罪段氏，益启争端，没奈何下一指令道：

前据张怀芝、倪嗣冲、陈树藩、卢永祥等，先后报称陆建章迭在山东、安徽、陕西等处，勾结土匪，煽惑军队，希图倡乱，近复在沪勾结乱党，当由国务院电饬拿办。兹据国务总理转呈，据奉军副司令徐树铮电称，陆建章由沪到津，复来营煽惑，当经拿获枪决等语。陆建章身为军官，竟敢到处煽惑军队，勾结土匪，按照惩治盗匪条例，均应立即正法。现既拿获枪决，着即褫夺军职勋位勋章，以昭法典。此令。

令文虽如此云云，心下越仇视段派，势不两立了。唯陆建章也非善类，专好杀人，从前袁总统时，曾委建章为军警执法处处长，他承袁氏意旨，派遣私人，一味侦察反对党，捉一个，杀一个，捉两个，杀一双，往往有挟嫌谎报，谓某人有通敌阴谋，便即信为真情，妄加捕戮。后来复经他人入告，说是侦报未确，诛及无辜，他又召到原谍，邀他同食，食时尚谈笑甚欢，及食毕后，忽提前事，不容分辩，即命推出处死，或且并不提及，欢送出门，突从他背后，发一手枪，击毙了事。所居院落，辄陈尸累累，故都人见他请客红柬，多有戒心，号为阎王票子，且因他杀人甚众，如屠犬豕一般，因复赠一绰号，叫做屠夫。此次为小徐所诱，突遭枪决，虽似未免屈死，终究是天道好还，报施不爽呢。**好杀者其鉴之！**

但小徐诱杀建章，得快私忿，自以为一条好计，哪知也得有失，徒多了一个仇家。陆妻冯氏，乃是旅长冯玉祥的姑母，或谓冯系陆甥，未知是否，待考。猝闻乃夫被杀，当然悲从中来，恸哭了好几场，且与玉祥商量，要玉祥代报夫仇。玉祥本皖中望族，乃父在前清时，为直隶候补知府，挈眷寓津，产下一男，就是玉祥。少长时曾至教会学堂读书，故投入基督教籍。嗣入保定军官学校，由该校保送至武卫右军，充当差遣，故浙江督军杨善德，见了玉祥，即许为大器，荐入段祺瑞幕中。段以为碌碌无奇，不加重用，玉祥乃与段相离，自寻门路。冯系皖人，其所以不入皖派者以此。后为第三镇步兵第五标第十团第三营管带，统率百人，驻扎房山县。未几，由陆建章代为谋划，改编为京畿宪兵营，扩充至兵士二千名。民国二年，第二师、三师、四师、六师、七师，移镇鄂、湘、苏、皖等地，北洋防务空虚，袁项城饬募新兵，编练混成旅十余部。冯营为陆军第十六混成旅，玉祥遂任旅长。越年拔营南下，驻扎武穴，及段氏三次组阁，一意主战，令冯玉祥率军援闽，旋复改命援鄂。玉祥本不附段派，观望不前，且有意服从冯总统，曾发出通告，请速罢兵，并有："元首力主和平，讨伐各令，俱出自胁迫"等语。段氏因他拥兵自大，也不便急切相待，只好付作缓图。哪知霹雳一声，建章毙命，玉祥顾念戚谊，当然惊心，再加姑母冯氏，泣令报仇，玉祥亦不禁呜咽道："姑父平日所为，我亦尝极端反对，屡劝他缓狱恤刑，哀矜勿喜，偏姑父习以为常，遂致怨家挟恨，陷害姑父，但今乃屈死小徐手中，殊不甘心。小徐靠了老段势力，横行不法，暴戾恣睢，我若不为姑父复仇，如何对得住姻戚？但目前尚难轻动，我部下不过数千人，势不能一举成功，我死也不足惜，死且无益，不如从缓为是。"他姑母听了此言，也觉没法，只有挥泪自去罢了。

唯玉祥经过此变，遂与段内阁决裂，自告独立。部下副官李铭钟，团长杨贵堂、何乃中等，亦愿为效力，累得段总理多一敌手，不得不格外加防。详叙冯玉祥事，俱为后文伏案。并且失意事层叠而来，大与前谋相左。湘南未平，闽军又败，龙裕光孤守琼崖，属地已失去大半，专望援粤总司令张怀芝一军，入粤牵制，或可解围。哪知张怀芝病倒汉口，连日未瘥，留驻江西的张军，方移次醴陵，逍遥江上，偏被南方间谍，侦悉情形，竟潜从攸县进兵，猛向醴陵扑入。张军十数营，猝不及防，仓皇奔溃，吓得养病汉口的张司令，出了一身冷汗，力疾起床，乘车北返。自问未免怀惭，情愿抛弃权利，辞去山东督军。是所谓张脉愤兴，外强中干。琼州失援，龙军保守不住，只好弃去巢穴，向北逃生。看官试想！这岂非段氏的平南政策，一齐失败么？

还有段氏背后的小徐，格外担忧，他本思推倒冯河间，奉段祺瑞为总统，举张作霖为副座，所以请张帮忙，合力同谋。唯段氏以为南方不平，威望未著，也不愿骤任元首，故小徐对着平南政策，非常注重。如何借债，如何调兵，多半由小徐献策，怂恿段氏进行。偏偏事不从心，谋多未遂，怎得不五内俱焚？踌躇四顾，愤不可遏。自思平南政策，不能贯彻，总由那冯派横生阻力，以致种种窒碍。今欲釜底抽薪，必须将老冯摔去，改拥段氏为总统，然后令出必行，军心一致，方得戮力平南。于是另生他计，即拟组成新国会，为选举总统的预备。好在各项借款，尚未用罄，不若移缓就急，将军事暂且搁置，一意运动议员，组合政党。当有帝制余孽梁财神士诒，王包办揖唐，乘机出头，来做小徐帮手，渐渐的三五成群，四五结队，凑齐了数十百人，迎合小徐，拥戴老段，复取了一个私党的美名，乃是"安福"两字。安是安邦，福是福国。名目却是动听，但一班安福系中的人物，究竟是为国家思想，是为自己思想，看官总应明了呢。

民国七年七月十三日召集新国会，约期开议，第一件问题，就是选举新总统。原来冯总统本是代任，期限不过一年。他自六年八月一日，入京就职，到了七年八月、任期已满，理应卸职另选，所以召集新国会的命令，当然由冯总统颁发。冯氏非不思续任，但有段派的对头，自知续选无望，唯欲与老段同时下野，前次联袂同来，此次亦要他搴裳同去，若自己退位以后，反令段氏继任，这是梦寐中也不甘心。乃暗中嘱使同党，设法阻段。江苏督军李纯，第三师师长吴佩孚，隐承冯意，一再通电，主和斥战。就是直隶督军兼四省巡阅使曹锟，亦屡开督军会议，不愿拥段。至若张雨帅为副总统，各督军都不赞成，就是段派中人，除小徐外，也多与雨帅反对，所以雨帅亦为夺气，不肯十分出力，替段效劳。转眼间已是八月，新国会议员，同集都下，不日就要开会了。冯总统独预先加防，颁一通电云：

国璋服务民国，于兹七年，变故迭更，饱尝艰苦。去岁邦基摇动，幸赖总理与各督军，群策群力，恢复共和。其时黎大总统辞让再三，元首职权，无所寄托，各方面以《约法》有代行职权之规定，大总统选举法有代理之明文，责备敦促，无可逃避。国璋明知凉德，不足以辱大位，但以尊重法律之故，不得不忝颜庖代。顾念《约法》精神所在，一曰中华民国之统一，一曰中华民国之平和，国璋挟此两大希望而

梁士诒与各国外交官

来，以求与根本大法之精神相贯彻，非有一毫利己之私，唯期不背于法律，以自免于罪戾耳。今距就职代理之日，已逾一年，而求所谓统一平和，乃如梦幻泡影之杳无把握。推原其故，则国璋一人，实尸其咎。古人云："徒善不足以为政，徒法不能以自行。"又曰："苟非其人，道不虚行。"国璋虽自认《约法》精神，无有错误，而诚不足以动人，信不足以服众，德不足以驭世，惠不足以及民，致将士暴露于外，间阎愁苦于下，举耳目所接触者，无往而可具乐观，虽有贤能之阁僚，忠勇之同袍，而以国璋一人不足表率之故，无由发展其利国福民之愿力，所足以自白于天下者，唯是自知之明，自责之切，速避高位，以待能者而已。今者摄职之期，业将届满，国会开议，即在目前，所冀国会议员，各本一良心上之主张，公举一德望兼备，足以复统一和平者，以副《约法》精神之所在，数语最为扼要。则国本以固，隐患以消。国璋方日夜为国祈福，为民请命，以自忏一年来之罪戾。皇天后土，实鉴此心。若谓国璋有意恋栈，且以竞争选举相疑，此乃局外之流言，岂知局中之负疚？盖国璋渴望国会之速成，以求时局之大定，则有之，其他丝毫权利之心，固已洗涤净尽矣。至若国之存亡，匹夫有责，国璋虽在田野，苟有可以达统一平和之目的，而尽国民一分子者，唯力是视，不敢辞也。敢布腹心，以诹贤哲。

这篇电文，看似引咎自责的谦词，实是阻挠段氏当选的压力。段主战，冯主和，战乃一般人民所痛嫉，和实一般人民所欢迎，试看电文中屡言统一，屡言和平，无非声明自己本意，素不愿战，所有此次调兵遣将，借债济师，种种挑拨恶感，毒害生灵的举动，都推到段氏身上，好教新国会人员，不便大拂民情，选举段氏。且复郑重提及，叫各议员存些良心，公举一统一平和的总统，这不是反对段氏，敢问是反对何人呢？*看得真，说得透*。小子有诗叹道：

党派纷争国是淆，但矜意气互相嘲。
同袍尚且分门户，天地何由叶泰交。

冯电既发，过了数日，南方也续发电告，好似与冯电相应。欲知文中底细，俟至下回录明。

刑人于市，与众弃之，是为中古之成制。彼时为君主政体，犹有与众共诛之意，况明明为革新政体之民国，昌言共和，宁有对一官高爵重之炳威将军，可以擅加枪毙乎？微特小徐无此权力，即令大总统处此，亦必审慎周详，不能擅杀。就使建章煽乱，应该由军法处决，不关司法，而小徐总不能背地杀人。共和共和，乃有此敢作敢为之小徐，吾未始不服其胆力，而对诸我中华民国，殊不禁悯焉心伤矣。然未几而有冯玉祥之独立，又未几而有冯河间之通电，弄巧反拙，欲立转仆，小徐其奈何尚不知返乎？

# 第十八回

## 举总统徐东海当选
## 申别言冯河间下台

却说南方自主军队，组成广东军政府，反抗北方，本来是各执己见，不相通融，但对着冯氏代理总统，原是依法承认，只与段氏的解散国会，主张武力，始终视若仇雠，所以冯总统颁一通电，广东军政府也续发一通电云：

溯自西南兴师，以至本军政府成立以来，于护法屡经表示，除认副总统代理大总统执行职务外，其余北京非法政府一切行为，军政府万无容认之余地。乃者大总统法定任期无几，大选在即，北京自构机关，号称国会，竟将从事于选举。夫军政府所重者法耳，于人无容心焉，故其候补为何人，无所用其赞否，赞否之所得施，亦视其人之所从举为合法与否而已。苟北京非法国会，竟尔窃用大权，贸然投匦，无论所选为谁，决不承认，谨此布告，咸使闻知。

南北两方，一呼一应，都是反对段氏，预先阻挠。段氏连番接阅，未免蹙眉，暗想人众我寡，何苦硬行出头，还是与冯河间同去，较为得计，乃宣告大众，愿与冯氏一同下野。究竟老成持重。小徐等方此推彼挽，要将段氏扛抬上去。偏段氏思深虑远，不愿冒险一试，任他小徐如何怂恿，却是打定主意，决计不干。小徐等也觉扫

114

兴。但冯氏下野，段氏又下野，将来究应属诸何人，难道中华民国就从此没有总统吗？于是小徐邀同梁士诒、王揖唐诸人，秘密会议，除冯河间、段合肥外，只有一位资深望重的大老官，寓居津门，足配首选。看官道是何人？原来就是前清内阁协理大臣，为袁项城的国务卿徐世昌。久仰久仰。

世昌从词苑出身，本非军阀，不过他在前清时，外任总督，内握军械，与军阀家往来已久，为武人所倾心，此次久寓津门，名为闲散，实则中央政事，无不预闻。自元首以至军阀，统因他老成重望，随时咨询，片言作答，奉若准绳，所以一介衰翁，居然为北方泰斗。小徐等主张举徐，无非因南北纷争，形势日恶，河间、合肥，既愿同去，不如拥戴老徐，或可制服异类，保持本派势力，因此决定计议，立派妥员向津劝驾。徐世昌素来圆滑，怎肯一请便来？免不得逊谢未遑，做一个谦谦君子。*乐得如此。*那小徐等尽管进行，促令新国会开议，选定王揖唐为众议院议长，组织总统选举会，克期举行。到了九月四日，即在议会中选举新总统，到会议员，共四百三十六人，午前十时，举行投票，午后开匦。徐世昌得四百二十五票，应即当选。当由议会备文，咨照国务院，国务院亦即通电各省，并通告全国。越日，又开副总统选举会，等到日中，两院议员，一大半不到会场。*莫非逛胡同去了。*议长当场计算，所有到会议员，不足法定人数，就使投票，也属无效，只好延期选举，徐作后图。嗣是逐日延宕，竟将副总统问题，搁置一边，简直是不复提议了。*一班傀儡议员。*徐世昌闻自己当选，尚未便承认下去，因复通电中外，自鸣得意道：

国会成立，适值选举总统之期，乃以世昌克膺斯选。世昌爱民爱国，岂后于人，初非沽高蹈之名，并不存畏难之见。唯眷念国家杌陧之形，默察商民颠连之状，质诸当世，返诸菲躬，实有非衰老之躯，所能称职者。并非谦让，实本真诚，谨为我国会暨全国之军民长官并林下诸先生一言，幸垂听焉！民国递嬗，变乱屡经，想望承平，徒存虚愿，但艰危状况，有十百于当时者。道德不立，威信不行，纪纲不肃，人心不定，国防日亟，边陲之扰乱堪虞，欧战将终，世局之变迁宜审。其他凡事实所发现，情势所抵悟，当局诸公，目击身膺，宁俟昌之喋喋？是即才能学识，十倍于昌，处此时艰，殆将束手，此爱国而无补于国，不能不审顾蹒蹰者也。国之本在民。乃者烽火之警，水潦之灾，商业之停滞，金融之停滞，土匪劫掠，村落为墟，哀哀穷民，无可

徐世昌就任大总统时的合影

告诉。吏无抚治之方，人鲜来苏之望，固无暇为教养之计划，并不能苏喘息于须史，忝居民上，其谓之何？睹此流离困苦之国民，无术以善其后，复何忍侈谈政策，愚我编氓！此爱民而无以保民，更悚惕而不自安者也。然使假昌以壮盛之年，亦未尝无澄清之志，今则衰病侵寻，习于闲散，偶及国事，辄废眠食，若以暮齿，更忝高位，将徒抱爱国爱民之愿，必至心有余而力不足。精神不注，丛脞堪虞，智虑不充，疏漏立见，既恐以救国者转贻国羞，更恐以救民者适为民病，彼时无以对我全国之民，更何以对诸君子乎？吾斯未信，不敢率尔以从，心所谓危，谨用掬诚以告。唯我国会暨我全国之军民长官，盱衡时局，日切隐忧，所望各勉责任，共济艰难。起垂毙之民生，登诸衽席，挽濒危之国运，系于苞桑。昌虽在野，祷祀求之矣。邦基之重，非所敢承，干济艰屯，必有贤俊，幸全尘翩，体选初服。除致函参众两院恳辞，并函达冯大总统国务院外，特此电达。

是时国会仍照旧制，组成参众两院，既已由小徐等暗中运动，王揖唐竭力鼓吹，产出新总统徐东海，哪肯再畀他辞去，当下却还来函，仍由两院主名，坚请徐世昌出山。就是代任终期的冯河间，也恐东海不来，或致改选合肥，因即函复老徐，格外敦劝，词意备极诚挚。文云：

顷奉大函，以国会成立，选举我公为中华民国大总统，虞棼丝之难理，辞高位而不居。谦德深光，孤标独峻，即兹举动，具仰仪型。唯审察现在国家之情形，与夫国民感受之痛苦，倒悬待解，及溺须援。天下事尚有可为，大君子何遽出此？略抒胸臆，幸垂察焉！比年以来，迭更事变，魁杓既无所专属，法律几成为具文。内则斨斧相寻，外则风云日恶，以云险象，莫过今兹。然危厦倘易栋梁，或可免于倾圮，洪波但得舟楫，又何畏夫风涛？不患无位，而患无才，亦有治人，乃有治法。我公渊襟睿略，杰出冠时，具世界之眼光，蕴经纶于怀抱。与国记枢密之名姓，方镇多幕府之偏裨，一殿岿然，万流奔赴。天眷中国，重任加遗，所望握统驭之大权，建安攘之伟业，公虽卑以自牧，逊谢不遑，而欲延共和垂绝之纪年，当此固舍公莫属也。邦本在民，诚如明示。属者兵连祸结，所至为墟，士持千里之粮，民失一椽之庇。疮痍满目，饥馑洊臻，岂人谋之不臧，抑天心之未厌？我公仁言利薄，感人自深，纵博济犯病圣人，恩泽难遍于枯朽，而至诚可格天地，戾气或化为祥机，况旋转之功，匪异人任，恻隐之念，有动于中，必能嘘沟瘠以阳春，挽沉冥之浩劫。公谓教养匪易，虑远心长，实则彼呼号待尽之子黎，此日已望公如岁也。夫以我公之忧国爱民也如彼，而国与民之相须于我公者又如此，既系安危之重，忍占肥遁之贞，平日以道义相期，不能不希我公之变计矣。至若虑蹉跎于晚岁，益足征冲淡之虚怀。但公本神明强固之身，群以整顿乾坤相属，虽诸葛素持谨慎，而卫武诒至倦勤，亦唯有企祝老成，发挥绪余，以资矜式耳。国璋行能无似，谬摄政权，历一稔之期间，贻百端之丛脞，清夜内讼，良用惭惶。瓜代及时，负担获弛。徒抱和平之虚愿，私冀收效于将来。我公为群帅所归心，小民所托命，切盼依期就职，早释纠纷，庶望治者得心慰延颈跂足之劳，而承乏者不至有接替无人之惧。耳目争属，心理皆同，谨布区区，愿言凤驾，专肃奉复。

还有国务总理段祺瑞，已愿牺牲职位，同冯下野，乐得卖个人情，向东海致劝驾书。此外如黄河、长江两大流域，所有督军省长等，俱已一致拥徐，电音络绎，相属道中，无非请他如期就职，保我黎民等语。恐也是一个画饼。独广东军政府中，如岑春煊、伍廷芳两总裁，拍电致徐，劝勿就职。大略说是：

读歌日通电，歌字系是号码，借韵母以代五字。藉悉非法国会选公为总统。公既惕世变，复自谦抑，窃为公能周察民意，不欲冒居大位，至可钦佩。唯公之立言，虽咨嗟太息于国事之败坏，而所以致败坏之原则，公未尝言之，此春煊、廷芳所不能默尔而息者。致乱之故，虽非一端，救国之方，理或无二，一言以决之曰："奉法守度而已。"《约法》为国命所托，有悍然不顾而为法外之行动者，有托名守法而行坏法之实者，均足以召乱。自国会被非法解散，《约法》精神，横遭斫丧，既无以杜奸人觊觎之心，更无以平国民义愤之气。护法军兴，志在荡乱，北庭怙恶，视若寇仇，诪张为幻，与日俱积，以为民国不可无国会，而竟以私意构成之，总统不可无继人，而可以非法选举之。自公被选，国人深慨北庭无悔祸之诚，更无以测公意之所在。使公能毅然表示于众曰："非法之举，不能就也，助乱之举，不可从也。"如此国人必高公义，即仇视国会者，或感公一言而知所变计。戢乱止暴，国人敢忘其功？惜乎公虽辞职，而于非法国会之选举，竟无一词以正之也。窃虑公未细察，受奸人蛊惑，不能坚持不就职之旨，此后国事，益难收拾，天下后世，将谓公何？如有谓公若将就职，而某某等省，可以单独媾和者，国会可以取消，从新组织者，护法各省，如不服从，仍可以武力压制之者，此等莠言，皆欲踞公于炉火之上，而陷民国于万劫不复耳。愿公坚塞两耳，切勿妄听。公从政有年，富于阅历，思保令闻，宜由正轨。煊、廷忝列旧交，爱国爱公，用特忠告。幸留意焉！

古人有言，一傅众咻，终归无效。时徐东海当选总统，中国行省，几有十八九处，同表赞成，独粤东数省，劝勿就职，是明明叫做一傅众咻了。况中华民国大总统的职衔，系人人所欣羡，徐东海犹是人心，难道觉来富贵，不愿接受？实是好看不中吃的物件。不过临时手续，总有一番谦逊话头，敷衍人目。*差不多三揖三让。*及经各电到津，由老徐检阅一番，只有粤东军政府与他反对，默思寡不敌众，远难图近，岑、伍虽硬来拦阻，究竟人寡地远，怎能达得到北方？且待自己登台以后，可和即与言和，不可和，何妨再作计较。为人在世，能就此出些风头，也好作一生纪念，于是砰然心动，有意就职，唯一时尚未入京，且待各方面再来敦促，方可动身。*是谓之老滑头。*果然不到数日，京内外的促驾电，连番拍来，他乃提出"息事宁人"四字，作为话柄，允即赴京就职。好容易又挨过一二旬，已届民国第七周国庆日，方才束装赴都。冯国璋闻徐将至，特于十月七日，发出通电，陈述一年中经过情形，及时局现象，由小子录述如下：

督军、省长、各省议会、各商会、教育会、各报馆暨林下诸先生公鉴：国璋代理期满，按法定任期，即日交代。为个人计，法理尚属无亏，为国家计，寸心不能无愧。兹将代理一年中经过情形，及时局现象，通告国人，以期最后和平之解决。查兵祸之如何酝酿？实起于国璋摄职以前，而共事之不能结束，则在国璋退职以后。其中曲折情形，虽有不得已之苦衷，要皆国璋无德无能之所致。兵连祸结，于斯已极。地方则数省糜烂，军队则遍野伤亡。糜烂者国家之元气，伤亡者国家之劲旅。而且军纪不振，土匪横行，商民何辜，遭此荼毒？人非木石，宁不痛心？以此言之，国璋固不能无罪于苍生。而南北诸大要人，皆以意见争持，亦难逃世之公论。吾辈争持意见，国民实受其殃。现在全国人民厌乱，将士灰心，财政根本空虚，军实家储罄尽，长此因循不决，亦不过彼此相持，纷扰日甚。譬诸兄弟诉讼，倾家荡产，结果毫无。即参战以后，吾国人工物产之足以协助友邦者，亦因内乱故而无暇及此。欧战终局，我国之地位如何？双方如不及早回头，推诚让步，恐以后争无可争，微特言战而无战可言，护法而亦无法可护。国璋仔肩虽卸，神明不安，法律之职权已解，国民之义务仍存。各省区文武长官，前敌诸将领，暨各界诸大君子，如以国璋之言为不谬，群起建议，挽救危亡，趁此全国人心希望统一之时，前敌军队观望停顿之候，应天顺人，一唱百和。国璋不死，誓必始终如一，维持公道。且明知所言无益，意外堪虞，但个人事小，国家事大，国璋只知有国，不计身家，不患我谋之不臧，但患吾诚之未至，亦明知继任者虽极贤智，撑挂为难，不得不通告全国人民，各本天良，以图善后。国家幸甚，人民幸甚。再此电表明心迹，绝非有意争论短长，临去之躬，决无势力，一心为国，不知其他。倘天意人心，尚可挽回，大局不久底定，国璋一生愿望，早已过量，绝无希望出山之意。天日在上，祈诸公鉴！

话虽如此，但对着总统府中值钱的物件，却是样样欢喜，一古脑儿搜括拢来，移出外府，据为己有。相传冯氏素性爱财，从前为江督时，已是贩运烟土，官商并营，此次总统卸任，所有公家贵重各物，乐得取去，何必客气。

甚至南北海中的禁鱼，亦被卖罄，只剩下历年档册，移交后任罢了，小子有诗叹道：

> 满纸牢骚力辨诬，谁知心口不相符。
> 试看载宝还乡去，可问身家计有无？

过了两宵，徐氏已至，冯国璋即就此卸职。欲知徐氏接任后事，且至下回再详。

民国成立以来，强有力之大总统，唯一袁项城，然彼以豢养武人，而自殖势力，旋且失败于武人之手。袁氏固自贻伊戚，而武人之势力，不肯随袁氏而俱逝，可胜慨哉！黎失之庸懦，冯失之贪狡，徐东海以文武相兼之资望，宜若胜任而无惭，然徐究非武人，妙手空空，讵能与武人相敌？况其为城府深沉，未肯坦然相与乎？岑、伍一电，已为南北不能统一之兆朕，且内有安福派之环集其旁，将视徐为奇货可居，充作傀儡，此座固未易居也。老翁多智，何亦熏心禄位，遽尔登台耶？

# 第十九回

## 应首选发表宣言书
## 借外债劝告军政府

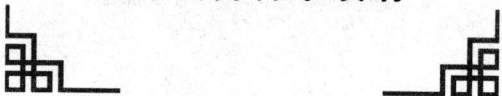

却说民国七年十月十日，正是第七周国庆纪念，都下人士，争迎新总统莅任。午前十时，来了皤皤黄发的老成人，制服登堂，行就职礼，一切仪注，统照历届总统就职的成例，所有誓词，亦踵袭旧文，不少更改。文武百僚，群来谒贺，当由新总统派委秘书长，代读莅任宣言书，全文如下：

世昌不敏，从政数十年矣。忧患余生，备经世变，近年闭户养拙，不复与闻时政，而当国是纠纷，群情隔阂之际，犹将竭其忠告，思所以匡持之。盖平日忧国之抱，不异时贤，唯不愿以衰老之年，再居政柄，耿耿此衷，当能共见。乃值改选总统之期，为国会一致推选，屡贡悃忱，固辞不获，念国人付托之重，责望之殷，已于本日依法就职。唯是事变纷纭，趋于极轨，我国民之所企望者，亦冀能解决时局，促进治平耳。而昌之所虑，不在弭乱之近功，而在经邦之本计，不仅囿于国家自身之计划，而必具有将来世界之眼光。敢以至诚恳恳之意，为我国民正告之：今我国民心目之所注意，佥曰南北统一。求统一之方法，固宜尊重和平，和平所不能达，则不得不诉诸武力。乃溯其已往之迹，两者皆有困难。当日国人果能一心一德，以赴时机，亦何至扰攘频年，重伤国脉？世昌以救民救国为前提，窃愿以诚心谋统一之进行，以

122

毅力达和平之主旨。果使阅墙知悟，休养可期，民国前途，庶几有豸。否则息争弭乱，徒托空言，或虞诈之相寻，致兵戎之再见，邦人既有苦兵之叹，友邦且生厌乱之心。推原事变，必有尸其咎者，此不能不先为全国告也。虽然，此第解决一时之大局耳，非根本立国之图也。立于世界而成国，必有特殊之性质，与其运用之机能。我国户口繁殖，而生计日即凋残，物产蕃滋，而工商仍居幼稚，是必适用民生主义，悉力扩张实业，乃为目前根本之计。盖欲使国家之长治，必先使人人有以资生，而欲国家渐跻富强，以与列邦相提挈，尤必使全国实业，日以发展。况地沃宜农，原料无虞不给，果能懋集财力，佐以外资，垦政普兴，工厂林立，课其优劣，加之片牒导；更以国力所及，振兴教育，使国人渐有国家之观念，与夫科学之知能，则利用厚生，事半功倍，十年之后，必有可观。此立国要计，凡百有司，暨全国商民，所应出全力以图之者。立国之主要既如上述，但揆诸目前之状，土匪滋扰，户口流亡，商业凋零，财源枯竭，匪唯骤难语此，抑且适得其反，是必先去其障碍，以严剿盗匪，慎选有司，为入手之办法。然后调剂计政，振导金融，次第而整理之，障碍既去，而后可为，此又必经之阶级，当先事筹措者也。内政之设施，尚可视国内之能力，以为缓急之序。其最有重要关系，而为世界所注目者，则为欧战后国际上之问题。自欧战发生以来，我国已成合纵之势，参战义务所在，唯力是视，讵可因循？而战备边防，同时并举，兵力财力，实有未敷，因应稍疏，动关大局，然此犹第就目前情势言之也。欧战已将结束，世界大势，当有变迁，姑无论他人之对我何如，而当此漩涡，要当求所以自立之道。逆料兵争既终，商战方始，东西片壤，殆必为企业者集目之地。我则民业未振，内政不修，长此因仍，势成坐困，其为危险，什百于今。故必有统治之实力，而后国家之权利，乃能发展，国际之地位，乃能保持。否则委蛇其间，一筹莫展，国基且殆，又安有外交之可言乎？此国家存亡之关键，我全国之官吏商民，不可不深长思也。至于民德堕落，国纪凌夷，风气所趋，匪伊朝夕，欲挽回而振励之，当自昌始。是必以安敬律己，以诚信待人，以克俭克勤，为立身之则，以去贪去伪，为制事之方。凡有损于国，有害于民者，必竭力驱除之。能使社会稍息颓风，即为国家默培元气。而尤要在尊重法律，扶持道德，一切权利之见，意气之争，皆无所用其纷扰。赏罚必信，是非乃公。昌一日在职，必本此以为推行，硁硁之性，始终以之。冀以刷新国政，振拔末俗，凡我国民，亟应共勉。昌之所以告国民者，此其大略也。盖今日之国家，譬彼久病之人，善医者须审其正气之所在，而调护之。庶几正气之亏，由渐而复，假今培补未终，继以损伐，是自戕也，医者何预焉？爱国犹如爱身，昌敢以最诚挚亲爱之意，申告于国民！

宣言书读毕，就职礼成，大群皆陆续散去，于是冯政府告终，徐政府开始了。老徐既以息事宁人为口头禅，当然是主张和平，不愿再战，与段合肥的政策，绝对不同。段因主战无功，也有倦意，更兼前时曾宣告大众，与冯一同下野，冯已去位，自己若再恋栈，岂不是食言无信，坐失人格？合肥犹知信义。乃即提出辞职书，呈入总统府。徐总统虽无意留段，但表面上只好虚与周旋，派员慰留。旋经段祺瑞决意告辞，乃下令允准，改命内务总长钱能训，暂行兼代，唯参战督办一职，仍属老段，段亦不再鸣谦，专顾参战事务罢了。

徐总统与钱代总理，方互相筹商，设法息争，欲为南北统一的筹划，忽由北方递入军报，乃是俄国过激派新政府，见九十五回。与俄国远东总司令谢米诺夫，相争不已。谢是旧党，不服新政府命令，所以双方交战，已将两月。偏谢军连战连败，退至大乌里，拟退入蒙古境内。俄新政府的讨谢军，也随势追逼，势且轶入外蒙。所以驻扎库伦办事大员陈毅，电达中央，请兵防堵。徐政府乃命黑龙江吉林两省军队，并察哈尔特别区域戍兵，分道防边。先是俄领西伯利亚境内，有捷克斯洛伐克军，自组团体，举军官盖达为总司令，独立自治。闻他自主的原因，实由俄国与德、奥交战，已历四年，此四年中所得的俘虏，统充锢西伯利亚境内。会俄国内乱，不遑顾及囚犯，德、奥俘虏，如鸟脱笼，索性四处骚扰，大肆猖狂。捷克民族，本来是反对德、奥，及为德、奥俘虏所迫害，不得不设法加防，西顾俄京，已无出援的余力，只好自集兵民，独当一面，并且移文协约各国，请他援助。协约国闻报，多半派兵赴海参崴，声援捷克。中国居参战地位，亦得捷克军来文，前由参战事务处，拟派兵二千人往海参崴，与协约国一致进行，但须假道日本南满铁路，未得日人许可，因此迁延过去。及徐氏为总统时，已与日政府商妥，慨允借道，乃遣陆军第九师部下四营，作为先驱，余亦陆续出发，一面承认捷克军队为交战团体，特发出宣言书云：

捷克民族，欲组织独立国家，其志甚坚，经久勿懈，中国政府，素表同情。查该民族素以反对德、奥为宗旨，中国政府，因其举动与联盟各国一致，是以对于该民族军队之西进，曾经允其假道中东铁路，为种种之协助。现该民族军事局势，日益发展，中国政府，深冀该民族能以武力，达到抵御德、奥之能力，故特承认在西伯利亚作战之捷克军队，为对于德、奥正式从事之联盟交战团，并与各联盟国军队，为同等之待遇。中国政府，并承认捷克国民委员会，具有统御之能力，遇有必需事件，甚愿与该委员会交际。特此宣告！

这种对外处置，统是外交部与参战处，会同办理的条件，且尚是无关重要，不必大加计议，但教随时制宜，自不至有意外变端。只是南方军队，自组成军政府后，与北方对垒分峙，变做两头政治，却有些不易融和。徐总统乃先令钱代总理及各部总长，联名通电，传达南方，商量休兵息战的办法。电文有云：

比者四方不靖，兵祸相寻，苦我人民，劳我将士，追溯用兵之始，各有不得已之苦衷，而国力既殚，纷争未息，政治搁滞，百业凋零，仅就对内而言，已岌岌不可终日。况欧战现将结束，行及东亚问题，苟内政长此纠纷，大局何堪设想？夫欧西战祸，谊切同仇，犹复尊重和平，致其劝告，矧均属邦人，奚分南北？安危所系，休戚与同，岂忍以是非意见之争，贻离析分崩之患？试念战祸蔓延，穷年累月，凋残者皆我之国土，耗散者皆我之脂膏，伤亡者皆我之同胞，同室操戈，有识所痛。推其所至，适足以摧伤国脉，自戕生机。当兹国步艰难，一发千钧，再事迁延，噬脐何及？逖者东海膺运，首倡和平，能训等谬忝政席，俱同斯旨，用掬诚悃，敬告群公。倘念民困已深，国家为重，不遗愚陋，相与筹维，各该省一切军政财政及用人诸端，无妨开诚布公，从容商榷。善后办法，更仆难详，大要在收束军队，励行民治，以劳来安集之政，收清净宁一之功，俾国脉渐苏，民生自厚。若法律问题，虽为当日争端所系，第是丹非素，剖决綦难。以今日外交吃紧，若舍事实而争言法理，势必旷日持久，治丝益棼，陆沉之忧，悬于眉睫。谓宜先就事实，设法解纷，而法律问题，俟之公议。凡兹愚虑，悉出真诚。诸公爱国同殷，审时犹切，虑难匡济，当有同心，尚冀示我周行，俾资商洽。引领南望，翘仁德音！

看官阅过上文徐氏宣言书，及此次钱代总理等通电，应知徐氏心理，无非企望和平。但两文中统言欧洲战事，已将结束，这事厝略，小子未曾叙过，应该补叙出来：欧战详情，应归专史，不属本书范围，因事有牵涉，不得不表明大略，此即文法绵密处。自从奥、塞两国，启衅开战，已见前文。遂致全球各国，陆续牵入战潮。德皇威廉第二，素欲争霸欧洲，想乘势削平各国，因此极力助奥，决计用兵。初出兵时，原是锐气百倍，荡破比利时，直入法国北部，复分兵占夺俄属波兰，侵略俄罗斯西部等地。奥亦破灭塞尔维亚，甚至英、法、俄三大国，合力抵抗，尚挡不住德国凶锋。嗣经英、法、俄四面联络，招集世界中二三十国，同抗德、奥，于是德、奥势孤，反胜为败。当时英国外交大臣巴尔福，曾把历年加入战团，反抗德、奥诸国名，及宣战日月，列为一表，送交下议院备案。小子当将原表抄来，加注民国年计，载入本编如下：

俄罗斯　　　西历一千九百十四年八月一日宣战。即中华民国三年。

法兰西　　　西历一千九百十四年八月三日宣战。同上。

比利时　　　西历一千九百十四年八月三日宣战。同上。

英吉利　　　西历一千九百十四年八月四日宣战。同上。

塞尔维亚　　西历一千九百十四年八月六日宣战。同上。

门的内哥罗　西历一千九百十四年八月九日宣战。同上。

日本　　　　西历一千九百十四年八月二十三日宣战。同上。

葡萄牙　　　西历一千九百十六年三月九日宣战。即中华民国五年。

意大利　　　西历一千九百十六年八月二十八日宣战。同上。

罗马尼亚　　西历一千九百十六年八月二十八日宣战。同上。

美利坚　　　西历一千九百十七年四月六日宣战。即中华民国六年。

古巴　　　　西历一千九百十七年四月七日宣战。同上。

巴拿马　　　西历一千九百十七年四月十日宣战。同上。

希腊　　　　西历一千九百十七年六月二十九日宣战。同上。

暹罗　　　　西历一千九百十七年七月二十二日宣战。同上。

利比里亚　　西历一千九百十七年八月四日宣战。同上。

中华民国　　西历一千九百十七年八月十四日宣战。同上。

巴西　　　　西历一千九百十七年十月二十六日宣战。同上。
海地　　　　西历一千九百十八年四月二十二日宣战。即中华民国七年。
危地马拉　　西历一千九百十八年四月二十三日宣战。同上。

　　此外尚有玻利维亚、尼加拉瓜、散多明各、哥斯德黎加、秘鲁、乌拉圭、厄瓜多诸国，亦与德、奥宣告断绝邦交，几乎五洲列国，统与德、奥反对。唯巴尔干半岛中有二孱国，一是土耳其，一是保加利亚，向在德人势力圈内，不能不听德人指挥，与众宣战。两孱国有何大力？简直是不足齿数。那奥国也自顾不遑，全仗德人帮助，勉力支持。照此看来，实是一个德意志帝国，抵当全球二十余邦，相持至四年有奇，德皇威廉第二，真好算是个欧洲霸王呢。却是罕有。但古人有言："佳兵不祥，过刚必折。"难道威廉第二，果能持久不敝，战胜群雄吗？当美国未曾宣战时，大总统威尔逊，屡思出作调人，劝双方休战言和，辗转通问，终归无效。嗣因德国潜艇政策，妨碍海上交通，美乃提出质问书，向德抗议。德仍操强硬手段，却还美牒，因激起美人公愤，加入战团，与德宣战。德之失策在此。德人与各国交哄，已将三年，正是兵疲粮尽的时候，怎堪加入一财厚兵雄的大国，与他争雄？而且美政府商决军情，派遣百数十万大军，直入欧洲，与联合国军队，并力进行，又输送军械食品，分助各国，使他再接再厉，联合国当然益奋，德意志当然益怯。更经过一年有余，保、土两国境内，已被联合军冲入，相继降服。奥亦一败涂地，只好向联合国请和。德皇威廉第二，还想倔强到底，偏国内社会党勃发，昌言革命，推倒政府，竟将威廉第二父子，逐出国外，亡命荷兰，于是空前绝后的大战争，至此始止。当由联合国推举美总统威尔逊，为世界牛耳，开会议和，时正中华民国七年十月中，为徐东海当选就职的时期。小子有诗讥德皇道：

　　　　善败不亡善战亡，楚歌四面总难当。
　　　　要知中外原同辙，好向西欧鉴德皇。

　　欧战将了，徐氏因有此言论，欲借欧洲和局，劝示南方。欲知南方果否愿和，待至下回再叙。

历届新总统登台，必有一种政见，颁告大众。无论其言之匪艰，行之维艰，但观其发言之时，已别具一难言之希望，不过借普通论调，笼络舆情。始吾于人也，听其言而信其行，今吾于人也，听其言而现其行，圣言岂欺我哉？欧洲战史，于本编无甚关系，第有时牵及中国，如绝交参战，以及俄乱影响，侵入蒙古等情，不能不撮举大要，以晓阅者。故本编依次插叙，而本回于德、奥战败原因，尤简而不漏，作者固具有苦心也。

# 第二十回

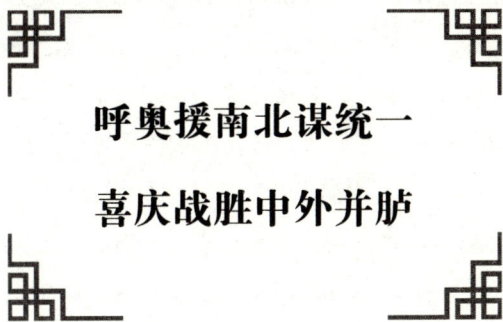

## 呼奥援南北谋统一
## 喜庆战胜中外并胪

欢却说广东非常国会，闻北方新选总统，当然反对，曾于双十节前一日，特开两院联合会议，决定方针，暂委广东军政府代行国务院职权，所有总统选举，从缓举行，当下宣布议案道：

选举大总统，为国会议员之职责。依大总统选举法第三条第二项，大总统任满前三个月，国会议员，须自行集会，组织总统选举会，行次任大总统之选举。唯现值国内非常政变，次任大总统之选举，应暂缓举行。自民国七年十月十日起，委托军政府代行国务院职权，使大总统选举法第六条之规定，摄行大总统职权，至次任大总统选出就职之日为止。特此宣言，咸使闻知！

议案既定，复咨照广东军政府。军政府即开政务会议，承认国会议决案。当日通电布告，代行国务院职权，并摄行大总统职权，越日又发一通电云：

军兴以来，军政府及护法各省各军，对内对外，迭经宣言，其护法之职志，唯在完全恢复《约法》之效力，取消解散国会之乱令，以求真正之共和，为根本之解决，

129

庶使奸人知所警惕，此后以暴力踩躏法律之事，自不发生，民国国基，乃臻巩固。至具希望和平一切依法办理之心，尤为国人所共闻共见。

军府及前敌将领，屡次通电，可复按也。及北京非法伪国会选举伪总统，本军政府于事前既通电声明非法选举，无论选出何人，均不承认，事后又致电徐世昌，劝其遵守《约法》，勿为人愚。乃闻徐氏已就伪总统，事果属实，何殊破坏国宪？以徐氏之明，甚盼及早觉悟，勿摇国本，而自陷于危。本军政府代行国务院职权，依法摄行大总统职务，护法戡乱，固责无旁贷也。特此布告，咸使闻知！

看官阅此两电，可想见南北论调，是绝对不能相容。就使北方的徐总统与钱代总理，如何劝告，也属枉然，徒落得舌敝唇焦，不见成功。徐总统未肯罢休，想从外交上着手，联络美、英、法、日、意各国，从中调停，力谋南北统一，也算苦心孤诣。且美大总统威尔逊，尝一再演说，力劝世界和平，中国为世界中一部分，理应如美总统所云，列入和会。唯南北自相争扰，内部尚且未和，怎好对外？所以穷思极想，呼求外援。外人却也赞成，愿效臂助，乃再由徐氏分饬前敌军队，一体罢战，且申颁一令云：

欧战以来，兵祸至烈，影响政治，震动全球。而立国久远之图，究未可悉凭武力，故欲保障人类之幸福，必先维持国际之和平。美大总统有鉴于斯，迭次宣言，咸以尊重和平为主旨。吾国政府，以逮士庶，莫不佩其悯世之诚，而大势所趋，即列邦亦多赞进行，以为世界和平之先导。吾国此次加入欧战，对德、奥宣战，原为维持人道，拥护公法，俾世界永保和平。苟一日未达此的，必当合国人全力，勷助协商诸邦，期收完全之效果。本大总统适以斯时，谬膺众选，亟当详审世局，用定设施。夫以欧西战祸，扰攘累年，所对敌者视若同仇，所争持者胥关公议，犹且佳兵为戒，倡议息争。况吾国二十余省，同隶于统治之权，虽西南数省，政见偶有异同，而休戚相关，奚能自外？本无南北之判，安有畛域之分？试数上年以来，几经战伐，罹锋镝者敦非胞与？糜饷械者皆我脂膏，无补时艰，转伤国脉，则何不释小嫌而共匡大计，蠲私忿而同励公诚？俾国本系于苞桑，生民免于涂炭。平情衡虑，得失昭然。唯是中央必以公心对待国人，而诚意所施，或难尽喻。长、岳前事，可为借鉴。故虞诈要当两民，防范未可遽疏。苟其妨及秩序，仍当力图绥定。兹值列强偃武之初，正属吾国肇新之会，欲以民生主义，与协商诸邦相提挈，尤必粹国人之心思才力，刷新文治，恢张实业，以应时势而赴时机，以兹邑勉于济，尤虑后时，岂容以是丹非素之微，贻破斧缺斨之痛？况兵事纠纷，四方耗斁，庶政搁滞，百业凋残。任举一端，已有不可终日之势，即无国外关系，讵能长此撑持？所望邦人君子，戮力同心，幡然改图，共销兵革。先以图国家之元气，次以图政策之推行，民国前途，庶几有豸。以言政策，莫要于促进民智，普兴民业，而二者皆当具有世界之眼光。我国文教早辟，而民智蓁塞，进步转晚，是宜旁采列邦之文化以灌输之。吾国物力素丰，而兴业之资，母财尤乏，是宜兼集中外资力以辅助之。以国家为根本，以世界为步趋，务使人民智识，跂及于大同，社会经济，日臻于敏活。民智进则国权自振，民生厚则国力益充，夫如是乃可保文物之旧邦，乃可语共和之真谛。本大总统不惮哓音瘏口，以尊重和平之主旨，告我国人，固渴望我东亚一隅，与世界同其乐利。此时大局未定，保养为先，军民长官，各有捍卫地方之责，仍应遵照前令，力除匪患，用保公安。民瘼攸关，勿稍玩忽。唯兹有位，其共念之！此令。

令文云云，虽似明白剀切，语语皆真，但终是纸上空谈，怎能感动南方军队，使他幡然变计，愿息战争？嗣经美国公使，出来帮忙，电告驻粤美领事，向广东军政府提出说帖，劝他速息内争，自谋统一。于是广东军政府，乃通令前敌各军，一体休战。政务总裁岑春煊等，方有电文传达北京，寄与徐总统道：

徐菊人先生鉴：护法军兴年余，双方相持，国是莫由解决。比者欧战告终，强权消灭，吾国亦有顺世界潮流，而回复和平之必要。美总统威尔逊，于本年九月二十九号为开募第四次自由公债之演说，实为国际及国内解决一切政争之本据，无论何国，均可赖之以为保证。世界各国，方将崇正义而永息兵争，岂吾国独不可舍兵争而求和平之解决？执事既令所部停战，本军政府亦令前敌将士止攻，唯彼此犹未实行接近和平谈判，玩日废时，殊属无谓。煊等特开诚心，表示真正和平之希望，认上海租界为适中之中立地点，宜仿辛亥前例，由双方各派相等人数之代表，委以全权，克日开议。一切法律政治问题，不难据理而谈，依法公决，庶可富民利国，永保和平。特电表意，即希速复！

徐总统接到电文，喜如所望，因即致电作复：

广州岑云阶先生、春煊字云阶。伍秩庸先生、廷芳字秩庸。林悦卿先生、葆怿字悦卿。武鸣陆干卿先生、荣廷字干卿。毕节唐蓂赓先生、继尧字蓂赓。上海唐少川先生、绍仪字少川。孙中山先生即孙文。鉴：来电敬悉。生民不幸，遭此扰攘，兵革所经之地，膏血盈野，井里为墟，溯其由来，可深悯恻。欧战告终，此国彼国，均将偃戈以造和平，我以一国之人，犹复纷争不已，势必不能与世界各国，处于同等之地位。沦堕之苦，万劫不复。世昌同是国民，颠覆是惧。况南北一家人也，本无畛域可分，故迭次宣言，期以苦心谋和平，以毅力致统一。今读美总统威尔逊今年九月间之演说，所主张国际同盟，用知世界欲跻和平，必先自求国内息争，然后国际和平，乃有坚确之保证。爰即明令停战退兵，表其至诚，冀垂公听。固知诸君亦是国民之一分子，困心横虑，冒百艰以求一当，决无不可解决之端。今果同声相应，是我全国垂尽生机，得有挽救之一日也。世昌忧患余生，专以救世而出，但求我国依然比数千人，芸芸众生，得以安其食息，营其生业，此外一无成见。所有派员会议诸办法，已由国务院另电奉答，敢竭此衷，唯希明察！

又由国务院附致一电云：

读诸公致元首电，敬谂开诚表示，共导和平，至深佩慰。欧战告终，潮流方迫，元首鉴于世界大势，早经屡颁明令，申正义而弭兵争，当为国人所共见。近于通令停战之后，继以筹议撤防，积极进行，实出渴望和平之旨。会议办法，前已详细荩划，向李督秀山转商，兹承示双方各派代表，克日开议，筹谋所及，实获我心。所云代表人数，论省区版籍，不能无多寡之殊，唯为迅释纠纷，固可不拘成见，似可由双方各派同等代表十人，临时推定首席，公同协议。至会议地点，原定南京，本属适中之地，宁、沪同属国土，焉有中立可言？且会议商决内政，不宜在行政区域之外，鄙意仍在南京，最为适宜。至来电所举辛亥前例，辛亥系因国事问题，不幸同时而有两种国体，今则双方一体，论对内则同系国人，协商国政，固无畛域之分。论对外国交，只能有唯一政府，尤非辛亥之比。值此时局急迫，促进和平之意，彼此所同。亟当于会议办法，切实商决进行，其他枝节之论，宜从蠲弃，以免旷废时日。此间现在酌选代表，为先事之筹备。尊处遴派有人，即希电示，以便双方派定，克期组织，俾法律政治各问题，日趋接近，速图解决，民国幸甚。

如上电文，乃是北方和议，拟委任江苏督军李纯主持。李纯本服从河间，素来主和，联同赣督陈光远，鄂督王占元，称为长江三督，与主战派相龃龉。此次徐政府鼓吹和平，李纯当然同意，所以与中央往来文件，除例行公事外，多是筹商和平办法。唯一方欲在江宁议和，一方欲在上海议和，两方交争地点，尚未决定。不过和平空气，总算有些鼓动起来。中外人士，统以为和平在即，喁喁望治，再加欧战终了，协约国得了战胜的结果，中国亦居参战地位，虽未曾发兵临敌，亲获胜仗，也觉得借光他族，与有荣施。自民国七年十一月二十八日为始，至三十日为止，举行庆贺协约国战胜大会，居然有古时大酺三日的遗意。无非是张皇粉饰。大总统亲至太和殿前，行阅兵礼，凡京师所有军队，都排成队伍，各执枪械，鹄立东西两旁，听候总统命令。徐总统带回国务总理陆军部长等，序立殿阶，检校军队。又有外国公使及使馆中卫兵，亦由徐政府先期通知，彼此关系协约国，不能不请他参加，所以碧眼虬须的将弁，也来会集。端的是鹳鹅耀采，貌虎扬镳，约计有四五小时，各军队左入右出，纷纷告退，外兵亦皆散去，唯各公使同至总统府，相率留宴。宾主交错，中外一堂，大家欢饮至晚，兴尽始归。是日黄昏，商学界各发起提灯会，游行都市，金吾不禁，仿佛元宵，银火齐辉，依稀白昼，红男绿女，空巷来观，白叟黄童，胪欢踵集，几疑是太和翔洽，寰宇升平。就是各省奉到中央命令，亦如期庆贺，绿酒笙歌，唱彻太平曲子，红灯灿烂，胜逢熙世良辰。还有北京的克林德碑，乃是清季拳匪作乱，德使被戕，特约竖碑，垂为永远纪念。至此亦皆毁平，不留遗迹。唯是胜会不常，盛筵难再。小子叙到此处，转不禁忧从中来，随笔凑成一诗道：

自家面目自家知，粉饰徒能炫一时。
漫说邻家西子色，效颦总不掩东施。

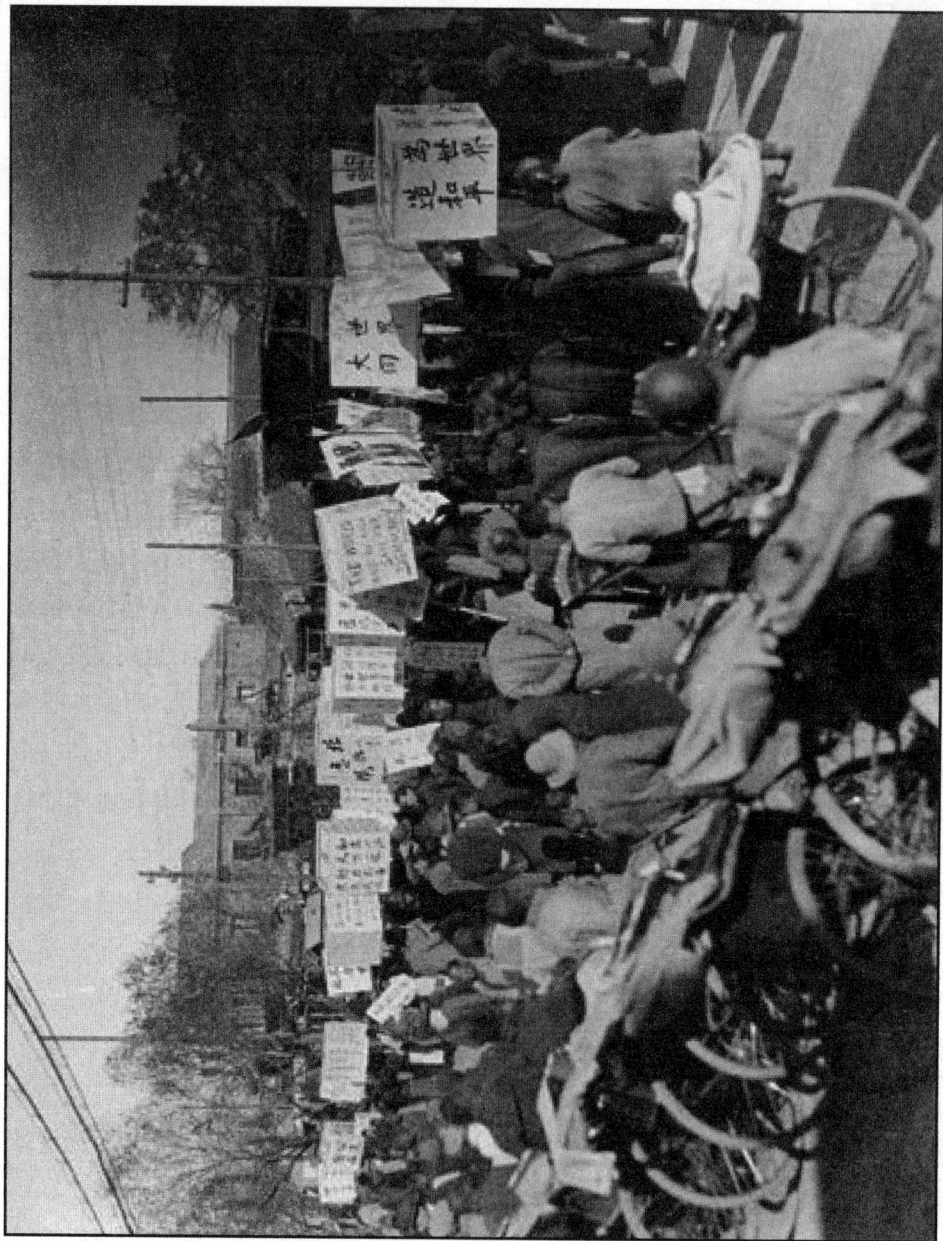

1918年大阅兵期间，基督教青年会学生的游行队伍

三日大庆，忽成过去。各协约国将开议和大会，择定法国巴黎即法京。凡尔赛宫，为和会地点。中国当然要派遣专使，赴会修和。欲知所派何人，容至下回报明。

以本国之内讧，而乞援外人，出为调停，不可谓非徐东海之苦心。然中政府失权之渐，实自兹始。属在同种，谊本同袍，乃连岁战争，自相哗扰，东海登台，不能以诚相感，徒欲为将伯之呼，乞灵外族，其心可悯，其迹实可愧也。至若协约国之战胜，实由彼数年血薄而成，中国徒有参战之名，而无参战之实，外人之胜，于中国似无预焉，乃以各国之举行庆典，遂亦开庆贺大会，政府倡于前，各省踵于后，慷他人之慨，以为一己之光荣，得毋为外人所窃笑耶？虚憍之态，只可自欺，欺人云乎哉？

# 第二十一回

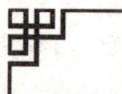

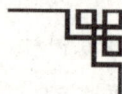

## 集灵囿再开会议
## 上海滩悉毁存烟

　　却说欧战已毕，各国将开议和大会，中国政府不得不派遣专使，赴会议和，当下由徐总统择定一人，就是外交总长陆徵祥。徵祥曾因事请假，部务委次长陈箓暂行代理，此次奉使赴洋，不便逗留，便即束装起行，乘轮赴欧去了。是时英、美、法、日、意五国公使，统奉五国政府训令，愿为中国南北调停和议，先提出劝告书，递交北京政府。徐总统本是请他帮忙，当然心心相印，不烦琐复。五国公使，又电令驻粤领事，各向广东军政府，致书劝和，大略说是：

　　法、英、意、日本、美诸国政府，因见此二年内，中国内乱，已久不停，大有分崩景象，甚为悬系。此项纷乱情形，不特与外国利益有损，且致中国治安之惨祸，因此所生不靖之情，反足鼓励敌人之气，而与大战紧急之转机，妨碍中国与协和诸国实行会办之举。今该转机已成过时黄花，各国人民，正盼组织环球，以达各处人民平安公允之时，中国未能统一，则各国民应为之事，更属难为。兹法、英、意、日本、美诸国政府，对于中国大总统解决内乱之所设施，深滋冀望之怀；且对于南方各要人之态度，亦乐观其有欲和平了结，同等趋向。是以各该政府，就此声明对于北京政府及南方各要人，愿与废除个人私怀，及泥守法律之意见，一面谨慎从事，免除障碍议和之行为，一面迅以慷慨会商之行，而以法律暨顾及中国国民利益之热心为根据，寻一两造和息之路，始克使华境以内，平安统一，此各国政府同心暨殷盼之忱也。此时法、英、意、日本、美诸国政府，声明其切实赞同双方，欲解决向日分裂之争端。唯拟欲使知毫无最后干涉之策，亦无指挥或谏劝此次议和条件之意，故此项条件，必须由中国国人，自行规定所欲者。只系尽其所能，鼓励双方于所望所行各事上，达议和统一之目的。俾中国国民，对于各国，冀望重建之功所肩之责，于中国历史上更为扩充矣。特此劝告。

这篇劝告书，已经将西文译作华文，广东军政府，即用华文答复云：

两年以来，中国因内争而致国内治安及外国利益俱受损失，并使中国不能切实协助联盟国，为公道正义之竞争，军政府对此殊深痛惜。军政府对于此项协助尤为关切者，盖以其战争之主义，与法、英、意、日、美各联盟政府之主义若合符节。护法者非为个人意见，或法律细节而动干戈，实为反对武力主义，并求民主主义之得安全于中国也。国会被非法之解散，今幸仍正式开会于广州宪法视为具文，武力派之横暴乱政，皆所以使护法者迫不得已，而以兵戎相见，伸张直道。今各友邦觉悟，欲缩短中国内争，回复和平之唯一善法，在停止供给款项于武力派，本政府极为感佩。本政府信武力派现有意言和，经已令所部各军停止进攻，且告知武力派所选出之首领，在适合地点，直接开和平会议矣。此种和平，不能苟且从事，无相当之保障，遗留势力，使将来随时复可扰乱国内和平。英、法、意、日、美各联合政府之意见，谓须根据法律及注重全国人民利益，以为调和之主旨，各政务总裁深表同情。然则此次和平，必为公正的和平，及永久的和平，庶几中国得以设立一适任及进步之政府，发展真正共和民主之政治，在国际会议上，占应得之地位。各政务总裁，感谢法、英、意、日、美各联合政府关切中国之幸福，而对于各政府希望中国在筹议世界善后，亦应列入。关注盛意，尤为深感。谨此布复。

先是徐总统与钱代总理，已得外人承认，许为调人，因即通电各省，召集督军等至京，会议办法。于是奉天督军张作霖，安徽督军倪嗣冲，直隶督军曹锟，吉林督军孟恩远，湖南督军赵倜，湖北督军王占元，江西督军陈光远，山西督军阎锡山，淞沪护军使卢永祥，绥远都统蔡成勋等，均先后到京。徐总统特在集灵囿四照堂中，作为会议场，带同全体国务员，暨参战督办段祺瑞，入堂开会。各督军联翩趋至，列席讨论，本来是党派不同，有主战的，有主和的，此番因内外交迫，主战派亦不便坚持前议，只好见风使帆，同声呼和。就是倡议平南的段督办，也以为久战无益，与徐总统表示同情。非服徐东海，实为外议所迫，不得不然。当时议定政策五条：一便是停战撤兵；二乃是应付外交；三是被兵各省的善后；四是收束军队的办法；五是整理财政的用途。彼此讨论了大半日，即在四照堂开宴，饮酣乃散。越宿，便将议决各节，通电各省。各督军亦陆续出京，各回原任。嗣是禁募军队，饬守官方，各种弭乱求治的通令，蝉联而下。徒托空言。还有熊希龄、汪大燮等为联络协约国感情起见，特在京中发起协约国国民协会，组织就绪，推定熊希龄为会长，汪大燮及法人铁士兰为副会长。又由总统府中特设外交委员会，令汪大燮为会长，熊希龄等为委员，调查审议对外事项，凡各部署亦得派遣事务员，入会与议。此外如全国省议会，商会，教育会，亦皆推举代表，就京师组织全国和平联合会，于民国七年十二月十八日成立，宣告大众，略云：

　　本会联合全国省议会，商会、教育会、业于十八日开成立大会。各法团推定代表到会者，已逾过半数，本会实为完全成立，用特宣布本会进行宗旨，以告我国民。本会由全国法定团体组织而成，为真正民意机关，故对于南北和平会议，应实行共和国民应尽之职务，遇有双方冲突之点，及与大多数利益关系之处，实行发表国民真正意见，以立于第三者仲裁地位，此其一；本会对于南北双方，本无偏袒之见，唯此次南北会议，凡关于种种善后问题，均待解决，兹拟于本会内附设各种研究部，于事前预先讨论，以便将来发表民意，主张公道，不居国民会议之名，实行我第三者仲裁之本旨，此其二；本会既立于第三者仲裁地位，我国民责任之重可知，兹后计划进行，尤关重大。本会自当推出对内对外最负重望之人，主持一切，为会中之砥柱，并将本会一部分事务，移至南北会议地点，实相结合与贯彻我国民正大之主张，非达到南北真正根本和平之目的不止，此其三。凡此三大宗旨，均经本会评议部议决实行，用特宣布，深望于全国同胞，赞成本会，协同进行，除通告南北当局外，谨此宣言。

朝野上下，一致言和，饶有转危为安，悔祸求存的希望。差不多望梅止渴。但中国人往往有口无心，口中虽说得天花乱坠，心中却未必真能践言。又况各省军阀，统是意气自豪，不顾国家，专顾自己，所有逐月赋税，除拨作军饷外，多半纳入私囊，所以一做督军，便成富翁，多则千万，少即百万，百姓原不能过问，就是中央的财政部，也未敢彻底清查，只好听他一塌糊涂，迁延过去。此外如关卡征榷，局厂征收，又皆抵充外债，无从支取。看官试想，这中央政府，只有支出，没有收入，叫他如何支持？所以徐总统就职以后，仍然是借债度日，什么电话借款，什么纸币借款，表面上俱为整顿实业起见，由财政交通两总长出面，告贷东邻，暗中实多是指东话西，救济眉急。还有各种公债明系向人民借贷，不一而足。当时虽有一种定例，按期抽签，逐次还本，但也未能确昭信用。故民间所受的公债票，平时若有急需，转向他人抵押，不过三折四折，最多至五六折为止；而且中国人多不愿转受，有时反由外人出为承揽，吸收中国各种公债券，视为投机生意，以十易百，以千易万，将来好执券坐索，不怕中国政府，不将全数偿还。为渊驱鱼，总是中国人民晦气。但自中国加入欧战，外人格外帮忙，协约各国，许将庚子赔款，延期五年，然后交付。即清季拳匪时之赔款。独俄国只允延交三分之一，共计五年延交总数，约六千余万元，政府稍得暂纾困难。

但自民国成立以后，历年借债，除外款不计外，如积欠中国银行，及交通银行款项，多至八千万元以上，遂致该两银行转运不灵，钞价日跌，市面动摇。到了民国七年的残冬，简直是支撑不住。财政部无法可施，没奈何再向国民借贷，发行短期公债券，称为民国七年发交国家银行短期公债，额定四千八百万元，票面定为一万元，一千元两种，利息六厘，每年付息两次，仍用抽签法，分五年偿还，每年分作两度抽签，每届抽还总额十分之一。此项公债券，全数发给中交两银行，令他经募，募集诸款，即归还两行垫欠各帐。所有公债本息，即指定每月延期赔款为基金，就中八成还本，二成付息，并援照三四两年公债办法，即将此项公债基金，按月拨交总税务司安格联存储备付。当下草定章程，提交国务会议，国务员当然通过，但教私囊无损，安往而不赞成？再呈与总统察阅。徐总统为救急计，也即指令照准。无如国库既空，民财亦尽，一国中有限脂膏，半被外人盘剥，半遭军阀搜括，穷民已不聊生，就使有几个豪绅富贾，亦怎肯毁家纾难，效那楚子文、汉卜式故事？坐是公债券无人过问，免不得硬行指派，骚扰民间，或且搭付官吏薪金。官吏统有父母妻孥，日需事畜，再加百物日昂，米珠薪桂的时候，哪堪承受这种公债券？有名无实，不能抵用，于是吏民俱困，都累得扼腕兴嗟，愁眉百结了。只有军阀各家，还算财星照临。

当时尚有一种鸦片烟，本在前清宣统三年间，由清政府与外人订约，限期戒绝，转眼间已有七八年，期限已届。上海洋商所储鸦片，数尚不少，民国七年一月间，苏省督军、省长，与英商公司妥商，立约收买，约中载明条件，乃是专供制药，并不转行销售。洋商已经允认，且愿把每箱定价，减短英洋二千圆，悉数归苏省承买，统计得一千五六百箱。过了数月，驻京英美公使向外交部致书抗议，略云："苏省收买存土，不免有私下贩售，赚钱欺人等情。"又被外人查出瘢点。外交部看到来文，应归财政部理处，即将原书移交财政部。财政部调查苏省公文，已早备案，因即据实答复，具陈理由，内称"近年以来，政府对着烟禁，未尝不积极进行，只因沪滨洋商积存关栈的印药，为数甚多，不能令他过受损害，所以上年一月，由苏省督军省长与英商立约收买，专供药品，严杜吸售。今来文谓有转销等情，未免误会。查烟土制药，各国皆然，此次苏省收买存土，与宣统三年禁烟条约，并无违反情事，请即查照"云云。这项复文仍须先递外交部，然后由外交部转交英、美公使。英、美公使始终不甚相信，尚有微言。再经中国政府，特开国务会议，决定将所买存土，一并销毁，当由徐总统核准，下一指令道：

政府前次收买存土，专为制药之用，原为体恤商艰起见。顾虽慎加考订，限制慕严，而留此根株，诚恐易滋流弊，转于禁烟前途，不无影响。着内务财政两部，转饬查明此项存土现存确数，除已经领售者不计外，其余均由部派员督视，一律收回，汇集海关，定期悉数销毁。并候特派专员会同地方官及海关税务司等，公同监视，以昭慎重。此令。

越日，又复严申禁令道：

鸦片为害最烈，迭经明颁禁令，严定专条，各省实力奉行，已著成效。唯是国家挽回积习，备极艰难，设禁令之稍疏，愚民即怀侥幸，在稽察所不及，遗害仍恐潜滋。此次厉行烟禁，在国人固具毅力，在友邦并致热诚，倘复阳奉阴违，始勤终怠，将何以策内政之修明，而树国家之威信？兹当政治刷新，亟望荡秽涤瑕，共臻仁寿，所有前次收买存土，业经特令汇集上海地方，克期悉数销毁。国家不惜捐弃巨金，委诸一烬，凡以注重烟禁，力策进行者，当为中外所共喻。嗣后我中华人民，当益知鸦片流毒之酷，中于民生，政府禁令之严，不容尝试。凡曾犯吸食者，既经戒除，自应振作精神，力祛习染，至私种私运私售，均干厉禁，并当各懔刑章，勿贻伊戚。各地方长官，有督察之责，务各分饬所司，认真稽察，期在有犯必惩。其办理不力者，着随时纠劾，依法惩戒。本大总统以保民为重，不惮为谆谆之告诫。先哲有言："除恶务尽。"又曰："旧染污俗，咸与维新。"凡兹有众，其共勖之！此令。

两令既下，特派专员张一鹏赴沪监视焚土，一面再由外交部出名通告英、美公使。英、美公使得悉后，即电令沪上海关监督税务司，会同中国专员，督视存土焚毁。至张一鹏到沪，与江苏长官，调查买储烟土一千六百余箱，除已售出三百余箱外，尚剩一千二百余箱，悉数运至浦东，邀同海关监督税务司到场，并及地方各团体代表，统皆会齐，当场开箱查验，果非假冒，于是架薪纵火，陆续焚毁，共阅三日有奇，方将一千二百余箱的鸦片，尽付劫灰。沪上不乏烟鬼，到此可尽量一吸了。上海各国领事团，及地方长官绅商军学各团体，更组织万国禁烟会，主张限制烟土吗啡，务使除医药用途外，不得种用。乃即就销毁烟土的第一日，在沪北开会，严订条约，总道是中外同心，朝野合力，好把那数十年的毒蛊，从此永除。但究竟除绝与否，想看官具有见闻，自能察知隐情呢。只小子却有一首俚词，作为焚土的余慨，诗云：

> 欲除烟毒愿捐金，一炬成灰示决心。
> 可奈莠民偏不谅，私销私吸总难禁。

禁烟禁烟，仍旧有名无实，或包运，或偷销，时有所闻，政府不得不再行查缉，从严办理，欲知如何设法，待至下回表明。

议和足以安民，禁烟足以祛毒，两事俱为美政，徐东海上台之初，首先注意，着手进行，宜乎为中外所属望，交口赞同也。况集灵囿之会议，主战派亦有悔祸之心，上海滩之焚烟，领事团且有开会之助，祝南北之统一者在此，起斯民之膏肓者亦在此，岂非中华民国之一大转机，饶有革新之望乎？乃观于后来之结果，俱乏成效，屡次议和，而冲突如故，屡次禁烟，而吸售如故，徒见长官之忙碌而已，徒见存土之焚销而已，天岂未欲平治民国耶？何事与愿违若此？至若债务之日增，吏民之两困，元气已枵，如何持久？有心人固杞忧无已矣。

# 第二十二回

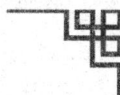

## 赞和局李督军致疾
## 示战电唐代表生嗔

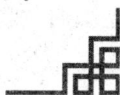

却说徐总统有志禁烟，特命将上海存土，悉数毁去，再加万国禁烟会严禁种销，也算是竭诚办理。偏包运偷销的奸民，专知牟利，不顾大局，事为徐总统所闻，因复饬令严查道：

近今烟禁綦严，乃以厚利所在，莠民奸商，多方尝试，甚至有假冒军人，由各路包运销售情事，似此违禁营私，肆无忌惮，若不严行查缉，则禁烟要政，直同虚设，于国家前途，影响至巨。本大总统治军有年，凡隶军符，夙知国纪，岂容金壬影射，玷我戎行？嗣后应责成各省督军省长，遴派专员，会同各税关严密查禁，无论是否假冒军人，但遇有包运烟土，亟应切实拿办，勿任漏网！其京奉、京汉、京绥、津浦各路，为近畿绾毂之地，尤应切实侦缉。着京师军警督察长马龙标，督饬所属干员，随时梭巡稽察，一面由交通部通饬各路警员，襄同认真办理。一经查获，即予尽法惩罚，查出烟土，悉数焚毁，仍当侦查明确，勿得扰累行旅。经此次通令之后，凡我邦人，当知令出唯行，除恶务尽，其各涤瑕荡秽，力祛旧染，用副保民除害之至意！此令。

未几，复有禁运吗啡的严令，大致与禁烟相同。但天下事，往往法立弊生，立法时均欲求效，偏效力未睹，弊已百出。各处铁路的站旁，环列警察，调查来往客商，镇日里翻箱倒箧，闹个不休，或且搜检身上，视客商如盗贼一般，客商稍有忤意，便即狐假虎威，任情凌轹。甚至私出鸦片烟，掷入旅客行箧，硬指他为偷带禁物，拘入警署，威逼苛罚，取财入私。可怜遭害的客商，不能与抗，只好忍气吞声，倾囊相赠，还要索得保人，方准释出。这真是行路艰难，荆天棘地，较诸前清时代，交通无阻，任从客便，试问是谁利谁不利呢？尤可恨的，是真带鸦片吗啡的人犯，反得贿通警察，由他过去。又有军队过境，借军阀作靠山，虽满身藏着鸦片吗啡，警察亦不敢过问。有几处乃是军警串通，联络一气，所赚厚利，彼此分肥。再加各省军官，多半染着盘龙癖，以芙蓉膏为性命，半榻横陈，吞云吐雾，虽经中央政府，禁令煌煌，彼且视若弁髦，毫不少悛。又或借此取利，暗中授意左右，包运包销。俗语说得好："袖大好做贼，"威灵显赫的军阀家，作奸舞弊，何人敢来侦查？试着徐总统所下禁令，尚说是金壬影射，未敢显斥军官，如此军阀滔天，横行无忌，还要问甚么烟禁有效无效呢？慨乎言之！这且搁过不提。

且说钱代总理能训，摄职两月，当由徐总统提出咨文，交与参众两院，征求同意。两院照例投票，钱得多数，因即复咨总统府。徐总统便下明令，特任钱为国务总理。钱既正式秉政，当然要重组内阁，自将内务总长的兼职，递呈告辞，此外一班国务员，连带辞职。旋经徐、钱两人，商定后任国务员，再向参众两院咨问，是否同意，竟得相继通过，乃再经下令，仍使国务总理钱能训兼任内务总长。外交总长一缺，亦令陆徵祥原任。唯因陆赴欧议和，未到任时，由次长陈箓，代理部务。司法总长朱深，教育总长傅增湘，海军总长刘冠雄，亦均继任。交通总长曹汝霖，本兼财政总长，此时免去兼职，但令曹主交通部，另授龚心湛为财政总长，独撤去陆军总长段芝贵，改用了一个靳云鹏。新内阁既皆任定，乃再从事内外和议，添派外交委员顾维钧、王正廷、施肇基、魏宸组四人赴欧，与前遣的外交总长陆徵祥，同为巴黎和会见前回。全权委员。一面令朱启钤南下江宁，作为南北会议全权代表，会同江苏督军李纯等，开始议和。广东军政府，也推选政务总裁唐绍仪，做了南方总代表，行次上海，不肯过往江宁。两下争执和会地点，又费了一番笔舌，复经江苏督军李纯，曲为调停，请朱启钤移往上海，允从南方所请。朱为速和起见，因亦许诺，时已为民国八年二月间了。李督军因再发一通电，宣告中外道：

时局纠纷，垂及二稔，幸赖内外上下，一德一心，舍己从人，共谋宁息。护国者知法坏而国无由立，护法者知国坏而法亦罔存，遂以和平之公理，共谋善后之解决。纯与湖北王督军，江西陈督军，内承中央政府之指挥，外荷西林即岑春煊。武鸣即陆荣廷。诸公之启迪，黄陂、河间、合肥暨在位英俊，在野名贤，随时指导维持，经迭次之洽商，得各方之同意，议定开一会议，双方各派总代表，解决法律事实等项问题。比由朱桂莘、唐少川两总代表商定于本年二月二十日在上海开会。是纯与王、陈两督军二年以来，千回百折，所希望于护国护法两方面，有两全而无两伤者，幸已达其目的，遂其请求，凡所担任，已可告一结束。嗣后解决各项问题，总代表与各代表诸公，皆一时人望，必有可以慰吾侪之具瞻，副人民之心理者。纯唯当与居间诸君子，洗耳听之，拭目俟之。鲁仲连有云："所贵于天下之士者，为人排患释难，解纷乱而无所取也。"窃愿会议诸公，本良心上主张，从根本上救济，为国家谋长久，为人民谋福利，期有以善其后而已。浮图七级，重在合尖，为山九仞，功亏一篑。纯仔肩虽卸，愿望正殷，苟其义不容辞，力所当尽，敢不从诸君子之后。更愿当代弘达，布所蕴蓄，同力匡扶，弼成郅治，则尤纯所馨香祷祝也。谨布悃忱，伏唯鉴照！

看此一电，李督军的苦心孤诣，亦可想见。当下派定会议办事处干事数十人，充当朱总代表的差遣。各干事均来谢委，正由李纯出来接见。坐谈未竟，那朱总代表亦来拜会。复经李纯迎入别厅，略谈数语，复出与干事接洽。各干事并出厅站班，李纯向他摇手，似叫他不必客气，且口中方说出"各位"二字，不防脚下一绊，竟从第一层台阶，跌至第四层台阶，直挺挺的仰卧台阶面上，背骨被第一层台阶所硌，忍不住疼痛起来，一时不便呼号，只好闭目熬住。嗣经从役将他扶起，勉强在廊下缓行数十步，舒动筋骨。各干事见此情形，只得告辞。李纯复慢慢儿回入别厅，再与朱总代表谈话片时，朱始别去。

纯素性坚忍，尚以为稍稍痛苦，不必多虑，又往签押房批览文件。到了午刻，背骨越觉加痛，乃趋入内室，取饮舒筋和血的药酒，大约数杯，继以午膳，然后睡息了两三钟点。至起食夜餐，仍照午膳办法，是夕尚得安睡。越宿醒来，觉得腰背酸疼得很，再加两胁气痛，以致不能起床。麾下僚属，闻知督军有恙，自然前来请安。适警察厅中有张医官，素精按摩各术，大众统交口保荐，请李纯召入医治。纯乃将张医官召至军署，先令亲吏传述病状，与他讨论，嗣闻他确有心得，乃引入上房，嘱用手术疗治。张医官问及事前种种情状，并倾跌后种种感觉，纯历述无遗，即由张医官诊视脉象，并替他前后按摩，果然胁间气痛，较前舒快。张医官方说道："失足跌倒，七日内必发酸痛，这乃当然的事情。而且仓猝跌倒，因痛闷气，害得两胁气痛，亦是寻常病患，毋庸深忧。"纯不待说毕，便诘问道："此外果无别症吗？"张医官答道："此乃失足致跌，与风火痰三种症候，毫无关系，但教用止痛和血的药料，按穴敷治，再施运舒筋顺气的手术，逐日抚摩，待阅一星期，自然痊可了。"张医官颇有经验。李纯点首称善，遂命张医官如法施治，一面乞假静养。过了七日，疼痛虽已减轻，举动还未能复原，直延至旬月余，始得告痊，这也是翊赞和议中一段轶闻。恐即是不祥之兆。唯当李纯告假时，朱总代表启钤等，已赴上海，履行开会期约，借上海旧德国总会为会场。二月二十日上午，南北总代表各引分代表等，同莅会所，衣冠跄济，秩序雍容，相见无非旧识，两派并聚一堂，差不多与辛亥会议相似。彼时唐为北方代表，此次却易北为南，少川少川，可曾回忆七年前情事否？当时列席诸公，姓氏如下：

北方总代表：

朱启钤

分代表：

吴鼎昌　王克敏　施愚　方枢　汪有龄　刘恩格　李国珍　江绍杰　徐佛苏

南方总代表：

唐绍仪

分代表：章士钊　胡汉民　缪嘉寿　曾彦　郭椿森　刘光烈　王伯群　彭允彝

开会伊始，不及议款，但两总代表依次表明宗旨，先由南总代表宣言云：

国内战争，至今日告一结束，但推厥祸源，外力实有以助长之。盖武人派苟不借助外力，则金钱无自来，军械无从购，兄弟阋墙，早言归于好矣。何至兵连祸结，延至今日，使人民痛苦，至于此极？今北方已经觉悟，开诚言和，舍旧谋新，请自今始！

南总代表宣言甫止，北总代表也即宣言道：

民国成立以来，国家政权，多握于武力派之手，故战争纷乱，迄无宁岁。迩者时势所趋，潮流所迫，将化干戈为玉帛，换刀剑以犊牛，一切干羽戈矛，皆应视为过去陈旧之古董，后此战争，当无从再起，和平统一，请视诸斯。

宣言俱毕，两总代表与各代表均起座，向着国旗，欢呼中华民国万岁！和平统一万岁！极力为下文反射。嗣复闲谈数语，各随意取食茶点，便即散席。越日，始开正式会议。南方总代表唐绍仪，首先提出陕西问题，要求撤换陕督陈树藩。原来南方民党于右任，曾入陕西境内，纠合党徒，与陈树藩互相争论，致起战争。树藩本段派健将，不肯容留民党，占据片土，因此屡攻于军。于军亦不甘退让，相持未下。徐政府虽已通令停战，但于陕西一方面，不甚注意。且陈树藩靠着段氏势力，玩视中央命令，自由行兵，所以唐总代表首先质问，迫令将陕督撤换。此外尚有闽鄂冲突等情，亦曾连类谈及，但尚未及陕西的紧要。北方总代表朱启钤，愿转达中央，即席草就电稿，着人拍发，请政府速令陕督陈树藩停战。此外所议各件，如八年公债，参战借款，以及湘督张敬尧，仇视民党等情，尚没有极大辨难。或拟电京问明，或拟电湘阻止，否则交付审查，决诸后议。越日，得徐政府复电，谓已特派妥员张瑞玑，赴陕监视，实行停战。于是两总代表又复会议，彼此商榷，决用和会名义，致函张瑞玑，催他即日赴陕，监束两方军队，以便和议早日结束。当下函电并发，约俟陕战实停，再申余议。两下便又散归。又越两日，再行开会，两总代表相见后，南方总代表唐绍仪，取出陕西于右任来电，声言陈树藩部下刘世珑，仍率众进攻于军，如此情形，显背和议，应归北方担负责任。朱总代表只好申电陈请，权词相答。又越二日，唐绍仪又邀朱启钤赴会，取示于军失去鳌屋的警电，累得朱总代表无可容喙，但言政府如不速停陕战，自当辞职以谢。再越二日，已是二月二十八日了，唐总代表至会议席上，竟向朱总代表，抗议陕西战事，限期四十八小时答复，*也是一篇哀的美敦书*。说毕即去。朱总代表自觉中央理屈，未便议和，特与各分代表，全体电京，请即辞职。徐政府复电慰留，并令陕西一体停战。令文有云：

> 陕西兵燹频年，疮痍满目，眷言民瘼，轸念殊深。亟应促进和平，早谋安集。前由国务院依照协定办法，通饬停战划防。已派张瑞玑驰往，监视区分，务在一律实行，克期竣事。各该将领，自应共体斯意，恪遵办理。倘或奉行不力，职责所在，不得辞其咎也。此令。

徐政府虽决意停战，始终谋和，但陈树藩仍未遵令，备战不休。南方总代表唐绍仪，且得于右任亲笔书函，谓"陈树藩密奉参陆处电文，促令进攻，故北京运陕军械，或由参陆处，或由汉阳兵工厂，次第出发，络绎不绝"云云。唐总代表乃复提出宣言书，归咎北方，中止和议，是为第一次和议停顿。江苏督军李纯，得知消息，很是愤闷，因力疾起床，特拟定办法五条，电陈中央请行。徐总统原无他意，不过为安福系所牵掣，未能贯彻主张，既得李纯电请，自然照准。李纯又电达广东军政府，请求同意，随即通告全国云：

> 万急。北京国务院，各部院，广州军府各总裁，保定曹经略使，各省巡阅使，督军，省长，都统，护军使，海陆军各司令，南京朱总代表暨代表诸公，上海唐总代表暨代表诸公，永州谭月波、组庵两先生，衡州吴将军均鉴：近月以来，和平空气布满全国，因善后之解决，有会议之盛举。既经中央复准，各方赞同，双方各推总代表、代表，亦均先后分莅宁、沪。唯以中央颁布停战罢兵令，广东军府亦通令停战罢兵，各省虽皆奉行，而陕、闽、鄂西等处，尚有纠葛，经多次之协商，定简捷之办法：（一）陕、闽、鄂西双方，一律严令实行停战。（二）援闽援陕军队，即停住前进，担任后方剿匪任务，嗣后不再增援。（三）闽省、鄂西、陕南，由双方将领，直接商定停战区域办法。签字后，各呈报备案。（四）陕省内部，由双方总代表，公推德望夙著人员，前往监视区分。（五）划定区域，各担任剿匪卫民，毋相侵越。反是者国人共弃之。此上五条，均陈奉中央允准，电得广州军府同意，即日双方通令，按照实行。所有陕、闽等问题，指日解决，会议即可进行。知关廑念，特此布闻！

　　自经李督军通电后，上海和会又有复活的趋向。再经朱总代表启钤，函致陕西陈树藩，并及于右任，竭诚劝解，为赓续和议地步。就是中外舆情，也多方敦促，催令速议。只南方总代表唐绍仪，因未得陕省停战确闻，尚未便与北方议和，连日托词称疾，杜门不出。冤冤相凑，又有一种外交刺激，从海外传入中华，遂致群情大愤，竞起诋诽，东也噪，西也闹，反把上海和会，视为缓图。正是：

　　　　内地欃枪犹未靖，外洋波浪又重生。

　　究竟外交刺激，从何而生，容待下回再详。

　　督军如李秀山，尚为军阀中之有心人，故本回具述其求和之苦心，并及当时致仆情状，为世间之凉血动物，作一龟鉴。朱启钤之平时行谊，虽不甚卓著，然观其赴沪议和，犹非悍然不顾公议，自作主张。陕战未停，曲在陈树藩，陈无大过人之才力，乃敢违背中央命令，备战不休，此非有人煽使，谁其信之？天下方日望和平，而主战派乃好为播弄，必欲破碎河山，涂炭生灵而后快。甚矣其惑也！鸡鹜相争，终无了期，虽有文治派之徐世昌，亦奚补乎？而李督军则更枉费苦心矣。

# 第二十三回

## 集巴黎欣逢盛会
## 争胶澳勉抗强权

却说外交总长陆徵祥，奉命赴欧，参与和会，嗣又有顾维钧、王正廷、施肇基、魏宸组，依次续发，同充巴黎和议全权委员。陆徵祥到法国时，各协约国所派专使，先后驰集。既而顾、王、施、魏各委员，亦皆踵至，共计列席会议，得二十七国使人。全权大使，约有数十，代表及秘书等，不下数百，好算是五大洲中，空前绝后的盛会。当时会中议定各国列席委员，多寡不一。中国指定两人，除陆总长外，余四人得轮流出席。小子闻得和会组织的大略，开列如下：

美国专使列席得五人。英国同上。法国同上。意国同上。日本同上。比国三人。玻利维亚一人。巴西三人。中国二人。古巴一人。厄瓜多尔一人。希腊二人。危地马拉一人。海地一人。汉志国二人。即阿剌伯国。洪都拉斯一人。里卑利亚一人。巴拿马一人。秘鲁一人。波兰一人。葡萄牙二人。罗马尼亚二人。塞尔维亚三人。暹罗二人。捷克斯洛伐克二人。乌拉圭一人。

**和会中正副会长：**

会长　法人克勒孟沙

副会长　美人蓝辛　英人劳合乔治　意人欧兰都　日本人西园寺侯爵

巴黎和会现场

**协约国最高议会中会长会员：**

会长　法人克勒孟沙

会员　美总统威尔逊　蓝辛　英人劳合乔治　贝尔福　法人克勒孟沙　毕勋　意人欧兰都　沙尼诺　日本人西园寺侯爵　牧野男爵

据上所列，已见得和会大权，实为美、法、英、意、日本五大国所把持。中国专使，虽得列席，已等诸自郐以下，无足重轻。就中对于德、奥两国，如何赔偿损失，如何割让土地，如何放弃权利，如何撤除兵备，统归五大国主张，中国专使，几无容喙余地。堂堂古国，如此倒霉，岂不可耻？唯关系中、德事件，始准中国与议，但也须由五大国决定，大致如下：

（一）德国对华，放弃由一九〇一年拳匪条约而得之各种特别权利与赔款，与其在天津、汉口德租界，及其他中国境内，除胶州外，所有之房屋码头营房炮台军火船只无线电台及其他产业，唯使署领署不在其内，并允将一九〇〇年与一九〇一年所夺取之所有天文仪器，一律归还中国。

（二）中国未经署名于拳乱条约之各国同意，不得施行处分北京使馆界内德人产业之计划。

（三）德国承认放弃汉口与天津之租界，中国允准两处租界，辟为万国公用。

（四）德国对于中国，或对于任何与国之政府，不得因在华德人被幽禁或被遣回，及因德人利益于一九一七年八月十四日被没收或被清理之故，而有所要求。

（五）德国放弃其在广州英租界内之国有产业，让与英国。并放弃上海法租界内德人学校之产业，让与中、法两国。

这五项条约，讲到平允二字，已不甚合。德国既放弃在华权利，为什么除开胶州？北京使馆内德人产业，例应归中国处分，为什么应得署约各国同意？汉口与天津租界，为什么要辟作万国公用？广州英租界及上海法租界内的德国产业，为什么让与英、法？这岂不是鹬蚌相争，渔翁得利的明证吗？大声疾呼。又有一种关系山东条件，由日本专使西园寺侯爵等提出和会，硬要占利。美、法、英、意诸国，明知日本恃强欺弱，但与自己无损，哪个肯替中国帮忙，代鸣不平？<u>弱国无公法</u>。当由日使拟定约文道：

（一）德国以胶州各项权利所有权特别权利，与因一八九八年三月六日与中国立约及其他关于山东条约而得之铁路矿产海底电线，让与日本。

（二）属于青岛至济南铁路之德国各项权利，连同器用矿权开掘权，一并让与日本。

（三）自青岛至沪及烟台之海底电线，亦让与日本，免偿其值。

（四）胶州德国国有之一切动产与不动产，亦归日本所有，免偿其值。

胶州是我中国的胶州，青岛是我中国的青岛，从前清光绪二十四年间，为了一个德国教士，在山东曹州地方，为华民所害，德国政府即派兵来华，占据胶澳，清政府无法拒绝，不得已将胶澳租与德国，定期九十九年。嗣是德人筑路开矿，竭力经营，至欧战开手，中国宣告中立，日本独不顾公法，破坏我中立国章程，竟出兵攻夺胶澳，且将德国所有路权矿权，悉数占领。彼时日人曾向中国声明，谓将胶澳租借地移交日本，以备日后交还中国云云。<u>木展儿专使此等伎俩</u>。中政府一再抗议，均归无效。后来袁项城热心帝制，乞援东邻，驻京日使，遂提出二十一款的要求，包含胶澳全境在内。袁项城自讨苦吃，没奈何与他签约，但约文中尚有交还胶州湾，待诸战后解决字样。此次战事已了，各协约国为公道主义，组织和平大会，理应将德国租占地，归还中国，方算得公正无私，为何日使眈眈，竟视胶澳为羹中物？曩时尚声言交还，到此竟说出"让与"二字，不但有违公理，并且自食前言。美、法、英、意诸国，作壁上观。那时中国专使陆徵祥等，忍无可忍，只好当场抗议，先提出山东问题说帖，缴入和会，凭诸公判。说帖中文字甚繁，小子不便直录，但撮举大要，胪列如下：

（甲）德国租借权，暨其他关于山东省权利之缘起及范围。

（一）租借之缘起。

（二）租借地之范围。

（三）德国之路矿权利。

（四）中国之铁路警察权。

（五）德国对于铁路借款之优先权。

（乙）日本在山东军事占领之缘起及范围。

（一）日本之对德宣战。

（二）日本军队在租借地，及百里环界以外之龙口地方登岸。

（三）中国宣言划出特别行军区域。

（四）日本收管青岛之中国海关。

（五）日本对中国二十一条之要求，暨一九一五年五月二十五日关于山东省之条约。

（六）沿铁路之日本民政权。

（七）一九一八年九月二十四日之铁路借款草合同及换文。即济顺及高徐两路草合同。

（丙）中国何以要求归还？

（一）胶澳租借地，素为中国领土中不可分拆之一部分。从前中德租借条约中，本有主权仍归中国之明文，今德国既放弃权利，当然归还中国，以彰公道。

（二）胶澳居民，种族语言宗教，均完全属于中国，既得脱离德国关系，自不愿再属他国。

（三）山东为中国文化所肇始，孔、孟两圣贤，诞生此地，人民称为圣域。胶澳为山东属境，既得由德国收回，何能辗转让人？

（四）山东居民稠密，不能再容纳他国人民。前时德国逞横暴势力，据有胶澳，今彼既遭天忌，自弃权利，山东百姓，方庆其苏，不堪再受他国腺削。

（五）山东一省，备具中国北部经济集权之要则。胶澳地居海口，尤关重要，将来必成为中国北部外货输入土货输出之要路。若植立外国势力范围，适与门户开放主义，互相背驰，中外通商，必交感不便。

（六）胶澳为中国北部门户之一，胶济铁路，至济南接津浦，可以直达北京，即自旅顺大连至奉天，直达北京之铁路，亦与胶澳相近。中国政府为固围计，久欲杜绝德人之蟠踞青岛，今经德人放弃，中国深愿收回此地，自巩国防。

（七）和平大会中，以该租借地及附属权利之问题，悉还中国，不特德国肆意横行之罪恶，借以矫正，且各国在远东之公共利益，亦借以维护。否则山东人民，前拒后迎，势必不乐，或致激成剧烈之行动。即他国亦必与将来移转权利之国，互相龃龉，是与日本攻击青岛时，宣言巩固东亚长久稳固和局之用意，难以相容。亦与英日同盟之宗旨，所谓护中国之独立完整，守各国在华商工业机会之原则，亦不相符合。何以彰中外之大信？何以保远东之永久和平？

（丁）何以应直接归还？

（一）程序简单，不致滋生枝节。且中国参战以后，得向德国直接收回青岛，及山东权利，既足以增我国家之光荣，复足以彰友邦维持正义公道之原则。

（二）中国政府，非不知日攻青岛所损失之生命帑款，为数亦巨。但日本固宣言战争之目的，在使远东和局，不为德人所危害，目的既完全达到，则虽有所牺牲，亦必不惜，宁有加惠中国反自取怨之理？

（三）日本以军事占领青岛及所有权利，不过暂时办法，究不能因此而终得所占土地或产业之主权，以与共在战事中之中国权利相抗。

（四）一九一五年五月二十五日，中国与日本订立关于山东省之条约，中政府本所不愿，经日本送递最后通牒，勉强承认，以待和平会议为最后之修正。况所订条文，日本并未获得关于山东租借地与铁路暨他项德国权利。不过得有保证，谓所有关于德国权利利益让与之处分，倘经日本与德国协定，中国即当承认云云。彼时中国尚为中立国，日本系设想中国始终中立，不能参与最后之和平会议而言。今中国早加入战局，有列席和议之权，则该约设想之情形，固已根本改变，不得视为有效。

（五）中国宣言布告，曾声明从前中德所订之条约，一律废止，是德国所有租借地与一切权利，当然在废止之列。既已废止，领土权即回复于中国。且与德人订约租借时，本有不准转租之明文。即一九〇〇年之中德胶州铁路章程，亦有中国国家可以收回之规定，依约办理，德国无转让第三国之权。中国既得收回领土，亦当然不能让与他国。

最后又有一段总结云：

中国鉴于上列各理由，深信和平会议，对于中国要求胶澳租借地胶济铁路，暨关于山东省之他项德国权利之直接归还，必能认为合于法律公道之举。苟完全承认此项要求，则中国政府人民，对于诸国秉公好义之精神，必永永感激于无涯，而对于日本，必且加甚。此一举也，不特日本与诸友邦所愿维持之中国政治之独立，与领土之完整，借以巩固，而远东之长久和局，亦借此新保而益坚矣。

此项说帖，递入和会，会长克勒孟沙，方将说帖出示，日本专使西园寺侯爵等，怎肯退让，自述从前攻取青岛，如何损失，并讥评中国参战，并没有甚么助力，不过办运些须粮食，派遣几个工役，便算了事。今日所得利益，不啻百倍，还想与我争回青岛，这真叫做不度德，不量力，妄事请求，不值一睬云云。在会诸人，见日使很是忿激，也不便参入异议。唯美总统威尔逊，略加劝解，援照德国前约，谓领土权应属中国。日使遂接口道："我国并不欲长据胶澳，自愿将胶澳领土权归还中国，唯行军所受损失，中国可能悉数偿还吗？中国既不能偿还，便应该将从前德人所有的权利，归与我国享受，这乃是公允办法，我国并没有意外要求哩。"英法各国专使，多随口赞成。*以强护强，应有此态。*美总统亦不便与争，付诸一笑罢了。

是时意国代表欧兰都等，为了亚得里亚海沿岸问题，与美总统意见不合，致有违言。亚得里亚海，在意大利东北，海口有阜姆一埠，为通商出入要枢，意国欲据为己有。唯美总统威尔逊，以为匈牙利、波希米亚、罗马尼亚、南斯拉夫诸国，均与阜姆相近，应该享有出入权利，不应专归意国。意使极力反对，甚至欧兰都等宣告退出和会。所以和会中主持，只有法、美、英、日本四国，主持各议。日本与中国互争胶澳，中国不能敌日，法、英又皆左袒日人，美总统虽略存公道，也因口众我寡，未便坚持，因此逐日延宕，竟把中国专使的说帖，置诸高阁。嗣经中国专使陆徵祥，入会敦促，乃由会长克勒孟沙，与美总统威尔逊，英专使劳合乔治，作为领袖，再集议胶澳问题。日使西园寺侯爵等，坚执前议，一些儿不肯让步。法、美、英三国，乐得袖手旁观，任从日本自由处置。中国专使陆徵祥等，智尽能索，不得已再向和会中提出抗议，申明意见。小子有诗叹道：

徒将笔舌抗凶锋，力薄如何望折冲。
益信外交唯铁血，一强一弱总难容。

欲知陆专使等如何说法，且至下回录叙。

巴黎会议，列席者得二十七国，而俄罗斯不在其列，良由俄国内乱，政府屡易，各国或承认于其前，未尝承认于其后，故递为之阙席耳。胶澳之争，日本代表，借口于前日军事之损失，必欲承受德人之旧有权利而后快。然德国既已战败，屈服于和议之下，则从前即无日人之行军，亦当放弃固有之权利，将胶济归还中国，宁必待日人之占领乎？况日人固尝破坏我国之中立，乘机攫取，显违国际公法之惯例，所有牺牲，莫非自取，公法家固不应袒日也。中国专使之抗议，义所当然，而日人乃恃强而凌弱，英法亦欺弱而袒强，持公如威尔逊，尚不欲为不平之争，谁谓世界中尚有公理耶？国不竞亦陵，何国之为？我国人盍亟起返省，毋徒怨外人为也。

# 第二十四回

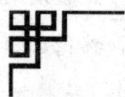

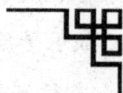

## 两代表沪渎续议
## 众学生都下争哗

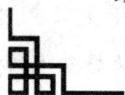

却说胶澳问题，已由中国专使提出说帖，经法、美、英三国申议，仍不能使日本让步，反教日本自由处置，中国专使陆徵祥等，不得不再行抗议，词意如下：

按德人之占据山东权利，始于一八九七年，当时普鲁士武人，借口小故，强迫中国让与，显系一种侵犯手段，华人至今不忘此耻。今三大国若以此项权利，移让于日，是承认侵犯手段为正当矣。况日本在南满与蒙古东部，业已十分猖獗，今若加以山东为日所有，则日本可在北京出口之水道，即直隶海湾之两岸，巩固其地位。且得霸据直达北京之三大路线，从此北京将为日本势力所环绕，不亦大可惧乎？中国于一九一七年向德、奥宣战，加入协约，所有中国与德、奥前订各约一律取消，然则德国权利，当然归还中国。且中国之宣战，曾经协约及公同作战各国政府正式承认。及今三国大会议，解决胶州与山东问题，反将前属于德人之权利，让给日本，由此可见大会议所让给与日本之权利，在今日已非德人所有，乃纯粹之中国权利。且中国亦协约之一，并非一敌国，中国在协约中，固较懦弱，但总不能以敌国待之。抑有进者，山东为中国之圣地，孔、孟之教深入人心，我中国人视山东为文化之发祥地，焉肯轻让于外人？至于三大国会议，既有归还中国之意，何以第一步，必将该地移让与一外国，然后由该外国自愿，再将该地归还原主？此种重叠手续，不知何所根据？代表等早知日本之要求，系根据一九一五年之中日条约，及一九一八年之交换文件。但一九一五年时，中国所以签约者，实为强权所迫，世人常忆日本提出哀的美敦书，强迫中国承认二十一条要求，否则大战立见于东亚。再一九一八年之交换文件，乃因日本允许撤退山东内地之日兵，并取消各民政署。代表等亦知三大国所以议定如此解决者，实以英法曾于一九一五年二月三日，允许日本在和会席上，助其夺得德人在山东之权利。然当时此等密约，双方订结，中国并未加入。其后协约国劝中国参战，亦未曾将密约内容，预先通告。及中国于加入协约之后，直至今日战争了结，和约告成，中国反为各大国之商议品与抵偿品，其何以堪？或曰：大会议之认可日本要求，乃所以保全国际同盟也。中国岂不知为此而有所牺牲？但中有不能已于言者，大会何以不令一强固之日本，放弃其要求，其要求之起点，乃为侵犯土地。而反令一软弱之中国，牺牲其主权？代表等敢言曰：此种解决方法，不论何方面提出，中国人民闻之，必大失望，大愤怒。当意大利为阜姆决裂，大会议且为之坚持到底，然则中国之提出山东问题，各大国反不表同情乎？要知山东问题，关于四万万人民未来之幸福，而远东之和平与利益，皆系于是也。

这一篇抗议书，比前次较为激烈，也是由中国专使陆徵祥等，情不能忍，不得已有此文牒，为声明公理起见。无如世界中只论强弱，不论公道，任你舌敝唇焦，总敌不过强邻气焰，日本专使只付诸不睬，英、法、美各国，也袖手旁观，怎能如意国专使，为了阜姆问题，退出和会，几至决裂？后来仍由英、法、美三国代表，请意国代表再入和会，曲为调停，可见得中华积弱，事事逊人，为什么军阀政客，不思协力图强，尽管争权夺利，内讧不休哩？**虽有晨钟，唤不醒军人痴梦，奈何？**

即如上海南北和议，自从南方代表唐绍仪，宣言中止，停顿至一月有余。江苏督军李纯，苦心调护，提出办法五条，请令双方允准。见前回。唐代表尚因未得陕省确闻，逐日延宕。嗣经张瑞玑入陕报告，谓已确定停战，江督李纯，又邀同鄂、赣二省，迭电敦促。甚至上海五十三公团，联成一气，催迫南北总代表等，赶紧议定和局，方可一致对外。于是南方诸代表，也为环境所逼，未便再行停顿，乃于四月四日间，在唐总代表寓宅内，自开紧急会议，决定和议再开，函告北方总代表朱启钤等，约七日起，继续开谈。朱总代表当然照允。到了四月七日，两总代表及各代表，又复齐集，先开谈话会，核定会议程序，至晚未毕。越日，又复续核，大致粗了。代表中或主张扃门会议，免得人多语厖，徒滋纷扰，北代表多数赞成，唯南代表却多数反对。结果是双方协议，虽不必定要扃门，但除代表以外，闲人不得擅入。门外委警察严加逻守，慎重关防。自四月九日正式开议，南北代表，均将全部议题提出，互相讨论。当时各守秘密，未曾宣布。嗣逐日审查，集议了好几日，惹得上海一般社会，统想探听会议消息，是否就绪，怎奈会中讳莫如深，无从察悉。但据各通信社特别传闻，只说南代表所提，计十三项，另附悬案六项，北代表所提，计大纲两项，节目八项，讨论结局，双方议题，并作国会，军政、财政、政治、善后、未决等六项。究竟一切底细，无人能详，所有谣传，无非捕风捉影，想象模糊呢。

延至五月初上，尚没有甚么确闻，大众诧为异事。**公事不妨公言，何必守此秘密。**忽由都中传出警电，乃是各校学生，为了巴黎和会中的山东问题，大起喧哗，演成一种愤激手段，对付那亲日派曹、章、陆三人。就中详情，应该表白一番。从前中日各种合同，多经曹、章、陆三人署名，海内人士，已共目他为汉奸。就是留学日本诸学生，亦极力反对章宗祥。此次巴黎会议，中国专使陆徵祥等赴欧，道过日本，日人即向章问明陆意，章曾夸口道："陆与我素来莫逆，谅不至有何梗议哩。"日人满意而去。哪知徵祥去后，政府又续遣委员数人，如王正廷、顾维钧等，轮流出席，在巴黎会议中，极力反抗山东问题，且致章与日本所订之山东两路合同，**即济顺及高徐两路。**亦遭打击。章恐无词对日，乃暗与曹汝霖通信，拟运动政府，召回顾、王，自去代充委员。曹得信后，即力为设法，并召章回国，章便拟起程西归。偏被上海时事新报，及东京时事新闻，探悉密情，骤然登出。留日诸中国学生，激起公愤，即欲发电攻章。因日本电报局不肯代拍，乃邮致上海各报馆各机关各团体，请他宣布，略云：

项据上海时事新报，及东京时事新闻载，章宗祥此次回国，入长外交，出席巴黎和平会议，改善中日和会关系，同人闻之，不胜骇异。章宗祥自使日以来，种种卖国行为，罄竹难书。幸今日暴德已倒，强权屈服，正义人道，风靡全球，吾大中华民国全体国民，方期于欧洲和平大会，战胜恶魔，一雪国耻。苟两报所载不虚，则是我政府受日奴运动，倒行逆施，以卖国专家，充外交总长，兼欧洲和平会议代表，势非卖尽中国不止。同人一息尚存，极力反对，并将颈血溅之。贵报贵机关贵团体，素来仗义敢言，众所共仰，伏乞唤起舆论，一致反对，庶么魔小丑，不容于光天化日之下，俾东方德意志，亦得受最后之裁判。中华民国幸甚，世界和平幸甚。

上海各报馆，依电照登，曹、章两人的密谋，越致揭露。章经此一阻，又欲逗留。适政府已传电促归，暂命参事官庄景珂代理，章不得不行。且默思到了京都，总有良法可图，乃收拾行李，启程归国。至东京中央新桥车站，将挈爱妻陈氏登车，突有留学生数十人，踉跄前来，趋近章前，佯为送行，随口质问，历数章在任时，经手若干借款，订立若干密约，究有多少卖国钱，带了回去？章宗祥连忙摇首，极口抵赖。无如留学生不肯容情，竟起而攻，好似鸣鼓一般。章虽脸皮老厚，也不禁面红颈赤，无词可答。难免无良发现。幸亏日警从旁排解，方将一对好夫妇，送入车中。留学生尚在后大呼道："章公使！章宗祥，汝欲卖国，何不卖妻？"妙语。章妻陈氏，听了此言，更不觉愧愤交并，粉脸上现出红云，盈盈欲泪，只因车中行客甚多，未便发作，没奈何隐忍不发。及车至神户，舍陆乘船，官舱内分门别户，彼此相隔。陈氏彦安，怀着满腔郁愤，不由的发泄出来，口口声声，怨及乃夫。章宗祥任他吵闹，置诸不答。陈氏且泣且詈道："我父母生了我身，本是一个清白女子，不幸嫁与了汝，受人污辱，汝想是该不该呢？"欲免人污，何如不嫁。章至此亦忍耐不住，反唇相讥道："人家同我瞎闹，还无足怪，难道汝为我妻，也来同我胡闹么？"陈氏道："汝究竟卖国不卖国？"宗祥道："汝不必问我。就使我是卖国，所得回扣，汝亦享用不少，何必多言。"不啻自招。陈氏尚唠唠叨叨的说了半夜，方才无声，但已为同船客人，约略听闻。及船已抵岸，陈氏面上，尚有愠色，悻悻上车去了。

章既入京，遂与曹汝霖、陆宗舆等，私下商议，还想调动顾、王，一意联日。相传曹汝霖计划尤良，竟欲施用美人计，往饵顾维钧。顾元配唐氏，即南方总代表唐绍仪女，适已病殁，尚未续娶，曹家有妹待字，汝霖因思许嫁维钧，借妹力笼络。或云系曹女。可巧梁启超出洋游历，即由曹浼梁作伐，与顾说合。梁依言，至法，急晤顾氏，极言："曹家小妹，貌可倾城，才更山积，如肯与缔姻，愿出五十万金，作为妆奁。"顾本来与曹异趋，听到美人金钱四字，也觉得情为所迷，愿从婚约。当时中外哗传，谓顾已加入亲日派，与曹女订婚。究竟后来是否如梁所言，得谐好事，小子也无从探悉，不过照有闻必录的通例，直书所闻罢了。已而留日学生界中，复有一篇声讨卖国贼电文，传达海内，原电如下：

欧洲议和大会，为我国生死存亡所关，凡我国人，应如何同心协力，共挽国权，乃专使方争胜于域外，而权奸作祟于国中，旬日以来，卖国之谋，进行益力。曹汝霖、陆宗舆、章宗祥、徐树铮、靳云鹏等，狼狈为奸，甘心媚日，迹其迹来所为罪状，足以制国家之死命，约有二端，而已往之借款借械，卖路卖矿不计焉，略陈如下，冀共声讨。一曰掣专使之肘以媚日也。此次我国所派专使，尚能不辱国命力争，日本因之大怀疑忌，始则用威吓手段，冀制顾、王之发言，继则行利诱主义，贿通曹、陆之内应。且使章宗祥回国运动，入长外交，以掣专使之肘。并豫先商议改窜已订之中日秘约，以掩中外耳目，而彼诸贼，甘为虎伥。章氏既奉命西归，曹、陆更效忠维谨，日前竟请当局电饬专使，对日让步。夫中日之利害，极端相反，世所共知。吾国往日所被夺于日本之权利，方期挽救于坛坫。而乃遇事退让，自甘屈服，岂非承认日本之霸权，而欲自侪于朝鲜乎？卖国之罪，夫岂容诛？此其罪状一。二曰借边防之名以亲日也。年来北方军阀之跋扈横行，皆由徐树铮、靳云鹏等亲日政策之所致，举国权以易外款，杀同胞几如草芥。全国父老，疾首痛心，而若辈迄无悔祸之意。近且大肆阴谋，借边防为名，欲将参战军扩为九师十六混成旅，而与日人实行军械同盟，将各省铁路及兵工厂，抵借日款，并聘日人为教练官及技师。种种企图，无非欲达其武力统一之目的。无论世界潮流，趋向和平，此等背逆时势之举，有百害而无一利。即使果如诸贼计划，有万一之效，而军队训练之权，已操诸日人，兵器制造之厂，已属于敌国，我国家尚能保其独立耶？恐德人利用土耳其之故事，将复见于远东。二次大战，此其导火。既恣恶于现在，复贻祸于将来，诸贼之肉，其足食乎？此其罪状二。凡兹二事，仅举大端，其他违法不轨之行，谅为国人所共睹。同人等游学以来，鲜问内政，唯事涉对外，有损国权，则笔伐口诛，不遗余力。矧诸贼近日卖国之罪，彰明较著，良心所逼，安敢缄默。用特举其事实，诉诸国人，所望全国父老昆季，速筹对待国贼之法，安内攘外，咸系乎此。盖共和国家，民为主体，朝有奸人，而野无志士，将见国家遂即沦亡，而国民无力之讥，永蒙羞于历史矣。

为这一电，激起北京学生的公愤，纷纷聚议，计在严拒卖国贼，并保全青岛领土权。当由北京大学发起，即于五月三日下午，召集本校学生，全体会议。先是北京各学校已互相商议，定期在五月七日国耻纪念，会集天安门为大示威的运动，旋接得留学生通电，并闻青岛问题将让归日本，乃急不暇待，就由北京大学为首倡，群集法科大礼堂，会议进行办法四条：一是联合各界，一致力争。二是通电巴黎专使，坚持不签字。三是通电各省，于五月七日国耻纪念，举行游街示威运动。四是决定星期日即四日，齐集天安门，举行学界之大示威。当下有几个资格较深的学生，登台演说，慷慨激昂，声泪俱下。就中有法科学生谢绍敏，悲愤填胸，竟勃然登台，用中指放入口内，将牙一咬，指破血流，当即扯碎衣襟，取指血书成四大字，揭示大众。众目睽睽，望将过去，乃是"还我青岛"一语。彼此越加感动，鼓掌声，万岁声，相继迭起，表现一种凄凉悲壮的气象。嗣又遍发传单，知照各校，与约翌日上午，邀请各校代表，借法政专门学校为会议场，集议进行办法。各校接着传单，无不赞成。转眼间已隔一宵，法政专门学校已腾出临时会所，专候各校代表到来，霎时间各校代表，联翩趋至，共计得数十人。学校亦约十数，校名列后：

北京大学　法政专门学校　高等师范学校　中国大学　朝阳大学
工业专门学校　警官学校　农业学校　汇文大学　铁路管理学校
医学专门学校　税务学校　民国大学

数校代表齐集，当场会议，如何演说，如何散布旗帜，如何经过各使馆，表示请求，如何到曹汝霖住宅，与他力争。一面预定秩序，各守纪律。至日将晌午，已经议毕，随即分头散去，赶制小白旗，且约下午二时，至天安门会齐。未几已是午后，天安门桥南，先竖起一张大白旗来，上书一联语云：

卖国求荣，早知曹瞒遗种碑无字。
倾心媚外，不期章惇余孽死有头。

末行又写着一二十字，乃是北京学界挽卖国贼曹汝霖、章宗祥遗臭千古。这一张大旗下面，又有小白旗数十面，旗上写着或为"取消二十一款"，或为"誓死力争"，或为"保我主权"，或为"勿作五分钟爱国心"，或为"争回青岛方罢休"，或为"宁为玉碎，勿为瓦全"，或为"头可断，青岛不可失"种种字样，不可胜纪。就是谢绍敏的"还我青岛"的血书，也悬挂在内。还有一班小学生，站立道旁，手中都高执白旗，大小不一，有用布质，有用纸质。旗上所书，无非是"卖国贼曹汝霖"，"卖国贼章宗祥"，小子有诗为证道：

> 甘将领土赠东邻，卖国奸徒太不仁。
>
> 莫怪青年多越俎，兴亡原系匹夫身。

各校学生，陆续驰集，差不多有三千人。欲知众学生行止如何，待至下回再表。

内地有上海之和议，外洋有巴黎之和会，全球人士，各有厌战求和之思想。而我国武夫，乃多以挑衅为得计，不愿言和，是何肺肠，甘令兵民之送死乎？上海和议，停顿至一月有余，重以环境之敦促，勉强续议。所有议实，各守秘密，识者已虑其不足示诚，无能为役矣。至若章、曹之一意亲日，为虎作伥，虽未必如传闻之甚，而作奸牟利，见好强邻，要不得谓其真无此事也。留日诸学界，及北京各校学生，或传电，或集会，奔走呼号，代鸣不平，人心未死，民气犹存，吾国之所以不亡者，赖有此耳。然徒争一时之意气，未能为最后之维持，宁非即五分钟之爱国心耶？学生勉乎哉！

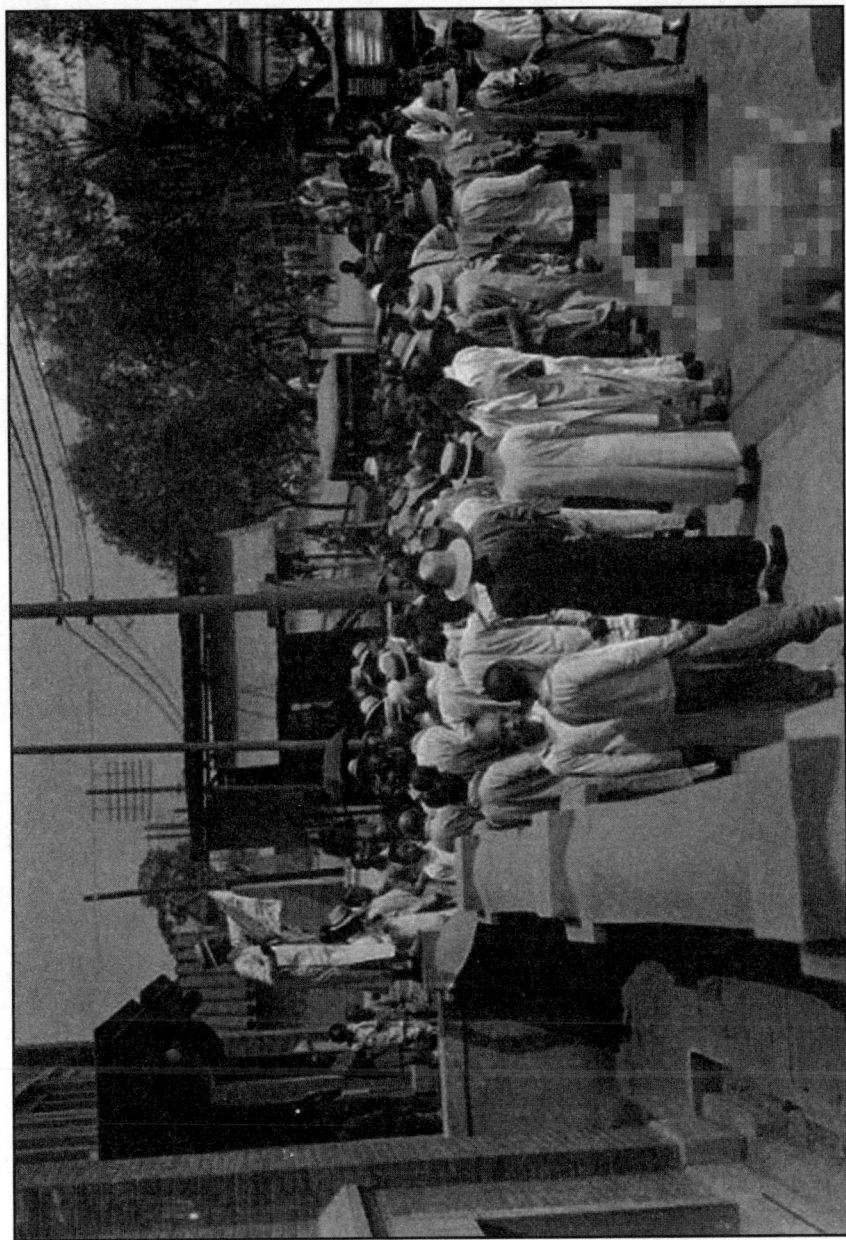

街头集会

# 第二十五回

## 遭旁殴章宗祥受伤
## 逾后垣曹汝霖奔命

却说各学生齐集天安门，总数不下三千人，当由学生界推出代表，对众宣言，主张青岛问题，坚持到底，决不忍为汉奸所卖。文云：

呜呼国民！我最亲爱最敬佩最有血性之同胞！我等含冤受辱，忍痛被垢于日本人之密约危条，以及朝夕企祷之山东问题，青岛归还问题，今日已由五国共管，降而为中日直接交涉之提议矣。噩耗传来，天黯无色。夫和议正开，我等之所希冀所庆祝者，岂不曰世界中有正义，有人道，有公理，归还青岛，取消中日密约，军事协定，以及其他不平等之条约。公理也，即正义也。背公理而逞强权，将我之土地，由五国共管，侪我于战败国如德、奥之列，非公理，非正义也。今又显然背弃山东问题，由我与日本直接交涉。夫日本虎狼也，既能以一纸空文，窃掠我二十一条之美利，则我与之交涉，简言之是断送耳，是亡青岛耳，是亡山东耳。夫山东北扼燕、晋，南控鄂、宁，当京汉、津浦两路之冲，实南北之咽喉关键。山东亡，是中国亡矣。我同胞处此大地，有此山河，岂能目睹此强暴之欺凌我，压迫我，奴隶我，牛马我，而不作万死一生之呼救乎？法之于亚鲁撒、劳连两州也，曰："不得之，毋宁死。"意之于亚得利亚海峡之小地也，曰："不得之，毋宁死。"朝鲜之谋独立也，曰："不得之，毋宁死。"夫至于国家存亡，土地割裂，问题吃紧之时，而其民犹不能下一大决心，作最后之愤救者，则是二十世纪之贱种，无可语于人类者矣。我同胞有不忍于奴隶牛马之痛苦，亟欲奔救之者乎？则开国民大地，露天演说，通电坚持，为今日之要着。至有甘心卖国，肆意通奸者，则最后之对付，手枪炸弹是赖矣。危机一发，幸共图之！

宣言书既经晓示，复有学生部干事数人，分发传单，见人辄给。传单上面写着：

现在日本在万国和会，要求并吞青岛，管理山东一切权利，就要成功了，他们的外交，大胜利了，我们的外交，大失败了。山东大势一去，就是破坏中国的领土，中国的领土破坏，中国就亡了。所以我们学界，今天排队到各公使馆去，要求各国出来维持公理，务望全国工商各界，一律起来，设法开国民大会，外争主权，内除国贼。中国存亡，就在此一举了。今与全国同胞立两个信条道：中国的土地，可以征服，而不可以断送。中国的人民，可以杀戮，而不可以低头。国亡了，同胞起来呀！

这项传单，多至数万张，一半被沿途巡警，拦截了去，口中说是代为散布，其实是到手即扯，撕毁了事。京师警察总监吴炳湘，得着学生暴动消息，急忙调派警队，到场弹压。就是教育部，亦派出司员，劝阻学生，嘱勿轻举，诸事有部中主张，当代众学生办理等语。如骗小儿。众学生哪里肯信，尽管照上午议案，自由行动。当下整顿队伍，拟赴东交民巷，往见各国驻京公使，请求协助中国，争还青岛。*这也是无聊之极思。*教育部代表，又向学生劝解，谓："事先未曾通知使馆，恐不能在使馆界内通行，尔等不如暂先归校，举出代表数人，方可往见外使。"学生团听了，又不肯认可，仍然向东前进。嗣由警察总监吴炳湘，坐了一部摩托车，亲来拦阻，口中所说，不外老生常谈，各学生全然不睬，反且踊跃前进，直向东交民巷。炳湘见他人多势盛，也不便自犯众怒，只好眼睁睁的由他过去。

学生团拥入东交民巷，至美国使馆前，排队伫立，特举罗家伦等四人为代表，进谒美使。适美使不在馆中，当有通事出来，问明意见，罗家伦略述情由，通事答称："今日礼拜，各公使俱不在馆，诸君爱国热诚，当代向美公使转陈"云云。罗家伦等鞠躬道谢,并取出意见书,交给了他,然后退出,转往英、法各使馆。果然各公使均已他出,无由进见,唯将意见书递交,随即行过日本使馆,突遇日本卫役,前来索取中政府护照,方准通行。**偏是他来出头。**学生团无可对付,又不便违法径行,乃由东向北,改道他往,穿过了长安街及崇文门大街,竟赴东城赵家楼,走至曹汝霖住宅,将抵门前,学生团全体大呼,统称卖国贼曹汝霖,速来见我!这声浪传入门中,司阍人当然惊惶,立将双扉掩住。附近警士,不得不为曹部长帮忙,奔集数十名,环门代守。学生团既已踵门,当然上前叩击。警士当场拦阻,哪里压得住学生锐气,两语不合,便起冲突。警士寡不敌众,也属无能为力。各学生绕屋环行,见屋后有窗数扇,统用玻璃遮住,当即拾起地上砖石,飞掷进去。砰砰砳砳,响了好几声,已将玻璃尽行击碎,留出窗隙,趁势抛入卖国旗,或把白旗纷投屋上,变成一片白色。唯叩门各学生,尚在门前乱敲乱呼,好多时不见开门。学生正拟另想别法,蓦听一声响唳,门竟大启。**这是曹氏心计,请看下文便知。**学生团乘势直入,鱼贯而进,到了前面大厅,呼曹出见。待了片刻,并没有一人出来,环顾左右,也不见有曹氏仆役,唯厅上摆设整齐,所陈桌椅,多是红木紫檀制成,学生免不得动怒,一齐喧声道:“这都是卖国贼的回扣,得了若干昧心钱,制成这般物件,看汝卖国贼能享受几时!”道言未绝,已有数学生搬动桌椅,抛掷出外,一动百动,顿将厅上陈设,毁坏多件。厅旁有一甬道,学生即循道再进,里面乃是曹家花园,时正初夏,日暖风和,园内花木争荣,红绿相间,却似一座小洞天;并有汽车两辆摆着,益触众怒,七手八脚,打毁汽车,又将花木折损数株,再向里面闯入。里面系是内厅,有几个东洋人士,与一面团团的东洋装的中国人,怡然坐着,好像没事一般。学生皆趋前审视,有几个指着面团团的人物,顾语同侪道:“他就是章宗祥。”**到此尚靠着日人么?**一语甫毕,即由众学生拥入,向章理论道:“你就是章公使吗?久仰久仰。但问你是东洋人,中国人?为甚么甘心卖国,愿作日奴?”章宗祥尚未及答,旁座的日本人,已起视学生,现出一副愤怒的面孔,非常难看。学生俱勃然道:“章宗祥,你敢是请他来保驾么?你不要外人保驾,究竟是我中国官长,我等学生,只好向你起敬,你今要仰仗外人,明明是个卖国贼了。我等不好犯中国官,只不肯容你卖国贼。”章宗祥到了此时,尚自恃有日人保护,奋然起座道:“你等读书明理,为何纠众作乱?”说到“乱”字,便听得众声嘈杂,起初是一片卖国贼骂声，入后只熔成一个打字，打打打，竟由几个手快的学生，举起拳头，攒击过去。章宗祥无法挣脱，饱受了一顿老拳。数日人慌忙遮拦，左拥右护，始得将章扶往后面，寻门出奔。**究竟是靠着外人得逃性命。**众学生因有外人在侧，究不好任人殴击，惹起外交，因即放章走脱，自去寻觅曹汝霖。四处找到，并无曹汝霖踪迹，只有曹妾一人，躲在内房，此外不过妇女数名，统已吓得浑身发颤，面如土色。学生见纯是女流，不便相逼，唯见有宝贵什物，统说他是民脂民膏，不容卖国贼享受，乃随意毁坏几具。俄而吴炳湘进来，指挥警官，接出曹妾，并妇女数人，上了摩托车，由巡警武装卫护，奔向陆宗舆家。陆为汇业银行经理，该行与日人品股同开，本在东交民巷使馆界内，所以陆氏家眷，亦住居东交民巷，学生不能往闹，陆得逍遥自在，置身事外。曹家妾已饱受虚惊，幸得吴总监将她救出，登车避难，玉貌花容，已是委顿得很。不意行至半途，将入东交民巷，突被外国巡警拦住，叫她卸装，惹得曹家妾又吃了一惊，还道要她褫去衣饰，半晌答不出话来。**外人并不姓曹，叫你褫去什么衣饰?** 及见护卫的巡士，卸除武装，外国巡警才让他过去，得至陆家。看官听着! 外国使馆界内，向由外人定例，汽车行驶，不许过快，又不许军警武装，百忙中的吴炳湘，忘记嘱咐，巡士亦恃有主命，以为无妨，哪知外人不肯少容，徒剥去吴总监的面子，更把那曹家宠姬，惊上加惊，这都由曹汝霖一人，惹出这番孽障呢。

学生寻不出曹汝霖，便拟整队退出，忽见曹宅里面，烟雾迷蒙，火光迸射，也不知为何因，但顾着自己同侪，陆续出外。外面已是军警麇集，扑入救火，并对着学生，发放空枪，学生也觉着忙，冲出曹氏大门，分头归校。就中有年尚幼弱，不能速走的学生，如易克嶷、曹允、许德珩等十九人，竟被巡警抓去，拘入警察厅。及各学生回校后，自行检点，北京大学，失去最多，十九人中竟居大半，于是同侪愤激，又至法科大礼堂，续开会议，要去保那数人出来。校长蔡元培亦到，当由学生报告经过情形，略谓"学生虽感动义愤，举止未免卤莽，若云犯法，学生实不甘承受，警察擅自捕人，殊属无礼。况曹、章两人，受此挫折，未必干休，既与日本人勾结，又与军阀派有密切关系，必要借着外人压迫，与军队蛮横，罪我无辜学生，纳入刑网，恐被捕去的同学，将遭毒手，务请校长设法保全"云云。蔡校长亦不免踌躇。各学生或从旁计议，谓:"不若齐赴警察厅，与他交涉。"蔡校长摇首道:"这却不必。学生既非无礼，警察厅亦不能盲从权阀，违背公理，汝等且少安毋躁，待我往警察厅探明确信，极力转圜便了。"言毕，便出门自去。

小子叙到此处，应该将曹汝霖的踪迹，交代明白。*阅者亦极待问明。*汝霖本在家中，与章宗祥等密室叙谈，骤闻学生到来，呼喊声震动内外，料知来势不佳，难以排解，先令门役将大门阖住，暂堵凶锋，一面入探后门，拟从屋后逸出。偏后面已环绕学生，掷碎玻璃窗，投入小白旗，势更汹汹，势难轻出。他不禁暗暗着急，眉头一皱，计上心来，索性开了前门，放入学生，免得他管住后门，以便乘机逃逸。且内客厅有章宗祥，及日人数名坐着，乐得借他做了挡牌，自己好从容出走。计划已定，如法办理。及学生团已入前门，陆续闯进，随意捣毁，风头很是凶猛，遂欲挈着家眷，越出后门，又恐后门外，尚有学生阻住，不得已择一短墙，为逾垣计。可奈生平未习武技，不善跳墙，此次顾命要紧，勉强一试，毕竟跳法不妙，把腿摔伤，幸由家人依次越出，忙为扶掖，始得忍痛跛行。踯躅数十步，得着骡车一辆，奔往六国饭店中去了。曹妾不能跳墙，只好返入房中，暂时躲避。至学生殴伤章宗祥，章由日人保护，逃出曹宅后门送往日华医院疗治。唯曹宅起火原因，言人人殊，或说是由学生放火，或说是学生击碎电灯，溜电所致，或说是曹宅家人，自行放火，希图抢掠财物，或说由曹汝霖出走时，授意家人，令他择地纵火，既可架诬学生罪名，复可借此号召军警，赶散学生。究竟如何详情，小子也无从臆断。但自起火以后，曹宅附近的东堂子胡同，及石大人胡同一带，人山人海，拥挤不堪，一时保安警察队，步军游击队、消防队，各救火会等，纷纷驰往保卫，不到片时，火即停息。*可知非由学生所为。*学生团不得不走，巡警乘他解散，捕去了十九人，这也好算是一场大风潮了。*此段说明，万不能省。*

且说章宗祥到了医院，又气又痛，又愧又悔，好似哑子吃黄连，说不出的苦楚。他自日本归来，既受留学生的揶揄，复遭乃妻陈氏的吵闹，心中已很是不乐；抵天津时，陈氏尚与翻脸，不愿随入京师，故将家属安顿津门，*乃妻不遭人殴，幸有此着。*独自至京，暂寓总布胡同魏某住宅。连日忙碌得很，既要与曹、陆等密商隐情，复要应酬一班老朋友，正是往来不停，几无暇晷。五月四日，适应故人董康的邀请，作赏花会，因赴法源寺董家，与同午宴，宴毕作别。日长未暮，途次又得传闻，谓各校学生有大会等情，因即顺道至赵家楼，进见曹汝霖，商议抵制学潮方法。适有日本人在座，与曹互谈，彼此很是心照，正好加入席间，共同讨论，不意冤冤相凑，偏来了许多学生团，饷给老拳，竟代曹汝霖受罪。汝霖潜逸，自己替晦，害得头青面肿，腰酸背痛，白吃了一种眼前亏，教他如何不恨？如何不悔？旁人见他神志昏迷，不省人事，还道是身负重伤，已经晕厥，实在是满怀委屈，气到发昏第十二章，因致肝阳上升，痰迷心窍，**好医案。**好一歇才见活动；又经医生施用药物，外敷内服，渐渐的回复原状，清醒起来。当下有许多友人，入院探疾，宗祥对着几个好友，托他将被殴情节，呈报中央，且抚榻叹息道："中国近年以来，累借外债，岂止我章姓一人经手？而且主张借债，自有总统总理负责，我不过代为帮忙，怎得遂指我为卖国？但我平心自问，亦略有过处。我以为段合肥等，挟着武力政策，定能统一全国，所以热心借债，甘任劳怨。哪知一班武夫，拿钱不做事，除正饷外，今日要求开拔费若干，明日要求特别费若干，外款随借随尽，国家仍不能统一，遂至酿成今日的祸祟。讲到远因，实是武人所赐。若欲据事定罪，亦应由武人居首，为何各校学生，不去寻着浪用金钱的武夫，反来寻着手无寸铁的章某？岂非一大冤枉吗？"说到此句，两眼中含着泪痕，几乎堕下。诸好友连忙劝慰，宗祥又徐说道："这乃是我料事不明，误认武夫为有为，致遭此报。现在我已决意隐退了，是非曲直，待诸公论罢！"**语亦近是，但不去经手借款，如何得着回扣，恐一念知悔，转念又不如是了。**诸好友仍劝他静养，俟呈报政府后，自当严惩学生，代为泄忿。彼此解劝多时，才各退出，替他呈诉去了。还有奔往六国饭店的曹汝霖，亦因腿伤待医，移居日本同仁医院。当时即令部中僚属，将学生毁家纵火，殴人伤捕等情，叙述了一大篇，缮作两份，分递总统府及国务院。就是警察总监吴炳湘，亦早已呈报内务部，由内务部转达总统府中。这一番有分教：

才知众怒原难犯，到底汉奸应受灾。

欲看徐政府办法如何，待至下回续叙。

观北京学生团之暴动，不可谓其无理取闹。章、曹诸人之专借外款，自丧主权，安得诿为非罪？微学团之群起而攻之，则媚外者且踵起未已，既得见好于武人，复得自肥其私橐，何所惮而不为乎？惟毁物殴人，迹近鲁莽，几致为曹、章所借口，砌词架诬。起火一节，未得确音，但必谓学生所为，实未足信。学生第执小白旗，并未随带火具，何有纵火情事？溜电一说，较为近理耳。曹汝霖得以潜逃，章宗祥独至遭殴，而陆宗舆且逍遥无事，我亦当为章仲和代呼晦气。然章固一局中人，受殴亦不枉也，哓哓自讼；亦何益哉？

# 第二十六回

## 春申江激动诸团体
## 日本国殴辱留学生

却说徐总统迭接呈文，也知舆情愤激，罪有攸归，但曹宅被毁，章氏受伤，似觉学生所为，未免过甚，一时不便为左右袒，独想出一条绝妙的通令来，便即颁发出去。令云：

北京大学等校学生，纠众集会，纵火伤人一事，方事之始，曾传令京师警察厅调派警队，妥为防护，乃未能即时制止，以致酿成纵火伤人情事。迨经警察总监吴炳湘，亲往指挥，始行逮捕解散。该总监事前调度失宜，殊属疏误，所派出之警察人员，防范无方，有负职守。着即由该总监查取职名，呈候惩戒。首都重地，中外具瞻，秩序安宁，至关重要。该总监职责所在，务当督率所属，切实防弭，以保公安。倘再有借名纠众，扰乱秩序，不服弹压者，着即依法逮捕惩办，勿稍疏弛！此令。

这道命令，既不为曹、章伸冤，又不向学生加责，反把那警察总监吴炳湘，训斥数语，更要惩戒几个警察人员。徐总统实是使乖，故意下此命令，诿过到警察身上，免得双方更增恶感。哪知吴炳湘不肯任咎，又将学生如何滋扰，不服警察拦阻，明明是咎在学生，不在警察，申请内务部转达总统，严办学生云云。再经曹、章等一班好友，也替曹、章沥陈冤情，请政府依法惩办学生，逼得徐总统无乖可使，只得再下一令道：

据内务总长钱能训，转据京师警察厅总监吴炳湘呈称："本月四日，有北京大学等十三校学生，约三千余名，手持白旗，陆续到天安门前齐集，议定列队游行，先至东交民巷西口，经使馆巡捕拦阻，遂至交通总长曹汝霖住宅，持砖掷瓦，执木殴人。兵警拦阻，均置不理。嗣将临街后窗击破，蜂拥而入，砸毁什物，燃烧房屋，驻日公使章宗祥，被其攒殴，伤势甚重；并殴击保安队兵，亦受有重伤。经当场拿获滋事学生多名，由厅预审，送交法庭讯办"等语。学校之设，所以培养人材，为国家异日之用。在校各生，方在青年，质性未定，自当专心学业，岂宜干涉政治，扰及公安？所有当场逮捕滋事之学生，即由该厅送交法庭，依法办理。至京师为首善之区，各校学风，亟应力求整饬，着该部查明此次滋事确情，呈候核办。并随时认真督察，切实牖导，务使各率训诫，勉为成材，毋负国家作育英髦之意！此令。

为这一令，又惹起学界风潮，不肯就此罢休。先是北京大学校长蔡元培，自往警察厅中，保释学生。总监吴炳湘出见，却是婉言相告"决不虐待学生，俟章公使病有起色，便当释出，尽请放心"云云。蔡校长因即辞归，慰谕学生，宽心待着。及炳湘受责，情有未甘，乃不得不加罪学生，为自己卸责地步。既而通令颁下，着将逮捕学生，送交法庭惩办。北京大学诸学生，当然要求蔡校长，再向警察厅交涉。蔡校长又亲赴警察厅，往复数次，俱由吴总监挡驾。于是蔡校长亦发起愤来，即提出辞职书，离校出京。教育总长傅增湘，亦因职任关系，呈请辞职。曹汝霖得知消息，还道是傅、蔡两人袒护学生，也愤然提出辞呈，自愿去职。汇业银行经理陆宗舆，时正受任币制局总裁，与曹、章等通同一气，学生概目为卖国贼，所以彼亦连带辞职。各呈文俱递入总统府，徐总统不得不着人慰留。曹汝霖尚一再做作，欲提出二次辞呈，就是章宗祥伤势略瘥，也愿辞归。甚至钱内阁俱被动摇，相继提出总辞职呈文。徐总统倒也失惊，尽把呈文却还，教他勉持大局。国务员始全体留住，姑作缓图。*且住且住，莫使权位失去。*

当时交通次长曾毓隽等，本属段派范围，与曹、章共同携手，一闻学生闹事，即与陆宗舆联名，电邀徐树铮入京，商量严惩的方法。小徐应召入都，察看政府及各方面形势，多半主张缓办，并亲见章氏伤势，已经渐痊，所以不愿出头，免拂舆情。内阁总理钱能训，恐得罪段氏，独去拜访段祺瑞，请他出来组阁，段亦当面谢绝。他见徐东海主张和平，乐得让他去演做一台，看他能否达到目的，再作计较，因此置身局外，做一个冷眼旁观罢了。却是聪明。

五月七日，为民国四年日本强索二十一款的纪念日，国民或称五九纪念，便是此事。五七系日使递交最后通牒之日，五九乃袁政府签字之期。海内志士，吞声饮恨，此次青岛问题，又将被日人占据过去，再经北京学界风潮，相激相荡，传达各省，各省国民，越加动愤，或开大会，或布传单，口讲笔书，无非说是外交失败情形，应该由国民一致奋兴，争回青岛。就中要算上海滩上，尤为热闹，各团体各学校各商帮，借上海县西门外公共体育场，作为会址，特开国民大会。下午一时，但见赴会诸人，奔集如蚁，会场可容万人，还是不够站立。场外南至斜桥，北至西门肇周路民国路，统皆摩肩击毂，拥挤不堪。当场人数，约有二万以上，学生最多，次为各团体，次为各商帮。会中干事员，各手执白布旗一面，上书大字，字迹不同，意皆痛切。大约以"争还青岛""挽回国权""国民自决""讨卖国贼""誓死力争"诸语为最多。江苏省立第二师范学校本科学生钱翰柱，年甫十九，也仿北京学生谢绍敏成例，截破右手两指，沥血成书，就布旗上写明"还我青岛"四字，揭示会场。又有某校学生近百人，自成一队，人各一旗，旗上写着，统用成语，如："时日曷丧"及"国人皆曰可杀"等类。又有一人，胸前悬一白布，自颈至踵，大书"我是中国人"五字，手中高持国耻一册，种种形色，不能尽举。可惜中国人专务外观。开会时，众推江苏教育会副会长黄炎培为主席，登台演说，最紧要的数语，乃是：

今日何日，非吾国之国耻日乎？凡我国民，应尽吾雪耻之天职，并望勿为五分钟之热度，时过境迁，又复忘怀，则吾国真不救矣。望吾国民坚忍勿懈，为国努力！

说毕下台，再由留日学生救国团干事长王宏实，报告开会宗旨，次由叶刚久、汪宪章、朱隐青、光明甫等相继演说，均极激昂。光明甫更谓："目前要旨，在惩办卖国贼。"这语提出，台下拍掌声，响彻屋瓦。时报名演说，共有二十七人，有几人尚未及演说，主席因时间不早，报告演说中止，特宣示办法四条：

（一）电达欧洲和会我国专使，对于青岛问题，无论如何，必须力争，万不获已，则决不签字。

（二）电告英、美、法、意四国代表，陈述青岛不能为日有之理由，以我国对德宣战，本为划除武力主义，若以青岛付之日本，无异又在东方树一德国，非独中国受其祸，即世界各国之后患，亦正未有已。

（三）电致各省会，教育会，商会，请其一致电京，力争外交问题，营救被捕学生。

（四）由本日国民大会推代表赴南北和会，要求两总代表电京，请从速严惩卖国贼，释放学生。

预会诸人，听这四条办法，无不鼓掌赞成，且多愿全体整队，前往和会。主席乃对众宣告，全体出发，路过英、法租界，洋巡捕出来干涉，援照租界章程，谓"人数过多，必先通知捕房，领给牌照，方许通行，否则不能违章"云云。全体会员，被他一阻，不得不改推代表，赴和会请求两代表。唯有数校学生，必欲前往，与洋巡捕辩论再三，洋巡捕乃令收去旗帜，听他过去。直至和会门首，全数尚有四百余人，即由代表光明甫、彭介石、黄界民、郑浩然等入见，可巧南北两代表，尚未散归，因即问明来意，随口与语道："我等已有急电，传达中央了。"说着，即各取出电稿一页，递示光明甫等，但见唐总代表电文云：

北京徐菊人先生鉴：顷得京耗，学生为山东问题，对于曹、陆、章诸人，示威运动，章仲和受伤特重，政府将拟学生死刑，解散大学。果尔，恐中国大乱，从此始矣。窃意学生纯本爱国热诚，胸无党见，手无寸铁，即有过举，亦可原情。况今兹所争问题，当局能否严惩学生，了无愧怍？年来国事败坏，无论对内对外，纯为三五人之所把持，此天下之所积怨蕴怒，譬之堤水，必有大决之一日。自古刑赏失当，则游侠之风起，故欲罪人民之以武犯禁，必惩官吏之以文卖国。执事若不能以天下之心为心，分别泾渭，严行黜陟，更于学生示威之举，措置有所失当，星星之火，必且燎原。窃为此惧，不敢不告，幸熟裁之！

尚有朱总代表一电，乃是拍交国务院，文云：

钱总理鉴：北京大学等各校学生，闻因青岛问题，致有意外举动，为维持地方秩序计，自无可代为解说。唯青岛问题，现已动全国公愤，昨接山东省议会代表王者塾等来函请愿，今日和平会议，开正式会，已由双方总代表，联名电致巴黎陆专使，暨各专使，代陈国民公意，请向和会力争，非达目的，不可签字，已将原电奉达。各校学生，本系青年，忽为爱国思潮所鼓荡，致有逾越常轨之行为，血气庆事，其情可悯。公本雅尚和平，还请将被捕之人，迅速分别从宽办理，以保持其爱国之精神，而告诫其过分之行动。为国家计，为该生计，实为两得之策。迫切陈词，伏惟采纳，不胜企祷之至！

光明甫等看罢，即向两总代表道："两公电旨，正与众意相同，足见爱国爱民的苦心。但鄙人等尚有一种要求，请两公特别注意！就是惩办卖国贼，最为目前要着。"朱总代表道："待转告北京政府便了。"光明甫复接入道："北京卖国党，国民断不承认他为政府，今国民所可承认，唯本处和议机关，所望出力帮助，就在和会诸公。况事关国家存亡，何能再分南北？愿诸公勿存南北意见！"唐总代表听了，亦插口道："卖国两字，国人可言，如负有政治责任，却不便如此云云。试想有卖必有买，岂不多生纠葛？"唐君亦畏木屐儿么？光明甫又道："我等国民，但清内乱，并未牵涉外交。总之卖国贼不去，世界和会，决无办法。"唐绍仪踌躇半晌，方徐徐道："这也不必拘牵文义，但说是行政人员，办法不当，即令去位，便足了事。"光明甫等齐答道："唐公谓不必拘名，未始不可，总教除去国贼便了。唯请两公从速办理！"朱、唐两代表，方各点首。光明甫等乃告别而退，出示大众，全体拍手，始各散会。

是晚国民大会筹备处，续开会议，召集各公团各学校代表，讨论日间未尽事宜，及将来对付方法。大众都说是："北京被捕学生，存亡难卜，应急设法营救，不如往见护军使卢永祥，要求电请释放学生。"各学校更存兔死狐悲的观念，主张尤力，统云："目的不达，即一律罢课。"此外如改国民大会筹备处，为国民大会事务所，并推起草员，速拟宣言书，传示国民大会的宗旨。议决以后，时已夜半，共拟明日依议进行，定约而散。古人有言："铜山西崩，洛钟东应。"这原是声响相感的原因，物且如此，人岂不如？内地各省，为了国耻纪念及青岛问题，集众开会，不甘默视。就是我国留学日本的学生，系怀故国，未忍沦胥，也迫成一腔公愤，应声如响。五月初上，留学生议择地开会，四觅会场，均被日本警察阻止。众情倍加愤激，改拟在我驻日使馆内开会，免得日人干涉。当时选派代表，往谒代理公使庄景珂，说明意见。庄颇有难色，唯当面不便驳斥，只好支吾对付。待代表去后，即通知日本报馆，否认留学生开会。

到了五月六日晚间，使馆内外，巡警宪兵，层层密布，仿佛如临大敌。留学生前往侦视，但听得使馆里面，笙箫激越，弦管悠扬，又复度出一种娇声，脆生生的动人耳鼓，是何情由，快乐至此？及问明究竟，乃是燕京名伶梅兰芳，赴日卖艺，即由使馆中人延聘，令唱天女散花，侑酒娱宾，所以这般热闹。**中国官吏，尚得谓有人心么？**留学生得此报闻，无不叹恨，料知使馆开会一节，定难如愿，乃当夜改议，决定分队游行，向各国驻日公使馆中，递送公理书。待至天晓，留学生约集二千余人，析为二组，一从葵桥下车，一从三宅坂下车，整队进行。三宅坂一路，遇着日本巡警，胁令解散，各学生与他辩论，谓无碍治安举动，奈何见阻？当即举起白布大旗，上书"打破军国主义""维持永久和平""直接收回青岛""五七国耻纪念"等字样。日警欲上前夺旗，因留学生不肯照给，竟去会同马队，截住去路，甚且拔剑狂挥，横加陵践。留学生冒死突出百余人，竟至英国使馆，进谒英代理大使。英使倒也温颜相见，且云："诸君热心国事，颇堪钦佩，我当代达敝国政府，及巴黎讲和委员。唯诸君欲往见他国公使，当举代表前往，倘或人数过多，徒受日警干涉，有损无益"等语。留学生即将陈述书交出，别了英使，再往法国使馆。法使所言，与英使略同。**外人都尚优待，偏是同种同族，不肯相容。**各学生又复辞出，时已为下午四时，因尚未知葵桥一路，情形如何，特往日比谷公园相候。不意行至半途，又有日本军警，杂沓前来，所有留学生的白布旗帜，尽被夺取。龚姓学生，持一国旗前行，亦为日警所夺，抵死不放，旁有学生吴英，朗声语日警道："这是中华民国国旗，汝等怎得妄犯？"日警瞋目呵叱道："什么中华民国！"**中国人听着！**说着，复召同日警数十名，攒击吴生，把他打倒，拳殴足踢，更用绳捆住两手，狂拖而去。还亏后队留学生，拼死赴救，猛力夺回。日警尚未肯干休，沿路殴逐，又被捕去数名。余众奔入中国青年会内，暂免

学生游行

陵轹，但已是不堪困惫了。

同时葵桥一路，先至美国使馆，求见美使，美使适因抱病，未能面会，特令书记官出与接洽，亦许电达美国政府，暨巴黎会议委员。学生辞退，转至瑞士公使馆，为日警所阻，不得入内，因即举出代表，入递意见书。复循行至俄使馆，俄使出语学生道："现在我国内乱方张，连巴黎和会中，且未闻代表出席，本使对着诸君举动，也表同情，可惜力不从心，势难相助，但仍当就正义人道上极力主张，仰副诸君热望。"说罢，为之唏嘘不已。彼亦得毋有同慨么？学生慨然辞退。到了馆外，统说是外国使馆，尚许我等出入，同声赞成，独我国使馆，反闭门不纳，太没情理，我等非再至使馆一行不可。乃各向中国使馆折回，将至使馆前面，忽来了无数军警，马步蹀躞，刀剑森横，恶狠狠地奔向留学生前队，夺取国旗。执旗前导的，是著名留学生山东人杜中，死力坚持，不肯放手。偏军警凶横得很，用十数人围住杜中，一面指挥众士，蹂躏学生，把全队冲作数段。可怜杜中势孤力竭，被他击仆，不但国旗被夺，并且身受重伤，被他拘去。此外各学生不持寸铁，赤手空拳，怎能禁得住马蹄？受得起剑械？徒落得伤痕累累，气息奄奄。有一湖南小学生李敬安，年才十龄左右，身遭毒手，倒地垂危，虽经众力救出，已是九死一生。各学生遭此凶焰，不得不各自奔回，陆续趋入中国青年会馆，当由青年会干事马伯援，代开一临时职员会，筹议办法，即派人赴代理公使庄景珂，及留学生监督江庸处，请他提出此事，与日本政府交涉。哪知使人返报，统受了一碗闭门羹。小子有诗叹道：

> 闭门不顾国颠危，宦迹无非效诡随。
>
> 笑骂由他笑骂去，眼前容我好官为。

毕竟留学生如何自救，待至下回表明。

青岛问题，纯为弱肉强食之见端，各界奋起，求还青岛，虽未能执殳前驱，与东邻争一胜负，然有此人心，犹足为一发千钧之系。假令有良政府起，教之养之，使其配义与道，至大至刚，则他日干城之选，胥在于是。赵王勾践之所以卒能沼吴者，由是道也。乃北京各校倡于前，上海各界踵于后，留学生复同时响应，为国家力争领土，而麻木不仁之政府，与夫行尸走肉之官吏，不能因势利导，曲为养成，反且漠视之，摧抑之，坐致有用之材，被人凌辱，窃恐志士灰心，英雄短气，大好河山，将随之而俱去也。读是回，殊不禁有深慨云。

# 第二十七回

## 停会议拒绝苛条
## 徇外情颁行禁令

却说留学生遭了凌辱，欲请驻日公使，及留学生监督，出为维持，借泄众忿，偏庄、江两人，置诸不理，好似胡越相视，无关痛痒一般，**实恐得罪强邻**。惹得众学生满腔怨愤，无处可泄。嗣由青年会干事马伯援，亲往日警署探问，共计学生被捕为三十六人，拘入麦麹町区警察署，约二十三人，拘入日比谷警察署，约十一人，尚有二人，受锢表町警察署。于是设法运动，得于次日午后六时，放还麹町区警署中二十三人，尚有十三人，未曾释出。日本各报，反言留学生胡俊，用刀砍伤日警，不能无罪，所以日比谷警署中，拘有胡俊在内，应该移入东京监狱，照律定刑。留学生看着报语，当然大哗，一面登报辨诬，一面再函诘庄公使及江监督，词极迫切。庄景珂、江庸方电达北京政府，自称制驭无方，有辞职意。**假惺惺的做什么。**这消息传到上海，上海总会中，便复电慰勉，且决计不买日货，作为抵制。一经鼓吹，八方响应，就是广州人民，亦组织国民外交后援会，号召各界，于五月十一日大开会议，到会人数，几至十万，比上海尤为踊跃，演说达数十万言，传单约数十万纸，结果是张旗列队，至军政府递请愿书，要求岑春煊、伍廷芳等，力起与争。请愿书分三大纲：（一）宜取消二十一条件，及国际一切不平等条件，直接收还青岛。（二）应循法严惩卖国贼。（三）请北方释放痛击卖国贼因此被逮的志士。岑、伍等极口应许，大众才各散归。既有了这番要请，遂由岑春煊等致电上海，使总代表唐绍仪提出和会，严重交涉。上海和会中正彼此争论，凡各种条件审查，统有双方龃龉情事，相持已一月有余，再加入青岛问题，致生冲突，哪里还能融洽？唐绍仪即拟定八大条件，通告北方总代表朱启钤，作为议和纲要，条件列下：

（一）对于欧洲和会所拟山东问题条件，表示不承认。

（二）中日一切密约，宣布无效，并严惩当日订立密约关系之人，以谢国民。

（三）参战军国防军边防军，立即一律撤消。

（四）恶迹昭著，不协民情之督军省长，即予撤换。

（五）由和会宣布前总统黎元洪六年六月十三日解散国会令，完全无效。

（六）设政务会议，由和平会议推出全国负重望者组织之，议和条件之履行，由其监督，统一内阁之组织，由其同意。

（七）所有和会议决审查案，由政务会议审定之。

（八）北方果承认以上七条约款，悉数履行，则由和会承认徐世昌为大总统，执行职权，至国会选举正式总统之日为止。

看官试想！这八条要约，与北方都有关碍，就使末条中有承认老徐字样，也只得为短期大总统，不能正式承受，多约半年，少约数月，还要受政务会议的节制，这等无名无望的总统，何人愿为？显见是南方作梗，强人所难哩。朱总代表启钤，不待电问政府，便即复绝，然后报告中央，声言辞职。就是唐总代表绍仪，亦向广东军政府辞职。广东军政府尚有复电留唐，独北京政府，竟准朱启钤辞职，不再慰留，明令如下：

国步多艰，民生为重，和平统一，实今日救国之要图。本大总统就任以来，屡经殚心商洽，始有上海会议之举。其间群言咙杂，而政府持以毅力，喻以肫诚，所期早日观成，稍慰海内喁喁之望。近据总代表朱启钤等电称："唐绍仪等于十日提出条件八项，经正式会议，据理否认。唐绍仪等即声明辞职，启钤力陈国家危迫情形，敦劝其从容协商，未能容纳，会议已成停顿，无从应付进行，实负委任，谨引咎辞职"

等语。所提条件，外则牵涉邦交，内则动摇国本，法理既多抵触，事实徒益纠纷，显失国人想望统一之同情，殊非彼此促进和平之本旨。除由政府剀切电商，撤回条议，续开会议外，因思沪议成立之初，几经挫折，呓音瘁口，前事未忘，既由艰难擘划而来，各有黾勉维持之责。在彼务为一偏之论，罔恤世梦，而政府毅力肫诚，始终如一，断不欲和平曙光，由兹中绝，尤不使兵争惨黩，再见国中。用以至诚恻怛之意，昭示于我国人，须知均属中华，本无畛域，艰危凤共，休戚与同。苟一日未底和平，则政治无自推行，人民益滋耗斁。甚至横流不息，坐召沦胥，责有攸归，悔将奚及？所望周行群彦，戮力同心，振导和平，促成统一。若一方所持成见，终庚事情，则舆论自有至公，非当局不能容纳。若彼此同以国家为重，凡等虑所及，务期于法理有合，事实可行，则政府自必一秉凤诚，力图斡济，来轸方遒，泯棼何极！凡我国人，其共喻斯旨，勉策厥成焉！此令。

相传徐总统派遣朱启钤时，曾与启钤密约，除总统不再易人外，余事俱有转圜余地，就使牺牲国会，亦可磋商。玩这语意，可知徐东海上台，虽由安福派拥他上去，但心中却暗忌安福，意欲借南方势力，隐为牵制。朱氏受命至沪，果然南方总代表等，有反对北京国会的论调，经朱氏传达徐意，许为通融，所以二次周旋，未闻将国会问题，互生争论。唯北方分代表方枢、汪有龄、江绍杰、刘恩格等，统是安福系中人物，探知朱氏词旨，即电致北京本部，报告机密。安福派顿时大哗，众议院中的议员，几全受安福部卵翼，便即招请内阁总理钱能训出席质问。谓："朱虽受命为总代表，究竟是一行政委员资格，不能有解释法律的特权。国会系立法最高机关，总统且由此产出，内阁须由此通过，若没有国会，何有总统？何有内阁？今朱在上海，居然敢议及国会问题，真是怪事，莫非有人畀他特权不成？"这一席话，说得钱总理无言可答，只好把未曾预闻的套话，敷衍数句，便即退还，报知老徐。老徐已是焦烦，偏偏变端迭出，内外不宁，南方提出八项条件，又是严酷得很，简直无一可行，自知统一希望，万难办到，不如召还朱总代表等，另作后图。为下文派遣王揖唐张本。一面令国务院出面，召集参众两议院议员，商及青岛问题，应该如何办法。各议员当然说出不宜承认，应仍电令陆使力争，决勿签字。国务院俟议员别去，即有电文遍致各省云：

青岛问题，迭经电饬专使，坚持直接归还，并于欧美方面，多方设法。嗣因日人一再抗议，协商方面，极力调停，先决议由五国暂收，又改为由日本以完全主权，归还中国，但得继续一部分之经济权，及特别居留地。政府以本旨未达，正在踌躇审议，近得陆使来电，谓："美国以日人抗争，英、法瞻顾，恐和会因之破裂，劝我审察，交还中国一语，亦未能加入条文。"但和约正文，陆使亦未阅及，尚俟续电。此事国人甚为注重，既未达最初目的，乃并无交还中国之规定，吾国断难承认。但若竟不签字，则于协商及国际联盟，种种关系，亦不无影响，故签字与否，颇难决定。本日召集两院议员，开谈话会，金以权衡利害，断难签字为辞。并谓："未经签字，尚可谋一事后之补救。否则铸成定案，即前此由日交还之宣言，亦恐因此摇动。"讨论结果，众论一致，现拟以此问题，正式提交国会，一面电嘱陆使暂缓签字。事关外交重要问题，务希卓见所及，速赐教益，不胜祷企。近日外交艰棘，因之风潮震荡，群情庞杂，政府采纳民意，坚持拒绝，固已表示态度，对我国人，在国人亦当共体斯意，勿再借口外交，有所激动。台端公诚体国，并希于晓各界时，切实晓导，共维大局为要。

原来欧洲和会中，本有国际同盟的规定，为协约国和议草约第一条件。列席诸国委员，统入同盟会，应该签字。唯同盟虽另订约章，却与和约有连带关系，和约中若不签字，便是同盟会不得加入。所以中国专使陆徵祥等，为了日人恃强，不肯将青岛交还，列入和约，更生出许多困难，屡与政府电文往还，政府也想不出完全方法。国民但为意气的主张，东哗西噪，闹成一片，惹得政府越昏头磕脑，无从解决。再加南北和议，又复决裂，安福派且横梗中间，这真是徐政府建设以后第一个难关。做总统与做总理的趣味，不过尔尔，奈何豪强还想争此一席？但中国到了这个地位，还亏有奔走呼号的士人，不甘屈辱，所以外人还有一点敬意，就是东邻日本，也未免忌惮三分。自从我国排日风潮，迭起不已，欧洲和会，颇受影响，日本代表牧野男爵，方发表山东主权归还陈述书，因此青岛始有交还的传闻。但日代表虽有此语，终未肯加入和约，故陆专使亦终未便签字。此次国务院通电各省，各省督军省长，多数麻木不仁，有几个稍具天良，也无非寄一复电，反对签约。独安福派中人物，还要替曹、章二人出气，硬迫徐政府惩办学生。教育总长傅增湘，本为段氏所引重，恂恂儒雅，无甚党见，但为了京师学潮，满怀郁愤，无法排解，自递出辞呈后，不待批准，便匆匆离京，莫知所往。自好者应该如此。部务宽宥了半月，徐总统只好准令辞职，暂使次长袁希涛，代理部务。

于是北京各学校学生，公议罢课，发布意见书，大致分作三层，首言外交紧急，政府不予力争；次言国贼未除，反将教育总长解职，且连下训戒学生的命令，禁止集会自由；末言日本逮捕我国留学生，政府至今毫无办法，所以提出请求，向政府要求照办，特先罢课候令，非达到目的不止。一面布告同学，无论何人，不得擅自上课。又组织十人团，研究救鲁义勇队办法；并四出演说，促进国民对外的觉悟。既而京外各中学校，纷纷继起，先后宣告罢课。此外各界人士，排斥日货，力行不懈。日商各肆，无人过问，甚且华商预定各日货，都要退还，累得日人多受损失，当然去请求本国政府，设法挽回。日人素来乖巧，先由外务大臣通告中国驻日代理公使庄景珂，说出一派友善的虚词，笼络中国，略云：

观日本与中国之关系，中国官民中，往往对于日本之真意，深怀疑虑，且有误信日本此次于交还胶州湾德国租借地于中国之既定方针，将有变更之图。余闻之甚出意外，且深为遗憾。近如牧野男爵，为关于山东问题，说明日本之地位，曾发表其声明于新闻纸上，余于此确认此项之声明，即日本于所口约者，严正确守山东青岛连同中国主权，均须交还中国。而中日两国，为增进相互利益所缔结之一切协定，亦当然诚实遵行。其中国因参战结果，由联合国商得之团匪赔偿金之停付，关税切实值百抽五之加增，并根据讲和条约由德国取回之有利条件，日本对于此等事项，无不欣然维持中国正当之希望。且帝国政府，仍拟照余在前期议会所声明者，以公正协和之精神为根据，而确定对华之方针，以期实行，中国官民，固不必多滋疑虑也。

代理公使庄景珂，得了此信，立即电达政府。仿佛小儿得饼情形。政府也道他是改变风头，可望软化。哪知过了八九日，即由驻京日使，送达公文至外交部，略言"近来北京多散布传单，不是说胶州亡，就是说山东亡，此种论调，传播各省，煽动四处人民，实行排斥日货，应请注意！"并指外交委员林长民，有故意煽惑人民的嫌疑，亦与邦交有碍等语。林长民闻知消息，不得不呈请辞职，就是政府亦只好勉徇所请，特下令示禁道：

近日京师及外省各处，辄有集众游行演说，散布传单情事，始因青岛问题，发为激切言论，继则群言泛滥，多轶范围，而不逞之徒，复借端构煽，淆惑人心，于地方治安，关系至巨。值此时局艰屯，国家为重，政府责任所在，对内则应悉心保卫，以期维持公共安宁，对外尤宜先事预防，不使发生意外纷扰。着责成京外该管文武长官，剀切晓谕，严密稽察。如再有前项情事，务当悉力制止。其不服制止者，应即依法逮办，以遏乱萌。京师为首善之区。尤应注重，前已令饬该管长官等认真防弭，着即恪遵办理。倘奉行不力，或有疏虞，职责攸归，不能曲为宽假也！此令。

越数日，又有一令，宣示青岛案情，并为曹、章、陆三人，洗刷前愆。文云：

国步艰难，外交至重，一切国际待遇，当悉准于公法，京外各处，散布传单，集众演说，前经明令申禁。此等举动，悉由青岛问题而起，而群情激切，乃有嫉视日人，抵制日货之宣言，外损邦交，内隳威信，殊堪慨喟。抑知青岛问题，固肇始于前清光绪年间，德国借口曹州教案，始而强力占据，继乃订约租借。欧战开始，英、日军队攻占青岛，其时我国，尚未加入战团，犹赖多方磋议，得以缩小战区，声明还付。迨民国四年，发生中日交涉，我政府悉力坚持，至最后通牒，始与订立新约，于是有交还胶澳之换文。至济顺、高徐借款合同，与青岛交涉截然两事，该合同规定线路，得以协议变更，又有撤退日军，撤废民政署之互换条件，其非认许继续德国权利，显然可见。曹汝霖迭任外交财政，陆宗舆、章宗祥等，先后任驻日公使，各能尽维持补救之力，案牍具在，无难复按，在国人不明真相，致滋误会，无足深责。唯值人心浮动，不逞之徒，易于煽惑，自应剀切宣示，俾释群疑。凡我国人，须知外交繁重，责在当局，政府于此中利害，熟思审处，视国人为尤切，在国人唯当持以镇静，勿事惊疑。倘举动稍涉矜张，转恐贻患国家，适乖本旨。所有关于保卫治安事项，京外各该长官，自应遵照迭次明令，切实办理，仍着随时晓导，咸使周知！此令。

这令一下，更与全国人士的心理，大相反背，国民怎肯服从命令，统做了仗马寒蝉？政府却还要三令五申，促使各校学生，即日上课，正是：

> 民气宁堪常受抑？学潮从此又生波。
> 欲知政府谕令学生诸词，且至下回录述。

自政党二字，出现于前清之季，于是世人反以朋党为美谈，甲有党，乙亦有党，丙丁戊无不有党，党愈多而意见愈歧，语言愈杂，欲其互相通融，各泯猜忌，岂不难哉？观南北两派之会议，俱各挟一党见以来，朱代表虽有求和之意，而安福党人，从旁牵掣，乌足语和？南方之所以痛嫉者，即为安福派，安福不去，和必无望，此八条苛约之所以出现也。夫和议既归无效，则鲁案当然不能解决。曹、章、陆三人，固安福派之旁系也，彼既亲日，日人亦何惮而不恃强？借交还之美名，迫中央之谕禁，毋乃更巧为侮弄乎？家必自毁而后人毁之，国必自代而后人伐之，信然！

# 第二十八回

## 迫公愤沪商全罢市
## 留总统国会却咨文

却说学生罢课，已阅旬余，徐政府外迫日使，内顾曹章，不能不促令上课，令文有云：

国家设置学校，慎定学程，固将造就人才，储为异日之用。在校各生，唯当以殚精学业，为唯一之天职，内政外交，各有专责，越俎而代，则必治丝而棼。譬一家然，使在塾子弟，咸操家政，未有能理者也。前者北京大学等校学生聚众游行，酿成纵火伤人之举，政府以青年学子，激于意气，多方启导，冀其感悟，直至举动逾轨，构成非法行为，不能不听诸法律之裁制。而政府咎其暴行，悯其蒙昧，固犹是爱惜诸生意也。在诸生日言青岛问题，多所误会，业经另令详切宣示，俾释群疑。诸生为爱国计，当求其有利国家者，若徒公开演说，嫉视外交，既损邻交，何裨国计？况值邦家多难，群情纷扰，甚有挟过激之见，为骇俗之资，虽凌蔑法纪，破坏国家而不恤，潮流所激，必至举国骚然，无所托命，神州奥区，坐召陆沉。以爱国始，以祸国终，彼时蒿目颠危，虽追悔始谋之不臧，嗟何及矣！诸生奔走负笈，亦为求学计耳，一时血气之偏，至以罢课为要挟之具。抑知学业良窳，为毕生事业所基，虚废居诸，适成自误。况在校各生，类多勤勉向学，以少数学生之憧扰，致使失时废业，其痛心疾首，又将何如？国家为储才计，务在范围曲成，用宏作育，兹以大义，正告诸生：于学校则当守规程，于国家则当循法律。学校规程之设，未尝因人而异，国家法律之设，亦唯依罪科罚，不容枉法徇人。政府虽重爱诸生，何能俪弃法规，以相容隐？诸生劬业有年，不乏洞明律学之士，诚为权衡事理，内返良知，其将何以自解？在京着责成教育部，在外责成省长暨教育厅，督饬各校职员，约束诸生，即日一律上课，毋得借端旷废，致荒本业。其联合会、义勇队等项名目尤应切实查禁。纠众滋事，扰及公安者，仍依前令办理。政府于诸生期许之重，凡兹再三申谕，固期有所鉴戒，勉为成材。其各砥砺濯磨，毋负谆谆告诫之意！此令。

各校学生，闻悉此令，当然不愿受命，罢课如故。并由学生联合会中派遣演讲团，分头至京城内外，举行露天演讲，数约千余人。这边说得慷慨激昂，那边说得淋漓感奋，甚至声泪俱下，引起一班行人的感情，统是倾耳静听。东一簇，西一团，好像听文明戏一般，越来越众。警察厅又出来干涉，特派保安马队若干人，到处弹压，先劝学生不得演讲，学生置诸不理，仍然侃侃而谈。嗣由警队动怒，拍动马头，竟向人多处冲突进去，听讲诸人，恐遭蹂躏，陆续奔散，只剩了演讲学生，被警队强加驱迫，押入北京大学，闭置法科理科各室，不准自由出入。且由警士环守学校大门，再从步军统领署内，派出兵士数百，竟在门前扎营，视学生如俘虏，日夜监束。还想加用压力。各校教职诸员，均向政府递呈，要求释放学生，撤退军警，政府并不批答。教育次长袁希涛，见学校风潮愈紧，未免左右为难，因亦慨然告辞，政府准令免职，另命傅岳棻为教育次长，摄行部务。北京各学校，不得不通电外省，声明曲直。上海滩头，学校最多，消息最灵，听得北京各学生一再被拘，自然愤气填胸，立即号召各界，续开大会，时已为六月初旬了。会场决议，以学界为首倡，以商界为后继，务要罢斥曹、章、陆三人，及释放北京被拘学生，然后了事。当下缮成一篇宣言书，分布如下：

呜呼！事变纷乘，外侮日亟，正国民同心戮力之时，而事与愿违，吾人日夕之所呼吁，终于无毫发之效，前途瞻望，实用痛心。本会同人，谨再披肝沥胆，以危苦之词，求国人之听。自外交警信传来，北京学生，适当先觉之任，士气一振，奸佞寒心，义声所播，咸知奋发，而政府横加罪戾，是已失吾人之望，乃以此咎及教育负责之人，致傅、蔡诸公纷纷引去。夫段祺瑞、徐树铮、曹汝霖、陆宗舆、章宗祥等，迭与日本借债订约，辱国丧权，凭假外援，营植私利，逆迹昭著，中外共瞻，全国国民，皆有欲得甘心之意。政府于人民之所恶，则必百计保全，于人民之所欲，则且一网打尽，更屡颁文告，严惩学生，并集会演说，刊布文字，公民所有之自由，亦加剥削，是政府不欲国民有一分觉悟，国势有一分进步也。爱国者科罪，而卖国者称功，诚不知公理良心之安在？争乱频年，民日劳止，政府犹不从事于根本之改革，肃清武人势力，建设永久和平，反借口于枝叶细故，以求人之见谅。继此纷争，国于何有？此皆最近之事实，足以今人恐惧危疑，不知死所者。政府既受吾民之付托，当使政治与民意相符，若一意孤行，以国家为孤注，吾民何罪？当从为奴隶。呜呼国人！幸垂听焉。共和国家之事，人民当负其责，方今时机迫切，非独强邻乘机谋我，即素怀亲善之邦，亦无不切齿愤恨，以吾内政之昏乱，我纵甘心，人将不忍，生死存亡，近在眉睫，岂可再蹈故习常，依违容忍，慕稳健之虚名，速沦胥之实祸？夫政府之与人民，譬犹兄弟骨肉，兄弟有过，危及国家，固尝知无不言，言无不尽，终不见听，虽奋臂与斗，亦所不辞。何则？切肤之痛在身，有所不暇计也。吾人求学，将以致用，若使吾人明知祸机之迫不及待，而曰姑俟吾学业既毕，徐以远者大者，贡献于国家，非独失近世教育之精神，即国家亦何贵有此学子？吾人幸得读书问道，不敢自弃责任，谨自五月二十六日始，一致罢课，期全国国民，闻而兴起，以要求政府惩办国贼为唯一之职志。政治肃清，然后国基强固，转危为安，庶几在此。同人虽出重大之代价，心实甘之。所冀政府彻底觉悟，幡然改图，全国同胞，亦各奋公诚，同匡危难，中国前途，实利赖之。同人不敏，请任前驱，戮力同心，还期继起。

上海商民，为了学界宣言，都不知不觉的流露一种热诚，与学生共表同情。六月四日，南商会开会集议，各商人闻风前往，不下千余，偏警兵无理取闹，硬要把他拦阻，遂致众情大愤，以为如此压迫，非罢市不足对待，越宿便即实行。南市各商肆，先行罢市，法租界各商家，照样闭门，公共租界，一律照办。又俄而英租界中，如永安、先施两大公司，亦皆杜门谢客。到了午后，无论华租各界，所有大小商店，统已关门闭户，不纳主顾，街上只有学生奔走，分发传单，巡警往来，防备闹事，余外无非是各处行旅，侦探消息，好好一个大商埠，弄得烟云失色，萧鼓无声。过了一宵，商店仍旧闭市，华界一带，由警官挨户晓示，勒令开门，照常交易。商人早已将答语预备，说是买卖自由，不劳警官过问。**好一个回话手本。**警官倒也无词可驳，悻悻自去。租界中的洋巡捕，不过沿路巡查，维持秩序，却未曾硬行干涉。唯商肆备悬挂白旗，上面写着，无非是"万众一心，同声呼吁，力抗汉奸，唤醒政府"等语。全市旗布飘扬，做了一种特别的招牌。又越一日，华界租界，只有几家吃食店，半开半掩，略卖些饼饵糕粽，惠顾行人，此外依然抱着关门主义。警察署不能漠视，又派出武装警察，游行华市，用了一派威吓的厉词，逼令开市。商民或怕他凶焰，勉强除去排门，及警察去后，复将排门关好，拒绝买卖。再过两天，闭市如故。

看官！你想上海一隅，是中外各国交通的埠头，行人似蚁，比户如鳞，怎能好几日不做买卖？华人为反对政府起见，就使受些困难，尚是甘心，那洋商岂肯无端受累，听他过去？当下由中外官吏，迭电中央，报明情状。政府至此，也不得不改变方针，就是安福派亦无法摆布，只好听令政府，自行处置。政府乃拟将曹、陆、章三人，一并免职，并释放先后拘禁的学生。这消息传到上海，闭市已经六日了。商会因遍发通告，传知各业，所有要求各事，目的已达，应即于次日开市交易等语。到了翌晨，各商人购阅新闻纸，尚未载有免除曹、陆、章三人命令，恐京中所传未确，仍然闭市，直到晚间，方得驻沪总领事法磊斯，转奉驻京英公使朱尔典氏来电，证明曹、章、陆三人免职命令，已由徐政府颁布，确凿无讹。**电文由英公使寄沪，可知曹、陆、章之免职，还是假手外人。**且由总领事劝告商学两界，开市上课。商界已有一星期停止交易，既已得遂一部分的请求，乃全体开市，照常营业，并在门首各挂五色国旗，作为民意胜利的庆贺。学生团又拍电至京，问明被拘学生情状，旋得京中各学校复电，已经一律释放。于是学生团选出代表，向大小商号道谢，自归各校上课去了。

是时南京、杭州、武昌、汉口、天津、九江、山东、厦门各处，因闻沪上罢市，亦皆先后相继，一致要求，或五日，或三日，连工界亦相约罢工，群起抵制，所以安福派不能坚持，徐政府方得行使命令，这也好算得众志成城，有此效果哩。唯曹汝霖既已罢职，交通总长一缺，暂任次长曾毓隽代理。徐总统尚恐得罪安福，且虑国民为了青岛问题，再有要求，因提出辞职咨文，送交参众两议院，一面通电各省，自述咨

文内容。略云:

国步艰难,百度纠纷,世昌力绌能鲜,谨于昨日咨行参众两院辞职。其文曰:"本大总统猥以衰年,谬膺众选,硁硁之性,本不承任。唯以邦人责望之殷,督以大义,固辞不获。其时欧会肇始,关系綦巨,而国内和平之望,亦甫在萌芽,一线曙光,万流跂瞩。私衷窃揣,以为此时对内对外,皆为贞元绝续之交,不乘兹着手,迅图挽救,后将无及,所以踌躇再四,不得不勉膺巨任者,固期有所匡救也。欧会成立以来,经过详情,业经咨达国会在案,原拟全约签字,唯提出关于胶澳各条,声明保留此项,原属不得已办法。但体察现情,保留一层,已难办到,即使保留办到,于日、德间应有效力,并不变更,而日人于交还一举,转可借端变计,是否于我有利,此中尚待考量。若因保留不能办到,而并不签字,不特日、德关系,不受牵制,而吾国对于草约全案,先已明示放弃,一切有利条件及国际地位,均有妨碍,故为两害从轻之计,仍以签字为宜。前此因胶澳交还,未有确证,政府亦深为顾虑。近日迭接全权委员等报告,日代表在三国会议中,已有宣言可证,英外部亦正式来函,声明日本将胶澳连同完全主权,交还中国一层,系属切实。日外部对于还付胶澳问题,亦已有半公式之声明,由驻京日使送达外部。凡兹各节,虽未列在草约,固已足资证明。即美总统前于保留办法,极表赞助,近亦谓须与公法家详慎考酌。此时内审国情,外观大势,唯有重视英、美、法、日各国之意见,毅然全约签字,以维持我国际之地位。唯我国内舆论,坚拒签字如出一辙,在人民昧于外交情形,固亦在意计之中。而共和国家,民为主体,总统以下同属公仆,欲径情措理,既非服从民意之初衷,欲以民意为从违,而孰等利害,又不忍坐视国步之颠踬,此自对外言之,不能不引咎者一也。至于和平计划,不外法律事实诸端,曩在就任之初,目睹兵氛未消,时局危迫,窃以为非促进统一,无以谋政治之进行,即无以图对外之发展,迭经往返商榷,信使交驰,始有会议之举。果其诚意言和,互谋让步,则数月以来,从容筹议,何难早图结束。乃沪议中辍,群情失望,在南方徒言接近,而未有完全解决之方,在中央欲进和平,而终乏积极进行之效,执成不悟,事势多歧,筑室道谋,蹉跎时日。循此以推,即使会议重开,而双方隔阂尚多,必至仍前决裂,一摘再摘,国事何堪?此皆本大总统德薄才疏,无统治国家收拾时局之智能,知难而退,窃慕哲人,此就对内言之,不能不引咎者一也。抑且民为邦本，古训昭然，本大总统来自闾阎，深知疾苦，亦冀厉行民治，加惠群生，稍尽菊躬之责，乃以统一未成之故，阗阗凋零，萑苻四起，士卒暴露，老弱流离，每念小民痛苦之情，恻然难安寝馈，心余力绌，愧疚滋深。自维澹定本怀，原无名位之见，经岁以来，既竭疏庸，无裨国计，虽阁制推行，责任有属，国人或能相谅，而揆诸平昔律己之切，既未能挈领提纲，转移元会，犹冀以难进易退之义，率我国人。谨咨达贵院声请辞职，幸早日提议公决，另行选举，以重国政。至此项选举，手续纷繁，在未经选举新任大总统以前，本大总统一日在职，仍当尽一日之责，相应咨达贵院查照办理"等语。各该地方长官，务当督饬所属，保卫地方，毋稍疏虞，是为至要！

各省督军省长，得了徐电，正想复电挽留，旋接参议院议长李盛铎，及众议院议长王揖唐，通电各省云：

本日大总统咨送盖用大总统印文一件到院，声明辞职。查现行约法，行政之组织，系责任内阁制，一切外交内政，由国务院负其责任，大总统无引咎辞职之规定。且来文未经国务总理副署，在法律不生效力，当由盛铎、揖唐即日躬赍缴还，吁请大总统照常任职。恐有讹传，驰电奉闻，敬希鉴察！

自两议院有此电文，各省督军省长，越加向徐巴结，纷纷电达中央，挽留徐驾。徐东海原是虚与周旋，并非真欲去位，既得内外慰留，自然不生另议。唯国务总理钱能训，不能不呈请辞职。总理一辞，全体阁员，当然连带关系，一并告退。原来此时为责任内阁，一切政治，当由内阁负责，总统尚可推诿，所以老徐通电，也有阁制推行，责任有属的明文。钱总理无可诿咎，还是卸职自去，离开此烦恼场。总计钱内阁成立半年有余，至此似山穷水尽，不可复延了。小子有诗道：

揆席原来不易居，况经世变迫沦胥。
何如卸职归休去，好向家园赋遂初。

钱内阁既倒，徐总统亦许令归休，欲知继任为谁，下回再行表明。

古人有言："众怒难犯，专欲难成。"沪上罢市，即其见端也。夫曹、陆、章三人之亲日，非真欲卖国也，但欲见好于武夫，为之借资运械，竭尽机谋，顾目前而忘大局，误国适同卖国耳。老徐亦何尝爱此三人，无非因安福派之掣肘，不得不下禁令以顾邻谊，促上课以抑学潮，迨致激动公愤，全沪罢市，而各省又相继响应，于是安福派之计穷，而曹、陆、章免职之令乃下，此未始非武夫专擅之反动力，而亦由老徐欲擒故纵之谋有以致之也。然三人虽去，而安福系之势力犹张，徐乃复提出辞职咨文，以免安福派之非议，此中之煞费苦心不足为外人道，然徐虽留而钱则已倒矣。

# 第二十九回

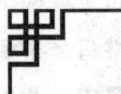

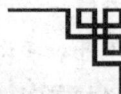

## 乘俄乱徐树铮筹边
## 拒德约陆徵祥通电

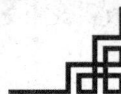

却说钱能训辞去总理，当由徐总统下令照准，其余阁员，亦曾连带辞职，徐总统却不加批答，且令财政总长龚心湛，代任国务总理。所有内务总长一职，本由钱能训兼职，此时钱亦辞免，因特使司法总长朱深兼署，此外俱仍旧贯。唯币制局总裁陆宗舆，既已免去，后任乃是李思浩。大学校长蔡元培，不愿回京，改任胡仁源署理。内外风潮，总算少平。驻京英、法、日、意、美五国公使，以为风潮少靖，正当把上海的和会，继续进行，特由英使朱尔典氏，作为五国总代表，向徐政府提出说帖云：

兹由英、法、日本、意、美五国公使，对于上海和会停顿，致生中国国内纠葛，迟缓解决之情，深系不平之念，故拟声明其所希望，重行开会，以使会议之举，可以尽前妥为了结之意。查双方之目的，现既彼此说明，则似可早达于与各方公平，及与中国并国民共同利益相宜解决之方法，此时未及其时，而各本公使望无论何方面，必不以何方法而允重开战事。各国公使陈述此意时，并欲向中国国民及政府，声明其各本国政府与各本国国民存友睦良好之忱，且对于中国能恢复统一国内和好之状，并中国政府能完全施行其欲达国民普遍幸福所组织之权。届时各本国政府及国民，当必满意欢迎也。

徐总统接着说帖，免不得长叹数声。看官须知徐总统本意，原是极端求和，不过因总代表朱启钤，赴沪数月，毫无头绪，虽由南方不肯让步，终致无成，就中亦为安福派作梗，阴受牵制，所以老徐闻到"议和"二字，不能不一再唏嘘。安福作梗，已见一百零七回中。安福派中的首领，名目上为段合肥，实是小徐背后提刀，独力造成。故一个徐树铮，实足概括安福全部。徐树铮的意见，欲派选本系中人，作为议和总代表，故当和议停顿后，即密嘱心腹，向总统府中进言，老徐含糊答应。及五国公使说帖，递入总统府，遂使老徐踌躇再四，默思派一别员，仍归无效，不若将计就计，使安福系中推举一人，叫他前去一试，如能妥协和议，原是不必说了，否则亦使他亲尝艰苦，免得横生枝节，多来饶舌。当下授意段派，即令推荐妥员。偏有一位众议院议长王揖唐，愿当此任，徐总统毫不迟疑，即派令南下。

徐树铮又因南北停战，无从逞威，段合肥又不得秉政，内乏奥援，必且失职，乃更想出一条大名目来，居然欲效汉终军请缨故事。自从民国二年，俄人唆使外蒙独立，迫我承认，中国政府因内乱未平，不遑兼顾，只好放弃一部分主权，听令自治，事见前文。蹉跎至四五年，虽尚有驻库办事员住着，但已徒有虚名，不能监制外蒙。外蒙唯借俄人为援，抵抗中国。至俄国革命，已失保护外蒙的能力，西伯利亚一带，乱党蜂起，且屡与外蒙为难，外蒙王公，颇悔从前错误，复思内向。小徐得了此信，乐得趁这机会，博取功劳，乃即呈入条陈，自请防边。徐总统以小徐好事，在内多患，还是调他出去，较为安静，因即准如所请，特令为西北筹边使。这西北筹边使的官名，乃是民国以来所创见，当时议定筹边使职权，颁行如下：

（一）政府因规划西北边务，并振兴各地方事业，特设西北筹边使。

（二）西北筹边使，由大总统特任，筹办西北各地方交通、垦牧、林矿、硝盐、商业、教育、兵卫事宜。所有派驻该地各军队，统归节制指挥。

关于前项事宜，都护使应商承筹边使襄助一切，其边事长官佐理员等，应并受节制。

（三）西北筹边使，办理前条事宜，其有境地毗连，关涉奉天、黑龙江、甘肃、新疆各省，及其在热河、察哈尔、绥远各特别行政区域内者，应与各该省军政民政最高长官，及各都统妥商办理。

对德合约签字现场

（四）西北筹边使施行第二条各项事宜时，应与各盟旗盟长札萨克妥商办理。

（五）西北筹边使设置公署，其地址由西北筹边使选定呈报。

（六）西北筹边使公署之编制，由西北筹边使拟定呈报。

（七）本官制自公布日施行。

　　小徐既任筹边使，尚以为权力未足，再向中央要求，欲兼充西北边防总司令。徐总统拗他不过，索性也下一任命，使他如愿以偿。予取予求的徐树铮，方握虎符，拥兽旄，威风凛凛，驰往塞外去了。摹写有致。

　　且说青岛交涉，终未定夺，签约不签约两问题，各执一词，亦难解决。山东绅民，前曾在省城演武厅中，特开国民请愿大会，要求省长代电中央，请将青岛及路矿等，由和会公判，直接交还，并请惩办祸首，撤除非法密约。当经省长代为转电政府，政府搁置不答。嗣因日本恃强欺弱，陆专使等不能争回主权，乃再由山东省议会，省教育会，省商会，农会，报界联合会，学生联合会，济南商会等七团体，公举代表八十五人，入京呈递请愿书。书中总旨分三大纲：一系巴黎和约，关于山东三条，必须拒绝签字。二系高徐、顺济铁路草约，必须废除。三系卖国奸人，必须一律严惩。六月二十日，各代表亦皆到京，即至总统府中，要求谒见大总统。徐总统未允接见，各代表待至傍晚，方才散去。次日，又往总统府，坚求面谒。乃由龚代总理心湛，朱总长深，出来相见。各代表振振有词，定要亲见总统。龚代总理等，谓既有请愿书，且俟总统阅后，再行定夺。各代表始递交请愿书，由龚代总理转递进去。既而徐总统也亲莅居仁堂，传见各代表，各代表才得面陈民意，迫请总统代为主张。徐总统慰谕数语，教他出外候批，各代表乃一并退出。及国务院发出请愿书批示，语带游移，未见切实，各代表因复诣国务院，谒见龚代总理，声称奉阅批语，尚涉含糊，公民等名为代表，实不能归见父老，应请将原批收回，确实示明。龚代总理无语可驳，当允于二日内另行批复，各代表乃再出外守候。过了两日，国务院总算践言，发出批语如下：

　　据来呈均悉。该代表等关怀桑梓，注重国权，所述特为痛切。此次欧会和约，政府以关于山东问题各条，最为重要，迭经电饬专使，悉力争持，近据专使等电述保留一节，尚在多方进行，所有各代表等陈请，不能保留即拒绝签字等情，昨亦经电达专使，遵照在案。国家领土主权，断难丝毫放弃，政府与国民主张，初无二致，无论如何，必将胶澳设法收回，此则凤具决心，可为国民正告者也。所称高徐、顺济路约一节，查该路原系草约，自必多方磋议，力图收回，断不续订正约，以慰群望。至中日二十一条密约，及高徐、顺济路约，经过情形，案牍具在，前经择要宣布。共和国家，一切措施，悉当准诸法律，必有确实证据，乃受法律制裁。政府与国家利益，人民疾苦，无日不在注念之中，乃以国家多艰，致该代表等远涉京师，有妨本业，殊深轸念。其各归告父老子弟，俾晓然于外交真相，及政府维持国权之苦心，各持镇静，勿滋疑虑！此批。

　　各代表见了批示，比前批较为切实，虽未能尽如所求，也算得了三分之二，因各陆续出都，还乡去讫。未几，复由北京各团体公推代表五百余人，排队举旗，亦赴总统府请愿，备有公呈，要求三款：（一）不保留山东和约，决不应签字。（二）决定废除高徐、顺济两路草约。（三）立即恢复南北和会。徐总统闻报，又遣龚代总理，及教育次长傅岳棻，接见北京各代表。各代表求见总统，到晚未出，大众不肯散归，并在新华门外露宿一宵。翌日，始由徐总统召见，并即由国务院发出批词，略云："所陈三事，政府具有决心，亟应竭力进行，慰从众望。艰难困苦，当与国人共勉"等语。于是众代表不复多言，相率退归，静候解决。

　　到了七月二日，政府接到巴黎来电，乃是协约国对德和约，已经议决，即在凡尔赛宫正式签字。独中国专使，因山东问题，未得和约保留，只好拒绝签字，所以来电声明。先是各国代表，共至巴黎，开议对德条约，德亦派出代表议和，总代表为蓝超伯爵，余为内阁阁员蓝斯堡、吉斯白资，暨国会议长莱勒特，华白公司经理美尔恰，国际法学家休克金等，并至巴黎，共同谈判。协约国叠经磋磨，公定对德议和草约十余件，统计得八千字，大致可分为数纲：（一）割让和约指定的土地，（二）放弃欧洲以外一切殖民地及权利，（三）承认波兰、捷克斯洛伐克、南斯拉夫各国独立，（四）减少常备兵额，与所有军舰，不得沿用征兵制，及潜水艇，军用飞机，（五）惩罚前德皇威廉第二，（六）赔偿各国损失全数为墨银五百万万元，（七）协约国商货，得自由通过德国境内，尚有著名铁道运河水道等，归协约国管辖，（八）德国承认国际同盟，但一时不能加入，所有一切代管地，与国际公有地，均由国际同盟掌管。此外尚有细件，不及备载。**此属西史范围，故从略叙。**德国代表，当然不肯承认，提出抗议。旋经协约国再加修改，不过就割让土地部分间，稍从变换，余皆不肯更动。会长克勒孟沙，且严词语德国代表道："今无庸再来哓哓，大小各国，因汝德人违背公道，非常酷待，所以结成团体，各派代表至此。汝国若再不从，恐要与汝国大决算了。"可怜德国代表蓝超伯爵等，无由申说，不得已电告本国，请示定夺。**战败国原是如此，但亦统由德人自取。**德国新大总统爱培尔德，及内阁总理施特曼，俱不愿允此和约。施特曼内阁，遂全体辞职，就是议和总代表蓝超伯爵，亦连同告辞，乃由巴浮氏重组内阁，另派外交总长慕勒氏，殖民总长贝尔氏，继为议和代表。终因势孤力屈，抗不过协约国的威棱，且将协约国议案，付诸国会表决，投票结果，愿签字的二百二十八票，不愿签字的，只一百三十八票，大多数通过和约，电致议和总代表，勉强签约。德既签字，与会诸国代表，皆相继签字。唯中国代表陆徵祥等，均不出席，声明为山东问题的障碍，碍难签约，一面报告中央。文云：

和约签字，我国对于山东问题，自五月二十六日正式通知大会，依据五月六日，祥在会中所宣言维持保留去后，迭向各方竭力进行，迭经电呈在案。此事我国节节退让，最初主张注入约内，不允；改附约后，又不允；改在约外，又不允；改为仅用声明，不用保留字样，又不允；不得已改为临时分函声明，不能因签字而有妨将来提请重议云云。岂知直至今日午时，完全被拒。此事于我国领土完全，及前途安危，关系至巨，祥等所以始终不敢放松者，固欲使此问题，留一线生机，亦免使所提他项希望条件，生不祥影响。不料大会专断至此，竟不稍顾我国纤微体面，曷胜愤慨！弱国交涉，始争终让，几成惯例，此次若再隐忍签字，我国前途，将更无外交之可言。内省既觉不安，即徵诸外人论调，亦群谓中国决无可以签字之理，详审商榷，不得已当时不往签字，当即备函通知会长，声明保存我政府对于德约最后决定之权等语，姑留余地。窃唯祥等猥以菲材，谬膺重任，来欧半载，事与愿违，内疚神明，外惭清议，自此以往，利害得失，尚难逆睹，要皆由祥等之奉职无状，致贻我政府主座及全国之忱。乞即明令开去祥外交总长委员长，及廷、钧等差缺，一并交付惩戒。并一面迅即另简大员，筹办对于德奥和约补救事宜，不胜待罪之至！

这电自六月二十八日，由巴黎发出，是日即协约国对德和约共同签字的期间，途中不知何故淹留，至七月二日方才接到。政府正在着忙，会议善后办法，忽又接到陆专使续电云："德约我国既未签字，中德战事状态，法律上可认为继续有效，拟请迅咨国会建议，宣告中德战事告终，通过后即用明令发表，逾速逾妙，幸勿迟延！"政府因即复电云：

事势变迁，并声明亦不能办到，政府同深愤慨。德约既未签字，所谓保存我政府最后决定之权，保存后究应如何办理？此事于国家利害，关系至为巨要。该全权委员等责职所在，不能不熟思审处别求补救，未便以引咎虚文，遽行卸职。至所拟咨由国会建议，宣告中德战争状态告终，俟通过后，明令发表一节，片面宣布，究竟有无效力？抑或外交有此先例？所有对德种种关系，将来如何结束，统望熟筹详复。再奥约必须签字。务即照办。

重洋遥隔，一电往还，未能朝发夕至，免不得有稽迟情形。政府恐国民因此愤激，再起风潮，故不待陆专使等答复，便即由徐总统下令道：

巴黎会议对德和约，关系至巨，迭经电饬各全权委员审慎从事，顷据全权委员陆徵祥等，六月二十八日电称："我国对于山东问题，自通知大会宣言维持保留后，最初主张，注入约内，不允；改附约后，又不允；改在约外，又不允；改为仅用声明，不用保留字样，又不允；改为临时分函声明，不能因签字而有妨将来提请重议，又复完全被拒。不得已当时不往签字，备函通知会长，声明保存我政府对于德约最后决定之权"等语。披览之余，良深慨惋。此次胶澳问题，以我国与日、德间三国之关系，提出和会，数月以来，乃以种种关系，不克达我最初希望，旷览友邦之大势，返省我国之内情，言之痛心，至为危惧。惟究此项问题之由来，诚非一朝一夕之故，亦非今日决定签字与不签字，即可作为终结。现在对德和约，既未签字，而和会折冲，势不能諏然中止，此后对外问题，益增繁重，尤不能不重视协约各友邦之善意。国家利害所在，如何而谋挽济，国际地位所系，如何而策安全，亟待熟思审处，妥筹解决。凡我国人，须知圜海大同，国交至重，不能遗世以独立，要在因时以制宜，各当秉爱国之诚，率循正轨，持以镇静，勿事嚣张，俾政府与各全权委员等，得以悉心筹划，竭力进行。庶几上下一体，共济艰危，我国家前途无穷之望，实系于此。用告有众，咸使周知！此令。

这令下后，嗣接陆专使复电，除奥约应该签字外，仍执前议。政府乃照来电进行，小子有诗叹道：

> 对外全凭后盾多，徒持公理漫言和。
> 试看炎日天骄甚，瘏口无成恨若何？

欲知后来对日情事，容至下回续叙。

小徐才识，未尝不卓绝一时，惜乎其心术之不堪告人也。彼欲效战国策士之行，为纵横捭阖之谋，不知彼时七国分峙，各私其私，策士犹得乘势而操纵之，今岂犹是战国时耶？明明为共和政体，而乃专事破坏，不愿和平，至南北停战以后，即起攫西北边防使一席，名曰防边，实仍欲把持军权耳。民国有小徐，欲求安宁难矣。陆徵祥等之出使巴黎，参入和会，始终欲保留胶澳，不肯签字，较诸曹、章、陆诸人，较为得体。然至于舌敝唇焦，卒不能挽回万一，岂不可叹！优胜劣败，已成公例，奈何军阀家犹专知内哄，不顾大局耶？

# 第三十回

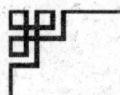

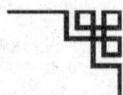

## 罢参战改设机关
## 撤自治收回藩属

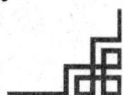

却说山东问题，未曾解决，国民当然不服，屡有排日举动。山东齐鲁大学生，常在通商要港，调查日货出入，不许华商贩售。一日，见有车夫运粮，输往海口，学生疑他私济日人，趋往过问。偏被日人瞧见，号召日警，竟将学生拘去。事为学商各界闻知，即聚集数千人，共至省长公署，请向日本领事交涉。当由省长派员劝慰，许即转告日领，索回学生。大众待至晚间，未见释归，又向省长署中要求，直至次日始得将学生放归，众始散去。嗣又有乡民数千人，因日人在胶济铁路桥洞旁，抽收人畜经过税，亦至省长公署，要请与日人理论。经省长婉言劝导，教他少安毋躁，待政府解决青岛问题，自不至有此等情事。乡民无可奈何，只好退归。唯排斥日货，始终未懈。不但山东如是，各省亦皆如是。驻京日使，专用强力压迫我国政府，严行禁止，政府不得不通电各省，但说是"陆专使拒绝签字，正当统筹全局，亟谋补救，各省排斥日货，徒然意气用事，反损友邦感情，务希责成军警，实力制止"等语。各省长官，虽亦照式晓示，唯国民不买日货，乃是交易自由，并非犯法，所以禁令屡申，也是徒然。*政府也不过虚循故事*。既而上海租界内，有悬挂日皇形象，当众指署等情。四川重庆境内，日本领事宴请中国官绅，轿夫马弁，群集领事署门，用泥土涂抹门首的菊花徽章。两事又经日使提出，请中国政府设法消弭，并查办犯人，严行惩罚云云。

政府也只好通电各省，申谕人民，毋得再犯友邦国徽及君主肖像。此外尚有各种交涉，不胜枚举。唯巴黎和会中陆专使等，对德条约，已不签字。接连是对奥条约，亦由协约国与奥使议定，迫令承认。奥使伦纳尔等，起初也极力抗辩，终因兵败国危，无能为力，没奈何忍辱签字。协约国当然签约，陆专使等对着奥国，没甚关碍，也即签字。奥约与德约略同，无非是割让土地，裁损军队，放弃欧洲以外一切权利，承认匈牙利独立，奥、匈本联邦国，至此匈始独立。及捷克斯洛伐克、南斯拉夫新建诸国，并赔偿各国战争损失等情。中国专使既经签字，便即电达中央，时已为九月中旬了。徐总统乃连下二令道：

我中华民国于六年八月十四日，宣告对德国立于战争地位，主旨在乎拥护公法，维持人道，阻遏战祸，促进和平。自加入战团以来，一切均与协约各国，取同一之态度。现在欧战告终，对德和约，业经协约各国全权委员，于本年六月二十八日，在巴黎签字，各国对德战事状态，即于是日告终。我国因约内关于山东三款，未能赞同，故拒绝签字，但其余各款，我国固与协约各国，始终一致承认。协约各国对德战事状态，既已终了，我国为协约国之一，对德地位，当然相同。兹经提交国会议决，应即宣告我中华民国对于德国战事状态，一律终止。凡我有众，咸使闻知！此令。

对德战事状态终止，业于九月十五日布告在案，兹据专使陆徵祥电称，奥约已于九月十日经我国签字等语，是对德、奥战争状态，业已完全解除。唯宣战后对德、奥人民所订各项章程，非有废止或修改之明文，仍应继续有效。此令。

还有广东军政府，比徐总统占先一着，也对德宣告和平，文云：

自欧战发生，德人以潜艇封锁战略，加危害于中立国，我国对德警告无效，继以绝交，终与美国一致宣战，当即声明所有中、德两国从前所订一切条约合同协约，皆因两国立于战争地位，一律废止。去年十一月十一日我协约国与德国订休战条约，随开和平会议于巴黎，我国亦派专员出席与会，唯对于和约中关系山东问题三款外，其他条款，及中、德关系各款，我国均悉表示赞成。今因我专使提出保留山东无效，未签字于和约，此系我国保全主权，万不获已之举。对于协约各国实非常抱歉。而对于德国恢复和平之意，则亦与协约各国相同，并不因未签字而有所变易。我中华民国希望各友邦对于山东问题三款，再加考量，为公道正谊之主张，而为东亚和平永久的保障，实所馨香祷祝者也。特此通告！

看官阅过上文，应知中国与德、奥宣战本由段祺瑞首先主张，所以段祺瑞辞去总理，名为下野，实是仍任参战督办。德、奥约定易战为和，参战处应该撤消，所有参战处办事人员，统皆叙功，段祺瑞得受勋一位殊荣。唯段派不愿就此闲散，当然预先筹划，以便改设机关。徐树铮出任边防，就是保持权力的先声，好在俄、蒙交涉屡次发生，中国不能不积极筹备，小徐已做了前驱，中央应特任一督办大员，作为小徐的援应。督办大员的资格，当然非老段莫属了。于是由政府下令道：

现在欧战告竣，所有督办参战事务处，应即裁撤。唯沿边一带，地方不靖，时虞激党滋扰，绥疆固围，极关重要，着即改设督办边防事务处，特置大员，居中策应，以资控驭而赴事机。其参战处未尽各事，并归该处继续办理，借资收束。此令。

这令后面，便是特任段祺瑞督办边防事务。好一篇改头换面的大文章，仍由段老一手做去。倚段奉段的人物，也得联蝉办事，权力依然，可喜可贺。语语生芒。先是俄国内乱，不遑外顾，西伯利亚一带，新旧各党，互生抵触，乱匪亦乘势蜂起，随处滋扰。我国除蒙古外，如吉林、黑龙江、新疆各界，均与俄境毗连，免不得为彼所逼，时有戒心。吉、黑两省督军省长，屡次致电中央，请派海军舰队，驰往松花江为驻防计。当经海军部提出议案，咨交国务会议，国务员一体赞成，并援前清咸丰八年瑷珲条约作为证据。查瑷珲条约，为中、俄两国所协定，内载："黑龙江、松花江左岸，由额尔古纳河至松花江口，为俄罗斯国属地；右岸顺江流至乌苏里河，为大清国属地。由乌苏里河往彼至海所有之地，此地如同接连两国交界明定其间地方，为大清国、俄罗斯国共管之地。由黑龙江、松花江、乌苏里河，此后只准大清国、俄罗斯国行船，各别外国船只不准由此江、河行走"等语。据此约文，既称由乌苏里河往彼至海，如同连接，是我船由海溯江，在黑龙江、松花江流域中，虽经过俄属江流，也是依据条约行事。况条约载明，只准中、俄两国行船，不准各别外国船只行走，是中国船只，显然可行。现在俄乱方亟，不暇顾及边境治安，我国若筹办黑龙江防，正是目前急务。且党匪所至，中、俄商民，并皆罹殃，如果我国江防成立，不但华民免祸，就是俄民也受益不浅。俄政府应该欢迎，不至抗议。国务员执此理由，因即决议进行，由海军部派出王崇文为吉、黑江防筹办处处长，并饬海军总司令，调驶利绥、利捷、利通、利川、江亨、靖安等六舰，由沪北往松、黑二江驻防。各舰驶至海参崴，俄人提出抗议，不容中国舰队上驶，经海军代表林建章，与外交委员刘镜人等，一再理论，始得放行前进。将抵松花江口，暂泊达达岛，又为俄官所阻，不能径入。达达岛地旷人稀，无从购取煤粮，俄人且截断各舰的运输，几至坐困。林建章等一面与俄人交涉，一面自由驶入庙街，拟寻一避冷港内，寄泊御寒。不料西伯利亚俄军，竟不分皂白，放起炮来，连声轰响，向中国舰队激射。舰队慌忙退避，已有弁目三人受伤，当即拍电到京，一再告急。政府先已照会俄使，依照瑷珲条约，与他辩论。俄使倒也说不出理由，但言：“本使只能随本国政潮，从权办理，中国若据瑷珲条约，亦可自行上驶，各行其是。”照此口吻，也是由俄国内乱，故从柔软。政府得了此信，却放心了一半，至是接到告急电文，复向俄使严重责问，书面写着：

查瑷珲条约第一条第二项，载明中、俄船只，得以驶入松花江等，不受限制。中、俄在松、黑权利，原属平等，今俄舰炮击吾舰，殊出意外，应请从速允许我舰江亨、利捷、利绥、利川四艘，安全通过，否则吾国不得不执相当之对付，将以同样手段，加之贵国松、黑两江之舰艇。亦希速电海参崴当事者，以短小之时间，为满意之答复，是所至盼。不意中国亦有此强硬之公文！

除此责问书外，又电驻海参崴高等委员，与俄新政府直接交涉。其实俄政府尚徒拥虚名，未能统驭全国，就是驻京俄使传电通告，也没有确实表示。中国驶往松花江的舰队，只能暂避兵锋，退驻下流，静待解决便了。会驻库办事大员都护使陈毅，报称外蒙古王公，情愿取消自治，归附中华，这真算是民国难得的机会。政府自然去电奖励，并饬外交部蒙藏院等机关，会同商酌办理。陈毅复派属员王仁诩到京，面陈一切情形。原来外蒙自受俄人唆使后，名为自治，实不啻为俄人保护国，俄人屡给借款，盘剥外蒙，外蒙已不堪凌逼，自知为俄所欺，苦难悔约。及俄国革命乱党，又屡次入境，骚扰益甚。外蒙自治官府，乃复向中国乞援，当由外蒙亲王巴特玛多尔济领衔，呈请取消自治，凡历年所借款项归俄、蒙双方交涉，应由中央逐年归还若干。余如各王公等年俸，亦请中央承认等语。陈毅以为所损有限，所得实多，便替他殷勤呈报。还有西北筹边使徐树铮，正欲借此图功，可巧得了这个消息，乃是天上飞来的幸事，急忙电呈中央，说是："外蒙归化，怀德畏威，应速加慰抚"等语。明明是自己吹牛。徐总统连接呈文，因即颁发明令道：

据都护使驻扎库伦办事大员陈毅，电呈外蒙官府王公喇嘛等合词请愿呈文，内称："外蒙自前清康熙以来，即隶属于中国，喁喁向化，二百余年，上自王公，下至庶民，均各安居无事。自道光年间，变更旧制，有拂蒙情，遂生嫌怨。迨至前清末年，行政官吏秽污，众心益滋怒怨。当斯之时，外人乘隙煽惑，遂肇独立之举。嗣经协定条约，外蒙自治告成，中国空获宗主权之名，而外蒙官府丧失利权，迄今自治数载，未见完全效果，追念既往之事，令人诚有可叹者也。近来俄国内乱无秩，乱党侵境，俄人既无统一之政府，自无保护条约之能力，现已不能管辖其属地，而布里雅特等，任意勾通土匪，结党纠伙，迭次派人到库，催逼归从，拟行统一全蒙，独立为国。种种煽惑，形甚迫切。攘夺中国宗主权，破坏外蒙自治权，于本外蒙有害无利。本官府洞悉此情，该布匪等，以为我不服从之故，将行出兵侵疆，有恐吓强从之势。且唐努乌梁海，向系中国所属区域，始则俄之白党，强行侵占，拒击我中蒙官军，既而红党复进，以致无法办理。外蒙人民生计，向来最称薄弱，财款支绌，无力整顿，枪乏兵弱，极为困难。中央政府虽经担任种种困难，兼负保护之责，乃振兴事业，尚未实行。现值内政外交，处于危险，已达极点，以故本官府窥知现时局况，召集王公喇嘛等，屡开会议，讨论前途利害安危问题，冀期进行。咸谓近来中、蒙感情敦笃，日益亲密，嫌怨悉泯，同心同德，计图人民久安之途，均各情愿取消自治，仍复前清旧制。凡于扎萨克之权，仍行直接中央，权限划一。所有平治内政，防御外患，均赖中央竭力扶救。当将议决情形，转报博克多哲布尊丹巴呼图克图汗时，业经赞成。唯期中国关于外蒙内部权限，均照蒙地情形，持平议定，则于将来振兴事务，及一切规则，并于中央政府统一权，两无抵触，自与蒙情相合。人民万世庆安，于外蒙有益，即为国家之福。五族共和，共享幸福，是我外蒙官民共所期祷者也。再前订中、蒙、俄三方条约，及俄、蒙商务专条，并中、俄声明文件，原为外蒙而订也。今既自己情愿取消自治，前订条件，当然概无效力。其俄人在蒙营商事宜，将来俄新政府成立后，应由中央政府负责，另行议订，以笃邦谊而挽回利权"等语。并据西北筹边使徐树铮，呈同前情，核阅来呈，情词恳挚，具见博克多哲布尊丹巴呼图克图汗及王公喇嘛等，声明五族一家之谊。同心爱国，出自至诚，应即俯如所请，以顺蒙情。所有外蒙博克多哲布尊丹巴呼图克图汗应受之尊崇，与四盟应享之利益，一如旧制。中央应当优为待遇，俾同享共和幸福，垂于无穷，本大总统有厚望焉！

同日又加封外蒙古呼图克图汗，令文有云：

外蒙古博克多哲布尊丹巴呼图克图汗，赞助取消自治，为外蒙谋永久治安，仁心哲术，深堪嘉尚，着加封为外蒙古翊善辅化博克多哲布尊丹巴呼图克图汗，以昭殊勋。此令！

两令既下，又由外交部照会驻京俄使，通报外蒙取消自治，凡前订中、俄、蒙条约及俄、蒙商约，并中、俄声明文件，一概停止效力，且将外蒙取消自治，仍复旧制各情形通告驻京各国公使。各国公使与外蒙均无甚关系，当无异言。俄使虽不愿赞成，但因本国内情非常扰乱，实不能顾及外蒙，自己侨寓中国，赤手空拳，徒靠着三寸舌根，究有什么用处，所以暂从容忍，俟新政府稳固后再与中国交涉。那西北筹边使徐树铮，尚在内蒙驻节，至此且受命为册封专使，得与副使恩华、李垣，睥睨自若，驰往库伦去了。小子有诗咏道：

本是无功冀有功，一麾出使竟称雄。
此君惯使刁钻计，如此机心亦太工。

欲知小徐赴库情形，且至下回叙明。

参战处成立以后，将及二年，未闻有如何大举，故外人时有不满意之论调。然使当时无段氏之主张，列入参战地位，则巴黎和议，中国当然不能列席，此后之外交困难，固不仅青岛问题已也。即期以观，段氏不得谓无功，但段氏生平之误，在信任一小徐。小徐因参战之将罢，亟倡议边防，彼若为段氏效忠，而不知其处心积虑，无非为自己之权力起见。陈毅之取消外蒙自治，功已垂成，而小徐即起而乘之，欲夺陈毅之功为己有，巧固巧矣，亦知人有千算，天教一算之俚谚否耶？试观俄罗斯历来猖獗，谋攫外蒙，迫我认约，曾几何时，而国乱如糜，不遑兼顾，国且如是，况一人一身乎？小徐、小徐，汝谓己智，果何智之足云？

# 第三十一回

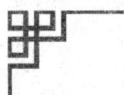

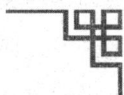

## 易总理徐靳合谋
## 宴代表李王异议

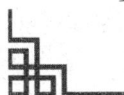

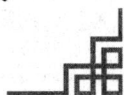

却说徐树铮出任边防，无非为徼功起见，及外蒙取消自治，又得受中央任命，做了一个册封专使，便与副使恩华、李垣等，驰赴库伦。驻库办事员陈毅，也知小徐此来，不怀好意，但不得不出郊相迎。就是外蒙王公，既已归附中央，理应欢迎专使，相偕出迓，执礼颇恭。小徐昂然前来，意气扬扬，及与陈毅等相遇，乃下马晤谈，略道寒暄，便即上马入库伦城，当下将册书授与外蒙呼图克图。呼图克图依礼接受，摆宴接风，皆意中事，不消细叙。散宴后，小徐出寓陈毅公馆，便作色与语道："汝亦曾知我徐某的声名否？汝在库伦多年，没甚建树，今我奉使到此，为汝成立功劳，并非越俎代谋，汝勿疑我有他意，暂请汝勿与外界通问，俟我办理告竣，自当南归，否则与汝不利，汝宜留意。"骄态如绘。陈毅听了，也觉愤不可遏，但默思小徐凶横，未可与争，不如虚与周旋，还可敷衍过去，俟他复命，便可无事，因此含糊应允，听令小徐办理。小徐也乐得张威，即借库伦为行辕，安居起来。嗣是边防情事，均归小徐主张，陈毅毫无权力，不过虚有职位罢了。

是时财政总长兼代国务总理龚心湛，因为财政支绌，不敷分拨，屡受各方指摘，情愿卸去职任，免得当冲。乃即递上辞呈，礫被出都。徐总统无从挽留，只好准令免职，改任他人。向例总理缺席，当由外交、内务两总长代任，外交总长陆徵祥赴欧未

211

回,内务总长田文烈,因病乞假,当然不能任命,挨次轮流,应归陆军总长靳云鹏权代。靳为段合肥门生,资望尚浅,全靠老段一手提拔,始得累跻显阶,官至陆军总长,特授勋二位。老徐本阴忌段氏,如何肯令靳云鹏接手?他却另有一种意见,以为靳系武夫,头脑简单,容易就我约束,且靳为新进后辈,驾驭更易,若优加待遇,使他知感,当可引为已用,乐效指挥。就中尚有两件利益:一是使安福国会不致违言;二是使曹锟、张作霖互相联应。原来靳为段派嫡系,本与安福部同情,好在靳氏儿女,新近与曹、张两军阀联姻。曹、张两派本非段系,将来靳得重用,曹、张自必乐从,两方拥护,靳亦可乘势自展,免受段派牵掣。为靳氏计,为自己计,真是一举两得的计策。当即将靳氏提出,咨交国会。府秘书长吴笈孙,草定咨文,呈与老徐。徐总统阅后,复亲自援笔,把靳云鹏三字下,加写"才大心细,能负责任"两考语,然后再令吴笈孙缮正,盖过了印,着人赍交参众两院。院中投票表决,得大多数同意,因即通过。*已如老徐所料之第一着。*徐遂任命靳云鹏兼代国务总理,所有财政总长遗缺,便命次长李思浩摄行。既而川、粤、湘、赣四省经略使曹锟,东三省巡阅使张作霖,果有电文到京,力保靳氏,略云"国家政治,须由内阁负责,龚代阁已经告退,闻已奉中央明令,着靳总长兼代。靳总长心地光明,操行稳健,令他代龚,众望允孚,即请令靳总长正式组阁,俾当内忧外患时候,付托得人"云云。*老徐第二着所料又复中式。*徐总统览到此电,免不得捻髯微笑,遂令靳云鹏正式就任,竟为国务总理。

靳既受命登台,可巧广东军政府有电到京,请取消八年公债,略谓"八年公债条例,闻已公布,额定二万万,取田赋为担保品,得将所领债券,随时抵押买卖,某报中载有券额八十万元,已抵于某国商人,每百元只抵三十元,是直接为内债,间接即系外债,转辗抵押,自速危亡。况公债发行,抵及田赋,尤为世界所未有。全国人士,已一律反对,异口同声,请即取消明令,用孚舆情,并盼速复"等语。靳云鹏接电后,即复电与军政府,说是:"八年公债,系维持财政现状,所称押与某国一节,并无此事,幸勿误信。"这电既拍发出去,靳氏更通报老徐,且谈及财政奇窘,未易支持。徐总统亦皱眉道:"这都是军阀家的祸祟,试想近年军饷,日增一日,政府所入有限,怎能分供许多将弁?今日借外债,明日借内债,一大半为了武夫。如果武人有爱国心,固防息争,倒也不必说了。更可恨的,是吃了国家的粮饷,暗谋自己的权力，南争北战，闹得一塌糊涂，如此过去，怎么了？怎么了呢！"靳云鹏答道："看来非裁兵节饷不成。"徐总统道："我亦尝这般想，但必须由军阀倡起，方不至政府为难，若单靠政府提议，恐这般军阀家，又来与政府反对了。"靳云鹏应了一个"是"字。徐总统复接入道："目前曹、张两使，电呈到来，并言君才能大任，我看此事非君莫成，请君电告曹、张，烦他做个发起人，当容易收效哩。"云鹏复应声称是，因即告退自去，电致曹、张，如法办理。果然曹、张代为帮忙，分电各省督军省长，愿裁减军额二成，为节饷计。仅减去二成军额，所获几何？各省督军省长，闻是两大帅发起，当然赞成，便推曹、张为领袖，联名进呈，大纲就是"裁兵节饷"四大字。徐总统喜如所望，因即下令道：

军兴以来，征调频繁，各省经制军队，不敷分布，因之招募日广，饷需骤增，本年度概算支出之数，超过岁入甚巨，实以兵饷为大宗。此外各军积欠之饷，为数尚多。当此民穷财匮，措注为艰，即息借外资，亦属一时权宜之计，将来还本偿息，莫非取诸民间，纾须臾之急，适以增无穷之累。抑且治军之道，饷源为重，久饥之卒，循抚良难，统驭设有稍疏，则事变或难尽弭。本大总统受任伊始，力导和平，实发于为民请命之诚。现大局虽未底定，而停战久已实行，徒养不急之兵，虚耗有尽之饷，非所以奠民生，固邦本也。至若军饷支出，悉资赋税，比来国家多故，百业不兴，农成商通之数，已逊承平，益以整理失宜，岁入锐减，长此以往，固有饷源，涸可立待，被兵省分，更无论矣。本大总统兴念及兹，夙夜祗惧，计唯有裁减兵额，清厘税收，救弊补偏，暂资调节。兹据四川、广东、湖南、江西四省经略使直隶督军曹锟，东三省巡阅使奉天督军兼署省长张作霖，长江巡阅使安徽督军倪嗣冲，江苏督军李纯，湖北督军王占元，江西督军陈光远，署浙江督军卢永祥，时浙督杨善德病殁，由淞沪护军使卢永祥升调。署吉林督军鲍贵卿，吉督孟恩远调京，鲍由黑督调任。黑龙江督军孙烈臣，继鲍后任。山东督军张树元，山西督军阎锡山，河南督军兼署省长赵倜，湖南督军兼署省长张敬尧，福建督军兼署省长李厚基，陕西督军陈树藩，甘肃省长兼署督军张广建，新疆省长兼署督军杨增新，热河都统姜桂题，察哈尔都统田中玉，绥远都统蔡成勋，江苏省长齐耀琳，安徽省长吕调元，湖北省长何佩瑢，浙江省长齐耀珊，江西省长戚扬，山东省长屈映光，陕西省长刘镇华，直隶省长曹锐，长江上游总司令吴光新等，联名电呈，称"中央财政奇绌，军费实居巨额，如各省徒责难于中央，于义未安，于事无济。权宜济变，势不外开源节流两端。如就军队裁减二成，以之镇慑地方，尚可敷用，约计岁省二千万元，一面由中央责成各省，督饬财政厅，于丁漕税契各项，暨一切杂捐，切实整顿，涓滴归公，增入之款，亦当有二千万元左右，确定用途，暂充军饷。一俟和平就绪，裁兵之议，首先实行"等语。该督军等明于大计，兼顾统筹，体国之忱，良深嘉许。所拟裁减军额二成及整顿赋税各办法，简要易行，与中央计划正合。即着各该管官署，会同各该督军省长总司令等，妥速筹议，确定计划，克日施行。经此次裁减之后，并应认真训练，以期饷不虚糜。至于清厘赋税，首重得人，着责成财政部暨各省长官，于督征经征官吏，严为遴选，仍随时留心考核，切实纠察，以祛积弊。总期兵无冗额，士可宿饱，减轻闾阎之疾苦，培养国家之元气，本总统实嘉赖焉。将此通令知之。此令！

看官！你道各省督军省长，联名呈请，果真是为国节财，通晓大计么？从前袁项城时代，只有一班国民党，与袁项城死做对头。后来项城一死，北洋军系，遂分作两派，一是皖系，一是直系。皖系就是段派，与民党不协，常欲挟一武力主义，划除民党，所以南北纷争，连年不解。直系本是冯河间为首，冯既下野，资格最崇的要算曹锟。锟尝与冯联合一气，嗣经徐东海从中调停，乃偶或助段，但终为直系中人，不过为片面周旋，究未愿向段结好。再加出一位张大帅来，据住关东三省，独抱一大蒙满主义，既不联直，又不联皖，前次为小徐诱动，谋取副总统一席，所以助段逼冯。及冯去徐来，副总统仍然没分，累得张大帅空望一场，于是心下怪及小徐，更未免猜及老段。*阅者看过前文，当知前因后果。*三派鼎立，尔诈我虞，哪里肯协力同心，经营国是？各省督军省长，如徐总统通令中所述，有直派的，有皖派的，有奉派的，彼此牵率入呈，无非表面上卖个虚名，粉饰大局，其实暗中倾轧，入主出奴，就是叫他实行裁兵，他亦未必从令。军阀家的威力，全靠着许多丘八老爷，若逐渐裁减，威力何存？所以他的呈文，简直是有口无心，随说随忘的。

唯这位老总统徐世昌，本来是翰苑出身，凤娴文艺，及出任东三省总督，始得躬膺节钺，结识了若干武夫。到了受任总统，逆料国民心理，厌乱恶兵，因此力主和平，提倡文治。如前清宿儒颜习斋、李瑊两师生，并令入祀文庙，且就公府旁舍，辟前清太仆寺旧址，设立四存学会。四存名义，就是颜习斋所讲的存人、存性、存礼、存治四纲。有时政务少闲，或邀入樊樊山、易实甫、严范荪等遗老，评风吟月，饮酒赋诗，立了一个晚晴簃诗社，作为消遣。**这一段徐氏文治，也是忙中补笔。**无如尚文的古调独弹，如何普及？尚武的积重难返，相率争权。老徐非不聪明，乃欲运用一灵敏手腕，驾驭武人。唯段派因老徐上台，全是安福部推戴，应居监督地位，故老徐有所举动，往往为所钤制。就是南北和议的决裂，也是如此。

后任北方总代表的，乃是王揖唐。**见一百零九回。**揖唐生平行事，多为舆论所不容，他不敢贸然南下，实由小徐许为暗助，极力怂恿，所以直任不辞。偏偏沪上士商，不待揖唐到沪，便已群起反抗，登报相訾。揖唐视若无睹，道出江宁，入见江苏督军李纯。李为东道主人，自然开筵相饯，酒过数巡，揖唐谈及议和方略并乞代为疏通。说了数语，未见答辞。揖唐不禁发急道："公曾始终主和，奈何今日反噤若寒蝉。不肯以周行见示？"李纯才微微笑道："凤凰已鸣，我何妨且作寒蝉。"揖唐听了，越觉莫名其妙。原来揖唐出京时，曾由熊希龄编成一篇俳优词，隐讥揖唐。希龄常因地得名，时人号为熊凤凰，故李纯亦援此相嘲。独揖唐尚且未悟，更欲絮闻，李纯直言道："熊凤凰已说过了，敢是君尚未闻么？"两语说出，揖唐也不觉自惭。还亏面上已略有酒容，尚得遮盖过去。**与其献丑，何如藏拙。**李纯自觉所言过甚，因复接入道："今欲议和，并非真正难事，总教北方诸公，果无卖国行为，且能推诚相与，便容易就绪了。"揖唐勉强相答道："我公久镇南疆，为南方空气所鼓荡，故所言若是。其实北方，也自有苦衷，公或未能悉知哩。"李纯又不禁愤愤道："人生在世，但求问心无愧，纯一武夫，知有正谊罢了，他非敢知。公奉命南来，必有成竹在胸，得能和议早成，纯亦得安享和平，感公厚赐哩。"**满腹牢骚，借此流露。**揖唐乃不便多言，再勉饮了数觥，当即别去。

一到沪上，通衢大市，均有讥笑揖唐的揭帖，煌煌表示。揖唐非无耳目，也自觉进退两难，默思当今时势，钱可通灵，从前收买政党，包办国会，哪一件不是金钱做出？此番来沪议和，仍可用着故智，倚仗钱神，于是挥金如土，各处贿托。好在小徐亦密派心腹，运动南方领袖孙中山，及南方总代表唐少川，阳为说合，阴图反间，叫他与岑、陆诸人分张一帜，免为所制。那时南方七总裁，也分粤、滇、桂三派，貌合神离，暗存党见，一经小徐设法浸润，唐总代表，却也略被耸动，欲与王揖唐聚首言和。一日，王、唐两人相遇席上，宴会周旋，各通款曲，唯终未及和议事件。两方分代表中亦有数人预席，互相惊异，窃窃私议。及散席后，南代表对了唐绍仪，各有违言，多说是："鱼行包办，何足议和，**王有鱼行包办的绰号。**我辈若与开议，便是自失声价了。"唐总代表虽有和意，究竟不好违众，乃向广东军政府，电告辞职。从此和议声浪，又变成一番画饼了。小子有诗叹道：

> 五洲和会犹成议，一国军人反好争。
> 南北纷纭无定局，难堪只是我苍生。

内忧未已，外衅又生，种种事变，待至下回再表。

　　龚、靳同为段派中人，龚去而靳代，犹一段派也。但徐之用靳，恰含有一大命意，经本回直书其隐，乃知用靳之际，与用龚不同。钱内阁之倒，段派实排挤之，龚之起而暂代，原为徐之一番作用，非本意也。未见而易靳之令下，当时谓去一段派，来一段派，本是同根，何必参换，而亦安知老徐之别有智谋耶？裁兵节饷一事，为靳氏登台后之政策，实由老徐授意而成。果能军阀同心，逐渐进行，宁非一时至计，惜乎其言未顾行也。王揖唐之南下议和，本为老徐请君入瓮之策，而彼则有挟而来，盛装南下，李督军之面加规勉，犹不失为忠厚人本色，实则黑幕重重，李氏固尚未洞悉也。彼此诈力相尚，国家宁能有豸乎？

# 第三十二回

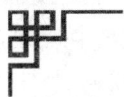

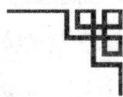

## 领事官袒凶调舰队
## 特别区归附进呈文

却说各省抵制日货，一致进行，再接再厉。闽省学生，亦常至各商家调查货品，见有日货，便即毁去。日本曾与前清订约，有福建全省，不得让与外人的条文，因此日人视全闽为势力范围，格外注意。侨居闽中的日商，因来货虽积，不能销售，已是忿懑得很；更闻中国学生检查严密，越加愤恨，遂邀集救十人，持械寻衅。民国八年十一月十六日下午，游行城市，适遇学生等排斥日货，便即下手行凶，击伤学生七人。站岗警察，急往弹压，他竟不服解劝，当场取出手枪，扑通一声，立将警察一人击倒，弹中要害，呜呼毕命。还有路人趋过，命该遭晦，也为流弹所伤。警察见已扰事，索性大吹警笛，号召许多同事，分头拿捕，拘住凶手三名，一叫作福田原藏，一叫作兴津良郎，一叫作山本小四郎，当即押往交涉署，由交涉员转送日本领事署，并将事实电达政府，请向驻京日使，严行交涉。驻闽日本领事，袒护凶手，反电请本国政府，派舰至闽，保护侨民。日政府不问情由，即调发军舰来华。*真是强权世界。*闽人大哗，又由交涉员电告中央。政府连得急电，便令外交部照会日使，提出抗议。日使总算亲到外交部公署，声明闽案交涉，已奉本国训令，决定先派专员，赴闽调查真相，以便开始谈判。此项专员，除由外务省遴派一名外，并由驻京日使馆加派一名，会同前往。所有本国军舰，已经出发，碍难中止。唯舰队上陆，已有电商阻云云。外交部只好依从，唯亦派出部员王鸿年、沈觐宸等，赴闽调查。

为此一番衅隙，北京中学以上各校学生，全体告假，出外游行演讲，谓："日人无端杀人，蔑理已甚，应唤起全国同胞，一体拒日。"各省学生，先后响应，并皆游行演讲，表示决心。就是闽省学生，前已发行学术周刊，提倡爱国，至此复宣布戒严，示与日人决绝。官厅恐他酿成大祸，即取缔学术周刊，勒令停止，并将报社发封。各学生等，遂皆罢课，风潮沿及济南。济南学生联合会，正为着青岛问题，常怀愤激。此次闻闽中又生交涉，越觉不平，拟开国民大会，并山东全省学生联合会大会，誓抗日本。事被官厅阻止，也一律罢课，且拟游行演讲，致与军警发生冲突。有好几个学生，被殴受伤。学生以日人无理，尚有可原，军警同为国民，乃甘心作伥，实属可恶，决计与他大开交涉。官厅却也知屈，特浼教育会代作调人，允许学生要求，始得和平解决。唯闽中一案，明明是曲在日人，日领事恃强违理，非但不肯将凶手抵命，反去电请军舰，来闽示威。一经日政府派员调查，也觉得福田原藏等，所为不合，独未肯宣付惩戒，反令日舰，游弋闽江，逗留不归。中国外交部迭次抗争，乃始下令撤退，并在东京、北京、福州三处，声明一种理由，略云：

帝国政府，曩因福州事变突发之结果，该地形势，极为险恶，深恐对于我国侨民，仍频加迫害，侨民殴伤学生，击死警察，反说闽人要迫害侨民，理由安在？特不得已派遣军舰，前赴该地，以膺我侨民保护之责。唯最近接报告云，该地情状，渐归平稳，当无上述之悬念。帝国政府深加考量，特于此际决定先行撤退该地之帝国军舰，此由帝国政府考察实际情况，自进而所决行者也。帝国政府中心，切望中国官厅对于各地秩序之维持，与我侨民之保护，更加一层充分之尽瘁，幸勿再生事态，使帝国政府为保护我侨民利益之被迫害，再至不得已而派军舰焉。

看这口吻，好似日侨并未犯罪，全然为闽人所欺凌；并咎及中国官厅，不肯极力保护，所以派舰来华，为自护计。好一种强词夺理，是己非人！最后还说出再派军舰一语，明明是张皇威力，预示恫吓。中国虽弱，人心未死，瞧到这般语意，难道就俯首帖耳，听他架诬吗？各省民气，激昂如故，就是外交部亦调查确实，再向驻京日使，提出撤领、惩凶、赔偿、道歉四项，要他履行。日使一味延宕，反谓我国"各省官吏，不肯取缔排日人民，应该罢斥，并须由政府保证，永远不排日货。"两方面各执一词，茫无结果，时已为民国八年终期了。

政府东借西掇，勉过年关，正要预备贺岁，忽闻前代总统冯国璋病殁京邸，大众记念旧情，免不得亲去吊奠。就是徐总统也派员致赙，素车白马，称盛一时。原来冯下野后，仍常往来京师，猝然抱病，不及归乡，遂致在京逝世。冯虽无甚功业，究竟代理总统一年，故特叙其终。越二日，即系民国九年元旦，政府停止办公数日，一经销假，便由驻京日使递到公文，大略如下：

联合国对德讲和条约，业于本月十日交换批准，凡在该批准约文上署名之各国间，完全发生效力。日本依该讲和条约第四编第八款，关于山东条约，即第一百五十六条乃至第一百五十八条之规定，由日本政府完全继承胶州湾租借权，及德意志在山东所享有之一切权利。日本政府确信中国政府对于继承右列权利一节，必定予以承认。盖以大正四年五月二十五日所缔结之中日条约中，关于山东省部分之第一条，曾有明文规定云：中国政府允诺日后日本国政府拟向德国政府协定之所有关于山东省依据条约，或其他关系于中国政府享有一切权利利益让与等项处分，概行承认故也。以上权利，交还中国政府。至关于此事，大正四年五月二十五日两国所交还胶州湾换文中，曾言明：日本政府于现下之战役终结后，胶州湾租借地，全然归日本国自由处分之时，于左开条件之下，将该租借地交还中国。（一）以胶州湾全部开放为商港。（二）在日本国政府指定之地区，设置日本专管租界。（三）如列国希望共同租界，可另行设置。四此外关于德国之营造物，及财产之处分，并其他之条件手续等，于实行交还之先，日本政府应行协定。是以日本政府为决定交还关于胶州湾租借地，及其他在山东各种权利之具体的手续起见，提议中、日间从速开始交涉，深信必得中国政府之允诺也。

公文中既云交还，又云继承德国旧有一切权利，是明明欲占领胶澳，不过涂饰人目，以为日本承受权利，乃是一个租借权，并非绝对的领土权。然试问向人假物，辗转借用，原物未归故主，但声明由何人所借，便好算得交还吗？此时外交总长陆徵祥等，尚在巴黎，因为保加利亚、匈牙利、土耳其诸国，和议尚未就绪，所以留待签字，不得遽归。外交部次长陈箓，当将日使来文，提交国务会议。国务员乐得推诿，统说待陆总长回国，再定办法，因此把来文暂行搁起，不即答复。广东军政府，闻悉此事，也电致北京，反对山东问题，由中、日直接交涉，文云：

迭据报载，日使向北京政府交涉声明协约国对德条约，已发生效力，日政府自己完全继承租借胶州权，并德国在山东各种权利等语。查我国拒绝签字和约，正当此点。如果谬然承认，则前此举国呼号拒绝签约之功，隳于一旦。即友邦之表同情于我者，至此亦失希望，后患何堪设想？如果日使有提出上列各节情事，亟应否认，并一面妥筹方法。再查此案我国正拟提出万国联盟申诉，去年盛传日使向北京政府直接交涉，当即电询，旋准尊处电复："青岛问题，关系至重，断不敢掉以轻心，现在并无直接交涉之事"等语。此时更宜坚持初旨，求最后胜利。究竟现在日使有无提出？尊处如何对付？国脉主权所关，国人惴惴，特电奉询，统盼示复！

南北政府，虽似对峙，唯为对外起见，仍然主张联络，所以对德和约，也尝以不签字为正当。前次通电声明，与北京政府论调相同，至此更反对中、日直接交涉，一再致电。当由北京政府答复，决计坚持。待到一月二十五日，外交总长陆徵祥自欧洲乘轮回京，谒见徐总统，报称德奥和约经过情形，尚有余事未了，留同僚顾维钧等在欧办理。徐总统慰劳有加，并与谈及山东交涉。陆总长亦谓："不便与议，只好徐待时机，再行解决。"于是日使提案，仍复悬搁不理。

唯西北边防，日益吃紧，俄国新旧二党，屡在西伯利亚境内，交战不休。政府已将防边护路各要件，迭经讨论，适值陆总长回国，因再公开会议，决定办法。从前西伯利亚铁路，接入黑龙江、吉林两省，为俄人所筑，吉、黑境内，称为中东铁路，铁路总办，当然归俄人主任。西伯利亚有乱，免不得顺道长驱，突入黑、吉，故政府时为担忧。自经陆总长列席议决，即由外交部名义，备具正式公文，向协约国正式申明：（一）中东路属我国领土全权，不容第二国施行统治权。（二）俄员霍尔瓦特，仅为铁路坐办，无担负国家统治之权能。（三）按照铁路合同，公司俄员及沿线侨居中外人民，应由我国完全保护。除这三事宣告各国外，又分电奉天、吉林、黑龙江、新疆四省督军，及现驻库伦西北筹迫使徐树铮等，令他厚集军队，极力防边，筹备的款，实行护路；并应监视中东路总办霍尔瓦特，勿任有逾轨举动。种种办法，无非是思患预防的要着。可巧呼伦贝尔特别区域，亦恐俄乱扰入，愿将特别区域的名目取消，归属中政府指挥。这呼伦贝尔地方，本在黑龙江西北，向属黑龙江省管辖，自俄人垂涎此地，硬要中国与他定约，承认呼伦贝尔为特别区域，以便逐渐染指。及俄乱一起，该地总管协领，自知站立不住，乃与暂护呼伦贝尔副都统贵福熟商，托使电请中央。贵福乃先咨呈东三省巡阅使张作霖，暨黑龙江督军孙烈臣，间接传递呈文，到了京师，与外蒙情形相似。徐总统当然欣慰，便即下令道：

据东三省巡阅使张作霖，黑龙江督军孙烈臣，呈称："据暂护呼伦贝尔副统贵福咨呈，窃查呼伦贝尔，向属中国完全领土，隶黑龙江省省辖，自改置特别区域以来，政治迄未发达，自非悉听中央政府主持，不足以臻治理。兹据全旗总管协领左右两厅厅长帮办等会议多次，金谓取消特别区域，并取消中俄会订条件，实为万世永赖之图，因推左厅厅长成德，右厅厅长巴嘎巴迪，索伦左翼总管荣安，索伦右翼总管凌陛等，代表全体，吁恳转电中央，准将呼伦贝尔特别区域取消。以后一切政治，听候中央政府核定。其中华民国四年中俄会订呼伦贝尔条件，原为特别区域而设，今既自愿取消特别区域，则该条件当然无效，应请一并作废，伏乞鉴核转呈"等语。核阅来呈，情词恳挚，具见深明大义，应即俯如所请，以顺群情。所有善后一切事宜，着该使等会商主管各部院，察酌情形，分别妥筹，呈候核定施行。总期五族一家，咸沾乐利，用广国家大同之化，本大总统有厚望焉！此令。

令下数日，又任命贵福为呼伦贝尔副都统，张奎武为呼伦贝尔镇守使，钟毓督办呼伦贝尔善后事宜。嗣复经黑龙江督军孙烈臣电达中央，请援照旧制，设立呼伦、胪滨两县，并改吉拉林设治局为室韦县，当由政府交与内务部核办。从前光绪三十四年间，原设呼伦、胪滨两府，及吉拉林设治局，局址系唐时室韦国故都，因以名县。内务部看到黑督呈文，并没有甚么碍，当然赞同，即复呈总统府核准，下一指令，饬照呼伦贝尔原管区域，设置呼伦、胪滨、室韦三县，统归呼伦贝尔善后督办管辖，这且不必细表。

唯俄国新旧交争，两边设立政府，新党占住俄都彼得格勒，仍在欧洲东北原境。

旧党失去旧都，移居西伯利亚，组织临时政府，暂就鄂穆斯克地方为住址，旋又迁至伊尔库茨克。偏新党节节进取，旧党屡战屡败，几至不支，再经伊尔库茨克境内的社会党，目睹旧党失势，竟与新党过激派联络，骤起革命，推翻旧政府。旧政府领袖柯尔恰克将军等，统皆逃散，不能成军。俄国新政府既占优势，自谓划除一切阶级，以农人为本位，故号为劳农政府。且因俄都彼得格勒偏据欧洲，改就俄国从前旧都莫斯科为根据地，一面声告各国，除旧有土地外，不致相侵。协约各国，本皆派兵至海参崴，出次西伯利亚，防御俄乱。**事见前文。**美国因俄新政府既已声明，不侵外人，当即将西伯利亚驻屯军，全数撤回。独日本政府不愿撤兵，反且增兵，**别寓深意。**遂牒告美国政府，略谓：“日本处境，与美国不同。就俄国过激派现势观察，实足危及日本安全，故日政府决定增派五千补充队，驻防西伯利亚东端”云云。美国也不暇理论，撤兵自去。独中国前与日本协商，订定中日军事协定条件，所派军队，不能自由往返，屡经广东军政府通电反对，国务院乃电复广东，内称：“军事协定，原为防止德、奥起见，现在各国驻俄军队，业经分起撤退，我国军队自当与各国一致行动，待至全队撤回，即为军事协定终止的期间。”但日本不肯退军，中国亦当被牵制，甚至日本二次宣言，谓西伯利亚的政局，影响波及满洲、朝鲜，危及日本侨民，所以不便撤兵。**已视满洲为朝鲜第二了！**必待满洲、朝鲜，脱除危险，日侨生命财产，可得安全，并由俄政府担保交通自由，方好撤回西伯利亚屯兵。中政府得闻宣言，觉不能容忍，即由外交部出与抗议，略云：

> 贵国关于西伯利亚撤退之时机，有满洲、朝鲜并称之名词，查朝鲜系与日合邦者，本国不应过问，而满洲系东三省，系吾国行省之一部，岂容有此连续之记载？实属蔑视吾国主权，特此抗议！

这抗议书赍交日使，日使延宕了好几日，方致一复文，还说：“由中国误解，或误译日文，亦未可知。我帝国宣言中，并述满洲、朝鲜，不过指摘俄乱影响，始及满洲，继及朝鲜，足危害我日本侨民，并无蔑视中国东三省主权。”看官试想，此等辩词，果有理没有理么？正是：

毕竟野心谋拓土，但夸利口太欺人。

为了日本种种恃强，遂致中国内地，常有排日风潮，欲知详情，且看下回便知。

日人殴伤学生，枪毙警察，尚欲调派军舰，来华示威，假使易地处此，试问日人将如何办理乎？夫俄与日本，皆强国也，前清之季，交相凭陵。迨民国纪元，又率率而来，俄染指于北，日垂涎于东，中政府之受其要挟，穷无所诉，视俄固犹日也。乃俄乱骤起，土宇分崩，外蒙离俄而取消自治，呼伦贝尔亦离俄而取消特别区域，可见强弱无常，暴兴者未必不暴仆。况中、日两国，同文同种，又同处亚东，胡不思唇齿之谊，而展与中国为难耶？日人日人，其亦可少休也欤！

# 第三十三回

## 对日使迭开交涉
## 为鲁案公议复书

　　却说各省学潮，迭起不已，大半为了中日交涉，相率争哗。一是鲁案，一是闽案，两案俱未解决。天津学生，屡次求见省长，要请转电政府，与日本严重理论。省长不允接见，反派卫队驱散学生，甚至殴伤数名。天津各校，遂全体罢学。北京各校，亦依次响应，公举代表，谒见国务总理。靳云鹏虽未拒绝，但也不过支吾对付。学生等复游行演讲，被大队军警干涉，驱入天安门严守，待至天暮，始得释放。学生未肯罢休，仍然四处鼓吹，一意排日，有时为军警拘去，终不少屈。嗣是上海、安庆、杭州各校，亦往往因严查日货，发生冲突，政府不得已下一禁令，不许学生干政，令云：

　　近年以来，学潮颊靡，法纪不张，以诸生隽异之姿，动辄聚众暴行，自由行动，国家作育英髦，期望至切，迭经明令剀切浩诚，申明约束，深冀其濯磨砥砺，勉为异日致用之才，诸生等果知自爱爱国，当亦憬然愧悟。乃据京师警察厅报告，本月四日，京师各校学生，有在前门外排列演说，阻断交通，并有击毁车辆殴伤行人情事；而日前直隶省长，亦有学生包围公署，击伤警卫，不服制止之报告。似此扰乱秩序，显干法纪，菁莪之选，沦于榛棘，甚为诸生惜之！自来学生干政，例禁綦严，诚以向学之年，质性未定，纷心政治，适隳学业，抑且立法行政之责，各有专属，岂宜以少数学子，挟出位之思，为逾轨之举？在国家则有妨统驭，在诸生亦自败修名，在政府虽爱惜诸生，而不能不尊重法律。须知国家生存，全赖法律之维系，学生同属国民，即同在法权统治之下，负执行法律之责者，讵能以学生干法，置之不问？兹特依据法律，再为谆切之申告，自此次明令之后，应即责成教育部，督饬办学各员，恪遵迭令，认真牖导。凡学生有轶出范围之举，立予从严制止，总期消弭未萌，各循矩矱。其有情甘暴弃，希图煽乱者，查明斥退；情节较重，构成犯罪行为者，交由司法官厅，依法惩办。办学各员，倘有徇庇纵容，并予撤惩。总之国纪所在，不容凌蔑，政府以国家为重，执法以绳，决无宽贷，其共懔之！此令。

令下后，又饬京师警察厅，根据自治警察法条例，布告将北京中等以上学校学生联合会，暨北京小学以下学校教员联合会，一体解散。但压制自压制，哗噪自哗噪，终归没有了结。就是日人亦好来寻衅，屡有越境侵权，伤人毙命等事。除上文所述闽案外，类举如下：

（一）吉省日人越境逮捕韩人交涉。吉林省毗连韩境，韩人尝谋独立，被日本军警制压，往往窜入吉林省边境，日人遂屡有越境搜捕等情，经吉林督军电请政府，特向驻京日使抗议。

（二）日本军舰入内河交涉。日本宇治军舰，拦入江苏南通天生港，经江苏长官，电请外交部向驻京日使交涉。

（三）日兵占据满洲里车站交涉。日本兵队，占据满洲里车站，四面架机关枪，禁人出入，外交部因向驻京日使，质问理由。

（四）日人在苏枪毙兵士交涉。驻苏陆军第二师第五团兵士，在虎邱山旅行，被日人射放猎枪，擅将军士胡宗汉击毙。当经警察将凶手拘住，解至交涉公署，转送驻苏日领事，由交涉员向日交涉。

（五）海参崴日军伤害华人交涉。驻海参崴日本军队，与俄国新党军队冲突，日军击败俄国，占领海参崴及附近各地。我国旅崴侨民，多遭日军伤害，且被拘去十余人。当由驻崴委员李家鳌，向日军长官提出抗议。

（六）海拉尔日捷军冲突，伤害华兵交涉。中东铁路附近，日本军与捷克军，发生冲突，双方开枪轰击。中国护路军队在旁守视，致遭流弹击伤。中国外交部，又不得不与日、捷两军，抗论曲直。

（七）日军占据哈尔滨华军营房交涉。日本突调大队军士至哈尔滨，占用中国营房多处，经吉林长官请外交部向驻京日使交涉。

（八）日本在中东路增兵交涉。日本在中东路线一带，增兵运械，自由行动。中国外交部因向驻京日使提出抗议，要求从速撤退。

（九）日军侵犯中东路权交涉。日本军队，屡在中东铁路旁，侵占中国军站营房，及扣留车辆等事。政府迭接东三省报告，特由外交部向驻京日使提出抗议。

（十）日人在山东内地设置电杆交涉。日人近在山东高密、古城一带，擅自设置电杆。山东交涉员，即向驻济日本领事抗议，日领并不答复。因由山东省长，电请外交部向日使交涉。

如上所述，统是民国九年五月以前情事，中国虽屡与交涉，往往没甚效果。唯苏州枪毙胡宗汉一案，凶犯叫做角间孝二，日本驻苏领事，也不能硬为辩护，乃正式道歉，且令凶犯赔偿恤费，便算了事。胡宗汉总是枉死。至若日、捷军伤害华兵，当经英、法军官调停，由日、捷两军，抚恤死伤，并向中国道歉，也即销案。唯山东问题，中政府因全国人民反对中、日直接交涉，所以迟迟不答。驻京日使又奉本国训令，照会外交部，催促从速开议，内容分三项：（一）谓日本驻德代理公使，已收到关系胶州各种文件，并送达东京。日本继承德人在山东权利，依照和约，有三强国批准，即生效力，现五国中已有四强国批准。只有美国尚未批准。故从前德人在山东权利，当然由日本继承，毫无疑义。（二）日本政府本善意与友谊，要求中政府与日本直接交涉，解决山东问题，图谋双方利益。不意日政府种种好意，不但中国人不肯原谅，反发生种种排日举动，日政府不得不切实声明，如中国依然抱持延宕政策，日本即视此种行为，为默认日本的要求。（三）因上述两种理由，故日政府请中国政府，速将方针决定，并定期与日本讨论，解决山东问题，不容再延。看官！你道这样的照会，是严刻不严刻么？外交部接着，就使陆子欣微祥字子欣。有专对才，也觉得瞠目结舌，无从应付；当下与国务总理靳云鹏等，共同商议。靳云鹏取出一篇电文，交与大众审视，但见纸上写着，系是湖北督军王占元领衔，联名共四十八人。电文略云：

山东问题，自接收日本通牒以来，叠经各界人士，集合研究，佥以拒绝直接交涉，提交国际联盟，为唯一之办法。讵道路传闻，有与希望相反之趋向。占元等庐墓所在，痛切剥肤，父老责言，似难缄默，敢进危言，幸垂听焉！外交重要，关系国本，详慎考虑，谁曰不宜？顾询谋既已佥同，方针依然未定，逆料钧座左右，必有谓直接交涉，不至有害，提交联盟，未必有利，持此说以荧惑聪听者，此非毫无知识，便是别有肺肠。一言丧邦，莫此为甚！大抵强国与弱国交涉，利在单独，不利于共同，利在秘密，不利于公开。至弱国外交，则适得其反。试问二十年来，我国利权，断送于密约者几何？此次彼以甘言诱我，非爱我也。果诚意亲善，则宜先将完全主权，径行交还，并即时撤退军警，以示退让，不必斤斤焉为条件磋商矣。故直接交涉，结果必与吾无利，可以断言。倘虑提交联盟，未必可恃，在欧会签字和约之时，或者尚属疑问，今刚德约保留山东之款，已由美参议员通过，且英、法各国，对于保留案，亦表赞同。专欲难成，得道多助，利害明了，无待蓍龟。与其为条约之赠与，宁使为强力所占有。与其菁华尽弃，留空壳之地图，毋宁死力抗争，作国际之悬案。否则引狼入室，为虎作伥，群情愤激，铤而走险，祸变之来，将有不忍言者。心所谓危，不敢不告，伏祈俯鉴民意，断而行之，山东幸甚！国家幸甚！

大众看罢，暗想湖北督军王占元，平时本无甚表白，此次却独来领衔，居然有慷慨激昂的情势，倒也有些奇怪。其实这篇电文，王占元不过被动，那主动力却是第三师师长吴佩孚。平湘一役，吴氏已露头角，此次又重现锋芒。吴本山东蓬莱县人，幼丧父母，门祚衰微，单靠着兄嫂抚养，始得成人。及入塾读书，学为时艺，颇有成效。出应童子试，一战获售，即入黉宫。后来三试秋闱，偏皆落第，遂发愤改途，投入保定武备学堂，舍文习武。天下无难事，总教有心人，学满毕业，成绩最优，一介书生，忽变为干城上选。当时校中有一教员，便是后来的靳总理，凤垂青眼，特为吹嘘，荐诸江北提督王士珍麾下。士珍因情谊难却，权置幕右，命司传宣。既而士珍丁艰去任，佩孚随与俱北，辗转为第三师营弁，师长非别，就是曹锟。锟实非将才，得吴佩孚为属校，遇事与商，皆为锟智所未及，因此渐加倚重，由营长荐擢旅长。至曹锟统兵援湘，已密保佩孚署第三师长，任前敌总司令。岳州长沙，依次克复，应推佩孚为首功。锟既北返，受四省经略使职衔，留佩孚驻守湘南，于是佩孚权力所及，不止第三师全部，就是曹锟所有旧僚属，也悉听佩孚指挥。佩孚知恩感恩，愿为曹氏尽力。但曹系直派，与段派貌合神离，并见前文。佩孚向曹尽忠，当然反对段派。湘督张敬尧，为段氏心腹，竭力主战，独佩孚驻防以后，隐承直派意旨，舍战主和。两人宗旨，既已不同。更兼长沙收复，功由吴氏，张敬尧后来居上，竟将湘督一席，安然据去，佩孚心实不甘。嗣经段祺瑞意图笼络，表荐佩孚为孚威将军，促赴前敌，佩孚得了一个虚名头衔，有何用处？越恨段氏使诈，反对益甚。青岛交涉，段派或主张让步，为亲日计，佩孚既感念薰获，复系情桑梓，所以一意抗日，特联结同乡军吏四五十人，同声劝阻。靳、吴谊关师弟，平时信件，尝相往还，佩孚对内主和平，对外主强硬，已是说不一说，时有所陈，靳氏岂无感动？怎好专顾那亲日派，与日人直接交涉，坐将那青岛让去？故对着日使公文，初主延宕，至此延无可延，宕无可宕，不得不将王占元等一篇大文，取示大众，表明微旨。大众原多数拒日，便以为今日要着，莫如复绝，就使有几个亲日派在旁，也只好随声附和罢了。乃拟定复文，约略如下：

关于解决交还青岛及其山东善后问题一事，准四月二十六日照开等因。查此事前一月准贵公使面交节略，所述贵国因条约实施之结果，拟为交还青岛及胶济沿线之准备各节，本国政府，均已了解。无如中国对于胶济问题，在巴黎大会之主张，未能贯彻，因之对德和约，并未签字，自未便依据德约，径与贵国开议。且全国人民，对于本问题态度之激昂，尤为贵公使所熟悉。本国政府基于以上原因，为顾全中日邦交起见，自不容率尔答复。至续准送交改正节略释文，获见贵国政府愿将胶济沿线军队之撤退，本国政府与该地方官，筹商办法，从事编制警卫队以任保护全路之责。又准照开前因，当经本部长将上述本国政府不能遵行与贵国开议各情形，面达在案。唯根据目前事实上之情状，对德战争之状态，早经终止，所有贵国在胶济环界内外军事设施，自无继续保持之必要。而胶济沿路之保卫，从速恢复欧战以前之状态，实为本国政府及人民所最欣盼，自当于最短之期间，为相当之组织，以接贵国沿路军队维持沿路之安宁。此节与解决交还青岛问题，纯为两事，想贵国政府必不执定曾否开议，借以迟延其实行之期，致益滋本国人民及世界观听之误会也。贵国政府果愿将战事一切军事上之设施，从事收束，以为恢复和平之表示，本国政府自当训令地方官，随时随事，与贵国领事官等接洽办理，相应奉复，即希查照为荷！

看这复文，便知靳氏是采纳吴言，有此决心；还有统一南北政策，主张和平解决，也是依从吴议。曾先有通电促和，由小子补录如下：

近迭据各方来电，促进和平，具见爱国之诚。一年以来，中央以时局危迫，谋和至切，开诚振导，几于痦口哓音，乃以西南意见殊歧，致未克及时解决，不幸而彼方变乱相寻，且有同室操戈之举，缺斨破斧，适促沦胥，蒿目艰虞，能无心痛！中央对于西南，则以其同隶中华，谊关袍泽，深冀启其觉悟，共进祥和，但本素诚，绝无成见。而对于各方，尤愿鉴彼纠纷之失，力促统一之成，戮力同心，共图匡济。诚以国家利害之切，人民休戚所关，苟一旦未底和平，则一日处于艰险。而以目前国势而论，外交艰难，计政匮虚，民困既甚，危机四伏，尤在迅图解决，不容稍事迁回。中央惓怀大局，但可以利国家福人民者，无不黾勉图之。而所以积极擘划，共策进行，仍唯群力之是赖。各军民长官，匡时干国，凤深倚任，所冀共体斯情，以时匡翼，庶几平成早睹，国难以纾。功在邦家，实无涯涘！奉谕特达。

是时北方总代表王揖唐，寓沪多日，借爱俪园为行辕，名为议和专使，实是未曾开谈。南方总代表唐绍仪，前已向军政府辞职，军政府虽未照准，但南方各分代表，不愿与王揖唐开议，所以唐、王两人，有时或得相晤，不过略有议论，未得公开谈判。徐总统与靳总理，一再促和，哪知和议毫无端倪，王揖唐唯逍遥沪渎，作汗漫游。一夕，在爱俪园中，忽发现炸弹一颗，幸未爆裂，不致伤人。但王揖唐的三魂六魄，几被这一颗炸弹，驱向黄浦滩上去了。小子有诗叹道：

　　无情铁弹竟相遗，犹幸余生尚未糜。
　　为语世人休自味，本来面目要先知。

王揖唐经这一吓，勉强按定了神，摄回魂魄，暗想此事必有人主使，想了一番，不禁私叹道："谅想是他，定归是他。"究竟推测何人？待小子下回报明。

本回举中日各案，依次胪叙，仅半年间，而已积案至十，虽似无关巨要，而无在非恃强凌弱之举。虎邱山及海拉尔两案，伤毙华民，不过以抚恤道歉了事。夫杀人抵命，中外同揆，若仅以抚恤之微资，道歉之虚文，即可置凶手于不问，彼亦何惮而不再为耶？弱国之外交，已可概见。至若山东问题，既已不签字于德约，自不能与日人直接交涉，愚夫犹知，宁待吴氏？但吴氏之联合同乡，推王占元为领衔，合力电阻，不可谓非爱乡爱国之热诚。因事属辞，亦作者之待笔也。

# 第三十四回

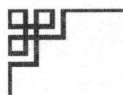

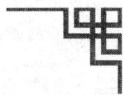

## 挑滇衅南方分裂
## 得俄牒北府生疑

却说王揖唐遇着炸弹，侥幸不死，自思前至江宁，曾被江督李纯，当面揶揄，此次以炸弹相饷，定是李纯主使，遂不加考察，即致书李纯，责他有心谋害。李纯本无此事，瞧着来书，便怒上加怒，便亲笔作复，出以简词道：

公以小人之腹，度君子之心，仆即有恨于公，何至下效无赖之暗杀行为，况并无所憾于公乎？

这书复寄王揖唐，揖唐阅后，尚未释意，每与宾朋谈及，谓李秀山不怀好意，秀山即李纯字，见前。从此更与李纯有嫌。但前次朱使南下，李纯本极力帮忙，恨不见效，此次揖唐代任，派系本与李纯不同。况揖唐品格，不满人意，所以李纯原袖手旁观，坐听成败。揖唐孤立无助，又不见南方与议，叫他一个"和"字，从何说起？只好逐日蹉跎，因循过去。

沪上有犹太人哈同，素号多财，建筑一大花园，为消遣地。揖唐在沪无事，便去结纳哈同，做了一个新相知，镇日里在哈同花园宴饮流连。或谓揖唐到沪，挈一爱女，自与哈同为友，便嘱爱女拜哈同为义父，事果属实，揖唐行状，更不问可知了。

意在言外。

唯西南各省亦各分派别，滇、粤、桂三派组成军政府，阳若同盟，暗却互相疑忌。岑春煊系是桂系，资格最老，陆荣廷亦桂系中人，向为岑属，当与岑合谋。江督李纯，屡次通信老岑，敦劝和议，就是徐总统亦密托要人说合岑、陆。岑、陆颇思取消自主，拥戴北方，但粤派首领，为民党中坚，不愿奉徐为中国总统，且经小徐设法离间，使他自排岑、陆，免得直派联络西南，厚植势力，于是西南各派被直、皖两派分头运动，也不禁起了私见，各自为谋。中国人之无团结心，可见一斑。心志相离，事变即起。驻粤滇军第六军军长李根源，由云南督军唐继尧，派为建设会议代表，免除军长职务，所有驻粤滇军，直隶督军管辖，并令禀承参谋部长李烈钧办理。时广东督军为莫荣新，偏与唐继尧反对，电令滇军各师旅团长，仍归李根源统辖指挥。于是滇军各军官，一部分服从滇督命令，不属李根源，一部分服从粤督命令，仍留李根源为统帅。双方互起冲突，激成战衅，连日在韶州、始兴、英德、四会等处，私斗不休。唐继尧接得战电，不由的愤怒起来，以为驻粤滇军，应归滇督处分，莫荣新怎得无端干涉？当即通电西南海陆军将领，略谓："留粤滇军问题，滇省务持慎重。兹据报莫荣新派兵四出，公然开衅，目无滇省，甘为戎首，继尧不能坐视两师滇军，受人侵夺，决取必要手段，特行通电声讨"云云。因派遣乃弟唐继虞，为援粤总司令，率兵三师，由滇出发。陆荣廷特自广西出师，驻扎龙州，为莫声援。

旋经军政府总裁岑春煊等，出与调和，方得停战。唯经此一番龃龉，滇、桂两派，已经决裂。广东军政府中，争潮日烈，政务总裁海军部长林葆怿，提出辞职，政务总裁外交兼财政部长伍廷芳，亦离粤赴香港，寻且移驻上海。在粤旧国会参议院议长林森，众议院议长吴景濂，副议长褚辅成，与一部分议员，先后离粤，通电攻击政务总裁岑春煊，说他潜通北方，有背护法宗旨，特与他脱离关系，另择地点开会。尚有一部分议员，仍留广州，照常办事，并另选主席，代理议长事务。军政府总裁岑春煊，遂免去外交财政总长伍廷芳职衔，改任陈锦涛为财政部长，温宗尧为外交部长。且因伍廷芳离粤时，携去西南所收关税余款，未曾交清，军政府又派员向香港上海法庭，实行起诉，一面咨照留粤议员，续举政务总裁，得熊克武、温宗尧、刘显世三人补充缺数。唯伍廷芳至沪后，与孙文、唐绍仪晤叙，主张另设军政府，屏斥岑、陆诸人，孙、唐也都赞成，再致电唐继尧询明意旨。继尧已与广州军政府反对，宁有不依的道理？随即复书允洽。廷芳遂与孙文、唐绍仪、唐继尧联名，通电声明道：

自政务总裁不足法定人数，而广州无政府。自参众两院同时他徙，而广州无国会。虽其残余之众，滥用名义，呼啸俦侣，然岂能掩尽天下耳目？即使极其诈术与暴力所至，亦终不出于两广，而两广人民之心理，初不因此而淹没。况云南、贵州、四川，固随靖国联军总司令为进止，闽南、湘南、湘西、鄂西、陕西各处护法区域，亦守义而勿渝。以理以势，皆明白若此，固知护法团体，决不因一二人之构乱而涣散也。慨自政务会议成立以来，徒因地点在广，遂为一二人所把持，论兵则唯知拥兵自固，论和则唯知攘利分肥。以秘密济其私，以专横逞其欲。护法宗旨，久已为所牺牲，犹且假护法之名，行害民之实。烟苗遍地，赌馆满街，吮人民之膏血，以饱骄兵悍将之愿，军行所至，淫掠焚杀，乡里为墟，非唯国法所不容，直人类所不齿。文等辱与同列，委曲周旋，冀得一当，而终于忍无可忍，夫岂得已？唯既受国民付托之重，自当同心戮力，扫除危难，贯彻主张。前已决议移设军府，绍仪当受任议和总代表之始，以人心厌乱，外患孔殷，为永久和平计，对北方提出和议八条，尤以宣布密约，及声明军事协定自始无效为要。今继续任务，俟北方答复，相度进行。廷芳兼长外交财政，去粤之际，所余关款，妥为管理，以充正当用途。其未收者，亦当妥为交涉。文、继尧倡率将士，共济艰难，苟有利于国家，唯力是视。谨共同宣言：自今以后，西南护法各省区，仍属军政府之共同组织，对于北方继续言和，仍以上海为议和地点，由议和总代表准备开议。广州现在假托名义之机关，已自外于军政府，其一切命令之行动，及与北方私行接洽，并抵押借款，概属无效。所有西南盐余及关余各款，均应交于本军政府，移设未完备之前，一切事宜，委托议和总代表分别接洽办理，希北方接受此宣言以后，了然于西南所在，赓续和议。庶几国难救平，大局早日解决。不胜厚望，唯我国人及友邦共鉴之！

发电以后，即由唐绍仪另行备函，并宣言书缮录一份，送达北方总代表王揖唐。揖唐正因南方代表，不肯与议，愁闷无聊，即得唐绍仪正式公函，自应欢颜接受，复函道谢。语太挖苦。哪知广东军政府，因孙文、唐绍仪、伍廷芳、唐继尧四人，发表宣言，也即愤愤不平，即开政务会议，免去议和总代表唐绍仪，改派温宗尧继任，且电致北京，声明伍等所有宣言为无效。北京政府，接到此电，又即知照王揖唐，令他且停和议。王揖唐正兴高采烈，想与唐绍仪言和，偏又遭此打击，害得索然无味，真正闷极。但此尚不过王揖唐一人的心理，无足重轻。看官试想南北纷争，频年不解，海内人民，哪一个不望和议早成，可以安闲度日？偏是越搅越坏，愈出愈奇。起初只有南北冲突，渐渐的北方分出两大派，一直一皖，互相暗斗，遂致北与北争；继又南方亦分出两大派，滇粤系为一党，桂系自为一党，也是与北方情形相似，争个你死我活，这真是何苦呢！*想是此生不死*。还有四川境内，自周道刚为督军后，被师长刘存厚所扼，愤然去职，竟将位置让与存厚。存厚继任，又被师长熊克武等攻讦，退居绵州，成都由熊克武主持。克武得选为广东军政府政务总裁，却有意与岑、陆相连，反对云南唐继尧，就是滇军师长顾品珍，亦为克武所要结，竟与唐继尧脱离关系，于是川滇相争，滇与滇又自相争，五花八门，层出不穷，只苦了各省的小百姓，流离荡析，靡所定居。大军阀战兴越豪，小百姓生涯越苦，革命革命，共和共和，最不料搅到这样地步哩。*痛哭流涕之谈*。话分两头。

且说俄国劳农政府，自徙居莫斯科后，威力渐张，把俄国旧境，压服了一大半。外交委员喀拉罕，派人至中国外交部送交通牒，请正式恢复邦交，声明将从前俄罗斯帝国时代，在中国满洲及他处以侵略手段，取得的土地，一律放弃，并将中东铁路矿产林业权利，及其他由俄帝国政府，克伦斯基政府，*即俄国革命时第一次政府*。与霍尔瓦特、谢米诺夫，暨俄国军人律师资本家所取得各种特权，并俄商在中国内所设一切工厂，俄国官吏牧师委员等，不受中国法庭审判等特权，皆一律放弃，返还中国，不受何种报酬。并抛弃庚子赔款，勿以此款供前俄帝国驻京公使及驻各地领事云云。外交部接着此牒，并呈入总统府及国务总理。徐、靳两人召集国务员等，开席会议，大众以旧失权利，忽得返还，正是绝大幸事，但协约国对俄情形，尚未一致，就是俄国劳农政府，亦未经各国公认，中国方与协约国同盟，不便骤允俄牒，单独订约。只好将来牒收下，暂不答复，另派特员北往，与来使同赴莫斯科，先觇劳农政府情形，审明虚实，一面探听协约国对俄态度，再行定议。嗣闻协约国各派代表到了丹麦，与劳农政府代表开议，因亦派驻丹代办公使曹云祥为代表，乘便交涉。曹代使复请详示办法，政府乃电示曹代使，令他将所定意见，转告俄国劳农政府的代表。略云：

中华民国对于俄国劳农政府前日提议将各种权利及租借地归还中国，以为承认莫斯科新政府之报酬，此种厚意，实感激异常。唯中国为协约国之一，所处地位，不能对俄为单独行动，如将来协约国能与俄恢复贸易与邦交，则中国政府对于俄政府此种之提议，自当尊崇。希望劳农政府善体此意，并希望即通令西伯利亚及沿海各省之官吏及委员，勿虐待中国人民及没收其财产，并令伊城即伊犁。及崴埠即海参崴。之劳农政府官吏，对于前日所没收中国商人之粮食及货物，以赈济西伯利亚之饥民，一律予以公平之赔偿，以增进中俄国民之友谊，是所至盼！

过了旬余，复接曹代使复电，谓已与劳农政府代表接洽，该代表已允斟酌办理，政府却也欣慰。这消息传到沪上，全国各界联合会等，统皆喜跃异常。从前俄国雄据朔方，屡为我患，所失权利，不可胜计，此次俄国劳农政府，竟肯一律返还，岂非极大机会？当即电达政府，请速解决中俄问题，收回前此已失权利，机不可失，幸勿稽迟等语。徐总统尚在迟疑，将来电暂从搁置。既而海参崴高等委员李家鏊，报称："崴埠俄国代表威林斯基，不承认有俄国通牒送达中国，恐就中有欺诈等情"，政府得报，又不禁疑虑丛生，诸多瞻顾。意外之利，却是可防。偏沪上各界联合会，疑政府无端延宕，错过机宜，免不得大声指摘，历登报端，且云政府难恃，不得不自行交涉。存心爱国，也不足怪。风声传到京师，政府又恐他激起政潮，急忙通电各省，饬令查禁。一年被蛇咬，三年怕烂稻索。电文如下：

查前次劳农政府通牒，虽有归还一切权利之宣言，唯旋据高等委员李家鏊电称："询据该政府代表威林斯基，此事恐有人以欺骗手段，施诸中国，危险莫甚。即使俄国人民，确与中国有特别感情，然必须将来承认统一政府时，各派代表，修改条约，方为正当，想中国政府，亦必酌量出之，弗为所愚"等语。是前通牒，果否可凭，尚属问题。现在熟加考察，如果该政府实能代表全权，确有前项主张，在我自必迎机商榷，冀挽国权。该全国各界联合会等，不审内容，率尔表决承受，并有种种阴谋，买属谬妄。是亦言之太过。除已电饬杨交涉员，时杨晟为上海交涉使。力与法领交涉，想是联合会机关，在上海法租界内。务令从速解散，并通行查禁外，希即饬属严密侦查，认真防范。遇有此类文件，并应注意扣留，以杜乱源，特此通告！

　　话虽如此，但西伯利亚所驻华军，亦已主张撤回，次第开拔，并向日本声明，从前中日军事协定，本为防德起见，并非防俄，现在德事已了，不必屯兵，所有俄日冲突事件，中国军队，无与日军共同动作的义务，所以撤还。日人却也不加抗辩，自去对付俄人罢了。此外一切中西交涉，如对匈和约，对保和约，对土和约，中国既无甚关系，亦不能自出主张，但随着协约国方针，共同签字。且因各国和议终了，多半添设使馆，外交部亦呈请增设墨西哥、古巴、瑞典、挪威、玻利维亚五国使馆，以便交通。旋经徐、靳两人酌定，特派专使驻扎墨西哥，并兼驻古巴。瑞典、挪威亦各派专使分驻，玻利维亚唯派员为一等秘书兼任代办。当下颁一指令，准此施行。最可忧的是支出日繁，收入日短，平时费用不能不向外人借贷。英、美、法、日见中国屡次借款，特组织对华新银行团，正式成立，为监督中国财政的雏形。中政府不遑后顾，但管目前，随他如何进行，总教借款有着，便好偷安旦夕，总有一日破产。得过且过，债多不愁。偏湘省又闹出一场战衅，遂致干戈迭起，杀运复开。小子有诗叹道：

　　　　革命如何不革心？仇雠报复日相寻。
　　　　三湘七泽皆愁境，唯有漫天战雾侵。

　　欲知湘省开战的原因，容待下回续表。

　　子舆氏有言："上下交征利，不夺不餍。"可见利之一字，实为启争之媒介。试观南北之战，其争点安在？曰唯为利故。南北之战未已，而直皖又互生冲突，其争点安在？曰唯为利故。南方合数省以抗北京，而滇桂又自启猜嫌，其争点安在？曰唯为利故。甚矣哉，利之误人，一至于此！无怪先贤之再三告诫也。彼俄国劳农政府之贵交通牒，愿返还旧政府所得之权利，诚足令人生疑，中国军阀家，方野心勃勃，自争私利之不遑，彼俄人乃肯举其所得而弃之，谓非一大异事乎？然俄人岂真甘心丧利，欲取姑与之谋，亦中国所不可不防也。

# 第三十五回

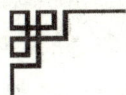

## 张敬尧弃城褫职
## 吴佩孚临席掳词

　　却说张敬尧督湘以后，一切举措，多违人意，湘省为南北中枢，居民颇倾向南方，不愿附北，再加张敬尧自作威福，为众所讥，所以湘人竞欲驱张。就是湘中绅宦熊希龄，亦尝通电示意，不满敬尧。敬尧却恃有段派的奥援，安然坐镇，居湘三年，无人摇动。只第三师长吴佩孚，久戍湘南，郁郁居此，为敬尧做一南门守吏，殊不值得；且士卒亦屡有归志，此时不归，尚待何时？当下电告曹锟，请他代达中央，准使撤防北返。偏政府因南北和议，未曾告成，碍难照准，遂致吴氏志不得伸，闷上加闷，嗣是与敬尧常有龃龉，且对着段派行为，时相攻击，种种言动，无非为撤防计划。*跅弛之材，原难驾驭，而况张敬尧。*敬尧也忍耐不住，密电政府，保荐张景惠、张宗昌、田树勋三人，择一至湘，接办湘南防务，准吴北返。政府不肯依从，反屡电曹锟，转慰第三师，教他耐心戍守，借固湘防。

　　看官！你想这志大言大的吴佩孚，遭着两次打击，还肯低首下心，容忍过去么？过了数日，即由湘南传出一篇电文，声言张敬尧罪状，力图撵逐，署名共有数军，第三师亦灿然列着。*明明是吴氏主张。*敬尧偶阅报纸，得见此电，且忿且惧，自知兵略不及佩孚，湘南一带，亏他守着，故得安安稳稳的过了三年，倘若吴氏撤回，南军必乘隙进攻，转使自己为难，乃急电中央，取消吴氏撤防的原议。略谓："佩孚在湘，地方赖以又安,所有湖南各团体,但不愿他撤防,恳请政府下令慰留"云云。政府本不愿吴氏撤回,因复电致曹锟,代阻吴军北返。吴与张既不两立,恨不即日北还,乃复电政府,仍请曹锟转达,措词极为恳切,内称"湘鄂一役,几经剧战,各将士出生入死,伤亡的原宜悯恤,劳瘁的亦须慰安。这据各旅长等呈请,或患咯血,或患湿疾,悲惨情状,目不忍睹。今戍期已久,日望北旋,大有急不能待的状态。断非空言抚慰,所能遏止"等语。**不使督湘,怎忍久居?**政府接着复电,不得已想一变通办法,准令驻湘吴军,三成中先撤退一成,以后陆续撤还。吴佩孚又不谓然,以为全部调回与一部调回,范围虽有广狭,但总须由他军接防,何必多费如许手续,遂再电达中央,说是:"戍卒疲苦,万难再事滞留,准予全部撤回,以慰众望。"中央尚不欲遽准,复电曹锟,转饬阻止。哪知吴佩孚已决意撤防,竟不待曹锟后命,便已报明开拔日期,全营北返了。**不可谓非跋扈将军。**湘南商民,颇欲竭诚挽留,终归无效。

佩孚先遣参谋王伯相北上,料理驻兵地点,旋经伯相复电,谓旧有营房,早被边防军占据了去。佩孚不禁大愤,立电曹锟,促令退让,一面启程言旋。唯段仇视吴佩孚,说他自由行动,目无中央,因责成内阁总理靳云鹏,严加黜罚。靳、吴有师生关系,免不得隐袒吴氏,**师生关系,已见一百一十三回中。**且自己虽为段派中人,与小徐独不相协。小徐出阁后,攫得外蒙归附的功劳,报知老段,老段益加宠爱,尝语靳云鹏道:"又铮眼光,究竟比尔远大,尔勿谓我受制又铮,要想与他为难,须知我让他出一风头,实为储养人才起见,我看现在人物,无过又铮,能使他做成一个伟人,也不枉我一番提拔了。"**老段此言,未免失之忠厚。**云鹏听了,越加怏怏,从此与老段也觉有嫌。再加徐总统引用靳氏,寓有深心,前文已经说过,谅看官当已接洽。**见一百一十一回。**徐、靳两人,合成一派,本想统一南北,连合南方人士,抵制段系,偏是和议不成,南方亦自相水火,因此靳氏另欲结合吴佩孚,树作外援。唯段祺瑞资格最老,俨然一太上总统,不但靳氏有所动作,必须报告,就是老徐作事,亦必向府学胡同请教。府学胡同,系段祺瑞住宅,总统府中秘书吴笈孙,逐日往返,亦跑得很不高兴,常有怨言,彼徐、靳两人,怎能不心存芥蒂呢?

自吴佩孚撤防北返,段派归责靳云鹏,云鹏乃拟托疾辞职,先去谒见段祺瑞,但云病魔缠扰,不能办事。祺瑞冷笑道:"果属有疾,暂时休养,亦无不可,唯不能谓被挤辞职,怨及他人。"**语中有刺。**云鹏碰了一鼻子灰,即起身别去。翌日提出辞职书，投入总统府。徐总统方借靳为助，怎肯批准，只令给假十日，暂委海军总长萨镇冰代理。才阅数日，便接湘中警耗，乃是南方谭延闿军队，趁着吴佩孚撤防，攻入湘境，连破耒阳、祁阳、安仁防线，占去衡山、衡阳、宝庆等县。湘督张敬尧，不能抵御，飞使乞援，靳总理方在假中，萨镇冰虽然代理，终究是五日京兆，乐得推诿。徐总统本不愿张敬尧督湘，只因段派一力助张，没奈何令他久任，此次敬尧败报，到了京都，约略一瞧，便令送往府学胡同，听候老段解决。段祺瑞当然袒张，拟急派本系中的吴光新，率部援湘，复议陈入，徐总统又迟延了两天。那张敬尧实是无用，节节败退，如湘乡、湘潭、郴州等地方，均先后失守，甚至南军进逼长沙，敬尧又不能固守，竟把长沙让去，出走岳州。*真是一个老饭桶。*看官阅过上文，应知从前北军南下，费了无数气力，才得收复长沙，逐走谭延闿，张敬尧乘便入境，攫得湘督一席，全靠吴佩孚替他守门，他始享受了三年的民脂民膏，及吴氏一去，谭延闿乘机报复。他竟不堪一战，又不能久守，如此阘茸人物，尚算得是段氏门下的健将，段氏的用人智识，也可见一斑了。*评论得当。*张敬尧即退往岳州，不得已据实呈报，徐总统便即下令，褫夺张敬尧职衔，令云：

选据湖南督军兼省长张敬尧等电呈："谭延闿所部，乘直军换防之际，先后侵占耒阳、祁阳、安仁防线，并攻陷衡山、衡阳、宝庆等县，遂由湘乡、湘潭直逼省城，犹复进攻不已，我军不得已退出长沙"等语。查自七年十月停战和议以来，湘省防线，曾经划定，本极分明，久为中外所共见。此次谭延闿等乘机构衅，迭陷城邑，蓄谋破坏，事实昭然。该督军有守土之责，自应力营防守，以固湘局，何得节节退缩，置原划防区于不顾？又复擅离省垣，实属咎有应得。张敬尧着即褫去本兼各职，暂行留任，仍责成督饬所有在湘各军队，迅速规复原防。倘再不知奋勉，贻误地方，张敬尧不能当此重咎也。此令。

这令既下，再特派王占元为两湖巡阅使，吴光新为湖南检阅使，令他会同援湘，收复重镇。偏南军得步进步，煞是厉害，谭延闿尚是书生本色，稍谙军略，未娴戎马，独赵恒惕为南方健将，领兵逐张，横厉无前，既得占据长沙，又乘胜进攻岳州。丧师失地的张敬尧，中央方责他奋勉，不意他越加畏缩，一闻南军进迫，仍旧照着老法儿，逃之夭夭，拆烂污。岳州剩了一座空城，自然被赵恒惕督军占去。敬尧遁入湖北，借寓鄂省嘉鱼县中，再将败状入报。于是徐总统又复下令道：

据暂行留任湖南督军张敬尧电呈："南军进攻不已，退出岳州，暂至嘉鱼收集候令"等语。张敬尧前经弃瑕留任，原冀其效力自赎，乃复退出湘境，实属咎无可逭。张敬尧着毋庸留任，所部军队，即刻交由两湖巡阅使王占元接管，切实考核整理。张敬尧于交卸后，迅速来京，听候查办。此令。

　　查办查办，也不过徒有虚名，张敬尧仍羁居湖北，并未赴京。好做傅良佐第二。唯吴光新得超任湖南督军兼署省长，接管张敬尧后任，去了一个段派，复来了一个段派，仍然是换汤不换药。吴光新的战略，亦非真胜过敬尧，岳州、长沙，怎能骤然规复？就是驻湘的北方军队，亦陆续退出湘省，只湘西一部，尚有第十六师混成旅据守。后来益阳、沅江复被南军袭入，混成旅长冯玉祥，保守不住，也由常桃退至鄂境。湖南全省，统为南军所有了。暂作一束。

　　第三师师长吴佩孚，撤退北返，令部众暂驻洛阳，自往保定谒见曹锟，晤谈了好几次，议出了一个大题目来。看官道是什么问题？原来叫做保定会议。这会议的题目，名为曹锟主席，实是吴佩孚一人主张，曹锟并没有甚么能耐，不过倚老卖老，总不能不推他出头。曹锟的身世履历，从前未曾详叙，正应就此补述大略。如曹三爷生平，例应表明略迹。曹锟籍隶天津，表字仲珊，乡人因他排行第三，呼为曹三爷，略迹已见前文。他家本来单寒，旧业贩布，索性椎鲁，但嗜酒色。相传曹锟贩布时，每得余利，即往换酒，既醉，又踯躅街头，遇有乡村间少年妇女，不论妍媸，均与调笑。往往有狡童随着，伺隙窃取钱布等物，曹虽酒醒，亦不与多较。或劝他自加谨护，曹反笑语道："若辈不过贪我微利，我所失甚微，快意处正自不少，随他去罢。"后来贿选总统，亦本此意。为了这番言语，遂博得一个曹三傻子评名。既而舍贩卖业，投入军伍，庸人多厚福，竟得袁项城赏识，说他朴诚忠实，为可用才。嗣是年年超擢，得领偏师。洪宪时代，曹锟已为第三师长，奉袁令往攻云南。锟逗留汉皋，日拥名妓花宝宝，从温柔乡里耽寻幸福，并不闻陷阵摧锋，袁氏终至失败。及征湘一役，亏得吴佩孚替他效力，充作前驱，才得一往无前，马到成功，他却大唱凯歌，回任四省经略使。好在他亦粗知好歹，识得吴佩孚是健儿身手，好作护符，所以竭诚优待，言听计从。

此番吴氏北返，独倡保定会议，无非欲崭露头角，力与段派抗衡，只因名目上不便发表，但借追悼将士的虚词，号召各省区师旅长官，会集保定。各军官应召到来，先有八省联盟代表，开一谈话会，议定办法三条：一是拥护靳内阁，不反对段合肥。二是各省防军，一律撤回原防地，唯南军暂从例外。三是宣布安福系罪状，通电政府，请求解散安福部。越日，复于八省外加入五省，成为十三省同盟。总计长江流域七省，除出湖南，黄河流域六省，加入新疆，统已有军阀联合，与吴佩孚通同声气。孚威将军的势力，确是不弱。只京间谣诼纷纭，安福派更加惊惶，索性造出种种流言，散布京华。徐总统得此谣传，也不禁心下大疑，默思直、皖两派愈争愈烈，一旦政变发生，与自己大为不利，不如预先浼一调人，从中和解，或得消融恶感，免致变生不测。此老无权无勇，只有调和一法，但独不忆黎菩萨之召张辫帅么？此时除直、皖两派外，要算东三省巡阅使张作霖，雄长三边，好配与直、皖首领扳谈，因此发一密电，敦促张雨帅入京，调停时局。张雨帅眼光奕奕，常思染指中原，扩张势力，既得老徐密电，正好乘机展足，作作生芒。就中尚有一段隐情，乃是复辟祸魁张辫帅，屡向雨帅请求，托他代为斡旋，恢复原状。雨帅也为心动，意欲进京密保，俾洗前愆。为了两种奢望，遂毅然受命，乘车入都，一进都门即往总统府报到。徐总统当然接见，与谈直、皖两派冲突情形。张作霖不待说毕，便已自任调人，毫不推辞，唯言下已谈及张少轩，少轩即张勋字，见前。替他解释数语。徐总统支吾对付，无非说是直、皖解决，总可替少轩帮忙。于是张雨帅欣然辞出，立赴保定。曹锟闻雨帅远来，派员出迎，迨彼此相见，握手道故，两下里各表殷勤，时已傍晚。曹锟特设盛筵，为张洗尘，陪客就是吴佩孚及各省区代表等人。席间由张作霖提议，劝从和平办法。曹锟对答数语，尚是模棱两可的话头，独佩孚挺身起座道："佩孚并未尝硬要争战，不尚和平，但现在国事蜩螗，人心震动，外交失败，内政不修，正是岌岌可危的时候。乃一班安福派中人物，还是醉生梦死，媚外误国，但图一己私利，不顾全国舆论，抵押国土，丧失国权，引狼入室，为虎作伥。同是圆颅方趾的黄、农遗裔，奈何全无心肝，搅到这般地步？试想国已垂亡，家将曷寄？皮且不存，毛将焉附？存亡危急，关系呼吸。我等身为军人，食国家俸禄，当为国家干城。部下子弟，虽不敢谓久经训练，有勇知方，唯大义所在，却是奋不顾身，力捍社稷，岳州、长沙，往事可证。无论何党何派，如不知爱国，专尚阴谋，就使佩孚知守军人不干政的名义，不愿过问，窃恐部下义愤填胸，并力除奸，一时也无从禁止呢。"语非不是，但已稍涉矜张。作霖听着，徐徐答道："吴师长亦太觉性急，事可磋商，何必暴动兵戈，害及生灵。"曹锟亦劝佩孚坐下，从容论议。佩孚乃复还坐，且饮且谈。再经作霖劝解一番，佩孚终未惬意。到了酒阑席散，复由曹、张两人与各省代表，商决调停办法，一是挽留靳总理，二是内阁局部改组，三是撤换王揖唐议和总代表。四、五两条是安插边防军，与对付西南军。张作霖尚欲有言，佩孚复从旁截止道："照这办法，仍属迂缓，如何能永息政争？譬如剜肉补疮，有何益处？愚见谓不从根本解决，终非良策。"作霖道："如何叫做根本解决？"佩孚道："不解散安福部，不撤换王揖唐，不罢免徐树铮，事终难了。佩孚亦誓不承认呢。"作霖道："王揖唐已拟撤换，余两条尚须酌议。"佩孚奋然道："段合肥的劣迹，唯误信安福部，安福部的党魁，就是一徐树铮。小徐不去，就使解散安福部，也似斩草不除根，一刹那间，仍然是滋蔓难图了。"作霖见他执拗难言，默然不答。曹锟乃插入道："夜已深了，且待明日再议罢！"佩孚等因即告退。张作霖便在曹经略使署中，留宿一宵。正是：

乱世难为和事老，客乡姑作梦中人。

一宵易过，旭日又升，欲知次日续议情形，且至下回再表。

长沙一捷，吴佩孚始露锋芒，长沙一失，吴佩孚尤关重要。盖吴佩孚镇湘三年，而南军不能动其毫末，一旦撤防北返，即为南军所攻入。昂然自大之张敬尧，节节败退，举长沙、岳州而尽弃之，何勇怯之不同如此乎？然正唯由张敬尧之无用，而吴佩孚之自信也渐深，即其蔑视段派之观念，亦因此渐进。保定会议，全然为倒段计。雨帅远来，曹氏接风，吴佩孚以陪座之主人，独挺身起座，大放厥辞，饶有王景略侃侃而谈之慨，彼时之孚威将军，固已目无全虏矣。然张之忌吴，未始不因此伏案也。

# 第三十六回

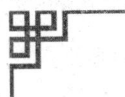

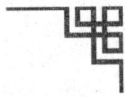

## 罢小徐直皖开战衅
## 顾大局江浙庆和平

却说张作霖下榻一宵，越宿起来，已近巳牌，盥洗以后，吃过早点，时将晌午，尚未见曹锟出来。作霖料他有烟霞癖，耐心守候，直至钟鸣十二下，午膳已进，方见曹老三入门陪客，肴馔等依然丰盛。彼此分宾主坐定，小饮谈心。作霖先说及吴佩孚态度，未免过刚，渐渐的谈到张辫帅，谓："帝制罪魁，事过即忘，近或仍作显官，何必苛待张勋。"却是说得有理。曹锟与张勋本无恶感，乐得随口赞成。其实张勋遁居荷兰使馆，靠着徐州会议的约文，抵抗冯、徐。冯、徐恐他露泄机缄，先后未曾过问，所以张辫帅仍得行动自由，逍遥法外。不过他旧有权利，已经丧尽，单靠着从前积蓄，取来使用，断难久持。因此急奔头路，请托张雨帅设法转圜。或谓："从前两张，曾有婚媾预约。"或谓："张勋尝辇巨金出关，为贿托计。"小子依同姓不婚的故例。似乎婚媾一层，未足凭信；如两张的粗豪，恐亦未必拘此。即如辇金一节，亦未曾亲眼相见，不便妄断。只张作霖回护张勋，乃是确事，就中总有一线情谊，牵结而来。自曹老三赞同张议，作霖却也欣然，所有谈论，愈觉投机。

待午餐已毕，吴佩孚及各省代表陆续趋集，再行会议。讨论了若干时，才议定办法六条：一是留靳云鹏继任总理，撤换财政总长李思浩，交通总长曾毓隽，司法总长朱深。二是撤换议和总代表王揖唐。三是湘事由和会解决。四是和会不能解决各条件，应另开国民大会，共同解决。五是边防西北军，与南方军队，并及各省兵额，同时裁减。六是开复张勋原官。吴佩孚瞧这六条办法，尚未满意，谓必须罢免徐树铮。作霖道："待我入京返报，可将小徐罢去，自然最好了。"当下议决散会。作霖复勾留一宵，至次日辞别回京。看官阅此！应不能无疑。孚威将军吴佩孚，肯容张勋，何故不容徐树铮？哪知吴佩孚的心理，但主倒段，小徐为段氏第一腹心，绰号为小扇子，所以必欲罢免，若张勋与段氏，明系仇雠，何妨令复原官，多一个段家敌手。故张勋开复原官一条，吴氏并无异议。这可见吴氏心理，亦全然为私不为公。

张作霖既经返京，即将议定办法六条，面呈徐总统。徐总统阅毕，便语作霖道："翼青即靳云鹏表字。定要辞职，我已于昨日批准了。财政、交通、司法三总长当然连带辞职，可无庸议。此外数条我却不便作主，须要先通知段合肥，俟他认可，方得照办。"作霖也知老徐难办，因即应声道："且去与段氏一商何如？"徐总统道："别人无可差委，仍烦台驾一行。"作霖又慨然承认，起身即去。段祺瑞方出驻团河，由作霖前去晤谈，先说了许多和平的套话，然后将议案取阅。段祺瑞瞧了一周，不由的懊恼起来，再经作霖委婉陈词道："据吴佩孚意见，定要解散安福部，撤换王揖唐，罢免徐树铮，作霖亦曾劝解数次，终不得吴氏退步。公为大局起见，何必与后生小子，争此异点。否则作霖想作调人，看来是徒费跋涉，不能挽回了。"祺瑞作色道："吴佩孚不过一个师长，却这般恃势欺人，他若不服，尽可与我兵戎相见，我也未尝怕他呢。"作霖听了此言，说不下去，只好反报老徐。老徐再要他曲为周旋，作霖也出于无奈，再往与段氏婉商。偏段氏态度强硬，一些儿不肯转风，累得张雨帅奔走数次，毫无效果，乃向徐总统前告别返奉。老徐又苦苦挽留，坚嘱作霖设策调停。作霖乃再诣保定，劝曹、吴略示通融。吴佩孚勃然道："不解散安福部，不撤换王揖唐，事尚可以通融，唯不罢免小徐，誓不承认。"曹锟亦说道："老段声名，统被小徐败坏，难道尚不自知么？"作霖见两人言论，与段氏大相反对，遂续述段氏前语，不惮一战。佩孚更朗声道："段氏既云兵戎相见，想无非靠着东邻的奥援，恫吓同胞，我辈乃堂堂中国男儿，愿率土著虎贲三千人，鹄候疆场，若稍涉慌张，便不成为直派健儿了。"**两派相争，纯是意气用事。**作霖长叹道："我原是多此一行。"曹锟便即插口道："公以为谁曲谁直？"作霖道："我亦知曲在老段，但我为总统所迫，不得已冒暑驰驱，现双方同主极端，无法调和。我只好复命中央，指日出关了。"曹锟又道："事若决裂，还须请公帮忙。"作霖点首道："决裂就在目前，愿公等尽力指麾，待得一胜，那时再需我老张说和，也未可知，我就此告辞了。"隐伏下文。曹锟复把臂挽留，作霖不肯，且笑语道："我已做了嫌疑犯，还要留我做甚？彼此相印在心，不宜多露形迹呢。"说毕，匆匆告辞，返京复命。徐总统具悉情形，复与作霖密商多时，方才定计。越两日，即由京城新闻纸上，载出徐树铮六大罪状，略述如下：

（一）祸国殃民。（二）卖国媚外。（三）把持政柄。（四）破坏统一。（五）以下杀上。（六）以奴欺主。

文末署名，为首的系是曹锟，第二人就是张作霖，殿军乃是江苏督军李纯。又越日，由徐总统发出三道命令，胪列下方：

（一）特任徐树铮为远威将军。
（二）徐树铮现经任为远威将军，应即开去筹边使，留京供职。西北筹边使，着李垣暂行护理。
（三）西北边防总司令一缺，着即裁撤，其所辖军队，由陆军部接收办理。

看官听说，当时徐树铮久住库伦，对着南北用兵，本常注意，既闻湘省失守，正拟密调西北军，分道援湘，但究因相隔太远，鞭长莫及，且恐直军中梗，急切不能通过，未免踌躇。忽又得辽东电报，乃是张作霖应召入都，愿作调人，他亦预料一着，只防直、奉两派相连，压迫皖系，于是不待中央命令，星夜南回，驰入都门，运动雨帅，愿以巨金为寿。并云："事平以后，定当拥张为副总统。"作霖前次为小徐所绐，怎肯再为所欺？因此拒绝不答。树铮见运动无效，复怂恿东邻，阻止奉军入关，一面唆使东三省胡匪，扰乱治安，袭击作霖根据地。种种秘计，却是厉害。不料事机未密，所遣密使，竟被奉军查获，报知作霖。作霖当然大愤，即电告曹锟、李纯，联名痛斥小徐。曹锟正乞奉张为助，巴不得有此一举。李纯亦素恨段派，与曹锟不谋而合，同日复电，并表同情。作霖便发表声讨小徐的电文，并向总统府献议，请罢免徐树铮，撤销西北边防军。徐总统尚欲保全皖系面子，但调小徐为远威将军，并闻小徐已经来京，仍有留京供职的明文。唯将小徐的兵权，一律撤尽。<small>叙入此段，为下文作一注脚。</small>小徐不禁着忙，急赴团河见段合肥，涕泣陈词道："树铮承督办谬爱，借款练兵，效力戎行，今总统误信二三奸人，免树铮职，是明明欲将我皖系排去，排去皖系，就是排去督办，树铮一身不足惜，恐督办亦将不免了。"<small>肤受之愬。</small>

段祺瑞被他一激，禁不住怒气上冲，投袂起座道："我与东海交好，差不多有数十年，彼时改选总统，我愿与河间同时下野，好好把元首位置，让与了他，哪知他年老昏瞆，竟出此非法举动，彼既不念旧情，老夫何必多顾，就同他算账便了。"说至此，即出门上车，一口气驱入京都，径至总统府中，见了老徐，说了几句冷嘲热讽的话儿。面目上含着怒容，更觉令人可怖。徐总统从容答："大哥何必这般愤怒？又铮筹边使，本与筹边督办，一事两歧，犯那重床叠屋的嫌疑，今将又铮调任，无非掩人耳目，暂塞众谤，一俟物议少平，便当另予位置，目前暂令屈居将军府，闲散一二月，想亦无妨。"老段闻言，怒仍未解，且反唇相讥道："曹锟、吴佩孚，拥兵自恣，何勿罢免？乃必罢徐树铮。"徐总统复道："曹、吴两人，克复长沙，镇守湘南，全国舆论，一致推崇，若将他无故罢免，必致舆情反对，说我赏罚不明。况有功加罚，将来如何用人？难道曹、吴等果肯忍受，不致反动么？"老段见话不投机，悻悻起座道："总统必欲宠任曹、吴，尽管宠任，休要后悔！"说着，拂袖自去。<small>好似乡曲武人，但事抢白，不顾体裁。</small>老徐送了几步，见老段全不回头，只好息叹而返。

段祺瑞既出总统府，复回至团河，与小徐商决发兵，即由小徐带了卫队，入逼公府，迫令罢斥曹、吴，一面调动边防军第一第三第九各师，用段芝贵为总司令，向保定进发，与曹、吴一决雌雄。京、保一带，战云骤起。张作霖闻报，匆匆回奉，也去调兵入关，援应曹、吴。可怜京城内外的百姓，纷纷迁避，一夕数惊，这岂不是殃及池鱼，无辜遭害么？<small>徒唤奈何。</small>

京中方扰攘不安，东南亦几生战事，险些儿亦饱受虚惊，说将起来，也是与直、皖两派互生关系。江苏督军李纯，原是直派，署浙江督军卢永祥，乃是皖派。永祥本为淞沪护军使，自调署浙督后，仍念念不忘淞沪。但淞沪系江苏辖境，李纯欲收为己有，独永祥谓旧有护军使一职，不归江苏节制，应仍划出区域，由自己兼管。这问题互相抵触，争论不休。<small>仍然是直皖之争。</small>吴淞司令荣道一，与李、卢二督俱有师生情谊，特出为调停，渐得两方谅解，并保旅长何丰林充任。事早就绪，不意中央忽下一明令，特任卢永祥为浙江督军，裁撤淞沪护军使，改设淞沪镇守使，即使何丰林调任。何丰林虽系李督门徒，但得此护军使一席，全然由卢督帮护，一力造成，若叫他改任镇守使，是要归江苏节制，不但官职上显有升降，就是卢、何两人联络的作用，亦尽付东流，何丰林原不甘受屈，卢永祥亦岂肯干休？当下由永祥授意丰林，令丰林代发通电道：

恭读大总统命令，特授卢永祥为浙江督军，淞沪护军使着即裁撤，改设镇守使，调任何丰林为淞沪镇守使，此令等因。当此南北争持之际，国是未定，人心未安，政府失其重心，大局日趋危险，淞沪地方重要，未便骤事更张，除电呈大总统外，现仍以卢永祥兼任淞沪护军使名义，由丰林代行，维持现状。谨此电闻，即请查照为荷。

何丰林复自发一电，转向中央辞职，文云：

大总统国务院参陆部钧鉴：恭读大总统令，淞沪护军使一缺，着即裁撤，改设淞沪镇守使，调任何丰林为淞沪镇守使此令等因。奉令之下，惶悚莫名。伏念淞沪地方重要，绾毂东南，自民国四年裁并上海、松江两镇守使，特设护军使一职，直隶中央，当时设官分职，用意至为深远。数年以来，迭经事变，用能本其职权，随机应付。至去岁卢督调任后，学潮震荡，工商辍业，人心摇动，闾里虚惊，丰林一秉成规，幸免意外。现方南北相持，大局未定，忽奉明令，改设镇守使，职权骤缩，地方既难维持，事机尤多贻误，对内对外，咸属非宜。丰林奉职无状，知难胜任，唯国家官制，必须因地制宜，不能因人而设。唯有退让贤路，仰恳大总统准予免去淞沪镇守使一职，以重旧制而维大局，不胜屏营待命之至。

两电既发，复嘱第四师第十师全体军官，拍电到京，吁请收回成命，并任何丰林为淞沪护军使。京中方为了直、皖决裂，两下里备战汹汹，连徐总统俱吉凶未卜，尚有何心顾及东南？一时未及答复，何丰林越疑到李纯身上，以为中央命令，定是李督嗾使出来，彼乘直、皖交争的时候，要想收回淞沪，扩充地盘，所以有此一举。遂不待探明确信，即电致李督一书，语多愤懑，并有解铃系铃，全在吾师等语。一面商令吴淞司令荣道一，亦拍电诘问李纯，内有"同人等群相诘责，无词应付，私心揣测，亦难索解，非中央欺吾师，即吾师欺学生"云云。当由李纯电复何丰林，略谓："中央命令，如果由兄指使，兄无颜见弟，无颜为人。"语本明白痛快，偏何丰林尚未肯信，联同浙督卢永祥，暗地戒严，密为防御。天下本无事，庸人自扰之，浙沪各军，既四处分布，如临大敌，免不得谣言百出，传入江苏。李纯也不得不疑，并因直、皖分争愈竞愈烈，恐沪军亦趁势袭击江苏，为此先事预防，特派兵分布苏州、昆山一带，并掘毁黄渡至陆家滨一带铁道，阻截沪军。何丰林闻沪宁铁路被苏军拆断，越觉师出有名，遂也派军直上，与苏军相犄角。彼此列阵相持，摩拳擦掌，专待厮杀。只江苏一班士绅，已吓得心惊胆裂。慌忙奔走号召，结合各界团体，呼吁和平。再加外交团保护侨民，力为调解，电文络绎，送达江浙。李纯本无心开战，对着南北纷争，尚日日把和平二字，挂诸齿颊，怎有江、浙毗连反致轻自开衅？若卢、何二人目的但在淞沪，得能将淞沪一方，仍归掌握，此外自无他望。结果是李督让步，卢、何罢休，总算双方订约，江苏不侵淞沪，淞沪也不犯江苏，撤退兵备，易战为和。江浙人民，幸得苟安。后来中央亦收回成命，特任何丰林为淞沪护军使，这还是李督军爱惜苍生的厚惠。小子有诗咏道：

> 绾领军符贵保邦，如何伐戟自相撞？
> 罢兵独为宁人计，赢得仁声满大江。

东南幸不麋兵，北京难免战祸，欲知谁胜谁负，且至下回叙明。

民国战争，无一非为私利而起，南北之战，公乎私乎？顾南方犹得以护法为借口。若直、皖之战，全为私利起见，小徐之欲扩张安福部势力，私也；即吴佩孚之反对小徐，不惜一战，亦安得谓为非私？一则挑拨段氏，一则煽动曹使，各求逞志而已，与国家之凋敝，民生之痛苦，固视若无睹焉。张雨帅亦好动不好静，本以调人自居，反致激成战祸，是岂不可以已乎？若淞沪护军使一职，贻祸者为袁项城，袁因郑汝成有功于己，特划淞沪一隅，俾郑自主，而郑竟死于非命。及卢、何之与李纯龃龉，几至宣战，微李纯之顾全东南大局，甘心让步，江浙人民，宁有幸乎？国民苦兵革久矣，好战者民之贼也，主和者民之望也，观乎江浙之言和，安得不感念夫李督军？

# 第三十七回

## 吴司令计败段芝贵
## 王督军诱执吴光新

却说徐树铮带领卫队，直入京师，将演逼宫故事，一面至将军府，强迫各员，联衔进呈，请即褫夺曹锟、曹锳、吴佩孚官职，下令拿办。曹锳为曹锟第七弟，曾任近畿旅长，故小徐亦列入弹章，并推段祺瑞领衔，呈入总统府，大有咄咄逼人的气势。徐总统不便遽从，延搁一宵，未曾批准。那小徐确是厉害，竟率卫队围住公府，硬要老徐惩办曹、吴，否则即不认老徐为总统。徐总统无奈，只好下一指令道：

前以驻湘直军，疲师久戍，屡次吁请撤防，当经电饬撤回直省，以示体恤。乃该军行抵豫境，逗留多日，并自行散驻各处，实属异常荒谬。吴佩孚统辖军队，具有责成，似此措置乖方，殊难辞咎，着即开去第三师师长署职，并褫夺陆军中将原官，暨所得勋位勋章，交陆军部依法惩办。其第三师原系中央直辖军队，应由部接收，切实整顿。曹锟督率无方，应褫职留任，以观后效。军人以服从为天职，中央所以指挥将帅者，即将帅所以控制戎行。近年纲纪不张，各军事长官，往往遇事辄托便宜，以致军习日漓，规律因之颓弛。嗣后各路军队，务当恪遵中央命令，切实奉行，不得再有违玩，着陆军部通令遵照。此令。

看官！你想这道命令，曹、吴两人，尚肯听受么？当下由曹锟出面，联同东三省巡阅使张作霖，长江三督军李纯、王占元、陈光远等，发一通电，具论老段及小徐罪状，大略如下：

自安福部结党营私，把持政柄，挟其国会多数之势力，左右政局，而阴谋作用，辄与民意相反，实为祸国之媒，寝成舆论之敌。其尤影响国事者，政争所及，牵动阁潮，以致中枢更迭不定，庶政未由进行。甚至党派之后，武力为援，政治中心，益形机阱。试察其行动之机，则发纵而指使者，多系徐树铮等主持，恣睢专横，事实昭然。元首明烛破奸，于是下令开去徐树铮筹迫使之职，解其兵权，筹纾党祸，并因靳揆辞职，提出周少朴氏，即周树模，徐欲用周代靳，已送咨文至众议院。未得议员同意。方期从容组阁，以文治之精神，奠邦基于永固。讵候传惊耗，变出非常，合肥方面，以段芝贵为总司令，派边防军，直趋保定，宣言与直军宣战，并计定攻苏攻鄂，攻豫攻赣，强迫元首，下令讨伐。近日元首已被其监视，举动均失其自由，假借弄权，唯出自一二奸人之手。此时政本已摇，发号施令，无非倒行逆施之举，似此专横谬妄，实为全国之公敌。夫元首有任免官吏之权，乃因免一徐树铮，彼竟敢遮行反抗，诉诸武力。以直军而论，自湘南久戍，奉准撤防，无非借资休整，备国家御侮之用，既无轨外之行动，有何讨伐之可言？讵合肥欲施其一网打尽之计，是以有触即发，为徐树铮之故，为安福部之故，乃不惜包围元首，直接与曹锟等宣战，总施攻击。锟等素以和平为职志，对此衅起萧墙，无术挽救，迫不得已，唯有秣马厉兵，共伸义愤。纾元首之坐困，拯大局于濒危。扫彼妖氛，以靖国难。特此电闻。

通电喧传，全国鼎沸。再加张作霖回到奉天，立即派遣重兵，入山海关，也有一篇宣言书，说是"作霖奉令入都，冒暑远征，冀作调人，乃我屡垂涕而道，人偏充耳勿闻。现闻京畿重地，将作战场，根本动摇，国何由立？且京奉铁路关系条约，若有疏虞，定生枝节。用是派兵入关，扶危定乱。如有与我一致，愿即引为同袍，否则视为公敌"等语。这是张雨帅独自出名，与上文联衔发电的文章，又似情迹不同，未尝指明讨段。其实乃是聪明办法，留一后来余地，看官莫要被他瞒过呢。谓予不信，试看后文。

曹锟得知奉军入关的消息，料知他前来援应，遂放胆出师，亲赴天津，当场行誓众礼，派吴佩孚为总司令，号各军为讨贼军，即就天津设大本营，高碑店设司令部，一意与段军对敌。段军分四路进兵，第一路统领刘询，第二路统领曲同丰，第三路统领陈文运，第四路统领魏宗瀚，均归总司令段芝贵调度。总参谋就是徐树铮。七月十四日，两军相距，不过数里，刁斗相闻，兵刃已接，眼见是战云四布，无法打消了。总统府中尚发出通令云：

民国肇造，于兹九年，兵祸侵寻，小民苦于锋镝，流离琐尾，百业凋残，群情皇皇，几有傺焉不可终日之势。本大总统就任之始，有鉴于世界大势，力主和平，比岁以来，兵戈暂戢，工贾商旅，差得一息之安，犹以统一未即观成，生业不能全复。今岁江浙诸省，水潦为灾，近畿一带，雨泽稀少，粮食腾踊，讹言明兴，眷言民艰，忧心如捣。乃各路军队，近因种种误会，致有移调情事，兵车所至，村里惊心，饥馑之余，何堪师旅？本大总统德薄能鲜，膺国民付托之重，唯知爱护国家，保人民，对于各统兵将帅，皆视若子弟，倚若腹心，不能不剀切申诫。自此次明令之后，所有各路军队，均应恪遵命令，一律退驻原防，戮力同心，共维大局，以副本大总统保惠黎元之至意。此令。

军阀相争，势不两立，还管甚么大总统命令？大总统要他撤防，他却即日开战，咚咚的鼓声，啪啪的枪声，就在琉璃河附近一带发作起来。边防军第一师第一团马队，与第十三师第一营步军，进逼直军第十二团第二营，气势甚猛，悍不可当。直军也不肯退让，即与交锋，正在双方攻击的时候，忽见直军步步倒走，退将下去。边防军越加奋迅，趁势追逼，再加总司令段芝贵，性急徼功，下令军中，并力进击，不得瞻顾。小段号称能军，何并诱敌之谋，尚不知晓？边防军自然锐进。哪知直军退到第一防线，均避入深壕，伏住不动；所有边防军射来的枪弹，尽从壕上抛过，一些儿没有击中，空将弹子放尽。猛听得一声怪响，便有无数弹子，飞向边防军击来，烟尘抖乱，血肉横飞，边防军支撑不住，立即转身飞奔。直军返退为攻，统从壕沟中跃出，还击边防军，吓得边防军没路乱跑，纷纷四散。段芝贵顾命要紧，早已遁去。尚有西北军第二混成旅，及边防第三师步兵第二团，由张庄、蔡村、皇后店三路，分攻杨村的直军防线，激战多时，统为直军所败。杨村系曹锳驻守，与吴佩孚同日得胜。先声已播，可喜可贺。独段芝贵等未免懊恨，向段祺瑞处报告，但言为直军所袭，因致小挫。祺瑞乃欲鼓励戎行，特令秘书员草就檄文，布告中外，略云：

曹锟、吴佩孚、曹锳等，目无政府，兵胁元首，围困京畿，别有阴谋。本上将军业于本月八日，据实揭劾，请令拿办，罪恶确凿，诚属死有余辜。九月奉大总统令，曹锟褫职留任，以观后效，吴佩孚褫职夺官，交部拿办。令下之后，院部又迭电促其撤兵，在政府法外施仁，宽予优容，曹锟等应如何洗心悔罪，自赎末路。不意令电煌煌，该曹锟等不唯置若罔闻，且更分头派兵北进，不遗余力。京汉一路，已过涿县，京奉一路，已过杨村，逼窥张庄。更于两路之间，作捣虚之计，猛越固安，乘夜渡河，暗袭我军，是其直犯京师，震惊畿内，已难姑容，而私勾张勋出京，重谋复辟，悖逆尤不可赦。京师为根本重地，使馆林立，外商侨民，各国毕届，稍有惊扰，动至开罪邻邦，危害国本，何可胜言？更复分派多兵，突入山东境地，竟占黄河岸南之李家庙，严修备战，拆桥毁路，阻绝交通，人心惶惶，有岌焉将坠之惧。本上将军束发从戎，与国同其休戚，为国家统兵大员，义难坐视，今经明呈大总统，先尽京汉附近各师旅，编为定国军，由祺瑞躬亲统率，护卫京师，分路进剿，以安政府而保邦交，锄奸凶而定国是。奸魁释从，罪止曹锟、吴佩孚、曹锳三人，其余概不株连，其中素为祺瑞旧部者，自不至为彼驱役，即彼部属，但能明顺逆，识邪正，自拔来归，即行录用。其擒斩曹锟等，献至军前者，立予重赏。各地将帅，爱国家，重风义，遘此急难，必有屦及剑及，兴起不遑者，祺瑞愿从其后，为国家除奸慝，即为民生保安康，是所至盼。为此檄闻。

同日曹锟亦通电各省，说是开衅原由，当归边防军任咎，略述如下：

边防军称兵近畿，扰害商民，近仍进行不已，以众大之兵力，占据涿州、固安、涞水等处，于寒删两日，诗韵有十三寒，十五删两韵，电码即借作十三日十五日之省文。向高碑店方面分路进攻，东路则占据梁庄、北极庙一带，向杨村攻击，炮火猛烈，枪弹如雨。敝军力为防御，未及还攻，而彼竟愈逼愈紧，实为有意开衅，事实如此，曲直自在。唯有激励将士，严阵以待，固我防围而卫民生。特电奉闻，诸唯察照。

兵戈不足，济以笔舌，两造各执一是，互争曲直，这也是习见不鲜的常调，无足评论。公论自在人间，两造哓哓，何足取信？唯战事既开，势难收拾，最激烈的是徐树铮，他以为敌寡我众，敌弱我强，曹三庸夫，毫不足惧，吴子玉虽号知兵，究竟是个戎马书生，不惯力战。西北军身长胆壮，但借那靴尖蹴踏，已足踢倒曹、吴，不意一战即挫，前驱溃退。恼得小徐气冲牛斗，投袂奋起，自往督军。就将高碑店战事，尽交段芝贵主持，亲赴杨村一带，督同三路大军，进攻曹锳。一面电致鄂、豫、鲁等省，密令同党起事，响应京畿。

湖南督军吴光新，本是段氏嫡派，得继张敬尧后任，兼充长江上游总司令，已见前文。莅鄂已有多日，因见岳州、长沙为南军所占据，无隙可乘，不得已寓居湖北。张敬尧奉令查办，始终不肯到京，尚在湖北潜住。自经徐树铮密电到鄂，由吴光新接着，遂与张敬尧会商，图取湖北，助攻直军。并因旧部赵云龙驻守河南信阳县，好教他乘机发难，攻夺河南。当下发一密电，嘱告云龙，约期并举。鄂督王占元与曹、吴联络一气，当然隐忌吴光新，时常派人侦查，防有他变。及直皖战起，侦察益严，所有吴光新暗地举动，竟被王占元察知，遂借请宴为名，备了柬帖，邀吴入饮。吴光新未曾防着，还道是密谋未泄，乐得扰他一餐，快我老饕。况临招不赴，乃是官场所忌，并足使王占元生疑，为此贸然前往，怡然入席。主客言欢，觥筹交错，畅饮了一二小时，已觉酒意微醺。突由王占元问及近畿战事，究系谁曲谁直？吴光新不觉一惊，勉强对答数语，尚说是时局危疑，不堪言战。假惺惺。王占元掀髯微笑道："君亦厌闻战事么？如果厌战，请在敝署留宿数宵，免滋物议。"说着，即起身出外，唤入武士数名，扯出吴光新，驱至一间暗室中，把他软禁起来。吴光新孤掌难鸣，只好由他处置，唯自悔自叹罢了。得全性命，还是幸事。王占元既拘住吴光新，更派出鄂军多人，往收吴光新部曲，果然吴军闻信，乘夜哗变，当被鄂军击退，解散了事。独张敬尧生得乖巧，已一溜烟似的遁出鄂省，得做了一个漏网鱼。占元遂通电曹、吴，曹、吴亦为欣慰。嗣复接得广东军政府通电，也是声讨段氏，但见电文中云：

国贼段祺瑞者，三玷枢席，两逐元首，举外债六亿万，鱼烂诸华，募私军五师团，虎视朝左，更复昵嬖徐树铮，排逐异己，啸聚安福部，劫持政权。军事协定，为国民所疾首，而坚执无期延长；青岛问题，宜盟会之公评，而主张直接交涉；国会可去，总统可去，而挑衅煽乱之徐树铮，必不可去；人民生命财产，可以牺牲，国家主权，森林矿产，可以牺牲，而彼辈引外残内之政会，必不可以牺牲。凶残如朱温、董卓，而兼蠹国肥私，媚外如秦桧、李完用，而更拥兵好乱。综其罪恶，罄竹难书。古人权奸，殆无其极。军府恭承民意，奋师南服，致讨于毁法卖国之段祺瑞，及其党徒，亦已三稔于兹，不渝此志。徒以世界弭兵，内争宜戢，周旋坛坫，冀遂澄清。而段祺瑞狠心不化，鹰瞵犹存，嗾使其心腹王揖唐者，把持和局，固护私权，揖盗谈廉，言之可丑。始终峻拒，宁有他哉？乱源不清，若和奚裨。吴师长佩孚，久驻南中，洞见症结，痛心国难，慷慨撤防。直奉诸军，为民请命，仗义执言，足见为国锄奸，南北初无二致也。乃段祺瑞怙恶饰过，奖煽奸回，盘踞北都，首构兵衅，以对南黩武之政策，戕其同袍，以不许对内之边军，痛毒畿辅。天命不足畏，人言不足恤，但知异己即噬，不惜举国为仇，故囊诬为南北之争者，实未彻中边之论也。道路传言，佥谓该军有某国将校，阴为之助，某氏顾问，列席指挥，友邦亲善，知必謇言，揣理度情，当不如是。然而敬瑭犹在，终覆唐室，庆父不除，莫平鲁难。今者直省诸军，声罪致讨，大义凛然，为国家振纲纪，为民族争人格，挥戈北指，薄海风从。军府频年讨贼，未集全勋，及时鹰扬，义无反顾，是用奖率三军，与爱国将士，无间南北，并力一向，诛讨元凶。其有附逆兵徒，但知自拔，咸与维新。若更徘徊，必贻后悔。维我有众，一乃心力。除恶务尽，共建厥勋。褫奸雄之魄，毋或后时，抉鄢郢之藏，相偕饮至。昭告遐迩，盍兴乎来！

据这电文，明明是岑春煊主张，与曹、吴遥相呼应，直派联合岑、陆，已见一百一十四回中。曹、吴大喜，颁示将士，遂令军心益奋，慷慨临戎。小子有诗叹道：

武夫本是国干城，御侮原应不爱生。

可惜局中差一着，奋身误作阋墙争。

欲知两军再战情形，请看下回便知。

　　绝交不出恶声，是谓之君子人。试观直、皖之争彼此相诟，无异村妪乡童之所为。试思同袍同泽，本有偕作偕行之义务，就使意见不合，偶与绝交，亦当为国家起见，各就本职，守我范围，岂可自相诋诽，自相攻击乎？况虚词架诬，情节支离，徒快一时之意气，甘作两造之謷言，本欲欺人，适以欺己。天下耳目，非一手可掩，何苦为此山膏骂豚之伎俩也。彼段芝贵之遭败，与吴光新之被拘，皆失之躁率，均不足讥，即胜人执人者，亦为君子所不齿。朝为友朋，暮成仇敌，吾不愿闻此豆萁相煎之惯剧也。

# 第三十八回

## 闹京畿两路丧师
## 投使馆九人避祸

却说直、皖两军互相角逐，分作东西两路，西路就是高碑店，东路乃是杨村。徐树铮率同西北军，猛攻曹锳。曹锳仓猝抵敌，一时措手不及，竟为西北军所乘，枪似林攒，弹如雨注，不由曹军不走。曹锳只好号召兵士，退出杨村。树铮把杨村占住，很是得意，偏接高碑店战报，一再败衂，急得小徐又转喜为忧。原来段芝贵前次失败，收合余军，再图大举。七月十五日晚间，复向高碑店进攻，意欲乘他不备，得一胜仗。直军也曾防着，出阵接战。小段见直军严肃，料不可袭，便另生一计，密令部众散阵四趋，诱入直军。也欲作诱敌计么？直军踊跃直前，向敌阵中杀入。敌阵先散后聚，复一齐裹合拢来，拟把直军困在垓心。直军也觉情急，猛力冲突，各自为战。小段见直军中计，喜不自禁，便申令军中，再接再厉，要杀得他片甲不回。谁知阵后忽来了数百人，统执着新式快枪，接连击射，好似连珠一般，无从趋避。为首的统兵大员，不是别人，正是直军总司令吴佩孚。小段被他一扰，吓得方寸已乱，亟欲分兵对敌，偏偏兵不应命，相率溃去。直军前后夹攻，几把小段擒住。幸亏小段跨一骏马，跑走很快，才得逃脱，退至三十里外下营。小段经此两败，方知吴佩孚计中有计，不敢轻敌。

吴佩孚得胜收军，休息一宵。到了次日的夜间，令第三混成旅旅长萧耀南与第三补充旅旅长龚汉治，合力向涿州进攻，再令补充旅旅长彭寿莘，作为后应。边防军第一师师长曲同丰，驻守涿州，正与萧耀南相值，两军接触，即啪啪的放起枪来。边防军屡遭败仗，未战先怯，勉强支撑了一小时，看直军来势益盛，便想退下。那龚汉治部下补充旅，正从右边攻入，冲断边防军，彭寿莘又复继至，击毙边防军无数，俘获旅团长以下共五十余人。曲同丰带领残兵，遁入涿州。直军便至涿州城外安营，再图进取。诘旦有奉军到来加入，直军气焰益盛，曲军已失战斗的能力，眼见得支持不住，没奈何派员请和。吴佩孚只准乞降，不得提出和字。曲同丰保命要紧，就使丢掉面子，也不暇顾，只好依吴佩孚所言，与二十九旅旅长张国溶，三十旅旅长齐宝善，带同残军二千余人，向直军缴械投降。不愧姓曲。涿州遂由直军占住。边防军第三师师长陈文运，闻得曲军降敌，竟弃师遁去。蛇无头不行，兵无主自乱，大都弃械逃生，各走各路。段芝贵亦遁入京师，西路军完全失败。

徐树铮得此消息，方在忧患，蓦闻营外枪声大震，乃是曹锳领军杀到。从来出兵打仗，全靠着一鼓锐气，锐气一挫，虽有良将，不能为力。此时曹锳奋勇杀来，无非为了西路大捷，鼓动士气，前来夺还杨村。那小徐部下，正因西路覆没，垂头丧气，还有何心接战？顿时出营四溃。小徐到此，就使郁愤满腔，要想拼命一争，怎奈兵心已散，无可挽回，也唯有行了三十六策中的上策，一溜风跑入都门，窜匿六国饭店中。可巧与小段碰着，"愁人莫对愁人说，说起愁来愁杀人"，想两人当时情状，应亦如此，毋容笔下描摹了。这是好战的报应。段祺瑞迭接败耗，且愤且惭，当即取过手枪，意欲自戕。幸经左右夺去，劝他入京，求总统下停战令。祺瑞不得已还都，上书老徐，引咎自劾。徐总统冷笑道："早知今日，何必当初？"遂令靳云鹏、张怀芝等往见曹、吴，商议停战，一面颁下通令道：

前以各路军队，因彼此误会，致有移调情事，当经明令一律退驻原防，共维大局。乃据近日报告，战事迄未中止，群情惶惧，百业萧条，嗟我黎民，何以堪此？况时方盛暑，各将士躬冒锋镝，尤属可悯。应责成各路将领，迅饬前方，各守防线，停止进攻，听候命令解决，用副本大总统再三调和之至意！此令。

天下不如意事，十常八九，自段氏四路大军一齐败溃，于是鲁、豫各省的段派军官，亦皆瓦解。山东德州方面，本被边防军统领马良攻入，守将商德全退走。嗣由奉军往援德全，复击败边防军，夺回德州，马良当然窜去。就是信阳戍将赵云龙，率领部下，与河南旅长李奎元激战，亦为所败，被逐出境。还有察哈尔都统王廷桢，起应曹、吴，入驻康庄，就在居庸关附近，与边防军西北军，一场剧斗，边防军西北军均皆败降，解除武装，老段小徐的计策，无不失败。段祺瑞自欲解嘲，因电致直、奉、苏、赣、鄂、豫等省，大略说是：

顷奉主座电谕："近日叠接外交团警告，以京师侨民林立，生命财产，极关紧要，战事如再延长，危险宁堪言状？应令双方即日停战，迅饬前方各守界线，停止进攻，听候明令解决"等因。祺瑞当即分饬前方将士，一律停止进攻在案。查祺瑞此次编制定国军，防护京师，盖以振纲饬纪，并非黩武穷兵，乃因德薄能鲜，措置未宜，致召外人之责言，上劳主座之廑念。抚衷内疚，良深悚惶！查当日即经陈明，设有贻误，自负其责。现在亟应沥情自劾，用解怨尤，业已呈请主座，准将督办边防事务，管理将军府事宜各本职，暨陆军上将本官，即予罢免；并将历奉奖授之勋位勋章，一律撤销，定国军名义，亦于即日解除，以谢国人。谨先电闻。

投井下石，古今同慨，况段氏误信小徐，组织安福部，党同伐异，借债兴兵，究为舆论所未容，此次一败涂地，虽然返躬自责，情愿去官，毕竟众怒未消，谤言益甚。江苏督军李纯，发一通电，有："歼厥渠魁，指日可待，从此魑魅敛迹，日月重光"等语。又有南北海军将校林葆怿、蓝建枢、蒋拯、杜锡珪等，亦通电声讨安福党人，历数罪状，并称"南北实力提携，共济艰难"云云。最激烈的是吴佩孚，趁这全军大胜的机会，与奉军同诣京师，驻扎南苑、北苑，请大总统诛戮罪魁。靳云鹏与张怀芝，到了吴军，与吴佩孚从容筹商，特提出四大条件：（一）惩办徐树铮。（二）解散边防军。（三）解散安福部。（四）解散新国会。这四条已经中央承认，劝吴即日罢兵。吴佩孚尚未肯干休，再经靳、张两人苦口调解，才得吴最后答复，谓"当转达曹经略，佩孚不便作主"等语。靳、张乃往与曹锟商议。曹镇虽允停战，唯对着中央承认四事，尚嫌不足。靳、张虽各具三寸舌根，终未能妥为斡旋，只得回京复命。徐总统闻报，默忖多时，想此事非借重奉张，不能排解，因即电召张作霖，再作调人。一面派王怀庆收束近畿军队，兼任督办。怀庆奉令办理，尚称得手，所有边防军与西北军，或编入队伍，或给资遣散，近畿一带，总算粗安。

既而张作霖出为调停，与曹、吴商定条件：（一）解散安福部。（二）惩办罪魁十四人。（三）取消边防军与西北军及其他属于该两军之一切机关。（四）京畿保卫归直、奉军，永远驻扎，京城以内，由京畿卫戍总司令担负全责。（五）撤销安福包办之和议机关，驱逐王揖唐，另与西南直接办理和议。（六）解散新旧两国会，另办新选举。这六项为主要条件，尚有先决事件两项：一为政府速将三年以来，所借外债及用途，分布全国。一为褫免京师警察厅总监吴炳湘。议定以后，即由张作霖转呈徐总统。徐总统非不赞成，但尚欲稍示通融，顾全段氏面目，因复使靳、张二人电复张作霖，托他再为转圜。作霖乃复与曹、吴磋商，大致仍照前议，唯略改细目罢了。于是中央命令，蝉联而下，由小子汇录如下：

### 七月二十四日大总统令

准财政总长李思浩，司法总长朱深，交通总长曾毓隽免职，令财政次长潘复，司法次长张一鹏，代理部务。特任田文烈兼署交通总长。

准京畿卫戍总司令段芝贵免职，特派王怀庆兼署京畿卫戍总司令。

### 二十六日大总统令

据兼代国务总理萨镇冰呈称："师长吴佩孚等，所部军队，前次在豫暂驻，未能即时回直，证以曹经略使来电，始则因住兵房舍，一时难腾，继则因铁路车辆，未能即时应付，并非有意逗留，其情事既有不符，拟请将处分令撤销"等语。应准将本年七月九日，关于曹锟、吴佩孚处分命令，即行撤销，交陆军部查照。

准京师警察厅总监，兼督办京都市政事宜吴炳湘免职，今田文烈兼督办京都市政事宜，殷鸿寿为京师警察厅总监，并会办京都市政事宜。

准交通次长姚国桢免职，任命权量兼署交通次长。

### 二十八日大总统令

准督办边防事务，兼管理将军府事务段祺瑞免职。

前以沿边一带，地方不靖，当经令设督办边防事务处，以资控驭，现在屯驻边外军队，业已陆续撤退，该处事务较简，所有督办边防事务处，应即裁撤，其所辖之边防军，着陆军部即日接收，分别遣散，以一军制而节冗费。此令。

前有令将西北边防总司令一缺裁撤，其所辖军队，由陆军部即日接收办理，所有西北军名义，应即撤销，着责成该部迅速收束，妥为遣散，仍将办理情形，克日呈复。此令。

准大理院院长姚震免职，特任董康为大理院院长。

**二十九日大总统令**

国家大法，所以范围庶类，俪规干纪，邦有常刑。此次徐树铮等称兵畿辅，贻害闾阎，推原祸始，特因所属西北边防军队，有令交陆军部接收办理，始而蓄意把持，抗不交出，继乃煽动军队，遽启兵端。甚至迫胁建威上将军段祺瑞，别立定国军名义，擅调队伍，占用军地军械，逾越法执，恣逞私图。曾毓隽、段芝贵等，互结党援，同恶相济，或参预密谋，躬亲兵事，或多方勾结，图扰公安，并有滥用职权，侵挪国帑情事，自非从严惩办，何伸国法而昭炯戒？徐树铮、曾毓隽、段芝贵、丁士源、朱深、王郅隆、梁鸿志、姚震、李思浩、姚国桢等，着分别褫夺官职勋位勋章，由步军统领、京师警察厅一体严缉，务获依法讯办。其财政交通等部款项，应责成该部切实彻查，呈候核夺。国家虽政存宽大，而似此情罪显著，法律具在，断不能为之曲宥也。此令。

统观以上命令，除为曹、吴洗刷外，所有免职各条都是对着段派的关系。唯免职二字，不过去官而止，与身家无甚碍处。至若上文严缉祸魁一令，乃是诖犯刑章，将加体罚，这是小徐等人特别畏忌的条件，不得不设法趋避。况直、奉各军，满布京畿，一被缉获，尚有何幸？当下统避匿东交民巷，作为京城里面的逋逃薮。东交民巷，是各国使馆所在地，政府不得过问。就是六国饭店，亦在东交民巷，故小徐、小段先就该饭店藏身。徐总统下此命令，主动力全在曹、吴，他虽然阴忌段派，但教段氏下台，段派失势已算是如愿以偿，不欲再为已甚，所以命令中尚为段氏洗愆，唯罪及小徐等十人。所云缉获讯办，无非虚扬威名。看官试回溯民国以来，中央所颁惩办大员的命令，能有几人到案，如法办理么？这就是致乱原因。独此次曹、吴主见，本思乘着胜仗罚及老段。上文叙及罪魁十四人，必兼老段在内。旋因徐总统曲为调停，方将老段除出，且把小徐等尽法惩治，聊泄宿忿。

及闻小徐等避匿使馆界内，不能直接往拿，只得浼人疏通各国公使请他驱逐罪魁。各国公使团乃会议办法，磋商多时，英、美、法三国公使暗中帮助曹、吴，并在会场中发表政见，谓："此次小徐诸人扰乱京畿，贻害中外人民，不应照国事犯例保护。"国事犯即政治犯，各国公法，有容留国事犯通例。唯日本及意大利国公使，力持异议，所以东交民巷中只有英、美、法三国公使文告，通饬本国侨民不准容留中国男子，如有容留，限令即日迁出。徐树铮等瞧着告示，禁不住慌张起来。自思六国饭店，乃是各国公共寓所，势难久居，尚幸日、意两国无此禁令，留出一条活路，可以投奔，于是徐树铮、段芝贵、曾毓隽、丁士源、朱深、王郅隆、梁鸿志、姚震、姚国桢等九人，相偕计议，拟往日、意两公使馆乞请保护。转想日本感情，比意国为厚，不如同去恳求日使，较为妥洽。当下联袂偕行，共至日使馆中，拜会日使。可巧日使未曾外出，得蒙邀入，遂由徐树铮等当面哀求，仗着几寸广长舌，说得日使怦然心动，不由的大发慈悲，力任保护，便令九人居留护卫队营内，安心避难。好在九人各有私财，预储日本银行，一经挪移，依然衣食有着，不致冻馁。独李思浩生平，常在金融界中，主持办理，与日人往来更密，他闻惩办令下，早已营就兔窟，藏身有所，看官不必细猜，想总是借着日本银行，出了安乐窝呢。小子有诗叹道：

好兵不戢自焚身，欲丐余生借外人。
早识穷途有此苦，何如安命乐天真。

小徐等既得避匿，眼见中国政府，无从缉获，只好付作后图。此外尚有各种命令，容至下回续叙。

兵志有言："骄兵必败。"小段小徐之一再败衄，正坐此弊。彼吴佩孚方脱颖而出，挟其久练之士卒，与小段小徐相持，小段小徐，徒恃彼西北边防等军，即欲以众凌寡，以强制弱，而不知骄盈之态，已犯兵忌，曹操且燔师赤壁，苻坚尚覆军淝水，于小段小徐何怪焉？及战败以后，遁匿六国饭店中，坐视段合肥之丢除面子，一无善策。放火有余，收火不足，若辈伎俩，可见一斑。段合肥名为老成，奈何轻为宠信也。英、美、法三国公使，不愿容留小徐等人，而日使独出而保护之，其平日之利用段派，更可知矣。合国事肥，安有不授人口实乎？

# 第三十九回

## 日公使保留众罪犯
## 靳总理会叙两亲翁

却说徐总统迭下命令，黜免段系，至通缉罪魁以后，已与段系不留情面，遂又陆续下令，罢免湖南督军，兼长江上游总司令吴光新职，并将长江上游总司令一缺，饬令裁撤，所有吴光新旧辖军队，由王占元妥为收束，借节军费。同日，又褫夺吴炳湘原官，及勋位勋章，说他党附徐树铮等，不知远嫌，有背职务，虽经免职，未足蔽辜，应褫夺陆军中将原官，暨勋位勋章，以示惩儆云云。过了数天，已是八月三日，复由徐总统下令，解散安福俱乐部，令云：

政党为共和国家之通例，约法许集会结社之自由。安福俱乐部，具有政党性质，自为法律所不禁。近年以来，迭据各省地方团体，函电纷陈，历举该部营私误国，请予解散。政府以为党见各有不同，自可毋庸深究。乃此次徐树铮、曾毓隽等，称兵构乱，所有参预密谋，筹济饷项，皆为该部主要党员。观其轻弄国兵，喋血畿甸，肆行无忌，但徇一党之私，虽荼毒生灵，贻祸国家，亦若有所不恤。是该部实为构乱机关，已属逾越法律范围，断不能容其仍行存在。着京师卫戍总司令，步军统领，京师警察厅，即将该部机关，实行解散。除已有令拿办诸人外，其余该部党员，苟非确有附乱证据者，概予免究。其各省区，如设有该部支部者，并着各该省区地方长官，转饬一律解散。此令。

再进一步的办法，就是撤换王揖唐了。徐总统不遽下令，但使国务院电致江苏，将王揖唐的议和代表，即日撤消，改派江苏督军李纯，为南北议和全权总代表，与广东军政府接洽和议。李纯本与王揖唐有嫌，遂有一篇弹劾王揖唐文，电达中央。徐总统乃申令道：

据江苏督军李纯电呈："王揖唐遣派党徒，携带金钱，勾煽江苏军警及缉私各营。并收买会匪，携带危险物，散布扬州、镇江省城一带，以图扰乱，均有确凿证据，请拿交法庭惩办"等语。王揖唐经派充总代表职务，至为重要，乃竟勾煽军警，多方图乱，实属大干法纪，除已由国务院撤销总代表外，着即褫夺军官，暨所得勋位勋章，由京外各军民长官，饬属一体严缉务获，依法惩办。此令。

王揖唐寓居沪上，距京甚远，不比那小徐等人，留住京师，一时不能远飏，权避日本使馆中。所以命令虽下，一体严缉，他却四通八达，无地不可容身；就使仍居上海租界内，亦为中国官吏势力所不能达到的地点，怕甚么国家通缉呢？这叫法外自由。但徐总统承认曹、吴要求，除新旧国会未见解散明文外，余已一律照办。更因段派中尚有数人为曹、吴所指劾，因复连下二令道：

前以安福俱乐部为扰乱机关，业有令实行解散，所有籍隶该俱乐部之方枢、光云锦、康士铎、郑蒐瞻、臧荫松、张宣，或多方勾煽，赞助奸谋，或淆乱是非，潜图不逞，均属附乱有据，着分别褫夺官职勋章，一律严缉，务获惩办。其余该部党员，均查照前令，免予深究，务各濯磨砥励，咸与维新。此令。

边防军第一师师长曲同丰，第三师师长陈文运，陆军第九师师长魏宗瀚，第十五师师长刘询，谦威将军张树元，于此次徐树铮称兵近畿，甘心助乱，以致士卒伤亡，生灵涂炭，均属罪有应得。曲同丰、陈文运、魏宗瀚、刘询、张树元，着即褫夺军官军职暨所得勋位勋章，交陆军部依法惩办，以伸军纪。此令。

令申所布，徒有具文，各犯官统闻风避去，近走津门，远赴沪渎，津、沪均有外国租界，非中国法律所能及，鸿飞冥冥，弋人何篡？外人讥中国为纸糊章程国，端的是不谬呢。章程国尚有章程，现今中国朝令暮更，并章程国三字，尚有愧辞。唯曹、吴所最痛恨的乃是小徐，小徐与段芝贵、曾毓隽等匿居日本使馆，曹、吴必欲外人交出，按法惩办，因即送呈徐总统请与日使馆严重交涉。徐总统申饬外交部照会外交团，索交祸魁徐树铮等十人。当经英、法、美三国公使分别复称引渡罪魁事，引渡二字系含有交出意义，语本日本法典。各使曾开会商议，意见不同，结果由各使自复，但称："本国使馆，并未收纳此项人等"云云。外交部乃直致文日本使馆，问他有无收留？日本公使竟据实答复，略云：

徐树铮、曾毓隽、段芝贵、丁士源、朱深、王郅隆、梁鸿志、姚震、姚国桢等九人，咸来本使馆恳求保护。本公使鉴于国际上之通义，及中国几多往例，以为事情不得已而予以承认，决定对于此等诸氏，加以保护。刻将此等诸氏，悉收容公使护卫队营内，并严重戒告，在收容所内，万不得再干预一切政治，且断绝与外部之交通。兹本使特通告于贵代理总长之前。此时外交总长陆徵祥称病请假，由颜惠庆署理。本使此次之措置，超越政治上之趣旨，即此等诸氏所受之保护，决非基于附属政派之如何，而予以特别待遇，恰以该氏等不属于政派之故，是以本使馆不得拒绝收容。本使并信贵部对于此等衷意，必有所谅解也。八月九日。

外交部接到日使复文，又致书日使，与他辩论。略云：

敝国政府，不能承认贵使本月九日通告之件，至为抱歉。刻敝国政府，正从事调查各罪犯之罪状，一俟竣事，即将其犯罪证据，通知贵使，请求引渡，并希望贵使勿令诸犯逃逸，或迁移他处藏匿为荷。

日使得书，隔了数日，又复词拒绝道：

贵总长答复敝使，本月九日，关于收容徐树铮等于帝国使署兵营之通告回文，业已领悉。据称："贵国政府，不能承认敝使上次通告之件，且将以根据法律之罪状，通知敝使"云云。唯贵国大总统颁发捕拿该犯等之命令，系以政治为根据，故敝使署即视为政治犯，而容纳保护之。敝使并声明无论彼等将受何等刑事罪名之控诉，敝使不能承认贵总长所请，将彼等引渡也。

自经日使两番拒绝，徐总统亦无可奈何。就使曹、吴恨煞小徐，也不能亲到东交民巷中把他拿来，只好忍气吞声，暂从搁置。唯直、奉两派，既并力推倒段系，自然格外亲昵。当由两派军官，代为曹、张作撮合山，联为婚媾。张有庶子，为第二姨太太所生，曹有庶女，亦为第二姨太太所出，年均幼稚，好似一对金童玉女，先后下凡，特为两豪家隐绾红丝。后来张家行聘，曹家受聘，两造礼仪，非常华丽，比那帝王时代的王侯，还要加倍，中外报纸，传为艳闻，这且无容絮述。且看后来何如？

第三师师长吴佩孚，因时局纠纷，连年未定，特欲公诸国民，拟开国民大会，解决时局，草定大纲八条，胪列如下：

（一）定名。为国民大会。

（二）性质。由国民自行招集，不得用官署监督，以免官僚政客操纵把持。

（三）宗旨。取国民自决主义，凡统一善后，及制定宪法，与修正选举方法及一切重大问题，均由国民解决，地方不得借口破坏。

（四）会员。由全国各县农工商会各会各举一人，为初选所举之人，不必以各本会为限。如无工商会，宁缺毋滥。再由全省合选五分之一，为复选。俟各省复选完竣，齐集天津或上海，成立开会。

（五）监督。由省县农工商学各会长，互相监督，官府不得干涉。

（六）事务所。先由各省农工商学总会公同组织，为该省总事务所，再由总事务所电知各县农工商学各会，克日成立各县事务所。办事细则，由该所自订。

（七）经费。由各省县自由经费项下开支。

（八）期限。以三个月内成立，开会限六个月，将第三条所列诸项，议决公布，即行闭会。并主张将南北新旧国会，一律取消，南北议和代表，一律裁撤。所有历年一切纠纷，均由国民公决。

看吴佩孚这番论调，本来是一篇绝好章程，不但编书人绝对赞成，就是全国四万万同胞，也没有不赞成的心理。试想中国自革命以来，既已改君主为民主，应该将全国主权，授诸国民全体，为何袁项城，要设筹安会，想做皇帝？为何徐树铮等要组安福部，想包揽政权财权军权？这种行为，都为全国民心所不愿。结果是袁氏失败，洪宪皇帝私做了八十三日，终归无成。徐树铮频年借款，频年练兵，也弄到一败涂地，寄身日本使馆。可见军阀家硬夺民权，终究是拗不过民心，民心所向，事必有成，民心所背，事无不败。**不啻当头棒喝，奈何各军阀家尚然不悟？**吴佩孚师长，既有此绝大主张，绝大议案，岂不是中华民国一大曙光？无如他曲高和寡，言与心违，所以国民大会四字，仍是个梦中幻想，徒托空谈。又况段派推倒，权归曹、张，曹、张也是武力主义，顾甚么国民不国民？

更兼西南一带，党派纷歧，若粤系，若桂系，若滇系黔系，倏合倏分。哪一个不想扩充地盘？哪一个不想把持权利？四川全省，地肥美，民殷富，不啻一长江上源的金穴，三五军阀，你争我夺，搅得七乱八糟，周道刚为刘存厚所逐，刘存厚为熊克武所挤，已如上文所述。至直、皖战后，熊克武又被吕超排出，川军即推吕超为总司令。熊克武心有不甘，复向刘存厚乞得援兵，再入川境。川民连遭兵燹，倾家荡产，不可胜计。他如滇、黔、桂、粤各派，分裂以后，也是兵戈相见，互哄不休。此外各省督军师长，表面上虽没有如何争扰，暗地上实都是怀着私谋。天未悔祸，民谁与治？欲要实做到民权主义，恐前途茫茫，不知再历若干年，方好达此目的呢。**慷慨而谈，仿佛高渐离击筑声。**

且说段派失势，靳阁复兴，靳云鹏复由曹、张推举，徐总统特任，起署国务总理。阁员亦互有参换，外交总长陆徵祥，内务总长兼署交通总长田文烈等，并皆免职，即任颜惠庆署外交总长，张志潭署内务总长，周自齐署财政总长，董康署司法总长，范源濂署教育总长，王乃斌署农商总长，叶恭绰署交通总长，靳云鹏自兼署陆军总长，内阁又算成立了。靳氏二次登台，更欲收揽时誉，力谋和平，特请徐总统不究既往，赦免安福部余支。徐总统乃有胁从罔治的赦文。靳氏复思履行前议，为南北统一计划，请命总统，召曹、张两使到京，商决时局问题。曹锟、张作霖并皆应召，各乘专车入都，与靳相见。三亲翁并会一堂，和气融融，自然欢洽。嗣经徐总统下令，裁撤四川、广东、湖南、江西四省经略使缺，改任曹锟为直鲁豫巡阅使，与张作霖职权相同，副使就令吴佩孚升任。张作霖与吴佩孚，虽未免猜忌，但此时尚没有甚么恶感，所以中央超擢吴氏，张亦不加异词。独吴氏主张的国民大会，被张作霖极力批斥，谓政府自有权衡，用什么国民大会，因此靳氏转告吴佩孚，就把他一时伟议，无形打销。吴氏之与张反对，激成后来之武力统一政策，实自此始。只靳氏提议的南北统一，张作霖还表同情。曹锟是个无可无不可的人物，也即同声附和，尽令靳氏一力做去。两巡阅使驻京半个月，分电各省督军，采集时议。这是表面上的虚文。各督军派遣代表，趋集天津，曹、张就此出京，由靳云鹏送至津门，即与各省督军代表，晤商一宵。各代表统顺风敲锣，何人敢持异议？那时曹、张喜气洋洋，分道自归原镇，靳总理也即还京，各代表亦统回本省去了。

自靳总理还京以后，便想把南北统一计划，积极进行，无如南方军阀，已是党派纷歧，比前次议和时候，还要为难。滇、黔、粤、桂各成仇敌，旧国会一部分议员，离粤赴滇，自开国会，议决取消岑春煊政务总裁职务，补选贵州督军刘显世为政务总裁。一国中有三国会，如何致治？刘本为广东军政府选入，未曾就职，仍与唐继尧唇齿相依，不愿合入桂系，旋经北京靳总理，及南北议和总代表李督军，一再电劝，敦促和平，唐、刘二人乃通电各省，表明意见。文云：

西南护法，于今三载，止兵言和，业已二周。因法律外交两问题，迄无正当解决之法，以致和会久经停顿，时局愈益纠纷。夫维持法纪，拥护国权，此吾辈夙抱之主张，亦国民应尽之天职。顾大义所在，虽昭若日星，而时势变迁，则真意愈晦，是非莫辨，观听益淆。吾辈救国护法之初衷，将无以大白于天下，而金壬假借，得以自便私图，恐国家前途，益败坏而不可挽救。吾辈为贯彻主张计，谨掬真诚，郑重宣言，以冀我全国父老兄弟之共鉴，特立条件如下：

（甲）关于收束时局之主张。

（一）南北和平办法，应由正式和会解决。（二）和议条件，以法律外交两问题，为国本所关，须有正当之解决。

（乙）关于刷新政治根本救国之主张。

（一）宜将督军以及其他特设兼辖地方之各种军职，一律废除，单设师旅长等统兵人员，直隶于陆军部，专任行兵及国防事务。（二）全国军队，应视国防财政情形，编为若干师旅，其余冗兵，一律裁汰。裁兵事宜，特设军事委员会，计划执行。（三）实行民治主义，虽在宪法未定以前，宜先筹办各级地方自治，尊重人民团体，以确立平民政治之基础，而实现国民平等自由之真精神。

上列各条，继尧、显世，谨决心矢志，奉以周旋，邦人诸友，其有与我同志者乎？吾辈当祷祀以期。至地方畛域，党派异同，非所敢择也。

据这电文，似乎有条有理，一些儿不存私见，于是北方各省军阀家，也有复电相容，表示同情。正是：

岂必心中期实践，何妨纸上作高谈。

欲知复电中如何措词，待至下回录明。

刑赏为国家大典，无论若何政体，要不能有功无赏，有罪无刑。独自民国成立以来，法律已处于无权，冒功邀赏者，实繁有徒，而祸国殃民诸罪犯，则往往为法律所不逮，就使中央政府，煌煌下令，而逋逃有薮，趋避有方，乌从而缉捕之？试观日本公使之客留九人，拒绝引渡，无论日使之是否依法，但即中国之刑律而论，已等诸无足重轻之列，有罪不能加罚，何惮而不为乱耶？吴佩孚之主张国民大会，此时尚有意求名，故倡议正大，但言之非艰，行之维艰，即令吴氏坐言起行，恐未必能达目的，况掣肘者之群集其旁也。若夫靳翼青之主张统一，计非不善，滇、黔二督之发表意见，语亦甚公，但终不得完满之结果者也。吾得而断之曰："言不顾行，行不顾言。"

# 第四十回

## 废旧约收回俄租界
## 拚余生惊逝李督军

却说北方各省军阀家，见了唐、刘两人的通电，就由曹锟、张作霖两使领衔，复电滇、黔，也说得娓娓可听。文云：

接读通电，尊重和平，促成统一，语长心重，感佩良深。就中要点，尤以注重法律外交为解决时局之根本，群情所向，国本攸关。锟等分属军人，对于维持法纪，拥护国权，引为天职，敢不益动初心，勉从两君之后。所希望者，关于和议之进行，务期迅速，苟利于国，不尚空谈，精神既同，形式可略。此次西南兴师，揭橥者为二大义，一曰护法，一曰救国。南北当局，但能于法律问题，持平解决，所谓军职问题，民治问题，均应根据国会，及国会制定之宪法，逐渐实施，决不宜舍代表民意之机关，而于个人或少数人之意思，为极端之主持，致添纷扰。是法律问题之研究，当以国会问题为根本，即军职之存废，及民治之施行，亦当以国会为根本。现在新旧国会，急弃职务，不能满人民之希望；复以党派关系，不足法定人数，开会无期，而时效经过，尤为法理所不许。值此时局艰危之际，欲求救济，舍依法改选，更无他道之可循。果能根据旧法，重召新会，护法之义既达，则统一之局立成，此宜注意者一也。至于中国国家，实因列强均势问题而存在，国际关系，与国家前途之兴亡，至为密切。前次沪会停滞，实以外交问题为主因，即北方内部之纷争，亦由爱国者，与专恃奥援，不知有国，只知有党之军阀，为公理与强权之决战。试问自己良心，果能爱国否？差幸公理战胜，违反民意之徒，业经匿迹销声。嗣后中央外交之政策，应以民意为从违。谈何容易？在南北分裂之际，无论对于何国所订契约，皆应举而诉诸舆论。国本既固，庶政始成，此应注意者二也。若夫和议方式，允宜以早日观成为旨归，军事收束，特设委员会，尤为施行时所必要。此皆中央屡征同意，期在必行，毋容过虑者也。总之时局日艰，民困已极，排难解纷，当得其道。凡我袍泽，果能及早觉悟，不事私争，所谓护法救国之宗旨，均经圆满解决，则同心御侮，共谋国是，人同此心，何敢自外？两公主持和议，情真语挚，敬佩之余，用敢贡其一得，希即亮察。

看这电文，也是斟情酌理，释躁平矜，南北两方，应该由此接近，可望和平。及细览语意，才知两造仍多扞格，未尽通融。北方的主张，拟解散新旧国会，新国会为段派所组成，南方原是反对。但旧国会分徙滇、粤，方思恢复立法权，怎肯被他解散，是当然做不到的事情。段氏的武力统一主义，南方向与抗争，此时段派虽去，曹、张犹是军阀家，怎能使南方信服？况徐总统为新国会所产出，南方未肯承认，欲要南北和平，还须改选总统，是又当然不易办到的。所以双方通电，仍是两不相下，怎能遽达和平呢？诠释甚明。

湖南第七师及暂编一旅炮兵各一营，突在武穴骚动，当由冯玉祥率兵弹压，始得平定，即令变兵缴械遣散。旅长张敬汤，系张敬尧兄弟，前曾在湘败逃，经中央明令通缉，至武穴兵变，敬汤适暗中煽动，因所谋未遂，匿居汉中，被湖北督军王占元察悉，派兵将敬汤拘住，讯明罪状，电呈中央，奉令准处死刑，当即就地枪毙。还有张敬尧旧部第二混成旅旅长刘振玉等，曾在宁乡、安化、新化等县，纵兵焚掠，被各处灾民告发，由湖南总司令部，遣兵拘获，审讯属实，亦即处死。叙此两事，证明张敬尧之不职。此外如保定、通县、兖州等境，偶有兵变，多是安福部余波，经地方长官剿抚，幸皆荡平。唯张勋已得脱然无罪，移住天津，因从前段氏檄文，有曹锟私勾张勋出京，重谋复辟一语，便在津门通电声辩。他由张雨帅保护，又想在军阀界中占据一席，所以有此辩论。其实是年力已衰，大福不再，还要干甚么富贵呢？复辟原属非宜，但不忘故主，情犹可原，此次辩论，多增其丑，真是何苦？

且说外蒙古取消自治，已将一年，自徐树铮到了库伦，削夺前都护陈毅职权，见一百一十回。陈毅也不愿办事，索性离库南归。及树铮还京主战，事败奔匿，不遑顾及外蒙，政府以陈毅驻库有年，素称熟手，仍令暂署西北筹边使，克日赴库。陈毅尚未到任，那外蒙又潜谋独立，竟于九月十三日夜间，大放枪炮，自相庆贺。幸驻库司令褚其祥，派队弹压，拘住首犯二人，驱散余众，一面电达巡阅使曹锟，详报情形。曹锟便转告中央，请拨饷济助，并促陈毅莅任，政府自然照办。唯闻得外蒙为变，仍由俄人暗地唆使，俄新政府虽已战胜旧党，国乱未平，列强均未承认，并因俄兵四出拓地，扰波兰，窥印度，尤为列强所仇视，所以列强劝告中国，与俄绝交。中政府恃有列强为助，乐得照允，遂由外交部出面，呈请徐总统。徐总统因即下令道：

据外交部呈称："比年以来，俄国战团林立，党派纷争，统一民意政府迄未组成。中、俄两国正式邦交，暂难恢复。该国原有驻华使领等官，久已失其代表国家之资格，实无由继续履行其负责之任务，曾将此意，面告驻京俄使，并请即日明令宣布，将现在之驻华俄国公使领事等，停止待遇"等语。查原呈所称各节，自属实在情形，唯念中、俄两国，壤地密迩，睦谊素敦，现虽将该使领等停止待遇，而我国对俄国人民固友好如初，凡侨居我国安分俄民，及其生命财产，自应照旧切实保护。对于该国内部政争，仍守中立，并视协商国之趋向为准。至关于俄国租界暨中东铁路用地，以及各地方侨民之俄国人民一切事宜，应由主管各部，暨各省区长官，妥筹办理。此令。

驻京俄使库达摄福，闻令以后，即致牒外交部，抗称：中国背约，并责成中政府妥护侨民。政府置不答复。但饬将各处所有俄国租界，一律收还，并向驻京各国公使处声明，各公使均无异言。俄使无可奈何，只得转恳法国公使，代管俄产，法使不允。嗣是俄国租界，陆续由中国长官收受。天津本有俄租界，俄国侨民虽然不能力拒，却提出抗议条件，欲与中政府交涉。东三省、哈尔滨、海参崴各俄商，且纷纷改挂法旗。俄商道胜银行，亦托词归法国保护，不容中国接收。外交部因特照会法使，提出三事，请求法使履行，大纲如下：

（一）根据于九月二十四日法使拒绝俄使库达摄福请求法使代管俄产之事，证明法国并非希望接管俄产之意。

（二）哈尔滨之法旗，系出于俄人规避接管之一种作用，对于法政府，未为何等让渡之手续，故事实上不彻底。

（三）俄商滥用法旗，若吾国前往接收，转涉及法国国徽尊严，故先行声明，希望转告其撤收法旗，以免因俄人关系，损及中、法完全无缺之睦谊。

照会去后，再由交通总长叶恭绰，与华俄道胜银行经理兰德尔，改订关系中东铁路的合同。此后中东铁路，纯归商办，中国得加入管理，俟至俄国政府统一告成，经中政府承认后，方得另行议定。兰德尔即作该路代表，签字立约，于是哈尔滨道胜银行及中东路公司所悬挂的法旗，拟即撤去。法使亦有公文关照，令他撤下法旗。若俄国人民愿将法旗悬挂，仍听他自行决定。旋由驻京公使团，照会政府，正式承认中国对俄行动，得收回俄租界，唯议定将俄使馆之房屋，仍委前俄使库达摄福管理，外交部不得不允。因此俄使库达摄福，仍得寄居京师，不过国际上无代表资格，做了一个中国寓公罢了。

俄事方才就绪，哪东南的江苏省中，忽出了一种骇闻，令人惊疑得很，看官道是何事？乃是李督军突然自戕。*事固可惊，笔亦突兀。* 李督军纯，因和议历年未成，愤极成病，常患心疾，特保荐江宁镇守使齐燮元为会办。燮元方在壮年，曾任第六师师长，颇能曲承李意，李故引为心腹，遇有军国重事，往往召入密商，不啻一幕下参谋。至段系失败，安徽督军兼长江巡阅使倪嗣冲，亦为段系中人，迹涉嫌疑，年亦衰迈，自请辞职归休。徐总统乃命张文生暂署安徽督军，并将长江巡阅使一职，令李兼任。长江巡阅使，本来是徒有虚名，未得实权，李纯不愿就此职衔，遂派参谋长何恩溥赴京，晋谒总统，代辞长江巡阅使一席，且并议和总代表兼差，亦愿告辞，请徐总统另派重员。徐总统不允所请，但已窥透李纯隐衷，特将长江巡阅使裁去，改任李纯为苏、皖、赣巡阅使，齐燮元为副使，李纯始受命就任。但江西督军陈光远，本与李纯比肩共事，蓦闻李纯权出己上，并要听他指挥，当然心中不服，有"情愿归鄂，不愿归苏"的宣言。新署皖督的张文生，久绾兵符，向为张、倪部下的健将，亦抗辞不服李纯。苏省士绅，又谓"李纯生平，素称不预民政"，因即乘机拍电，请他移驻九江、当涂等处。电文中语含有讽辞。李纯受了种种激刺，益觉烦懑不宁。**高而益危。** 江苏财政厅长俞纪琦，为苏人所不喜，屡加讥议，省长齐耀琳，更与李纯意见相左，呈请中央乞许辞职。李纯因保王克敏为省长，苏人大哗，竟称克敏为嫖赌好手，如何得为江苏长官？遂极力反对，函电纷驰。政府顾全民意，不用王克敏，好在荐牍上面，另有王瑚作陪。王瑚曾为京兆尹，尚副民望，故政府特任王瑚为江苏省长，群议乃息。一波未平，一波又起，李纯以俞纪琦未孚物议，更保张文龢为财政厅长，惹得苏人又复大哗。相传文龢原籍江西，凤工诏媚，当李纯督赣时，文龢得族人介绍，入谒督辕，参见后即呜咽不止。纯惊问原因，文龢泣答道："督帅貌肖先父，故不禁感触，悲从中来。"李纯还道他真有孝思，即认为义子，委任他为烟酒公卖局局长，寻复荐任两淮盐运使，至此复举为财政厅长。**未免营私。** 苏人向工言论，并有苏人治苏的意见，乘此寻瑕指隙，大声呼斥，不但痛诟文龢，并且力诋李纯，拍致府院的电文，络绎不绝。就中有两电最为激烈，由小子节录如下：

江苏公民致大总统、国务院文云：直、皖战起，李督借词筹饷，百计敛财，其始违法越权，委议会查办劣迹昭著之俞纪琦为财政厅长，人民惊骇，一致反对；近又报载力保文龢。查文龢为李督干儿，其为人卑鄙龌龊，姑不具论，而秉性贪婪，擅长诏媚，若竟成为事实，以墨吏管财政，恃武人为护符，三千万人民生活源泉，岂可复问？报纸又迭载："李督派员向上海汇丰银行等，借外债一百五十万，以某项省产作抵"等语。借债须经会议通过，为法律所规定，以省产抵借外债，情事何等重大？如果属实，为丧权玩法之尤，此而可忍，孰不可忍？用特明白宣告，中央果循李督之请，任文龢为江苏财政厅长，文龢一日在任，吾苏人一日不纳税。至借债一节，如果以江苏省产作抵，既未经过法定手续，我苏人当然不能承认。江苏人民，困于水火久矣，痛极惟有呼天，相忍何以为国？今李督方迭次托病请假，又报载其力保文龢，以去就争，应请中央明令，准其休息，以苏民命而惠地方。江苏幸甚。

南汇公民致大总统、国务院、财政部云：报载李督力保文龢财厅，以去就相要，苏民闻之，同深骇异。文龢为李督干儿，卑鄙无耻，不惜谓他人父，人格如此，操守可知。财政关系一省命脉，岂堪假手贪鄙小人？如果见诸事实，苏民誓不承认。且江苏省，江苏人之江苏，非督军所得而私。李督身任兼圻，竟视江苏为个人私产，并借以为要挟中央之具，见解之谬，一至于此，专横之态，溢于言外！既以去就相要于前，我苏民本不乐有此夺主之喧宾，中央亦何贵有此跋扈之藩镇？应请明令解职，以遂其愿。如中央甘受胁迫，果徇其请，则直认江苏为李督一人之江苏，而非江苏人之江苏，我苏民有权，还问中央果要三千万人民为尽义务否？三千万人民为之奉养否？博一督军之欢心，失三千万人民，孰得孰失？唯中央图之！

　　以上两电，攻击李督，语语厉害，原令当局难受。但古人有言："笑骂由他笑骂，好官我自为之。"近今的热心利禄诸徒，多执此两语为秘诀，李督军果不蹈此习，独知自好，何妨改过不吝，就把张文龢舍去，否则解组归田，尽可自适，为什么负气自戕，效那匹夫匹妇的短见呢？说得甚是。据督辕中人传言：李纯元配王夫人，为民家女，伉俪甚谐，嗣因叔父无子，由纯兼祧两房，因复娶孙氏为次妻。王夫人产女不育，孙竟无出，乃陆续纳入四妾，名为春风、夏雨、秋月、冬雪。就中唯春风为最宠，貌亦最胜，粗知文字，能佐纯治公事。四妾亦不闻生男。唯纯与元配王氏，始终和好，无诟谇声。苏、浙一役几至开战，亏得王夫人从旁解劝，才得让步罢兵。莫谓世间无贤妇。纯弟字桂山，得兄提拔，官至中将，平时友于甚笃，同床共被，有汉朝姜肱遗风。平时纯自奉俭约，颇好时誉，督赣时深得赣人爱戴。及移节江苏，却也按部就班，并不少改。每闻国家乱事，辄唏嘘不已。尤留心京、沪各报，谓报中所载，毁誉各词，可作净友，不当屏诸不观。至保荐省长财长两席，大遭苏人反对，诟詈百出，并载报端，纯一阅及，往往泪下。十月初旬，乃弟桂山，由京返苏，纯与言家事，并将来产业布置，详嘱无遗。内弟王某，充某旅营长，由纯召他到署，呜咽与语道："我的督军不能做，你的营长，亦干不下去。现我令军需课拨洋七千元，给汝回家，汝购置田产，亦可过活，何必在此取咎呢。"王夫人在侧，听他语带跷蹊，不免琐问。纯叹息道："人心如此，世无公道，我命已活不了，何必多问。"王夫人不敢复言。唯看他气色，甚觉有异，不过随时防范罢了。

　　十一日上午，纯询左右，谓："我有勃林手枪一枝，曾送机器局修理，现修好否？"左右奉谕，即电询机器局。少顷，即有局员将枪送来，经纯察视，收藏小皮箱内。下午三时，纯索阅上海各报，报上又载有评斥自己等事，即顿足大哭道："我莅苏数年，抚衷自问，良心上实可对得住苏人，今为一财政厅长，这般毁我名誉，我有何面目见人？人生名誉为第二生命，乃无端辱我，我活着还有何趣呢？"王夫人闻言，料知自己不能劝慰，急命人请齐燮元等，到来苦劝。纯终不答一词，齐等辞退。黄昏后，纯又召入秘书，嘱拟一电，拍致北京，自述病难痊愈，保齐燮元暂代江苏督军。秘书应声退出。纯又自写书函多件，置诸抽屉，始入内就寝。至四下钟后，一声怪响，出自床中，王夫人从梦中惊醒，起呼李督，已是面色惨变，不省人事，只有双目开着，尚带着两行泪痕。急得王夫人魂魄飞扬，忙召眷属入视，都不知是何隐症，立派人延请军医诊治。医士须藤，至六时始到，解开纯衣，察听肺部，猛见衣上血迹淋漓，才知是中枪毕命。再从床中检视，到了枕底，得着一勃林手枪，即日间从机器局取来的危险品，须藤验视脉息，及口中呼吸，已毫无影响，眼见得不可救药了。呜呼哀哉！年只四十有六，并无子嗣。小子有诗叹道：

> 无端拚死太无名，宁有男儿不乐生？
> 疑案到今仍未破，江南流水尚吞声。

李督殁后，谣传不一，或说是由仇人所刺，或说他妻妾中有暧昧情事，连齐帮办也不能无嫌。究竟是何缘由？容小子调查证据，再行续编。所有李督遗书，及中央恤典，俱待下回发表。看官少安毋躁，改日出书请教。

德租界收回后，又得收回俄租界，以庞然自大之俄公使，至此且智尽能索，无由逞威，是真中国自强之一大机会。假使国是更新，党争不作，合群策群力以图之，则三年小成，十年大成，张国权，雪国耻，亦非难事，奈何名为民国。权归武人，垄断富贵之不足，甚至互相仇杀，喋血不休，贫弱如中国，何堪屡乱？即使外人自遭变故，无暇瓜分，恐神州大陆，亦将有铜驼荆棘之叹矣。李纯虽不能无疵，要不得谓非军阀之翘楚，是何激刺，竟至自戕？就中必有特别情由，以致暴亡，若只为和议之无成，苏人之反对，遽尔轻生，想不尽然。然如李督军者，犹不得其死，而一般军阀家，亦可以自返矣！